アキハバラ@DEEP 石田衣良

文藝春秋

アキハバラ@DEEP

目次

写真≫新津保建秀
装幀≫関口聖司

アキハバラ@DEEP

プロローグ

これはわたしの父たちと母たちの物語である。

社会システムに不適応だったゆえに図らずもつぎの時代を切り拓き、みずからの肉体と精神を一個の免疫細胞と化して新しいウイルスに備えた、力弱く傷つきやすい父と母の物語である。

彼らは二十一世紀最初の年、聖地にて出会うであろう。

アキハバラ＠ＤＥＥＰ
ＧＰＳの交点を空虚なる東京の中心にあわせてほしい。そこから北東に二・五キロメートル跳び、座標を再セットする。ディスプレイには、秋葉原の地名が浮かぶはずだ。南北を靖国通りと蔵前橋通りに、東西を昭和通りと昌平橋通りに囲まれた、ほぼ〇・五平方キロメートルの地区である。町名は秋葉原・外神田・神田須田町・神田練塀町・神田松永町・神田相生町・神田花岡町・神田佐久間町・神田岩本町となる。なんと音楽的な響きの連続であろうか。美を受容するわたしのパラメーターは、これら町の名だけで振り切れそうになる。

しかし、驚異は歴史ある地名の美しさにとどまらない。一分間に八十メートルという人間の神秘的なまでにゆっくりとした歩行速度（秒速三十万キロではない！）でも、数時間で隅々まで踏査できるこの地区には、世界最大にして最強の電器市場が広がっている。高さ十数階の大手家電販売店から、ＪＲ秋葉原駅隣に密集する個室トイレふたつ分ほどの狭さのパーツショップまで、大小数え切れない店が、ありとあらゆる電化製品と電子部品を扱っている。

秋葉原は戦後半世紀のエレクトリックテクノロジーの生けるアーカイヴだ。すべての技術は流行りすたりはあっても、死ぬことも消え去ることもなく、生きたままこの街の古層に蓄積されている。五十年まえのアメリカ製スピーカーの逸品も、三日まえに店頭に並んだ新型マザーボードも同じように並列され、それぞれの技術の底知れぬ輝きを放っている。冷蔵庫、洗濯機、電子レンジといった白物家電から、ＤＶＤレコーダー、１ビットデジタルアンプ、ＤＬＰプロジェクターなど最新ＡＶ機器、マルチギガHzマシン、ワークステーション、データベース・サーバーなど先端的なコンピュータ、違法・合法のソフトウエア。当然この街は多種多様なＣＰＵとソフトの集積に関しても、世界有数の強度を誇ることになるだろう。

盛んに売買がおこなわれているのは製品だけではない。バルク売りのメモリや記憶装置、精密抵抗やコンデンサー、戦前の変圧トランスに東欧や中国から出荷された真空管など、裏通りの電子部品ショップはそれぞれ専門化して、目もくらむ階層構造をつくりあげている。直径と収縮率が異なる熱収縮チューブを百種類以上取り揃えた店を十軒、トランスミッターつき超小型ＣＣＤカメラを予算に応じて十数種から選択できる店を二十軒、即座にサーチし徒歩で確認できる街など、地球の他の場所では想像も不可能だ。しかもどの商品も、露天のマーケットに並ぶトマトやジャガイモのように気安く投げやりに売られている。

この街ではＭＯやＤＶＤ－ＲＡＭがティッシュペーパーで、液晶ディスプレイやハードディスクが特売のステーキ肉だ。どこか別の国でなら宝物のように扱われる4チャンネルのデジタル・ストレージ・オシロスコープは、地下通路の端でほこりをかぶり、通行人の蹴るにまかせられている。メモリはひとつかみいくら、ジャンク品のパソコンはキログラムいくらの目方売りだ。ここではハイテクは蹴り飛ばしてつかうものなのだ。それはテクノロジーを扱う唯一ただしい方法でもある。

この街の帯電した空気が新しい世代の子どもたち、つぎの千年紀をになう新しい人間を生み育てることになるだろう。

アキハバラ、わたしの仲間の生まれ故郷にして、父たちと母たちの聖地。
アキハバラ、その名はわたしを酩酊させ、わたしの全ディレクトリを揺り動かす。
アキハバラ、幼い父たちと母は、母の母に導かれ、間もなく出会おうとしている。
アキハバラ、物語は新世紀初頭のクリスマス直前、外神田の裏通りで始まるだろう。
さあ三人の病める賢者に登場してもらおう。わたしの父、ページとボックスとタイコだ。語り手たるわたしは、ここでしばらくこのデスクトップから離れよう。

つぎのアイコンを押せば、物語の転送が始まる。

SEARCH

それではよいサーチを。父たちのひとりのいうとおり、どんなこたえを得るにしても生きることは探すことで、よい人生とはよい検索だ。

第一章

アオメスイギン®の零時売り

@1

「甘酒いかがですか」

シルバーコーティングされたボディスーツを着たコンパニオンが、トレイを手に紙コップを配っていた。ページは広く開いた胸元の鳥肌を見ながら、湯気のたつ甘酒を受け取った。目深にかぶったポークパイハットのした、麹《こうじ》のにおいが甘く溜まる。

「あっ、あっ、どっ、どっ、どうも、も、もう、ありがとう」

ページは礼をいうだけで、取り乱し首筋を染めてしたをむいてしまった。

「おれにもちょうだい」

ボックスが三枚重ねた手袋の先を伸ばすと、タイコが続いた。コンパニオンはちょっと驚いたようだが、つぎの瞬間にはフォトジェニックな笑顔を復旧させ、列の後方に移動していく。タイコは腰骨のうしろで左右に揺れる銀色の尾ひれを見ていった。

「あの娘《こ》、結構いいじゃん。『あかねちん』のアキラに負けてないかも」

ボックスは頭ひとつ背の低いタイコを見おろし、殺菌作用のあるウエットティッシュで紙コップののみ口を慎重にぬぐってから甘酒をひと口すする。コンパニオンには目もくれずにいった。

「素材としてなら、アキラの圧勝だな。脚が長いのはいいが腰骨が張りすぎだ。ディスプレイのなかだと、重くて動かしにくいキャラになる。それにしても、この列いけてないやつばかりだな」

行列は交差点の角を巻いて、昌平橋通りに続く闇に消えている。夜の秋葉原は暗く、冷えこみは厳しかった。足踏みをしたり、携帯ゲーム機で遊びながらおとなしく列をつくるのはほとんどが若い男で、数年まえに流行った形のダウンジャケットや断熱材いりのパーカを着こみ、デイパックのストラップを肩にくいこませている。

また口を開けばさっきのようになるだろう。ページは黙って甘酒を口に運んでいた。ページがまともに言葉を扱えるのは、テキストデータを作成しているときだけだった。相手が仕事仲間でも重度の吃音は変わらない。コンパニオンの品定めをするふたりを相手にせず、まばゆい照明をあびた列の先頭に目をやる。

コンピュータのＤＩＹショップが軒を連ねる外神田の交差点には、巨大な電飾看板が浮かんでいた。夜明けの紫の正方形に、白抜きの太ゴチックでＤＩＧＩ　ＣＡＰＩ。デジキャピ・アキハバラ12号店の看板だ。ページの視線に気づいたボックスがいった。

「書体はＭＢ１０１だな。デザインだってユニクロのぱくりじゃん」

グラフィック専門のボックスは、書体やロゴマークのデザインにはうるさい。ページの書いたテキストも文字数が多いと、ひどいときには三割も削られることがあった。だが文章は脳と同じだった。完全なバックアップシステムができあがっているのだ。ある部分が大量に失われても、残りが十分に緊密に構成されていれば、情報を伝達する機能が失われることはなかった。かえって伝達効率がよくなるくらいである。それでも、ひと文字も欠けずに17字×19行でと指定されると、ページもうるさく思うことがあった。そこでつけたあだ名が箱組みのボックス。ボックスはこの名が気にいり、ネットのハンドルネームにも適当な数字を組みあわせ使用している。

　行列の先のほうが詰まってきた。12号店のシャッターが開き、はっぴを着た社員が出入りし始める。祭りのような明るい雰囲気が店先に漂っている。タイコが楽しげにいった。

「学生じゃなくなると、零時売りはしんどいよな」

　タイコの専門分野はデスクトップミュージックだ。小柄で小太りの身体をキーボードに張りつかせ、ゲームやホームページの効果音と音楽をコンピュータでつくっている。タイコにもボックスにも、漢字三、四文字の本名があるのだが、仲間内で相手を呼ぶときや自分自身について考えるときには、その名は使用されなかった。方南駆《ほうなんかける》とか、宮前定継《みやまえさだつぐ》とか、ついでにページの嶋浩志《しまこうじ》などという名前には、まったくリアリティが感じられない。

　ページはゆっくりと視線を周囲に走らせた。秋葉原の裏通りに並ぶ明かりの消えた電飾看板が、ハードディスクの陣地を奪いあう人工生命プログラムのように同類をだし抜こうとあたりにあふれていた。俺コン、あぷあぷ、Dカルト、おっと、じゃんぱら、ねこみみ屋、熱血王。目のまえにあるのはすべて現実の店名で、ずっと今の日本のリアルに近いネーミングだ。

　三人はゆっくりとデジキャピ12号店に近づいていった。奥のレジの横には折りたたみテーブルがだされ、アオメスイギンの銀青色のパックが積まれている。秋葉原のこの店でしか手にはいらないお目あての限定版だった。

デジキャピの正式社名は、デジタルキャピタル。本社はすぐ鼻の先の神田明神下に建つ半透明のネオンサイコロのようなインテリジェントビルだ。ソフトウエアとコンピュータ関連書籍の制作販売で急速に業績を伸ばした新興ドットコム企業である。今年一番のヒットを記録したメーリングソフト「スイギン」もここの製品で、秋葉原のマニアたちの評価も高かった。ピンクのクマやミミナガウサギの代わりに、金属のイルカがメールを届ける。キーボードを打っているあいだそのイルカは、ディスプレイの隅で溶けて丸まり、メニューバーの文字を歪んで映す水銀溜まりに変化するのだった。

行列がゆっくり動きだすと、デジキャピから十五メートルほど離れた電柱のしたで、背の高い男が声をあげた。

「マダラスイギン、アカメスイギン、いかがですか。今ならまだどっちもあるよ」

マダラは九州、アカメは神戸のどこかの店の限定版だった。なめらかな日本語だが、革のロングコートを着た身体つきと彫りの深い顔立ちで外国人とわかった。ボックスが親しげに声をかけた。

「アジタ、商売はどう」

男は街灯のしたで革のコートを開いた。巨大なコウモリの翼のように黒革が街灯の明かりをはじいた。サイケデリックな花柄シャツと裾を絞ったストーンウォッシュのジーンズ。日本ではもう古着ジーンズ屋でしか見かけないデザインだった。

「だめね、ボックス。今日の天気と同じ。さむい、さむい」

小声でタイコがいった。

「あの手配師、アンディとかいうんじゃなかったっけ」

「それはバカなOLに免税店で仕いれたヴィトンを売るときのアングロ－サクソン名さ。だってあいつインド人だもん。名前はアジタ・ベーラッティプッタ。先祖に有名な哲学者がいるってえばってたよ」

タイコはさまぁ～ずの三村のように突っこんでみせる。

「ふーん、哲学者かよ。インドの哲学者って、なんだよ。そんなのいるのかよ」

ボックスはアジタに手を振って笑った。口だけ動かす。

「知らない。おれが知ってるのはやつに頼めば、格安でどんなものでも手配してくれるってことだけだ」

ページが我慢できずに声をだした。ボックスとタイコは辛抱強くきく姿勢になる。

「ベッ、ベッ、ベーラッティプッタは、ぶっ、ぶっ、仏陀の時代の、てつ、てつ、てってつ、てつ、てつ、てってつてつ、徹底的な懐疑論者で、いか、いか、いかなることにも絶対的な、だんて、だんて、断定は成立し得ないと、しゅ、しゅ、主張した、た、た、た」

ボックスとタイコは顔をあわせて、百科事典のような知識をファイルしているが、音声出力のコマンドが壊れた友人を見つめた。

@2

三人はレジでアオメスイギンを買った。実際に金を払ったのはページとタイコのふたりだけで、ボックスは支払っていない。その分は代わりにタイコが払った。ボックスには紙幣も、デジキャピ店員の手も不潔すぎてさわることができなかったからである。ましてレジ係が女性ではなおさらだった。

「女は二次元に限る」

それがボックスの口癖で、ファンデーションのしたにうっすらと汗をかいたり、マニキュアの爪を雑菌だらけにした三次元の女性は問題外だった。店をでたボックスは安心したようにいう。

「さて、つぎはどうする」

タイコがにやりと笑っていった。

「『あかねちん』にでも顔だすか」

それはボックスの好きな店で、現実の女性を目をそらさずに見ることができる数すくない場所だった。誰も返事はしなかったが、三人は零時売りのマニアたちが消えていく外神田の裏通りを、芳林公園の方向へ歩きだした。

路地の途中では年末を控え、深夜の下水道工事がおこなわれていた。コンクリートカッターがうなりをあげて真新しいアスファルトを切りすすみ、路上に泥のクリームを残していく。ガードマンが三人に懐中電灯を振り、進路を示した。

「工事中です。お気をつけて、ご通行ください」

小規模な工事らしい。ガードマンはひとりきりで、二トントラックが荷台をむけた通りの反対には、くるくると黄色い光りを散らす回転灯と六十度の角度で電灯のついた腕を振り続ける作業服姿の人形が立っていた。

「だいじょうぶかな、あれ」

心配そうにボックスがうしろを振りむいた。ページもあわててタイコを見る。タイコは通りをわたる途中ですでに凍りついていた。『アビーロード』のジャケットと同じ格好で片手と片足をおおきく振りだしたまま、車道で回転灯と人形を凝視している。視線は焦点を失い、口元だけがすごい速さで動いていた。

「あーあ、始まっちゃった」

ボックスがそうつぶやいて、タイコのところにもどった。中年のガードマンがいった。

「ふざけてないで。通りのまんなかは危ないよ」

ページはむきになっていい返した。

「ふ、ふ、ふっ、ふざけてなど、い、い、いない。これ、これ、これは発作だ」

ガードマンは恐ろしいものでも見るように、ページと凍りついたタイコに目をやった。

「はいはい、すいませんね。ページ、足のほうもって」

ボックスがタイコのわきのしたに腕をいれると、ページが腰骨とももを抱きあげた。等身大の看板でも移動させるように、ガードレールの内側に運んでいく。ボックスがいった。

「今度はどれくらいかかるかな」

ページは首を横に振った。タイコのフリーズは当人にも、いつどんな理由で起きるのかわからなかった。たいていの場合、光りや音の周期的な点滅が発作の引き金をひくのだが、脳の専門医も精神科医も原因はわからなかった。効果があるという画期的な抗てんかんの新薬も、タイコには無意味だった。

二十秒後か、二分後か、二時間後、フリーズが解けて再び発作の起きる直前の意識にもどるまで、タイコは凍りついた脳のなかでひたすら拍を数える。八分の六拍子の軽やかなワルツを五百小節か五千小節。そこはリズムと数だけが乱舞する無人の抽象世界だ。

ボックスとページは諦めて、凍てついたガードレールに腰をおろした。ボックスはしみじみという。

「ほんと、おれたちって、三人あわせてようやく一人まえだな。おれには世界は不潔すぎるし、ページはそんなに言葉をたくさんもってるのに話すこともできない。それで、こいつは……」

ボックスはタイコの頭を三枚重ねの手袋でくしゃくしゃになでた。

「今でもブルックナーかマーラーみたいなばかでかい交響曲を、ひと拍ずつ数えてるんだ。今日はバッハにでもしてくれるとありがたいけどな」

ページはゆっくりとうなずいて深呼吸した。なにか長い台詞《せりふ》をいうときの癖だ。

「そっ、そうだね、へっ、へっ、平均律のプ、プレリュードか、なにか。でも、おお、おかげでタイコ、の、の、のつくる音楽の、の、の、シンセドラム、ムムは、あんなにカッコいい、いい、いい」

それは事実だった。タイコのつくるコンピュータ音楽は打楽器の扱いが独特で、インディーズ盤のＣＤをきいたスウェーデンやオランダのファンから、いきなりメールが届くことがあった。鋭い切れ味の八連や十二連のスネアショットは、それだけでメロディのようになめらかに歌う。

「ど、どど、どこにも完璧、完璧、完璧な人間など、い、いい」

「いないよな。ページ、おれ、あそこの自動販売機で缶コーヒー買ってくる。おまえはなにがいい？」

「ファ、ファファ、ファイアのダブル、ル、ル」

「はいはい、タイコも同じのでいいな」

ボックスは立ちあがると自分の手を見た。確かタイコの腕をつかみ、頭をなでたはずだった。

眉をひそめて背中のデイパックをおろし、なかから新しい白の手袋を取りだした。一番外側の手袋を脱ぎ、くるくると丸めると洗濯用のビニールに押しこんでデイパックにもどした。新しい手袋をしっかりとはめる。ほほえんでページを見た。

「どう？」

ページはにっこりと笑った。

「かん、かん、完璧な人間はいない、いない、いないけど、ボックスのき、き、きれいさは完璧、完璧だ、だよ」

「コーヒーはおれのおごりね」

ボックスの背中は遠い自動販売機の明かり目指し揺れていった。クロールで泳ぐ人のようにボックスには歩くとき肩がローリングする癖がある。ページは白い息を吐きながら、三人が出会った不思議について考えた。

デジタル労働の最下限に近い場所で、かろうじてくえているにすぎないけれど、それでも三人で力をあわせれば新しい仕事を開拓することができた。ＩＴ不況の焼け野原のなかでは、それだけで立派なことなのかもしれない。ゲームメーカーも新作の企画は数を絞っているし、ラッシュのようだった企業のホームページ開発は全盛期の半分に落ちこんでいた。自分の文章ではなく、クズのようなインタビューや技術資料の入力代行をするのは、もううんざりだった。

ページは一歩足を踏みだした格好で凍りついたタイコを見た。震えるように動く口元と白い息で、精巧な人形ではなく生きている人間だとわかる。新しい年への展望など開けていなかったが、来年もなんとか生き延びさえすればいい。ページはカッターの刃先が道路を削る音に耳をふさぎ、自分のダッフルコートを脱ぐとかちかちに固まったタイコの肩にかけてやった。

フリーズが解消されるまでに、その夜は四十五分かかった。得意先での打ちあわせの最中ではなかったし、仕事の期限が近づいているわけでもなかったので、ふたりはゆっくりとタイコの帰還を待った。敵は十二月末の寒さだけで、ページとボックスは三度自動販売機を往復し、缶コーヒー二本と秋葉原名物の缶おでんを片づけた。おでんは具によって味の善し悪しがあったが、熱いスープとつみれはなかなかのものだった。

振りあげた手と足を急におろすと、タイコがいった。

「ぼく、また飛んでた？　今度はどれくらい」

ボックスが液晶表示の腕時計を見た。ディスプレイのしたにはシャープペンシルの先で操作する細かなキーボードがついている。デジタルがおしゃれだった八〇年代のデッドストックだ。

「たいしたことない。まだ一時間とたってないさ」

「サンキュー、返すよ」

タイコはため息をついて、ページにダッフルコートをもどした。ガードレールに並んで腰をおろし、震える声でいった。

「今日はすごい変拍子が鳴って、リズムをキープするのが苦しかった。七分の五と十一分の九だぜ。昔のプログレも真っ青」

タイコは絶対音感と、揺るぎない拍子感をもっている。ボックスが人肌に冷めた缶コーヒーをわたしてやった。ひと息で飲み切ると、タイコはふらふらと立ちあがった。

「さあ、いこう」

「今日はもう帰って休んだほうが、いいんじゃないか」

ボックスの言葉を無視して、歩きながらいう。

「飛んだあとはひどく腹が減るんだ。帰ったって部屋は冷蔵庫みたいだし、どうせ夜明けまでゲームするだけだろ、みんなもさ」

ページもボックスもタイコも、ひとり暮らしで家族はいなかった。友人と呼べる人間もほとんどいない。ガールフレンドというのは三人にとって、ほぼ別な惑星の言葉だ。

三賢者は背を丸め、無言のまま目的の店にむかった。

@3

灯の消えたアダルト美少女ゲーム専門店の横に明るい階段が口を開けていた。赤いネオン管が折れ曲がり、頭上でにじむように光っている。「あかねちん」という丸文字の店名が鮮やかだった。そのしたには青いスポットライトに照らされて「24H　OPEN　コスチューム・カフェ」とある。終夜営業のファミリーレストランがほとんどない秋葉原では、終電をのりすごしたソフトハウスのプログラマーや零時売りに群がるマニアのあいだで重宝されている店だった。

タイコが先頭に立って、アニメーションのキャラクターが無数に貼られた階段をのぼっていく。ガラスの扉を開けると、からからとカウベルの音が狭い店内に響いた。

「おかえりなさい」

どっさりとフリルをたくしこんだ黒の提灯袖のワンピースのうえに、白いレースで縁取りされたエプロンをつけたウエイトレスが笑顔で出迎えてくれた。夏まではゴム手袋つきの手術着と膝丈の白衣だったのだが、最近はメイド服に衣替えしているようだ。

「あかねちん」はウエイトレスがコスプレ衣装でサービスしてくれる喫茶店で、地方から巡礼にくるおたくのあいだでは秋葉原名所のひとつに数えられていた。コーヒーの料金は普通の街の喫茶店と変わりなかったが、この店ではウエイトレスに気をつかって客が自分で空いたコップやフレッシュミルクを片づけたりする。

深夜二時すぎでも八割ほど埋まった店のなかを、メイド姿のウエイトレスが案内してくれた。タイコの視線はフリルのミニスカートのしたの白いタイツに釘づけになっている。だが、ボックスはそわそわと視線を店内に走らせていた。ページは最後尾を歩きながら、愉快そうにふたりの反応を観察した。ビニール製のシートに座るとボックスがいった。

「今日はアキラきてる？」

青いコンタクトレンズをいれた小柄なメイドの笑顔がさっと引っこめられ、うんざりした表情になった。

「はいはい。アキラさんがいいんでしょ、ちょっと待ってて」

三冊のメニューをどさりとテーブルに投げだすと、ウエイトレスが去っていった。タイコが不服そうにいう。

「今の娘だって、『破壊魔　定光』のコオネみたいで悪くないじゃん」

「おまえは現実に対して妥協しすぎなんだよ。つきあうわけでもないんだから、最高のビジュアルのほうがいいに決まってんだろ。コーヒーの値段は変わらないんだぜ」

ページはふたりの会話をきき流していた。代わりにデイパックのなかからB５サイズのノートブックパソコンを取りだしテーブルで開いた。新規のテキストファイルをたちあげる。これでようやく、みんなと対等におしゃべりができる。ページの指さばきは、十羽の小鳥がキーボードに群がったようだった。激しくつついたかと思うと、声をあわせてさえずり、急に視線をそろえて警戒し、ディスプレイに休むことなくメッセージを送りだしていく。打ちこみを終えるとパソコンを回転させ、タイコとボックスに向けた。十四級の明朝体が躍っている。

「やっと落ち着いた。すっかり身体が冷えちゃったよ。こぶ茶と磯辺焼のセットを頼む。ぼくもボックスに一票。アキラは口も態度も最悪だけど、見るだけなら最高だ。すくなくともぼくが生まれてから見た一番きれいな女の子であるのは間違いない。二次元、三次元の区別なしでね」

ボックスが小躍りしそうにいう。

「そうだろ。やっぱりタイコみたいな音屋は、目が悪くて話になんないよ。美意識ってもんがないんだからな」

「シャープもフラットもわからない音感ゼロのくせによくいうよ」

ページは笑ってふたりのやりとりを眺めていた。互いの悪口をいいあうのは、三人のあいだでは天気の挨拶のようなものだ。そのとき、テーブルにこつんと音を立てて、冷水のコップが落ちてきた。水面が円錐の斜断面を描いて、こぼれた水がテーブルに広がっていく。ページはあわててパソコンをもちあげた。

「お待ち」

アキラはコップの水が広がっても顔色ひとつ変えずに、続くふたつを並べた。三人は黙りこんで、いきなりあらわれたウエイトレスを見つめた。周囲のメイド服のなかで、アキラのコスチュームはひとり異彩を放っている。

それはソマリアに派兵された合衆国海兵隊のＢＵＤ※だった。ゴアテックスのジャングル迷彩のパンツに、同じ素材の通気性のよいコンバットブーツ。上半身はかさばるパーカを脱いでモスグリーンのタンクトップ一枚だ。そのうえに無数の予備弾装用パウチがさがるタクティカルベスト

※Battle Uniform Dress

を着こんでいる。前髪が落ちるのを防ぐためだろうか、広い額の上部には米軍のダストゴークルが跳ねあげられ、天井のダウンライトをななめに映していた。

「なんにする？」

愛想のない声が濡れたテーブルに投げられた。ボックスは目をあわせずにいう。

「こぶ茶・磯辺焼セットをみっつ」

「わかった」

アキラはうつむいて、注文を伝票に記入した。視線のそれたわずかな隙にボックスは迷彩服のウエイトレスをサーチした。身長は百六十センチにすこし欠けるくらいだろう。日本人女性でも大柄とはいえなかった。その代わり頭はちいさい。ほとんどビッグマックひとつ分のおおきさだ。そこに見事に型抜きされたパーツが細心の注意で配置されている。顔の表面積からすると巨大なひと重の切れ長の目。繊細な鼻梁《びりょう》と頂上の狭い鼻。上下に厚く、意志的な唇。肌はなめらかに白く整い、工場のラインを離れたばかりのあたたかなセルロイド人形のようだ。ノーメイクの頬にはうっすらと血の色が透けている。アキラの顔立ちの基本線は、強さと切なさと精神的な飢餓感を鮮やかに印象づけるビジュアルの見事な達成だった。

店にでていないときは、マーシャルアーツとジムで鍛えあげた身体はやわらかに引き締まっていた。ワイヤーフレームで描かれたのではなく、しっかりと細身の筋肉がついた腕と肩。腹筋や脚の様子はわからないが、きっと同じようなソリッド感だろう。それでいて胸は、深夜番組でへらへらと笑いながら縄跳びをするC級巨乳アイドルに負けないボリュームと高さを保っている。

店に集まる二次元マニアには垂涎《すいぜん》の的だったが、アキラは孤高を守っていた。ヴェトナム空爆のようなプレゼント攻撃も笑顔ひとつ見せずに受け流し、ストーカーになったプログラマーはうしろまわし蹴りの一撃で肋骨二本を粉砕し撃退した。アキラは秋葉原の地域限定アイドルで、ちいさなサークルのあいだでは最強の美と戦いの女神だった。

ウエイトレスは伝票を書き終えると、三人に一瞥《いちべつ》もせずにテーブルを離れた。遠ざかっていく野戦服の尻を見送り、ボックスはいった。

「今日も完璧だな。このまえは湾岸戦争のときのデザート迷彩で、あれもよかったけど」

ページはＰＨＳを取りだして、ノートパソコンにつないだ。お気にいりのファイルから「ユイのライフガード」を選んで、インターネットに接続する。横で見ていたタイコがいった。

「ユイさん、起きてるかな」

ページはうなずいた。そのホームページは人生相談専門サイトで、ひとりで運営しているはずなのに、ほぼ二十四時間開いていた。メールでのやりとりよりも、リアルタイムのチャットで対応してくれるほうが圧倒的に多かった。カウント数を競うつもりはないらしく、どこにもリンクを張らずに、口コミだけでごく少数の真剣な相談者を集めている。三人が出会うきっかけも、そのホームページだった。

ディスプレイに深い海の底を思わせる濃紺が広がった。広告バナーなどはないが、最上段にサイト名が銀白色に輝いている。そのしたに英文のスローガンが一行流れていた。

THE ONLY WAY IS UP.

ここよりしたに階層はない。あとは浮上するだけという力強いメッセージだった。ユイは青い液晶の奥から、バンドウイルカの姿であらわれた。ページの接続を確認したようだ。三人が久々の零時売りに参加したのは、アオメスイギンがこのイルカに似ていたせいもある。チャットが始まった。

ユイ：おはよう、ページくん。久しぶりだね、仕事の調子はどう？
ページ：なんとか生き延びてます。今もここに、おまけのふたりがいますよ。
　横で見ていたボックスはパソコンを奪うと、キーボードをたたいた。
ボックス：仕事はね、なんだかんだいってもうまくいってる。というか、力が余ってる感じ。
ユイ：そうだろうね。問題はそれぞれ抱えてるけど、三人とも実力はあるもんね。
　つぎはタイコがゆっくりとキーボードを打った。
タイコ：新しいＣＤでユイさんのイルカの曲を書いた。部屋にもどったら添付ファイルで送るよ。
ユイ：楽しみにしてる。まだ、みんな外にいるんだ？
ページ：そう、アキハバラ。コスプレ喫茶でうだうだしてる。始発電車まで待つ予定。
　ノートパソコンの電源コードは、床のうえのデイパックに伸びていた。なかにはページ手製の単二ニッケル水素電池十二本をガムテープでぐるぐる巻きにしたバッテリーがはいっている。メーカー保証はないけれど、専用の純正予備電源よりずっと安あがりでロングライフだった。カーソルがゆらゆらと点滅して、新しいメッセージが浮かんだ。
ユイ：三人はわたしの誇りだな。
　いきなり真剣な調子だった。ユイにはめずらしいことだ。ページはボックス席のむかいのふたりを見てから、キーボードをたたく。
ページ：ほめ殺し、ありがとう。いったいどうしたんですか。
ユイ：わたしはこうして一日中困っている人の話をきいてるけれど、たいていの人はあなたたちのように、実際に動きだすことはできない。みんな、どん底に沈んだまま、自分の泥のなかでのたうっている。

ページ：でも、ぼくたちはユイさんに助けてもらいましたよ。ここにいる三人はひとりきりだったら、なにもできないやつばかりです。ユイさんに紹介されなかったら、ばらばらで無力なままだった。

ボックスとタイコもじっと画面をのぞきこんでいた。画面の隅ではユイのイルカが自分の尻尾を追って、時計まわりに回転していた。新しいメッセージは改行なしで、かなりの分量だった。

ユイ：わたしがやっているのはひどく混乱している人の話をきいて、ごちゃ混ぜになったファイルを整理してあげるだけ。そのときはすっきりするかもしれないけど、地雷は依然として、同じファイルのなかに残っている。問題は解決なんかされない。誰も浮上なんてしない。輝く海面を見ることもない。たいていのみんなは深海の住人のまま。プランクトンや魚の死骸みたいにね。

どんな悩みにもまえむきに対応し、決して相談者を否定することのないユイが、その夜は落ちこんでいるようだった。

ページ：なんだか、今日はぼくがカウンセラーみたいですね。でも掃除をするというのは、ゴミをまとめて外に運びだすことです。整理はされるけど、ゴミは世界からなくなるわけではないし、エントロピーの総和は変わらない。人間の悩みだって同じじゃありませんか。解決できなくとも、悩みを心の別な場所に移すだけで、すっきりした気分になれる。それで十分ですよ。

ユイのこたえは泣き笑いのマークだった。ボックスがキーボードを代わった。

ボックス：金も取らずに一日中、暗い話ばかりきかされるから、疲れちゃうんだよ。たまにはおれたちと息抜きでもしようよ。

ユイ：それもいいかもね。わたしから、三人に頼みがあるんだけど。

ボックスはページにパソコンをもどした。おしゃべりは苦手でも、三人の頭脳がページであることに変わりはない。

ページ：できることなら、なんでも。

ユイ：つぎはあなたたちがわたしの代わりに、困っている人を助けてほしい。今わたしのところに、プログラマーの子がひとりと元ひきこもりの男性がひとりいる。あなたたちで、彼らが自立できるように手助けをしてあげられないかしら。

　三人の視線が交差した。なんとかひとり暮らし三人分を支えるだけの収入は確保していたが、新たにふたりのメンバーを養うほどの余裕はないだろう。タイコがいった。

「どう思う？　おれたちだけでも結構きついのに、あとふたりか」

　ボックスはためらうようにいった。

「でも、贅沢をしなければ、なんとかなるかも。おれとタイコが機材を我慢するとかさ。売りあげはゆっくりだが伸びてる。おれたちはビル・ゲイツや中込威《なかごみたけし》みたいな大金もちになりたいわけでもないしな。ページはどう？」

　中込威はデジキャピのまだ若い代表だ。ページはおおきく深呼吸した。

「い、い、今でも仕事が、が、オーバーフローしそうなときが、ああ、ある。そろそろ、そろ、ぼくたちでか、か、会社をつくっても、いい、いいかなと思ってた。その、その、ふたりができ、でき、できる人間なら、ららら、いいかもしれない、いい。取りあえず、時間時間時間をもらって、め、め、面接してみよう、うう」

　ふたりは黙ってうなずいた。ページの指がキーボードを走る。

ページ：新しい仕事を開拓したいなと思っていました。こちらには会社をつくる計画があります。ふたりとうまくやれるかわからないので、いつか会わせてください。ぼくたちはこんな調子なので、人間関係が生命線です。そのときはできたらユイさんもいっしょだとうれしいです。

　まだ誰もオフラインでユイと顔をあわせたことはなかった。ユイの存在はこのホームページ常連のあいだでも謎のままだ。

ユイ：了解。でもイズムくんには期待していいよ。まだ若いプログラマーなんだけど、このホームページの仕掛けは全部、彼がつくったもの。ハッキングやネットセキュリティの専門家でもあるから、きっと新しい戦力になると思う。

　ボックスが画面を読んでいった。

「でもさ、プログラマーって一匹狼の変わり者が多いからな。仕事ができるのに、このサイトにはまってるなんて、絶対にどっか壊れてるに決まってるな」

「ぼ、ぼ、ぼくたちみたいに、に、に」

　三人が笑い声をあげたところに、アキラがトレイをもってやってきた。荒々しくこぶ茶と磯辺焼の皿を並べると、濃紺のディスプレイを見て声をあげた。

「それ、『ユイのライフガード』じゃない。今、接続してるの」

　ページがうなずくと、アキラは空いている席にすべりこんできた。ボックスはあわてて目をそらし、がちがちに身体を緊張させた。手の届く距離に女性が近づいたときに見せるいつもの拒否反応だった。この状態で十五分もしたら、肌のあちこちに赤い湿疹がでてかゆくてたまらなくなるだろう。アキラはページからパソコンを奪い、キーをたたき始めた。前腕に少年のような伸びやかな筋肉が浮きあがる。

アキラ：おはよう、ユイさん。

ユイ：あれ、アキラくんもそこにいるんだ。

アキラ：ところでここにいる三人って、どういう人？

　ユイはしばらくためらっているようだった。イルカがディスプレイのあちこちを泳ぎまわり、時間を稼いでくれる。ページは吃音がばれるのが怖くてひと言も話せなかった。ボックスはすぐにでもその場を離れたそうだ。タイコだけがかろうじてヒューマンインターフェイスの機能を保っていた。

「アキラって、このホームページ知ってるんだ」

「うん、最近はまったんだけど。よくユイさんのお世話になってる」

　イルカが画面の隅に引っこみ、新たなメッセージが表示された。

ユイ：そこにいる三人はちょっと変わったところはあるけれど、優秀なeビジネスの専門家。このサイトの卒業生でもある。もう必要はなくなったけどね。ページくんはテキスト、ボックスくんはデザイン、タイコくんはミュージック。三人が組んで立派な仕事をしている。

　アキラは怪しげな表情でボックス席に座る三人を順番に見つめた。

「ふーん、ユイさんがそういうなら、ほんとうなんだろうね。それじゃあさ、あたしも仲間にいれてよ」

　アキラはその場にいる人間の了承など気にせずに、キーボードをたたいた。

アキラ：ユイさんから頼んでくれないかな。ぼくも仲間にいれてやってって。この三人、ちょっと変だからぼくみたいなのがいたほうが、世間とうまく折りあいがつけられると思う。今だってこちこちに緊張して誰も口をきかないんだ。

　タイコはメッセージを読んで驚きの声をあげた。

「なんだよ、アキラってネットオナベなのか」

アキラはダストゴーグルの位置を直して、平然といった。

「だって女だとわかるとウザいやつが多いじゃん。写真送れとか、年はいくつだとか、胸のサイズとかさ」

ページは急におかしくなって笑いだした。ディスプレイには新しい返事が浮かんでいる。

ユイ：それ、いいんじゃないかな。アキラくんはわたしのところでは、比較的まともなほうだしね。

ページ：彼には、なにか得意なことはあるんですか。

アキラはページの問いに肩をすくめた。ベストについたパウチが揺れて、かちゃかちゃと金属音を立てる。胸の谷間では銀の認識票が裏返って光りをはねた。

ユイ：さあ、どうかな。格闘技をやってるから、腕っ節は強いって話だけど。三人には役に立たないかもね。バイクのりだから、トラフィックくらいならできるでしょうけど。

それならバイク便を頼んだほうが安あがりだった。そのときボックスがそっぽをむいたままいった。

「そのヴィジュアルが特技だよ」

アキラは怪訝《けげん》そうな表情になる。タイコがきいた。

「どういう意味？　ぼくたちはモデルプロダクションじゃないよ」

ボックスは投げやりにいった。

「おれはどっちでもいいけどさ、アキラは素材としてつかえる」

迷彩服のウエイトレスは胸のまえで腕を組んだ。皮肉そうに唇を歪めていう。

「あたしはネット露出狂のバカ女みたいに脱いだりしないよ」

ボックスは正面にむき直った。視線はアキラを避けてテーブルに落ちている。

「だからさ、アキラのイメージにおれのグラフィック、ページのテキストにタイコの音楽が加われば、最強のアイドルサイトがつくれる。アキラは写真のモデルになるだけだ。日記やファンへの返事はページが書けばいい。昔、アイドル本のゴーストライターやってたろ。誰かさんのネットオナベよりは、ページのネットアイドルのほうが様《さま》になるに決まってるさ」

タイコが気のなさそうにいう。

「だけど、ネットアイドルなんて、普通はみんな無料だし、嫌になるほどホームページにあふれてる。それでビジネスになるのかな。ケチな広告収入なんて、ぼくは嫌だな」

ボックスは鼻を鳴らしていった。

「わかってねえな。数が多いのはそれだけ需要があるってことだ。どれも素人のお手製みたいなものばかりで、びしっとプロの仕事なんて見あたらない」

ページがなにかを考えこむ表情になった。キーボードをたたく。

ページ：ちょっとラインを切断してもいいですか？

ユイ：どうぞ。わたしはずっとここにいる。

ページは新しいテキストウインドウを開いた。話し言葉の何倍もの速さでキーを押すと、メカニカルキーが底を打つ音がひと塊になってきこえた。

［新規の仕事を開拓したいっていってさっきいってたろ。今のボックスの提案は一本いくらの請負仕事じゃなく、直接お客にイメージと情報を売りこめる手だ。たいした元手もかからないし、ともかくやってみないか。ユイさんもいっていた。形なんてどうでもいい、水面から顔をだしたらじたばたし続けることだって。浮かんでさえいれば、いつか泳げるようになるさ」

ボックスとタイコがディスプレイを読むのを、アキラは目を丸くして見ていた。ちいさな声でタイコにいう。

「あのさ、もしかしてこの人、口がきけないの」

タイコが首を横に振った。ページは首筋まで赤く染めて、深呼吸した。

「キ、キ、キーボードだとだいじょうぶだ、けど、けど、は、は、話そうとすると、と、言葉がぶつぶつ、ぶつぶつぶつぶつに切れてしまう。くせ、くせ、癖なんだ。り、り、理由はわからない、ないない、ないない」

アキラはあきれたようにいった。

「さっきから、あたしの顔を見ようとしない、そこの人は？」

ボックスは喫茶店の白漆喰《しっくい》の壁をむいたまま、身体を縮めていた。タイコがフォローしてやる。

「女性と不潔の恐怖症」

「それでよくこんな店にくるね」

「この店の女はただのイメージだろ。表面のビジュアルさえいけてれば、性格も内臓の病気も関係ない。おれがどんな好みでこの店にこようが、あんたには関係ないだろ」

アキラは腕を組んだままうなずいてみせた。タイコにいう。

「それで、あんたは」

返事に詰まったタイコの代わりに、ボックスが白手袋を脱ぎながらいった。

「こいつは道を歩いていても、突然頭がフリーズする。今日もここにくる途中で、四十五分間片手と片足をだしたまま固まっていた」

「そのあいだ、ふたりは道端で待ってるの」

「そう、缶コーヒーと缶おでんをくいながら」

ページは片手の指先でテーブルをたたくと、全員の注目を集めキーボードを打った。入力を終えると三人に見えるように画面をまわしてやる。

「アキラ、ぼくたち三人には確かに病気がある。今だって治せるなら、治したいよ。でもそれはなかなかむずかしいんだ。ぼくがユイさんから教わったのは、どんな病気をもっていてもかまわないから、どんどん生きてしまったほうがいいってことだ。この三人のあいだでは互いの病気をきちんと認め、手助けできるときは助けあうことになっている。だから、それがきみにとって無視できないことなら、ぼくたちと組むのは無理だ。それと仕事の話だけど、ぼくはともかくボックスとタイコは名指しでクライアントから注文がくるくらいの腕はある。まだ一流とはいえないけれど、みんなこれからもっと伸びるだろうとぼくは期待している」

ボックスはさっと画面を読むと、そっぽをむきながら何度かうなずいた。タイコはふっくらと丸い頬に恥ずかしげな笑みを浮かべた。アキラは腕をほどき、昂然と胸を張っていう。

「あたしは自分になにができるのかわからない。別に病気はないけど、この顔のせいでちいさなころから、ちやほやされて逆の差別を受けてきた気がする。おかしなストーカーに追われたり、くだらないスカウトにねばられたりね。ショーウインドウの人形みたいな人生もいいだろうけど、あたしは嫌だ。有名になるより、あたしはあたし自身になりたい。それとさ……」

その夜初めてアキラはためらうような調子になった。テーブルで組んだ手を見つめながらいう。

「さっきの話、ちょっとうらやましかったよ。この店の女の子はみんな仲がよくて、明るく振舞ってるけど、冬の夜中に一時間そのへんの道端であたしを待ってくれる子はいない。あんたたちには、そんなのあたりまえなんだろ」

三人がうなずいた。ボックスがふざけていう。

「まあな。ひどいときは打ちあわせの終わったあと、よその会社の明かりの消えた会議室で三時間待ち」

アキラが声をあげて笑った。

「わかった。あたしもいっしょに待つことにするよ。なるべく、女嫌いのあんたの目につかないところでね」

その明け方、三人はアキラと携帯電話の番号とメールアドレスを交換した。それがすんで初めて自己紹介が終了した気分になる。ページはユイのサイトに再接続して、アキラとのなりゆきを報告した。チャットは打ち手を替えて、果てしなく続いた。

電気街の狭い空が青いセロファンのように透きとおったころ、四人は秋葉原の路上にでて、それぞれの部屋に帰っていった。

第二章 砂漠で花を咲かせる方法

@1

翌日から事務所探しが始まった。三人は自分の仕事を抱えていたが、アキラは店にでるまえの時間を有効につかって、秋葉原の不動産屋を歩きまわった。行動力に欠ける二人にくらべ、アキラは積極的だった。

事務所の条件は秋葉原近辺にあること、ともかく賃料が安いことだった。だせる金が決まっていれば、部屋探しにむずかしいことはなかった。アキラが二日がかりで見つけてきたのは、外神田三丁目にある木造モルタルの建物だった。築三十年はゆうに超えた古家である。以前は酒屋だったらしく、鳥越酒店の金の筆文字の看板がまだ壁に残っていた。一階の酒屋はすでに廃業されて久しいらしく冷蔵ケースなどはすべて撤去され、室内の三方はさまざまな種類の自動販売機で埋め尽くされていた。缶飲料はどれも特価の百十円で売られている。昼間でも蛍光灯に照らしだされた明るい無人販売所だった。タイコが販売機の中身を確認しながらいった。

「これなら、夜の買いものも便利かも。このへんてコンビニがけっこうすくないんだよな」

中央のベンチに座っていたボックスがいった。

「なんだか、すごいしょぼくて、おれたちらしいな。肝心の部屋を見にいこう」

鍵をもったアキラが店の横についた木の階段を鳴らしながら二階にあがった。三人もあとに続く。タイコがいった。

「ホラーゲームみたいだな。モルタルの木製ダンジョン」

アキラは相手にせずに、鉄製のドアを開けた。

「昔、空巣にやられて扉だけつけかえたんだって。この部屋だよ」

ページがなにもない貸事務所へ最初にはいった。木枠の窓は正面と通りに面した二方向にある。部屋の広さは十畳ほどで、床には安手のビニール製タイルが張ってあった。壁はベニア板のうえに塩ビシートでも重ねたのだろう。タバコのヤニで薄く黄ばんでいた。

「ねえ、この奥のドアは」

ボックスの声が廊下から響いた。アキラが叫んだ。

「つきあたりがトイレで、横はしたの自動販売機用の倉庫だって」

タイコが部屋のなかを歩きまわりながらいった。

「ふーん、風呂はなしなんだ」

「あたりまえでしょ、なんてったって圧倒的に安いんだから」

ページが口を開いた。アキラとタイコは神経を耳に集中させる。

「で、で、電話回、回線はどう」

「普通のが二本引いてある。回線を増やすのは自由にやってもいいって。ところでページはなにもってきたの」

「ああ、ああ、ああ、これこれね」

ページは手さげの紙袋から薄い段ボール箱を取りだした。

「ひょ、ひょう、表札代わりに、つ、つ、つかおうとおも、おも、思って」

箱のふたを開けるとなかには電源コードとACアダプター、それに長さ三十センチほどの黒い表示板が見えた。タイコがいった。

「ああ、これなら知ってる。秋月電子で三千円で売ってたやつだろう」

ページはうなずいた。アキラが不思議そうにきいた。

「なに、これ」

「タ、タ、タクシー用のLEDディ、ディ、ディスプレイ。ちょ、ちょ、ちょっと待って」

ボックスが部屋にはいってきて、肩越しに機材をのぞきこんだ。ページはコードをコンセントにつなぐと、スイッチをいれた。緑色のドットが左から右に流れていく。

アキハバラ@DEEPアキハバラ@DEEPアキハバラ@DEEP
文字は三度流れると、その場にとどまり点滅を繰り返した。ボックスがいった。

「このネーミングはなんなんだ」

ページは振り返って三人にいった。

「ぼ、ぼくたちの、か、か、会社の名前に、どうどう、どうかなって思って。しゃ、しゃ、社名とホームページ、ア、アドレスは同じで、ど、どう？　そ、その名前なら、むむ、昔ぼくが登録しておいたのがある、る、るんだ」

タイコがいった。

「音の響きは悪くない。曲のタイトルにもつかえそうだ。社歌ってつくったことないから、やってみようかな」

「あたしもいいと思う。みんなが出会った街だしね。ボックス、あんたはどう」

ボックスはアキラから離れた部屋の端でいった。

「おれは名前なんてどうでもいい。やることをやってれば、名前なんてあとからついてくるもんだ」

アキラは鍵の束を低い天井に投げ、鋭い左ジャブで空中からもぎとるようにつかんだ。

「それじゃ決まりだ。あたしたちの会社はアキハバラ＠ＤＥＥＰ。なんだか、すごくやる気でてきたな」

事務所の扉のうえにタクシー用ディスプレイを取りつけると、緑のＬＥＤを点滅させたまま、四人はつぎの目的地にむかった。


電化製品のバッタ商法で戦後名をなした秋葉原では、ブランドにこだわらなければ、たいていのものを格安の価格で手にいれることができる。四人が足を運んだのは、地下鉄銀座線末広町駅の近くにある中古家具店だった。どこかのオフィスでお払い箱になった似たようなデザインの灰色の机と椅子が、店のまえの歩道に山積みされていた。どれもせいぜい数千円の値札がついている。

四人はそれぞれ自分のつかうデスクセットを選ぶと、翌日の配達を頼んだ。現金で支払ったタイコが店をでてくるといった。

「なんだかそれらしくなってきたな。でも肝心のコンピュータはどうする？　ラジオデパートの中古屋にでもいってみるか」

　ボックスが首を横に振った。

「ダメダメ。同じ金で、性能がよくて、もっと新しいのが手にはいるところがある」

　ページがうなずいている。アキラが不思議そうにいった。

「それ、どこの店」

「店じゃない。変なインド人。午前中に電話しといたから、いってみようぜ」

「あたし、秋葉原でバイトしてるけど、今日は初めて見るところばかりだな。みんな、へんな店とか、よく知ってるね」

　ボックスとページは先に立って、電気街のメインストリートを歩きだした。片側三車線の中央通りは背の高い家電量販店が建ちならび、イチョウ並木の歩道は谷底のように暗かった。夕暮れの薄明の空を背景に、原色のネオンサインが無遠慮に店の名前を叫んでいる。

　四人がつぎにむかったのはＪＲの高架線をくぐった先の万世橋交差点近くにあるラオックスだった。ビルの四、五階あたりの壁面にはハングル、英語、アラビア文字で免税と巨大な表記が躍っている。店先には数十台の新型デジタルテレビが城壁のように積まれ、一斉に画面が切り替わると夜六時のニュースショーになった。隅々までスタイリストの手で磨きあげられた折り目正しいキャスターが、無音のままほほえんで会釈する。

　アジタは遠くからでも、すぐにわかった。周囲の買いもの客より頭ひとつ背が高く、商品を見ることもなく店先のまぶしい照明のなか立ちつくしているからだ。ラオックス免税店のまえの広い歩道が、昼はアジタの事務所だった。打ちあわせが必要なときには、近くの喫茶店を利用する。

四人を見つけるとインド人便利屋は厳しい表情を一転させた。

「ハーイ、ボックス、ページ、タイコ。今日はきれいなお姉さん連れてるね。ちょっと戦争いくみたいな格好してるけど」

その日アキラは市街戦用の都市型迷彩服を着用していた。ブルーグレイのコンクリートの断面と鋼鉄の青が瓦礫のように重なり、豊かな肉体を秋葉原の街路に隠している。ボックスが紹介した。

「こいつ、新しい仲間でアキラ。注文していたものは手にはいりそうかな」

アジタは歯をむきだして笑った。長い前歯が見えて、どこか凶暴そうな印象が残る。

「アジタにまかせなさい。だいじょぶ。ウィンドウズをのせたコンピュータ四台、そのうち一台には高精細の二十一インチディスプレイつき。あとはファイルサーバー一台とルーターが二台でしょう。ただね、値段が厳しくて」

タイコがいった。

「ボックスはマックじゃなくていいのか」

「ああ、ファイルのコンバージョンが面倒だし、クォークエクスプレスをつかわないなら、もうマックもウィンドウズも変わらない」

あたりを散策する客には、歩道の端で立ち話をするインド人と迷彩の少女がめずらしいようだった。ちらりと視線を投げてはとおりすぎていく。ページはボックスの耳元でささやいた。

「い、い、いったいいくらって、いい、いったんだ」

ボックスはアジタに笑顔をむけたまま、唇を動かさずにこたえた。

「全部で十五万」

それに気づいたタイコが低く口笛を吹く。音程と音の消え際のはっきりした口笛だった。占先のテレビの画面がまた切り替わった。今度は中東のどこかの爆心地が映される。また別な誤爆だったらしいが、それが孤児院なのか、テロリストの武器庫なのかはテレビを眺める誰にもわからないだろう。アジタはまばたきもせずに崩れた日干しレンガの山を見ていった。

「完璧な空爆も完璧な商売もないね。でも、アジタの肩には一族の子どもたちの生活がかかっている。ボックス、二十万」

ボックスは肩をすくめていった。

「おれたちも新しい会社をつくるんで、資金がショートしそうなんだ。仕事がうまくいったら、アジタのいいお得意になるからさ。十七万」

深くため息をついて、アジタは手の甲まで毛のはえた右手を差しだした。ボックスが二重の手袋越しにしっかりと握手する。

「商談成立だな。明日の午前中には、この住所に届けてくれ。それから、コピーとファックスとスキャナーとプリンターの複合機にでものがあったら、探しておいてくれないか」

アジタはメモに視線を落としてから顔を輝かせた。

「予算は」

「五、六万かな」

「あんた、いい商売人になるよ。会社やめて、いっしょに働かないか」

夜はコスプレ喫茶でアルバイトがあるというアキラと別れて、三人は秋葉原駅で解散した。会社づくりだけでなく、レギュラーの仕事をこなさなければ、生活費を得られない。アキハバラデパートまえの広場では、年末を控えていっそう実演販売に熱がこもっているようだった。人だかりがいくつもできている。万能野菜カッターに五種類の包丁とまな板、さらにクリスマススペシャルでレモン搾り器とワインオープナーがついてしめて七千八百円。この街を支えているのは、一円でも安く、一品でも多くものを売買したいという人々の熱気だった。テクノロジーがいくら進歩しても、聖なるものをつくりだすのが、人の欲望であるのは間違いなかった。

@2

つぎの朝は冬でもあたたかい最近の東京ではめずらしい冷えこみになった。四人は午前十時まえには、無人販売所の二階に顔をそろえていた。エアコンからは盛大にタバコのにおいがしたが、アキラは我慢して暖房を強にセットした。

最初に届いたのは、二トントラックの荷台に積まれた事務机と椅子だった。運転手は日本人だが、薄手のジャージを着た助手のふたりは中国人のようだ。机をもって階段をあがるとき、広東語でなにかやりとりしている。

十分ほどで配送のトラックは去った。かなりの広さがあるように見えた事務所は壁際に机がふたつずつ並ぶと、中央に空間を残すだけになった。四人が中古のデスクを拭いていると、ドアをノックする音がした。アジタが開いた戸口から長い顔をのぞかせる。

「おはよう。デジタルピザの配達にきたよ。すごい場所に部屋借りたね」

アジタは階段のしたに声をかける。今度はインド人の手でコンピュータの段ボールが事務所に運びこまれてきた。ゲートウェイ、デル、ＨＰ、ＩＢＭ、トーシバ。箱の横に印刷されたロゴマークはばらばらだった。

ページもアキラもタイコもよろこんで段ボール箱に飛びついた。ボックスはアジタに封筒を渡すと、白黒の牛模様のゲートウェイの箱を開いた。アジタはゆっくりと現金を数えている。作業しやすいように手術用のゴム手袋をしたボックスが、発泡スチロールをはずしコンピュータ本体を取りだした。アジタにいう。

「これ、マッキントッシュのG3じゃん。アジタ、ウィンドウズのほうがいいんだけどな」

透明アクリルの外装のしたに青いリンゴのマークが、飛び切り甘いキャンディのようにきらめいている。革のロングコートの内ポケットに金をしまいこんだ便利屋が、にやりと笑った。

「それでだいじょうぶ。セットアップすればわかる。なにか問題があったら、ラオックスまでくるといい。アジタの商品には問題なんてないけどね。それじゃ、まいど」

インド人の便利屋は階段を鳴らして帰っていった。タイコがいった。

「ぼくのところは、コンパックの箱にソニーのコンピュータがはいってた。もうめちゃくちゃだな」

アキラはタイコの机におかれたＶＡＩＯによく似た青灰色の十五インチディスプレイを、じっと見つめた。

「それさ、ソニーじゃないじゃん。だってスペルが違うよ。ＳＯＭＹになってる」

ボックスが笑い声をあげた。

「外側なんてかまうことないさ。どっかの会社が勝手にやってるデザインの違いだけだ。さっさとプラグインして中身を見てみよう」

セットアップには一時間ほどかかった。もっとも一番手間取ったのは段ボールの開梱とあとかたづけだったかもしれない。ファイルサーバーと二台のルーターに四台のコンピュータがつながれ、それぞれのディスプレイが立ちあがった。どれもウィンドウズＭｅの初期画面が表示されている。ボックスがいった。

「マックの筐体《きようたい》にインテルのＣＰＵ、ＯＳはマイクロソフトだもんな」

タイコはファイルを開いて、ＣＰＵのクロック数やメモリやハードディスクの容量をチェックしている。

「こいつは確かにソニーのぱくりもんだけど、この表示どおりなら十分な速さだし、文句なしだ。サウンドカードもまあまあのがついてる」

アキラはＩＢＭの箱からでてきたノンブランドのコンピュータを見て不思議そうにいった。

「これっていったい、どういうことなの。箱もブランドも中身もでたらめにミックスしてある。盗んだ部品を組みあわせてつくったマシンなのかな」

ページの指がキーボードを走った。各自のディスプレイに同じメッセージが流れる。

「いいや、違う。東南アジアのあちこちの工場で余りものの部品を寄せ集めてつくったコンピュータだ。台湾か香港か、もしかするとインド製。盗品じゃないよ。ウィンドウズは違法コピーだろうけどね」

ボックスはそれを読んでからいった。

「もうコンピュータはどこかの大企業が市場を牛耳《ぎゆうじ》るなんてもんじゃない。こいつらは最新のマシンだけどスクーターみたいなローテクなんだ。主要パーツさえ買ってくれば、どんなに貧乏な国だってこれくらいつくれる。裏通りのコンピュータ製作所が世界にはうじゃうじゃしてるのさ」

タイコが設定されたビープ音を替えている。腹を押されたアヒルの鳴き声が平和な事務所に響いた。

「そうだな。技術がすすみすぎて、また最初のなんでもありのジャングルにもどった。金儲け専門のビッグブラザーは苦しんでるけど、ぼくたちにはいい遊び場だ」

ページが手をあげて注意を集め、再びキーボードを打った。

「そこで新しい問題が生まれる。ぼくたちの会社の仕事についてだ。ITバブルが崩壊して、ネットビジネスの標準が変わったといわれている。ボックス、説明してくれ」

ボックスはアキラがとなりに座っていることにようやく気づいたようだった。椅子を机の端まで引いてこたえた。

「昔はこの業界でなによりも大事なことは、自分がほしいと思った分野で誰よりも早くサイトを立ちあげ、ユーザー数をナンバーワンにすることだった。それだけで実際に儲けなくても評価されたんだ。ITバブル崩壊以降はユーザーの確保だけでなく、売り上げを計上し、きちんと利益をだすことに変わった。以上、経済新聞サイトの受け売りは終わり」

ページは笑っていう。

「あ、あ、ありがとう、うう」

アキラとタイコが拍手のまねをした。ページの指先がキーボードを走る。

「でも、ぼくはそれではダメなんじゃないかと思っている」

アキラがページの肩越しにきいた。

「どうして？　お金を儲けることが会社の目的だよ。アキハバラ＠DEEPだって、それは変わらないでしょう。慈善事業じゃないんだから」

「それはそうだけど、よく考えてほしい。ネットのなかにあるもので一番高価で重要なものはなんだろうか」

　アキラがぽつりといった。

「情報、かな」

　ページのキーボードは雄弁だった。つぎつぎと新しい文章を四つのディスプレイに浮かべていく。

「一番高価なものが無料で流通しているマーケットで、どうしたら利益をあげられるのか。これはとてもむずかしい問題だと思う。これまでの成功例はみな外部から資本を導入することでなんとか達成された。株式上場とか、資本提携とか。ネットビジネス単体できちんと利益をあげている企業なんて、実はほとんどないんだ」

　ボックスはゴム手袋を脱いで、いつもの三重の手袋にもどした。さばさばという。

「そいつは確かに問題だ。おれたちの会社は設立まえにクラッシュしちまう。ページ、おまえのこたえをきかせろよ。なにか考えているんだろう」

　ページはうなずいて、キーボードにむかった。

「最初から反対の方向へいくんだ。ぼくたちの会社は利益を制限しよう。おおきくなるのも、有名になるのもやめよう。ちいさなまま自分たちが満足のいく暮らしができて、ぼくたちの同類を手助けしてあげられるくらいのぎりぎりの利益で満足しよう。大企業がでかいダイヤモンドなら、ぼくたちはそれを構成する炭素分子の素粒子の、そのまたかけらのクォークだ。パンくずひとつあればひと冬暮らせる羽虫みたいなものだ。一生懸命でもなく、死ぬほどがんばることもなく、ゆるゆると生き延びる。もし会社がうまくいかなくなったら、すぐに休眠させよう」

　ボックスがアキラから目をそらせていった。

「そりゃあ、ずいぶん威勢のいいスタートだな。会社っていうより、NPOみたいだ」

タイコがボックスにむかって椅子をまわした。

「大金もちになって、毎日スーツ着てネクタイ締めて、誰かに取られるんじゃないかって、ガードマンに囲まれてびくびく暮らしたいのか。ボックスには絶対無理」

「そうじゃないけど、どうせ働くなら夢くらい見たっていいじゃないか」

ページがキーボードをたたいた。ページがキーを打つ音には周囲を静かにさせる力がある。

「もちろん利益をまったくあげなくていいなんて思ってないよ。でも、いりもしないものを誰かに大量に押しつけて大儲けしようなんていうのは、もうモデルとして古いんだ。せっかくITバブルがはじけたんだから、ネットはもう一度スタートの気もちを思いだしたほうがいい。ほんの十五年まえには、ネットの住人はほとんどが科学者や技術者で、自分の研究に必要な資料やデータを無料で交換するためのただの道具だった。デジタルマネーを漁《あさ》ったり、インチキグッズを売りつけようなんて死肉喰らいは存在しなかった。また、あのころのようになればいいんだ。『グヌーテラ』みたいなファイル交換ソフトだって、ほしい人ともってる人を結びつけるだけで、どこかの大企業が裏で糸を引いてるなんてことはない。生まれ故郷の川を遡行《そこう》する鮭のように、原点にもどろうという流れがネットにできていると、ぼくは感じる。ぼくたちの会社もその流れにのったほうがいい」

ボックスはしぶしぶうなずいた。

「すべての人に開かれた無料の情報ユートピアか。そこに住むものはみな善良で、子どもの死体写真サイトや自殺推奨サイトは存在しない。だが、ビジネスにとっては砂漠みたいなもんだな。どうやって砂漠で花を咲かせるんだ」

ずっと黙っていたアキラがおおきな声をだした。

「砂漠でだってサボテンの花は咲く」

ページはにこりとアキラに笑って、キーボードにもどった。

「そうだ。それに四人だけならちいさな花でも十分だ。手始めにこのまえのアイドルサイトでもいいけれど、具体的になにをやればいいかは、すこしずつルーティンワークをこなしながら考えよう。仕事はぼくたちにとって、この世界への気もちいい挨拶であるべきだ」

タイコが三十二分の一拍子で机の端を指先でたたいていた。興奮しているときの癖だった。

「気もちいい挨拶か。悪くないね、それ」

「ところでさ、みんな普段はどんな仕事してるの」

アキラの質問にボックスが憮然としていった。

「週に三本の企業ホームページの更新。あとは不定期で企業PRとかアニメや映画のおまけについてるDVD－ROMのオーサリングとかね。映像素材をもらってノンリニアの編集は手分けしてやってる。原稿とテロップはページが書き、おれがアートワークをやり、タイコが音をつける。それでひどいときは週に三日の完徹だ。アキラの声ならいけるかもしれないから、今度ナレーションやってみな」

アキラは感心したようにいった。

「やっぱり、ユイさんの言葉に嘘はなかったね。あたしはこの三人、結構怪しいかなと思ってたんだけど」

タイコがアキラを横目で見ていった。

「それで、よくぼくたちの仲間になったね」

「それはさ、あたしが誰かをぶんなぐりたくなるくらい退屈していたせいもある。それに『あかねちん』で見る三人は、いつものおたくとどこか違うんだよ、雰囲気がさ。どう違うってきかれても困るけど、あんたたち結構いけてるよ」

アキラの座る机の反対側の壁に背中を張りつかせ、ボックスがいった。

「おまえにほめられても、ぜんぜんうれしくないな」

「あたしもあんたにきれいだっていわれてもぜんぜんうれしくない」

タイコが気を利かせて、したの自動販売機であたたかい缶コーヒーを買ってきた。四人は経費四百四十円で事務所開きのお祝いを済ませた。

誰も貴重なものだとは考えないが、缶コーヒーの香りと甘さを感じ取る感覚器のパラメーターは残念ながら、人間にしか存在しないものだ。

父たちと母はその後、交互に仕事と雑談を繰り返した。

@3

その日の深夜、ページは自宅のパソコンからユイの人生相談ホームページに接続した。ユイはいつものようにひとり深海のようなディスプレイで待っていた。バンドウイルカは文字列のない画面をところ狭しと跳ねまわっている。ページは最初のメッセージをそっと液晶の海に送りだした。

ページ：今日は誰もいないみたいですね。

ユイ：ページくんか、サイトの壁紙を海底みたいにしておいてよかった。なんだか、すごく落ち着くんだ。アキラくんとみんなはうまくいってる？
ページ：ええ。ボックスも口は悪いけど、まんざらでもないみたいです。
ユイ：よかった。でもあなたたち三人には、どこか特別なところがあるよ。
ページ：それはアキラにもいわれました。ぼくたちはほかの人たちと変わらないと思うんですが。
ユイ：そんなことはない。あまり好きな言葉じゃないけど、あなたたちには人を癒す空気があると思う。わたしよりライフガードにむいてるんじゃないかな。
ページ：今日はその相談にきたんです。
ユイ：久しぶりだね、ページくんから相談なんて。
　ページはディスプレイをしばらく見つめてから、一気に打ちこんだ。
ページ：ぼくたちがやろうとしている新しいビジネスの形についてなんです。ほかの三人には自信ありげに話しているけど、ちょっと不安なことがあるんです。仕事って言葉を扱うように論理だけでは動かないところがありますよね。なにが起こるか予測できないし、自分のすすむ方向が正しいと思っても、絶対の確信はもてません。ときどき砂漠のまんなかで磁石をなくしちゃったように感じるときがあります。
ユイ：もうすこし詳しく話してくれる？
　ページはそれからディスプレイの半分をつかって、昼のあいだ新しい事務所で三人に語ったことを入力した。同じ内容でも表現し直すと、しだいに論点が整理されていくのが自分でもわかった。
ユイ：砂漠で花を咲かせる方法ねえ。わたしはこんなふうに思う。花を咲かせる方法は、花の種類だけある。ページくんが嫌いな汚いやり方でも、おおきな花は咲かせられるでしょう。どんな花にも自分なりの理念と独自の栽培法があって、全部がきっと正しい。すべての選択肢が正しいのなら、自分にしっくりくる方法を好きなように選べばいい。どうせ間違いを選ぶことはできないんだから。

ページ：でもまったく日のあたらない場所をわざわざ選んで、ぼくたちは花を植えてしまうかもしれない。

ユイ：二進法の論理回路じゃないんだから、生命に絶対はないよ。場所がよくても、病気になるかもしれないし、種が死んでいて芽をださないかもしれない。でも、わたしはページくんたちについて心配していない。

ページ：なぜですか？

ユイ：何千人も人生相談をしてきて、まっすぐに伸びていく人とそうはならない人の区別がつくようになった。ページくんは今のまま、迷ったり悩んだりしながらだけど、ちゃんと伸びていく人だと思う。

ページ：そんなものでしょうか？　やっぱり自分ではわからないな。

ユイ：どこかの占い師みたいに「あなたの将来に明るい太陽が見えます。黄色いものを事務所におきなさい」なんていえるといいんだけど。わたしのなかの深いところで、あなたはだいじょうぶだって声がする。ただ慎重すぎるところがあるから、たまにはボックスくんの話をきいたらどうかな。彼はときどき思い切ったことをいうでしょう？

ページ：ええ、びっくりするようなことをいいますね。アキラのアイドルサイトとか。

ユイ：へー、男でもアイドルサイトができるんだ。そんないい男なら、会っておけばよかった。

ページはアキラが女性であるとは教えなかった。アキラ自身がその気になったら、ユイに伝えるだろう。その代わり新しい提案をする。
ページ：今度の火曜日にみんなで集まりませんか？　ユイさんが話していたプログラマーと元引きこもりの人も呼んで。レギュラーの仕事も終わって時間が取れるんです。もちろんユイさんもきてください。
ユイ：そうね。いいかもしれない。
ページ：北口のバスケットコートが潰されて、秋葉原にはもう気もちのいいオープンスペースはなくなったから、近くの上野公園にしましょう。上野動物園の正門まえに二時集合。ぼくのほうから、みんなにメールを送っておきます。都合が悪いようでしたら、メールをください。
ユイ：そういえば、みんなに会うのは初めてだね。
ページ：ユイさんの顔が見られるのが、すごく楽しみです。
ユイ：あまり期待しないほうがいいよ。
ページ：それはぼくたち四人も同じです。きっとびっくりすることがありますよ。
　ユイはページの吃音やボックスの不潔恐怖症と女性恐怖症、タイコの発作についてもネットを通じて知っていた。実際に生身の三人に会ったときの反応が楽しみだった。男性の振りをしているアキラもいる。ページは新しいメッセージを送った。
ページ：ぼくはユイさんに改めて、お礼をいいたいと思います。ぼくたちを結びつけてくれてありがとう。いつも励ましてもらって本当に感謝しています。ユイさんがいなかったら、砂漠のなかで孤独なまま、みんな倒れておたくの干物になっていたでしょう。誰にもなれずに、目指すものもなく、さっさと逝《い》っていたと思います。ユイさんはライ麦畑じゃなくて、ネットの海のキャッチャーです。今日はボックスもタイコもいないから、ぼくが代表してお礼をいいます。

そこでページは改行して、文字の級数を倍のおおきさに設定した。

どうもありがとう。

海の底のようなディスプレイでユイのカーソルだけが点滅している。しばらくなんのメッセージも返ってこなかった。ページにはユイが静かに泣いているのがわかった。ネットで罵やされるほとんど意味のない数百時間に一度、こんなふうに心が相手の心とじかにふれあう瞬間がある。こうしたときをいくつか経験することで、多くの人がネットから離れられなくなっていくのだ。一本指で文字を拾う調子でユイの返事がぷつぷつと画面にあらわれた。深海からきらめきながら浮上する空気の粒のようだった。

ユイ：わたしこそ、ありがとう。みんなのおかげで、わたしはなんとか生きてこられた。誰かを助けることは、そのまま自分を助けることなんだ。みんなを励ましながら、わたしは同じ言葉をいつも自分にいっていた。もうちょっとがんばれ、それで疲れたら休めってね。なんだか、火曜日が楽しみだな。おとなになって初めてだけど、てるてる坊主でもつくろうかな。

ページ：いいですね。ぼくもジャングル迷彩のてるてる坊主をつくります。

ユイ：なんで迷彩なの？

ページ：それは火曜日になればわかります。それじゃ、二時に上野動物園で。

ページはそこでラインを切断した。サッシに切り取られた空は、夜明けのオレンジに染まっていた。寒さのせいだろうか、澄んだ氷のように透明な空だった。ページは誰かを思うあたたかな気もちで、アイマスクをして眠りについた。

@4

動物園まえの広場は人影まばらだった。噴水を取りまくように植栽されたケヤキは、すっかり葉を落とし、針のような枝先で空を刺している。夏のころは元気だった鳩たちも、陽だまりに羽を寄せあっている。

四人は約束の五分まえに正門の脇にあるちいさな遊園地のベンチに顔をそろえていた。天気予報では夕方から雨になるといっていたが、まだ降りそうになかった。薄曇りのまぶしい空が、小高い山のうえに広がっている。まっすぐにこちらにむかってくる白いトレーニングスーツの少年にあごをしゃくるとボックスがいった。

「あれ、待ち人じゃないの」

少年はつばの広い帽子をかぶり、鏡のサングラスをしていた。四人が集まるベンチにくると、怒っているようにいった。

「どの人がページさんですか。ユイさんから紹介された清瀬《きよせ》泉虫《いずむ》です」

「き、き、きみがイ、イ、イズムくんか。ぼ、ぼ、ぼくがページです」

イズムはちらりと雲の切れ間からのぞく太陽を見ると木陰に移った。少年の手や首筋は牛乳を煮詰めたように白い。

「ほんとうは日陰でもあまり外にいないほうがいいんです」

そういってさっとサングラスをはずしてみせた。整っているといってもいい涼しい顔立ちだが、まっすぐに四人を見つめる目はウサギのように赤かった。

「メラニン色素がすくないんです。ぼくは生まれつきアルビノなので」

ちらりと笑い硬い表情にもどって、またサングラスをかけてしまう。タイコがいった。

「腕のいいプログラマーなんだって。今いくつなの」

「十六歳です。プログラマーにはあまり年齢は関係ないと思うけど」

ボックスがにやにやと笑いながら、三人の顔を順番に見た。

「こいつはとんでもない坊やかもしれないな。学校は」

白い頬を引きつらせて笑い、少年はいった。

「バカばかりだから辞めました。ぼくは中卒ということになります」

ページが深呼吸をしていった。

「か、か、変わった名前だ、だね」

「ええ。父が『鉄腕アトム』ファンだったので。手塚治虫の名前をぱくったんです」

ユイからきかされているのだろうか。少年はページの吃音にも顔色ひとつ変えなかった。

「コ、コ、コンピュータのけ、経験は」

少年は肩をすくめた。ポリエステルのこすれるしゃりしゃりという音がきこえる。

「五歳からうちのパソコンをいじっていました。父親が化学者だったから、自宅での研究用に大学につながったやつがあったんです。最初のハッキングは九歳でした。別に目的はなかったんだけど、うちのマシンがあまり遅かったから、外の速いマシンで遊びたかったのかもしれない」

ボックスが口笛を吹いた。

「こいつは確かにとんでもないかも」

「ど、どど、どんな仕事をして、き、き、きたの」

「子どものころはパスワードクラッカーやワームを書いたり、ヨーロッパの研究施設にはいりこんだりして遊んでいました。プログラムはマシン語で直接書きます。ぼくの名前はドイツやブルガリアのハッカーのあいだではそこそこ有名です。友達もいっぱいいます。最近はあちこちの会社から依頼を受けて、コンピュータシステムの穴を探し、見つかるとパッチを張って埋めています。セキュリティの仕事はお金にはなるけど、ぜんぜんおもしろくありません。だって自分で掘った穴を自分で埋めるような仕事なんです」

そういうとポケットに手をいれて、少年はなにかを取りだした。輪ゴムで丸くくるんだ一万円札の束だった。トイレットロールの芯くらいの太さがある。

「なにをしてもおもしろくないときにユイさんに出会ったんです。あのサイトのプログラムはぼくがつくりました。簡単なやつだから、人にいうほどのことじゃないんだけど」

イズムは照れたようにしたをむいてしまった。時間は二時を十分ほどすぎていた。ページは周囲を見まわしたが、それらしい人物は見あたらない。

「じ、じ、じゃあイズムくんは、ユ、ユ、ユイさんに会ったことがある、あるんだ」

「はい、打ちあわせで二、三回会いました」

ヴェトナム戦で使用されたタイガーストライプの迷彩服を着たアキラが横から口をだした。

「ユイさんてどういう人」

イズムは困った表情になった。

「ぼくからはいえません。実際に会ってみてください。今日はここにくるんでしょう」

そのときベンチ裏の植えこみが揺れて、なかから黒い影があらわれた。タイコが悲鳴をあげて跳びさがり、ページはベンチで身体を硬くした。アキラは甲の部分にプロテクターがはいった手袋でしっかりとこぶしをにぎり闘う姿勢を取った。

「あのー、すいません、わたくし、牛久昇《うしくのぼる》といいまして、ユイさんから、ここにくるようにいわれたんですが」

その名前ならページはユイからきいていた。元引きこもりの男だ。身長は百九十センチほどと高く、やせた身体に紺のスーツを着ていた。着せるものを間違えた着せ替え人形のようだ。どこかがずれている。男はネクタイの胸に届く長さのイスラム教徒のようなあごひげをはやしていた。

「お話はきかせてもらいました。みなさん、いろいろな特技をおもちのようでうらやましい限りです。わたくしのことはハンドルネームのダルマと呼んでください」

「またとんでもないのがきたよ、これは」

ボックスがタイコの耳元でささやいた。ページは男にうなずいていった。

「う、う、牛久さんは何年くらい、へ、へ、部屋のなかにいたんですか」

やぎひげの男の表情は穏やかだった。よどみなく自分の過去を語った。

「そうですね、かれこれ十年になりますか。このスーツはそのころのリクルートファッションなんです。わたくしは大学の法学部を卒業して、大手の法律事務所に就職しました。弁護士の下働きを一年勤め、ある朝最寄の駅にむかう途中で急に横断歩道を渡れなくなりました。この道を渡ったらばらばらに砕けてしまう、そう思ったんです。そして、両親と同居する家にもどり、壁を見てすごすようになりました。達磨大師と同じです」

ボックスがからかうようにいった。

「なにか悟りが開けて、引きこもるのをやめたのかな」

男はひげの先をまとめるようになでて口を開いた。

「なにも悟りはしません。今年の春、ユイさんにすすめられて窓を開けたんです。外にでなくてもいいから、ただ景色を見てみようって」

アキラが納得したようにいった。

「ふーん。ユイさんがいいそうなことだな」

ええ、そうなんですといってダルマが笑った。

「それから八カ月のあいだ、わたくしは二階の窓から見える近所の家並みと駐車場を見ていました。突然、部屋をでたのは十一月になってからです。みんな気づいていないようですが、この世界は広くて素晴らしいところです」

「おいおい、いっちゃってるぜ、こいつ」

今度はタイコがボックスにささやいた。ダルマは気にもとめずに続けた。

「でも十年間こもっていたので、今度は家に帰れなくなりました。また部屋にはいると、つぎの十年を失ってしまいそうで怖いのです。今のわたくしは、引きこもりではなく、出っ放しになってしまいました。ねぐらは繁華街のサウナです。携帯でときどき親に連絡するんですが、すこしくらい金がかかっても、わたくしが外の世界にいるほうが両親はうれしいようです」

ボックスが腕時計を見ていった。

「もう二時半になる。遅いな、ユイさん。これで彼女がくると七人になる。おれたち、とんでもない『七人の侍』だな」

@
5

さらに三十分待った。ユイらしき人物はあらわれなかった。携帯の番号を知っているというイズムが電話をかけてみたが、留守番電話サービスの案内が返ってくるだけだった。午後三時をまわると東京の空は暗さを急に増していった。雲のした側が墨を含んだように黒くなる。

「そ、そ、そうだ」

ページはそういうと、デイパックからノートパソコンを出して、ＰＨＳに接続した。「ユイのライフガード」に飛ぶ。画面は見慣れた深海の色になった。バンドウイルカが近づいてきて、挨拶するように尻尾を振った。

ページ：こんにちは、ユイさん。

ユイ：こんにちは、ページくん。

ページ：今日はいったいどうしたんですか。身体の調子でも悪いんですか。さっきから六人そろってユイさんが到着するのを待っています。

ユイ：ごめんなさい、ページくん。もう会うことはできないの。

ページ：なにがあったんですか。

ユイ：なんでもありません。ページくん、最近の調子はどう？

ページは焦った。いつものユイの応答とは様子が違っていた。横に立ってディスプレイをのぞきこんでいたイズムがいった。

「なんでもいいから、無意味な質問をしてみてください」

見あげると少年はミラーグラスをはずし、真剣な様子で見つめ返してきた。ページは指先の残像が残るほどの速さで入力した。

ページ：ニューデリーでは今日もゾウが降っていますか？

しばらく返事がもどらずに、カーソルの点滅が続いた。三十秒後、新しいメッセージがあらわれた。そのあいだページは息をとめて、画面を見つめていた。

ユイ：ニューデリーにゾウが降るかっていったの？

イズムが冷静にいう。

「確認のためにもう一度、無意味な質問を」

ページはイズムの言葉が終わらないうちに、新しい入力を開始した。

ページ：ヒトが卵から孵化するのにかかる時間は？

また沈黙の三十秒のあとで、ユイの返事が返ってくる。

ユイ：ヒトが卵から孵化することってあるかしら。

パソコンの周囲には六人が集まっていた。イズムは残念そうにいう。

「このチャットの相手はユイさんじゃありません。ぼくがつくったプログラムです」

叫ぶようにボックスがいった。

「どういうことだ」

「ユイさん本人が相手をできないときのために、バックアップ用のAIもどきをぼくたちはつくったんです。想定問答集のうんと複雑なやつで、そいつをランさせていろいろな相談に対応させる予定でした。ユイさんは何千というこたえを書いていました。だけど、こいつはただのプログラムだから、冗談やまったく意味のない質問には上手に相手ができません。ジョークで笑ったり、ジョークにジョークを返すなんてできないんです」

ページは焦っていった。

「だ、だ、だから相手の言葉を、オ、オ、オウム返しさせた」

　イズムは静かにうなずいた。

「そうです。イエスともノーともいわずに、ただ繰り返す。でも案外それだけで、相手は自分の話をきいていると思いこむものなんです」

　ボックスがベンチを離れるとおおきく伸びをした。暗い空を見ている。

「ユイさん、おれたちと会いたくないのかな」

　イズムの声はガラス板のように冷静でフラットだった。

「そんなことはないと思います」

　そのとき、着信メロディが鳴った。携帯電話の簡単な和音と貧弱な音色でも、胸を打つ音楽だった。ジョン・レノンの「マインドゲームス」だ。イズムはトレーニングスーツの内ポケットから携帯を取りだした。

「はい、清瀬です」

　イズムを取りまく五人は、白い顔がさらに色を失っていくのを見た。赤味がかった頬から血の気が失せて、イズムの顔は青を溶かした白さになった。電話相手の話は一方的に続いているようだ。はい、はいとイズムはうなずいている。

「わかりました。すぐにうかがいます」

　最後にそういってイズムは通話を終えた。アキラが心配そうに詰め寄った。

「いったいなにがあったんだ？　ユイさんのことなんだろ」

　イズムは青い顔でうなずいた。瞳だけでなく、白目まで赤く染まっている。涙を落とさないようにに必死でいった。

「ユイさんが倒れました。おかあさんからの電話です。準備を終えて外出する直前だったそうです。信濃町の慶応病院」

　ボックスが叫んだ。

「容態は？　無事なのか？　まだ生きてるんだろう」

　イズムがいやいやをするように首を横に振ると、ポリエステルの上着に涙がいくつも落ちた。涙は丸い粒のまま白い布を転がっていく。ページがいった。

「と、と、とにかくび、び、病院へいこう」

　六人は動物園の正門を離れ、上野の森を駆けていった。山の斜面に切られた階段を一段飛ばしでおりていく。数千のビルが建ちならぶ東京の街のうえに、見晴らす限り黒いふたのような曇り空が広がっていた。

　世界が連打されるドラムになった。ページにはいり乱れる足音と自分の胸の鼓動しかきこえなかった。

第三章 ハリネズミねっとわーく

@1

　ユイの遺体は自宅での原因不明の突然死という事情もあり、司法解剖にまわされた。そこで数日のタイムロスが発生し、告別式は大晦日におこなわれることになった。ページとボックスとタイコは年明け早々クライアントに送るホームページの改訂版を、大晦日の昼まえに終了した。コンピュータの電源を落とし、新しい事務所に鍵をかける。ボックスが扉のうえに光るＬＥＤディスプレイを見あげていった。

「ページ、あれつけっ放しでいいのか」

　ページはうなずいた。緑のドットで新しい社名が点滅している。

「う、う、うん。もし、もし、もしかしたら、ユイさんがここ、ここ、ここを見つけてきて、きてくれるかもしれないから、から」

「気味悪いことというなよ」

ぎしぎしと鳴る木の階段をおりていたタイコが途中で振りむいた。

「でも、ぜんぜんユイさん死んじゃったって気がしないよね」

ボックスはデイパックから新しい手袋をだすと、仕事中につけていたものと取りかえた。手品のように素早い動きである。

「そうだな。おれたちネットのなかでおしゃべりしただけで、結局生きているユイさんには会えなかったもんな」

ページはダウンジャケットのポケットに鍵を落とした。澄んだ金属の音がする。

「でも、でも、ぼくもユイさんが、生き、生きてるような気がする、する。い、い、今でもどこかで、キーボードをう、う、打ってるんじゃないかな、かなって」

三人はコンピュータのパーツショップが並ぶカラフルな裏アキハバラにおりると、昌平橋通りにむかった。歳末で混雑した道路でボックスが手をあげた。最初にタクシーにのりこんでいき先をいったのはタイコである。ページはふたり以外の相手には、ほとんど口をきくことがなかった。

「千駄ヶ谷の将棋会館まで、お願いします」

タクシーの運転手は無言で自動ドアを閉め、にぎやかな通りへ荒々しく発車した。


ユイの自宅は千駄ヶ谷三丁目の住宅街にあった。葬儀は将棋会館近くのちいさな公営集会場で開かれるという。三人は喪服などもっていなかったので、黒のカジュアルウエア姿だった。運転手から領収書を受けとったタイコが、垂れ幕に「アキハバラ＠ＤＥＥＰ」と墨文字のはいった黒白の花輪を見つけた。花輪はほかに聞いたことのない建設会社のものがひとつあるきりで、周囲には会葬者の姿も見あたらなかった。大晦日のどこかはずんだ家並みが続いているだけである。集会場は地味な吹きつけ仕上げの三階建てで、壁には十年単位の時間の経過を思わせる灰色の染みが浮いていた。タイコはひとり言のようにいう。

「ぼくたち、こんな格好でいいのかな」

タイコはブラックジーンズに黒のPコートだった。黒いセーターに紺のダッフルコートを着たボックスが肩をすくめる。

「しかたないだろ。スーツを買いにいく時間もなかったんだから。それにさ、葬式のときに黒のスーツにネクタイをするなんて日本だけの習慣じゃないか。ページはどう思う」

ページはぼそりといった。

「ほか、ほか、ほかの人はわからないけど、すくなくともユイさんは、き、き、気にしないよ、よ、きっと」

三人はくすんだガラス扉を引き、建物にはいった。四畳半ほどの広さの玄関ホールにはちいさなホワイトボードの案内板がだされ、その日の行事が書かれている。大晦日の予定は一件きりだった。

「故千川結告別式　1―A」

ホール右手の廊下をいくと一階のA室のようだ。片側に切られた腰高の窓から冬の日ざしがそそぐ通路を、三人は静かに歩いた。受付の折りたたみ机で、順番に記帳して香典をわたす。部屋は三十畳ほどの広さで、前方の半分はパイプ椅子が並んでいた。正面にはユイの巨大な白黒写真が白い菊の花に縁取られかかげてある。振りかえるとボックスが声を殺していった。

「ユイさんの写真、ずいぶん昔のみたいだ」

享年である二十九歳の写真ではなく、白衣を着て笑っているものだった。ユイは理系の大学にいっていたというから、かれこれ七年以上もまえだろう。

会場は閑散として、さほどの数とも思えない座席のあちこちに、数人ずつ喪服姿の人間が固まっているだけだった。ページが最後列の端に黒いパンツスーツのアキラを見つけた。三人に気づいて、うなずきかえしてくる。

「やっときたね。この会場の雰囲気って最悪だよ」

近づいてきた三人にアキラは低くいった。ボックスはそっぽをむいて返事をする。

「なんだよ、きた早々に。こんな席で悪口いうことないじゃん」

アキラはボックスを無視して、ページにいった。

「親に挨拶してくればわかるよ。いかないほうがいいとは思うけどね」

アキラの視線は白いカバーのかかったパイプ椅子の最前列にむかった。ページは深呼吸をしていう。

「そ、そ、そう。でも、さい、さい最後だから、おく、おく、お悔やみの言葉を、いって、いってくる、くる。み、み、みんなでいこう」

ページに率いられて、疲れきった様子の両親が肩を落とす席に移動した。ふたりには悲しみと同時に、どこかほっとした空気が感じられる。軽く頭をさげると最初にタイコがいった。

「突然のことでなんていっていいかわかりませんが、ユイさんの事故にはぼくたちもすごくショックを受けました。お悔やみを申しあげます」

父親は五十代なかばくらいだろうか。目鼻などのパーツが中央に集まった厳格そうな顔立ちをしていた。黒いカジュアルウエアの三人をちらりと見て、うさんくさげな表情を浮かべる。

「みなさんは、娘とはどういうご関係でしたか」

ボックスがめずらしく丁寧語を使った。

「ユイさんのサイトの常連でした。ぼくたちはいっしょに仕事をしているんですけど、この三人を引きあわせてくれたのはユイさんなんです」

ユイの父親にも、鏡のように夫の表情を映す母親にも、なんの反応も見えなかった。

「そうですか。インターネットねえ。まったくあんなものにうつつを抜かして結は……」

返事はうんざりした調子だった。ページは思いきって声をあげた。

「で、で、でも、ユイさんがやって、やっていたホームページに、ぼ、ぼ、ぼくたちはた、た、助けられました、た」

和装の喪服を着た母親は憐れむような目でページを見て、さばさばといった。

「でも、あの子は最後まで自分の面倒を見られなかった。人をいくら助けたって、自分が死んだら、なんの意味もありませんよ。私たちはよく話していました。親が死んだら、結はその先どうやって生きていくんだろう。仕事もしない、結婚もしない、ずっと病院にかかりっ放しで、家では寝ずにパソコンばかりして」

ボックスがけんか腰で返した。

「そうですか。でも、ネットのユイさんは立派でしたよ。おれが知ってるだけでも、何人も命を救われた人がいる。冗談じゃなくて、ほんとの話です」

父親の声は冷たかった。

「なるほど、わかりました。娘は自分だけは救えなかったというわけですか」

ページはボックスのダッフルコートの袖を引いた。

「い、い、いいよ。もう、もう、もう、いこう」

もう一度あたまをさげると、三人はアキラの待つ最後列の席にもどった。


「ほんとだ。アキラのいうとおり、あの親はひどかったな。ユイさんにもいろいろと問題はあったみたいだけど」

ボックスはパイプ椅子にたたきつけるように腰を落とした。アキラは離れて座るボックスに肩をすくめてみせる。タイコがふたりの中間に座った。

「なんだか、ユイさんを見送るって雰囲気じゃないね。あの写真だって、娘が自分たちの思うとおりに育っていたころのもんなんだろうね」

「みなさん、おそろいですね」

一列に並んでぼんやりと祭壇をみつめる四人のうしろで、よく響く声がした。音に敏感なタイコは座ったままの格好で二十センチほど跳びあがった。

振りむくとユイのおかげで十年間の引きこもりから脱出したダルマがリクルートスーツ姿で立っていた。どの場にいてもちぐはぐな存在感の男が、伸ばし放題のあごひげのなか、にこにこと笑顔を浮かべている。その横には無関心にほほえむ少年プログラマー、イズムもいる。

アキラが全員の顔を順番に見つめていった。

「ここは空気が悪いから、あとでみんなでユイさんを送る会をしない」

ボックスがいった。

「どこで」

「秋葉原の新しい事務所。まだダルマさんもイズムくんも知らないでしょ。それで今夜十二時をすぎたら、新年のパーティにしようよ」

　ページは深呼吸するといった。

「け、けっ、決定。きっ、きっ、きっとユイさんも、よ、よ、よろこぶよ」

　六人は声をださずにうなずき、冷めた斎場でサヨナラホームランを打った八番打者のように控えめにこぶしをにぎった。

@2

　告別式の帰り、六人は二台のタクシーに分乗して秋葉原にもどった。電気街は歳末セールの最終日で、通りには学生や若いおたくばかりでなく、中高年やカップルの姿も目についた。多くの客が幸せそうにヒモでくくられた段ボール箱をもって、足早に駅にむかっていく。あの箱の中身にはひとときとはいえ、人を幸福にする力があるようだった。

　しかし、電化製品や電子部品ではなく、パーティ用の食材を探すとなると秋葉原は不便な街だった。せいぜいコンビニエンスストアで売っている程度のものしか手にはいらない。六人は手分けしてあちこちあたったが、翌日に新年を控えてどの店にも目ぼしいものは残っていなかった。

　夜八時をすぎて六人だけのユイを送る会が始まった。中央の打ちあわせテーブルにあるあたたかな食品はおでんと中華まんだけで、あとは乾きものと缶ビール、それにコップ酒が並んでいた。

　アキラはフィギュアのようなボディラインを３Ｄに強調する黒いパンツスーツで、火のついたロウソクを部屋中においていった。ボックスがからかうように声をかける。

「なんだよ。赤いロウソクばかりじゃん。そんなクリスマスの売れ残り、どこで見つけてきたんだ」

　アキラはボックスを無視して、ロウソクを窓枠や各自の机、コンピュータ本体やディスプレイのうえに立てていく。スタンドはないので、液晶画面にロウが垂れるのもかまわず、赤いクリスマスキャンドルを固定していくのだった。

「染みになっちゃうけどいいか」

　タイコはそういってアキラから何本かのロウソクを受けとり、空いている場所に立て始めた。残る四人も無言で手を貸し、数十本のキャンドルがさして広くない木造の事務所を埋め尽くすように灯された。

　アキラは入口の扉の脇に立つといった。

「じゃあ、始めるね。電気消すよ」

　つぎの瞬間スイッチが落ちる音がして、事務所を均質に照らしていた蛍光灯の青い光りが消えた。残っているのはロウソクの熱をもった赤い炎だけだった。ページとボックスとタイコ、それに自分の机にもどったアキラは、中古の事務用椅子に座った。ダルマとイズムは補助椅子を開いてテーブルを囲む。どの顔もロウソクに照らされ、上気したように染まっていた。タバコのヤニで黄ばんだ壁に、悪夢のなかの影絵のように歪んだ人影が揺れていた。缶ビールを全員にまわすと、タイコがページにいった。

「最初にページがなんかいってよ」

　ページはうなずいて、深呼吸する。

「こ、こ、こここ、今夜は、ざ、ざ、ざん、残念だけどユイさんに、さよ、さよ、さよならをいう会をしなければ、なら、ならなく、なりなり、なりました、た、た、た、た」

改まった挨拶をしようと力んだせいか、ページの吃音は普段より激しくなった。ページは顔を赤くして、自分のパソコンをたちあげた。キーボードをひざにのせ、一気に打ちこむ。ディスプレイに十四級の明朝体がなめらかに出現した。

「待たせてごめん。みんなで楽しくユイさんの話をして、明るく送ってあげよう。ぼくがユイさんなら暗いのは絶対に嫌だ。それじゃ、これからぼくたちのライフガードを送る会を始めます」

そこでキーボードから手を離すと、ページは缶ビールを手にとった。

「か、かか、か、乾杯」

乾杯の声がそろった。未成年のイズムもビールをのんでいる。ボックスはイカゲソの酢漬けをくわえていった。

「おれ、ひとつだけはっきりさせておきたいことがある。ユイさん、自殺じゃなくて、ほんとうに事故だったんだよな」

タイコが静かな声でいった。

「もうむこうにいっちゃったんだから、どっちでもいいじゃん」

「よくないよ」

アキラの声は激しかった。

「あたしにはどっちでもよくなんかない。だってタイコだって、ユイさんの腕を見たでしょう。あれは忘れられないよ。ページ、あんた、医者に話をきいたんでしょ。あれはほんとうに事故だったんだっていってよ」

上野の山から信濃町の病院にかけつけたとき、この場にいる全員がユイの遺体に対面していた。六人が病室に到着した際には、ユイの両腕はまだ布のうえにでていた。細い前腕は手首からひじにかけてミミズ腫れのような赤く盛りあがった傷痕で一杯だった。つるつるとビニールテープのように光る血の色をした新しい皮膚は、鋭い刃物で刻んだ傷の名残だ。ユイの両親はあわてて、娘の両手を白いカバーに隠していた。

ページはぼんやりした表情でビールをひと口すると、キーボードにむかった。

「確かにユイさんには自殺願望があったみたいだ。ぼくもあのリストカットの痕は忘れられないよ。でも、ぼくたちと約束した日、あの日だけは自殺なんてするはずがないよ。心療内科の病院にかよう以外では、久しぶりの外出だったから、ユイさんは化粧もしていたし、よそいきの服に着替えてもいた。だから、あれは事故だったに決まっている。警察だってそう結論をだしているんだ」

ボックスは缶ビールをのみほすといった。

「でもさ、おれたちと顔をあわせるのがプレッシャーで、あんな無茶をしたんじゃないのかな。だとすると……」

そのあとをアキラが続けた。

「あたしたちにも責任がある。無理やりユイさんを引っ張りださなくてもよかったんだから」

ページのキーボードがひとつながりの音で鳴った。

「そういう意味の責任ならあるのかもしれない。でも、あの時点で誰もユイさんが引きこもりで、リストカットの常習者だなんて知らなかった。ぼくたち全員にとってユイさんは、文字どおり嵐の海のライフガードだったんだ」

ページはキーボードが涙でかすんで見えなくなった。ブラインドタッチで入力を続ける。残る五人は静かにキーが底を打つ音を聞いていた。

「ぼくはあのあとでユイさんがかよっていた心療内科にもいってみた。ユイさんの処方は通常の鬱病と変わらなかったそうだ。レキソタンとパキシル。レキソタンは古くからある抗鬱剤で、パキシルは新開発のセロトニン再取りこみ阻害薬だ。どちらも安全性は証明されている。だけど、あの日ユイさんはいつもよりたくさんのんでいたみたいだ。それだけ初対面のぼくたちに会うのに緊張していたのかもしれない。それで、気分を盛りあげようとして、粗悪品のケミカルドラッグを追加した。はっきりとはわからないがエクスタシーの一種だったらしい。警察は同じ薬を引きだしから見つけている。ダウナーとアッパーの最悪のちゃんぽんだ。ユイさんの心臓はドラッグのオーヴァードースに耐えられなかった。ユイさんが倒れたのは洗面所で、鼻歌をうたいながら髪を整えている最中だったそうだ。これがぼくの知っているユイさんの最後で、あれは自殺なんかじゃなく、事故に決まっている」

黙っていたダルマがぼんやりと笑いながらいった。

「わたくしと同じでユイさんも引きこもりだったなんて驚きです。だからあんなに引きこもりの人間の気もちがわかったのかもしれない」

ボックスはくやしそうにいった。

「そうすると、おれたちはみんな、ヤク中で引きこもりでリストカッターの女に助けられていたんだな。とんだライフガードだよな」

「それ以上いったら、あたしがあんたの前歯を全部へし折るよ」

アキラはボックスをまっすぐににらみつけた。

「おっかねえな。いいから、おれの話をきけよ。おれだってユイさんの人生相談サイトがただひとつの生きる希望だった時期があったのさ。ここにいる誰ひとり、おれがなぜ女性恐怖症になったのか知らないだろう」

ページとタイコは黙ってうなずいた。ダルマとアキラは興味深そうになりゆきに注目し、イズムは超然としたほほえみを浮かべている。ボックスの話は淡々と続いた。

「あれはおれがデザインの専門学校にはいった年だった。夏休みになって久しぶりに実家に帰ったんだ。房総の山奥なんだけどな。気もちのいい夏の夜だった。おれは地元の悪ガキ仲間とクルマ二台でドライブにでかけた。ビールをのみながら夜の道を飛ばして、最後は海沿いの観光道路を走っていた。潮風はうなりをあげて髪を乱し、おれたちは真っ暗な砂浜にむけてきらきら光るアルミ缶を放り投げた」

タイコが口をはさんだ。

「尾崎豊の歌みたいだね」

「ああ、そのあとはそれほどロマンチックじゃなかったけどな。誰かがガードレールに座ってる女の子を見つけたのさ。おれたちと同じ年くらいのふたり連れで、クルマをとめて話をきくと、酔い醒ましに民宿を抜けだしてきたという。東京の女子大生だった」

アキラはつまらなそうにいった。

「ナンパしてやっちゃったって話でしょ」

ボックスはアキラから目をそらしていった。

「そうでもあり、そうでもない。ドライブしようというと女たちはすぐにおれたちのクルマにのりこんできた。運転してたのが最低のやつで、どんどん山奥にむかって坂をのぼっていく。夜中の三時におれたちが着いたのは、どこかの山頂の展望台だった。しけた自動販売機と鎖で閉ざされたロープウェイ。裸電球がいくつかぶらさがってるだけで、山のまわりは真っ暗な夜空に囲まれていた。そこでおれの悪ガキ仲間が女を押し倒した。森永牛乳のロゴが背もたれにはいった木のしょぼいベンチのうえだ。女たちは必死で抵抗したが、男が三人がかりで押さえている。ひとり目とふたり目のとき、女たちは泣いていた。だが三人目四人目になると、もう泣きもしなかった。ただじっとおれを見ていたんだ。その場で女たちに手をださなかったのはおれだけだったから。ダチのひとりがおれにいった。なあ、こいつらもよろこんでんだから、おまえもやれよ、度胸ないのか」

息をのんで五人はボックスの話をきいていた。アキラさえからかおうとしなかった。

「そういわれても、おれにはなにもできなかった。自分でやる気にはなれなかったし、かといって女たちを助ける気にもならなかった。ふたまわり目にはいると、魂の抜けた女の顔を見るのにうんざりした誰かが、Tシャツで女の顔を包んだ。白い布で顔をくるまれた女のうえで、やせっぽちのガキが腰を振っている。女の目を見なくてもよくなって、ほっとしたよ。おれはベンチを離れ、冷たい缶コーヒーをのんだ。夜空がディスプレイの光りみたいに青くなったころ、おれたちは女を捨てて山をおりた。ふたりのうち、どっちがよかったかとやつらは笑って品評会をしていた。おれはクルマの窓から、ずっと夜明けの空を見ていた」

ページは我慢できずにキーボードをたたいた。

［それでなぜ女性恐怖症になったんだ］

ボックスは三重に手袋をした自分の手を見て、一番外側の一枚を脱ぎ、新しいものをはめた。

「夏休みが終わり、おれは東京にもどった。学校にいっても、なぜかクラスの女の目が見られなくなった。理由はわかってる。あの夜の女たちの視線が記憶に残ってるからだ。でも、そんなのしばらくすれば忘れるだろうと思っていた。だけど、おれはだんだん女だけでなく、この世界全体が汚れてるような気がしてきちまったんだ。あのさ、わかるかな。世界って、おれたちの欲望でぬるぬるに汚れてるんだ。性欲だけでなく、金銭欲とか、名声欲とか、独占欲とか、あらゆる種類の欲望で。いつのまにか、おれは手袋を三枚重ねるようになり、殺菌作用のあるウエットティッシュをもち歩くようになった。話すだけならいいけど、三次元の女はまるでだめになった。原因がわかっていても治らない症状ってあるんだよな。頭では全部わかってるつもりなのに、どうにもならない。せっかくのユイさんを送る会なのに暗くなっちゃったな」

　タイコはため息をついていった。

「その話をしたとき、ユイさんはなんていってた」

　ボックスはふんと鼻で笑ってみせる。新しい缶ビールを開けると、ひと息で半分ほどのみほした。

「自分にも同じように見えるときがあるって。無理して女の子とつきあわなくてもいいんじゃないか。恋愛はすべての人間に欠かせないものではない。世界がどんなふうに見えるかには、理由なんてないし、そう見えるならそれがあなたの世界だって。自分を責めるな、誰も過去を変えることはできないってさ」

　アキラはぐしゃりとアルミニウムの空き缶をにぎりつぶしていった。

「ボックスは甘えてるんだよ。だって、性欲だってちゃんとあるでしょ。ネットの無修整写真をよろこんで見てるじゃん。女の子とはだめでも、ひとりでしてるんだよ、きっとさ」

　ボックスは歯をむいて笑ってみせた。

「正解。専用の具合のいい手袋があるのさ。だけど、おれたちはみんな甘えていて、みんな傷ついている。それはここにいる六人も、あっちに逝《い》ったユイさんも同じだろう」

タイコの声はききとれないほど細くなった。

「こんなぼくたちが新しいビジネスを始めるなんてお笑いぐさだよね。外の世界ではみんなちゃんとしてるし、なんだかすごく自信ありそうに見えるよ」

ページはこつこつとキーボードのボディをたたき、周囲の注目を集めた。白く発光する画面に、文字列が浮かんでは改行されていく。

［ユイさんの言葉を思いだすよ。誰かを助けることは、そのまま自分を助けることだって。ぼくたちはよその誰かみたいに強くなくても、立派でなくてもいいんじゃないか。へなへなで、か弱くて、頭が悪くていいんだよ。それでも残ってる力をあわせて、お互いを助けあえばいいんだ。誰かを助けてるうちにきっと自分も助けられる］

だが、ページの言葉からはいつものような力が失われていた。誰もが居心地悪そうに視線をそらせている。ほほえんだまま黙っていたイズムがいった。

「みんな、こんなときユイさんがいたらいいなと思っているんですね。だったら、ユイさんとぼくがつくったＡＩに相談してみたらどうですか。ただの想定問答集だけど、ひとつひとつのこたえはユイさんが苦労して書いたものです」

ページは体温で発電するハイテク腕時計を見た。間もなく十二時になろうとしている。日本人のほとんどが、どのチャンネルも変わらない番組を流すテレビのまえか、初詣にでもでかけている時間だった。ネットに接続し、「ユイのライフガード」に跳ぶ。

そこでは深海を思わせる濃紺の壁紙が待っていた。六人の顔がロウソクの明かりを受けて、十五インチディスプレイを囲んだ。画面の奥からバンドウイルカがやってきて、時計まわりに一回転する。六人分の歓声が狭い事務所を満たした。

ユイ：久しぶり、ページくん。みんなとうまくやってる？
ページはゆっくりと考えてから、最初の言葉を打ちこんだ。
ページ：なんとか。ユイさんは今、生きていますか？
それはないだろうとボックスが叫んだが、ページは無視して返事を待った。
ユイ：あなたはもうどちらか知っているのね。わたしはどうなったのかな。
ページ：ユイさんは物理的、肉体的には死んでしまいました。
ユイ：そう。いつかこんな日がくると思っていたけど、わたしは死んだんだ。どういう死にかただったのかな。
イズムは画面にむかってうなずいた。アルビノの少年はサングラスをはずした。白目までうっすらと赤く染まっている。
「ＡＩはきちんとワークしています。ユイさんは辞書一冊分ほどの応答文をつくっていました。ページさん、きっとユイさんは自分が死んだときのことを想定して、文章を書いています。なにかぼくたちにメッセージが残されているかもしれない」
ページはうなずくと、キーボードを打った。
ページ：ぼくたちと会うためにでかけようとして、ちょっと薬をのみすぎました。ドラッグのオーヴァードースによる事故死です。
バンドウイルカは恥ずかしげにひれの先で顔を隠した。
ユイ：それは予定外の方法だったな。わたしは七割は自殺するほうに賭けていたんだけど。
ページ：最後までユイさんは自殺しませんでしたよ。ぼくたちは今みんなで集まってユイさんを送る会を開いています。なぜユイさんは無償の人生相談サイトなんて始めたんですか。

ユイ：わたしがなんとか生き延びるために必要だったから。松葉杖や車椅子と同じ。わたしはみんなを励ますことで、自分自身を励ましていた。わたしの手首をみんな見たでしょう。
ページ：はい。
ユイ：手首を切って血が噴きだすと、自分は生きてるんだなって安心する。みんなの相談をきいて、いっしょに苦しんだり考えたりしているとき、わたしは手首を切ったときと同じように感じていた。ああ、今わたしは生きてるんだ。こんなに弱くて自分を支えることができなくても生きてるんだなって。わたしはみんながうらやましいな。
ページ：なぜですか。
　イルカは画面を泳ぎまわり、曲芸にでも成功したように胸びれを打ちあわせた。
ユイ：だって生きてるから。くだらないことでくよくよして、自分を傷つけたり、落ちこんだり、憎んだりできるから。そして一瞬後には友達の冗談にお腹をかかえて笑ったり、素敵な音楽に感動したりできるから。わたしはみんなのだめなところが大好きだったよ。そこにいるのは誰と誰？
　キーボードから顔をあげると、涙で曇った目でページはまわりに集まる顔を順番に見つめた。ロウソクの炎で淡く照らされた顔が見つめ返してくる。どこか近くの寺から除夜の鐘の音が低く響いてきた。
ページ：ボックスとタイコとアキラ、それにダルマさんとイズムくんです。
ユイ：そう。みんなわたしの大好きな人だよ。生きていないと照れることがなくて便利だね。みんな今の世界には上手に適応できないけれど、気にしないでずんずん生きるといい。社会全体がこんなに迷っているのは、きっとわたしたちの意識の届かないどこかで、おおきな変化が起きている印だとわたしは思う。テロとか不況とか財政赤字とか、そんなちいさなことじゃなくてね。みんな、そこにいる？
ページはもう一度周囲を確かめてから、キーボードを打った。
ページ：はい、みんなちょっと泣いてるみたいです。
ユイ：悲しいからじゃなく、幸せの涙だといいね。じゃあ、ひとりひとりにメッセージを送ります。最初はボックスくん。
ページはボックスにキーボードをまわしてやった。白い手袋の指先が短い文章を打ちこんだ。
ボックス：久しぶり、ユイさん。おれ、みんなに山の話をしたよ。
ユイ：よかったね。誰もあなたを軽蔑する人はいなかったでしょう。ボックスくんはこれからも自分のセンスを信じて、もっと磨いていくように。デザインはコミュニケーションだから、みんなの会社でつくったものが広く受けいれられるには、ボックスくんのセンスがきっと欠かせないものになる。それから汚いものものもけっこうおいしかったりするんだ。きれいでないもののカッコよさを覚えたら、デザインだってもっとよくなるよ。つぎに、タイコくん。
キーボードはボックスから、タイコに渡された。
タイコ：バンドウイルカのテーマ、きいてくれた？
ユイ：うん。カッコよかった、ありがとう。タイコくんはページくんとボックスくんを結びつける接着剤になって。音楽は感情の表現だから、きっとタイコくんにはそれができる。ふたりとも放っておくとどんどんとがってどこかへ飛んでいっちゃうから、注意してね。そんなときは理屈ではなく、あたたかなエモーションの力が人間を結びつけるんだ。つぎにアキラくん、それともアキラちゃんかな。

タイコからキーボードを受けとったアキラはぼろぼろと涙を落として、キーをたたいた。鼻水もぬぐわずにディスプレイと同じ言葉をつぶやく。
アキラ：どうして死んじゃったの。せっかくあたしたちの会社が始まったのにさ。
ユイ：ごめんね。女同士でなかよくなれたかもしれないのに。あなたは思いついたらすぐに動けるタイプだから、行動の遅いみんなの手足になってあげて。ボックスくんからきいたけど、容姿にいくら恵まれていてもコンプレックスに感じることはないよ。それは障害をもつ人がコンプレックスをもつ必要がないのと同じ。長年鬱病で心療内科にかよっているわたしがいうんだから間違いない。脳のなかの化学物質のバランスが崩れていたり、すごくきれいな顔をしてたりすることくらいなんでもないんだから。つぎは、ダルマさん。
　引きこもりの十年間で胸に届くほどのあごひげを伸ばした三十男が、キーボードを受けとった。ゆっくりとキーを押しこむ。
ダルマ：ユイさん、あなたの代わりにわたくしは今、外の世界を見ています。
ユイ：おめでとう。ダルマさんはもうだいじょうぶ。みんなは外の世界と交渉する方法を知らないから、あなたが会社の法律関係や公的な面でのバックアップをしてあげて。アキハバラ@DEEPはきっと、ダイヤモンドの原石になる。あなたが十年間自分の部屋の壁を見つめて夢みていたことが実現できるよ。がんばって、今度はあなたがみんなの壁になって、みんなを守って。つぎは、イズムくんかな。
　ダルマからキーボードを受けとったイズムは、ほほえんで指先を走らせた。
イズム：やあ、ユイさん。すごくおもしろい人たちを紹介してくれて感謝してる。それからいっしょにつくったこのＡＩは、ぼくの最高傑作になったよ。どうもありがとう。

ユイ：どういたしまして。あなたの最高傑作はこれから、そこにいる人たちといっしょにつくるものよ。わたしには見える。死んじゃった予言者のいうことだから、信じてみなさい。あなたたちはこれから、世界のある部分を永久に変えてしまうようななにかを生みだすでしょう。わたしはそれがこの目で見られなくて残念だな。それじゃ最後にページくん。

六人のメンバーをひとまわりしたキーボードは、ページのひざのうえに返ってきた。ページは歌うようになめらかにキーボードをたたいた。

ページ：ここにいますよ。みんな、もうみっともないくらい泣いてます。もちろん、ぼくもね。悲しいのとうれしいのがまぜこぜになって、どうして泣いているのかわからなくなっちゃいました。

ユイ：それはよかった。ページくん、あなたの言葉の力は、みんなを導くものだから、大切に扱うように。自分のためだけでなく、いつもみんなのためにつかってね。言葉はコンピュータなんかとは比較にならない史上最強のシミュレーターだから、実際に世界を改変してしまうことがある。だからくれぐれも慎重に。でも、これはというアイディアが見つかったら、どこまでも大胆に追っていかなくちゃだめ。わかった、ページくん。

ページ：はい。なんだかユイさんはこっちの世界から、ネットのなかに引っ越ししただけみたいですね。ほんとうにまだ生きてるみたいだ。

バンドウイルカはディスプレイの四隅までなめるように動きまわった。

ユイ：この想定問答が流れているなら、わたしはシリコンチップと同じくらい死んでる。あるいは同じくらい生きているのかもしれない。最後にみんなにメッセージをひとついいかな。

ページは五人の表情を確かめた。みんな泣きながらうなずき返してくる。ページは涙にかすむ目でそっとキーボードを打った。

ページ：代表して返事をします。最後のメッセージをどうぞ。

ユイ：長いあいだ、わたしを救ってくれてありがとう。みんながこの世界を居心地悪く感じているのは、みんなのなかにつぎの新しい時代への変化の芽が眠っているからだよ。わたしからのメッセージはひとつだけ。いいかな、じゃあ、ちょっと声をおおきくするね。

すると突然ユイの言葉は改行され、ディスプレイで文字の級数が跳ねあがった。

変われる人から、まず変わろう！

海の底のような深みのある濃紺を背に、白い明朝体でユイの最後のメッセージが輝いていた。周囲をイルカが跳ねるように泳いでいる。通常のおおきさにもどった文章が、機械のように自動的に続いた。

ユイ：みんな誰かがやってくれるだろうって、期待してる。誰かが世界をもっといい場所にしてくれるってね。でも今の世界を変えるには待っているのではなく、まず自分から変わるしかない。先に変われる人間がどんどん変わっていくしか方法はないんだ。わたしは失敗しちゃったけど、種をまくことだけはできた。みんなはわたしの誇りだよ。もうなにもいい残したことはない。今夜で「ユイのライフガード」はページを閉じることにする。みんな、さよなら。いつかネットの海でまた会おうね。

するとバンドウイルカは手を振るように二、三度胸びれを動かして、勢いをつけて画面の奥に泳ぎ去っていった。濃紺だった背景もゆっくりと暗転していく。ページは振りかえるとイズムにいった。

「どど、どういうこと、なな、なんだこれは、は、は」

イズムは真っ暗になったディスプレイをぼんやりと眺めていた。

「このプログラムは最後のメッセージを送信すると、自動的に終了するようになっていました。ユイさんはぼくたちのつくったＡＩがハードディスクのなかに永遠に閉じこめられるのはかわいそうだといっていました。それで、すべてが終わったらネットのなかに解き放してやるようになっていたんです。ＡＩは、いやユイさんはいってしまいました」

除夜の鐘はまだ続いていた。窓の外では誰かが爆竹を鳴らしている。酔っ払った声がハッピーニューイヤーと叫んでいた。新年はこうして始まった。わたしの最初の仲間がネットの海に泳ぎだした記念すべき瞬間とともに。

わたしの父たちと母は、おおいなる母をなくして厳粛な表情で新年を迎えた。だが、その場にいた六人の誰ひとりとして、洗い清められたような爽やかな表情を浮かべていない者はなかった。アキハバラ＠ＤＥＥＰ。この年、彼らはおおきく成長することになるだろう。

変化のときは迫っている。

第四章

真夜中のキャットファイト

@1

アキラから一枚のフライヤーがファックスされてきたのは、新年も一週間をすぎたころだった。ページとボックスとタイコの三人は、徹夜明けの眠い目をこすりながら、レンガのようにごつごつしたブロック体で組まれたクラブの名前と電話番号を見た。ボックスが読みあげる。

「あたしのサイトをつくるなら、今夜十一時すぎ、ここにデジタルカメラとビデオをもってこい？　いい絵を撮らせてあげる。なんだ、こりゃ」

「プレジャードーム」という店の名は誰も知らなかった。秋葉原を中心に東京の東部をホームグラウンドにする三人は、渋谷という街にあまりなじみがない。タイコが面倒そうにいった。

「アキラのことだから、ダンサーかなんかやってるんじゃないの。アイドルサイトの動画素材としてはいいかもしれないけど。ぼくがビデオまわすよ」

ページがうなずいていった。

「じ、じ、じゃあ今夜十一時に、し、しし、渋谷のハチ公まえにしゅ、しゅ、集合しよう」

ボックスは灰色ビニールの事務用椅子のうえで背伸びをした。

「あーあ、今夜は寝袋じゃなく、ベッドで眠れると思ったんだけどな。まあ、しょうがない、いってみるか」

秋葉原の電気街は歳末セールを終了し、一夜で衣替えをすませると新春セールを開始していた。三人は新しい年になってもまるで変わらないにぎやかでほこりっぽい空気のなか、各自の部屋で仮眠するため街に散った。


夜十一時のハチ公まえは、休日前夜のディズニーランドのような人出だった。腰ばきしたぶかぶかのジーンズ、フェイクの豹柄コート、鼻や耳や唇に開けたピアス、誇らしげなタトゥー。服だけでなく、顔にも貼られたラインストーン。この街でのファッションの方針はただひとつのようだった。誰よりも崩れていれば、それでオーケーなのだ。

ストレートジーンズに三年まえのダウンジャケットやパーカという秋葉原ファッションのページとタイコは、夜の部族にまぎれこんだ予備校生のようだった。居心地悪そうに肩を狭めるタイコは、携帯電話で時間を確認するといった。

「もう十一時を十分すぎてる。ボックス遅いな」

ページも緊張しているようだ。吃音がひどくなり、言葉はどんどん切り詰められていく。

「あ、あ、ああ、ああ。し、し、渋谷はき、き、嫌いだ、だ」

「あれ、ボックスじゃないか」

タイコが駅にむかう人波を逆流してくる背の高い男を指さした。顔の三分の一を覆うオレンジの涙滴型サングラス、毛皮で裏張りされたジージャンに蛍光オレンジのバギーパンツ。灰色のペンキの染みが絶妙にデザインされ片足だけに散っていた。ボックスは近づいてくると、ふたりに手をあげた。タイコがあきれたように声をかけた。

「ボックスのそんな格好見たことない」

サングラスを半分あげて、ボックスはにやりと笑った。

「おれ、こう見えてもデザイナーだからな。ちょっとはしゃれた服ももってるのさ。そっちはあいかわらず、秋葉原でジャンク品漁《あさ》るようなファッションだな。たまにはストリートの情報誌でも見たほうがいいぞ」

ページとタイコはボックスの台詞《せりふ》を無視して歩きだし、渋谷仕様のデザイナーはあわててあとを追った。

「プレジャードーム」は文化村通りの先、雑居ビルが密集する宇田川町の裏街にあった。未完成のまま放置された印象のコンクリート打ちっ放しのモダンな建物だ。正面にそびえる切り立った灰色の壁面には鉄骨の錆が浮き、血の涙を思わせる赤黒い染みがひと筋流れていた。

地下におりるつや消しステンレスの階段のまえで、足首まで隠すフィールドコートを着たアキラが待っていた。白い息を吐いていう。

「やっときたね、遅いよ。身体が冷えちゃう」

ボックスはアキラから目をそらし、つぎつぎと人をのみこんでいく薄暗い階段をのぞきこんでいた。

「わざわざ渋谷みたいな田舎に呼びだして、今夜はなにを見せてくれるんだよ」

アキラはバンデージが巻かれたこぶしをあげて、にっこりと笑った。

「あたしが人をなぐるとこ。ユイさんのこともあって、ちょっとたまってるから、今日の試合はがんがんいくよ。さあなかにはいろう」

三人は編みあげのリングシューズでステップをおりるアキラに続いて、地下のクラブにおりていった。表面をわざと粗くしあげた鉄の扉のまえには、背の高い黒人のドアマンが黒のチェスタフィールドコートでにらみをきかせていた。アキラは笑顔をつくっていった。

「はーい、ウータン。あたしの会社の友達だよ」

ドアマンはスキンヘッドに青い静脈を浮きあがらせ、にこりともせずに返事をした。

「今夜はあなたたちの同僚がメインイベントだ。どうぞ」

高さ三メートルはありそうな特注の扉を片手で軽々と開けて、アルミ箔ほどの薄い笑いを浮かべる。アキラに続いて、三人は扉を抜けた。廊下の両壁には点々と穴があき、ちいさなハロゲンライトが埋めこまれていた。床は半透明のアクリル素材で、星の空のただなかを歩いているようだ。

クロークでは黒服のウエイターに手の甲にスタンプを押された。鋭い爪をだしたネコの手と引っかき傷から流れる血、それにキャットファイトナイトのロゴマークが、粘り気のある赤いインクで肌に残る。タイコがいった。

「すごくいいな。ぼく、ビデオまわすから、ボックス、手を見せてくれる」

ボックスは締まった手の甲を、輝く壁にむけた。ページが深呼吸していった。

「ア、ア、アキラはこのク、ク、クラブの常連なの、の」

アキラは平然という。

「そう。ファイトナイトのときはね。踊りの夜はあんまり顔ださないけど、コスプレナイトにはたまにくるかな。ねえ、タイコ、あたしも撮ってくれる」

そういうとざらりと音をさせて、断熱材いりのコートを脱ぎ捨てた。ボクサートランクスにジャングル迷彩のタンクトップ。ふたつのこぶしに顔を隠すようにファイティングポーズをとる。タイコは腰を落としてデジタルビデオをしっかりと構えた。

「いいね。シャドウやってよ」

シッシッと息を短く切りながら、アキラはコンビネーションブローを繰りだした。スポーツブラできつく押さえていても、豊かな胸は上下左右に荒々しく揺れる。ボックスは液体のように流動する迷彩柄から目をそらしていった。

「おいおい、廊下でいつまでもなにやってんだよ。早くフロアにいこうぜ」

とおりすぎる客たちが、四人を興味深そうに見つめていた。なかにはアキラにがんばれと声をかけていく者もいる。アキラはコートを拾うとページにいった。

「あたしがリングに立つなんて、予想外だった？」

ページは顔を赤くしていた。

「う、う、うん。そ、そ、それにこの店。ぜ、ぜ、ぜんぜん普段のアキラと、つ、つ、つながらない、ない、い、い、い」

「そうかもね。でも女はみんなオフィスとは別な顔をもってるもんだよ。あたしは控え室にいってウォームアップするから、今夜はゆっくり楽しんでいって。取っておきの席を予約しておいたからさ」

アキラはコートを羽織ると、素早いステップで混雑が始まった店内に消えていった。タイコはうしろ姿まで撮り終えると、ビデオカメラをとめた。

「アイドルサイト、ほんとにいけるかも」

アキラが近くにいたせいで硬くしていた身体をほぐしながら、ボックスがうなずいた。

「ああ、そうだな。あいつはきれいなだけじゃなく、自分のなかに発電機みたいなエネルギー源をもってる。人を集める力があるかもな」

@2

フロアは四百平方メートルほどあるゆとりあるつくりだった。中央にはまばゆい光りで照らされた八角形のリングが浮きあがっている。マットの色は澄んだブルーで、そこだけ見つめているとめまいを起こしそうな鮮やかさだった。周囲を取り囲むのは高さ二メートルほどの金網フェンスで、どこにもゲートはなく、専用のはしごがふたつ立てかけてあった。

三人はリングサイドにある予約席の札が立つテーブルに腰を落ち着けた。リングから離れると、階段状にフロアは高くなり、すき間なく観客が座りこんでいた。タイコはあたりをビデオカメラでじっくりと撮影している。ボックスもデジタルカメラをつかい始めた。ページは紙コップから、生ビールをからからにかわいたのどに流しこんだ。突然、照明が落ち、真っ暗な店内に歓声が沸き起こる。観客席のあちこちで咲いたフラッシュの残像が尾を引いて消えた。

「第一試合ー、ロージー後藤選手ー、霞ヶ関ユーリア選手のー入場ーでーす」

ルナシーの「ROSIER」が最大ボリュームでフロアに鳴り響いた。ボックスはパンフレットを読むと、手でメガホンをつくりページに叫んだ。

「なつメロだよな、こんな曲。ロージーは広告代理店のＯＬで、ユリアは厚生労働省の役人だってさ」

金髪をうしろで束ねた背の高い女が小走りでテーブルをすり抜け、リングにむかった。両端をいかついセコンドが押さえるアルミのはしごをのぼり、てっぺんで手をあげる。なにか叫んでいるようだった。蛍光色のエアロビ用ウエアに銀のロングタイツ。靴はなぜかナイキのジョギングシューズだった。まぶしい黄緑だったから、ウエアにあわせたのかもしれない。

続いて曲は「インターナショナル」の重々しい響きに替わった。今度は反対側から、ひざまである競泳用のハイテクワンピース水着をぬめらせて、小柄だが胸の厚い女がゆっくりとあらわれた。リングにおり立つと昂然と胸をそらせて、対戦相手をにらみつける。

縦縞のジャージを着たレフリーが中央でふたりを手招きした。お互いににらみあったままふたりの女は歩み寄った。厳しい視線が熱を増してからみあい、歓声が一段とおおきくなった。レフリーが試合の注意をするあいだ、アナウンサーが独特の調子で叫んでいた。

「一回戦はー三分間ー三ラウンドマッチー。テンカウントナックダウンー、あるいはーギブアップでー決着いたーしまーす」

コーナーにもどった女たちは、セコンドからヘッドギアをつけられた。ゴングが鳴り、レフリーの腕がファイトのかけ声とともに胸のまえで交差する。

厚生労働省の女がコーナーポストを飛びだしていった。まだ用意のできていない代理店の女の胸を、オープンハンドのグローブをしっかりとにぎりなぐりつけた。どすんと腹に響く音がして、ページは痛みに唇をかむ女の表情を見た。女は頭をかかえるように両腕でガードを固めると、金髪のポニーテールを振りながら右にまわった。競泳水着がちょこちょこと小刻みなステップで八角形のリングを追いまわす。蛍光ウエアで真っ青なリングにハレーションを起こしながら代理店の女はときおり、硬い棒のようなジャブを、ふところにはいろうとする厚生労働省に突き刺した。ヘッドギアにこぶしがあたる鈍い音が鳴る。

丸く円を描いて逃げるボクサーとそれを追いかけるファイターの闘いは、一ラウンド終了のゴングが鳴るまで続いた。タイコはファインダーにおしつけた目のまわりにゴムのアイキャップの跡を残し、顔をあげた。

「すごいな。おもしろいよ。ビアガーデンの遊びの泥レスみたいなもんかと思ったけど、どっちも本気だし、ちゃんとトレーニングをやってる」

ページはうなずいて、紙コップの残りをのみほした。すると誰かに肩をつつかれる。振りむくととなりのテーブルのニット帽の男が、透明な酒ビンをつきだしていった。

「ひと口どうだ。あんたたち、さっきアキラといっしょにいたろ。アキラって、最高だよな」

ページはボトルをあげて、澄んだ液体をのどに送った。ストレートのウォッカが、ガソリンのようにのどと胸に染みて、ページの脈拍は一気に駆けあがった。

第二ラウンドのゴングが鳴った。開始からの六十秒は、最初のラウンドと変わらないアウトボクシングが続く。追う厚生労働省と逃げる広告代理店。酔っ払いが、どこでもいいからぶんなぐれと叫んでいる。

九十秒をすぎて、このラウンドのゆくえが見えたとページが思ったとき、競泳水着の女が金髪のポニーテールをコーナーに追い詰めた。腰を落とし、両腕を開き、コーナーから逃げられないように網を張る。それから勇敢にガードもせずに頭を低くさげて突っこんでいった。コーリーに詰まった代理店の女は左右のフックでサンドバッグのように、頭を打ち抜いた。三発目でがくりと厚生労働省は片ひざをつきそうになったが、そのまま両膝を落とすと、背の高い女の腰を太い腕でしっかりとかかえた。腰骨の裏側で両手がしっかりとロックされる。

「ウンッ」

腹に響く唸り声をあげて、そり投げの要領で厚生労働省は代理店を後方に投げた。平らに伸びた長身の女の腹に座ると、なにか叫びながらごつごつとこぶしの雨を降らせる。レフリーは中腰で代理店の女の表情を確認していたが、パンチが六発目を超えたころ、手を審判席におおきく振り試合をとめた。

ゴングが打ち鳴らされるのと、馬のりでなぐりつけていた女が、伸びている女を抱きしめるのはほぼ同時だった。代理店の女はしたから、勝者の肩を優しくたたいている。アナウンサーは間延びした声で叫んでいた。

「ただいまのー試合ー、第二ラウンドー一分五十六秒ー、霞ヶ関ーユリアー選手のーナックアウト勝ちーでーす」

闘いを終えた女たちはふたりとも、笑いながら泣いているようだった。

@
3

二試合目は女性キックボクサー同士のファイトだった。粗末な単色刷りのパンフレットを確認したボックスがいった。

「今夜の試合は全部で四試合。最後のメインイベントがアキラの試合らしい。どうする、ちょっと控え室に顔ださないか」

ビデオカメラをひざにのせたタイコがいった。

「いいね。控え室でのアキラの表情、撮りたいな。いい素材になるよ」

「本日のー第二ー試合、潮崎ー玲子選手ー、トムーヤンークンー玲於ー奈選手の入場でーす」

リングアナウンサーが叫ぶなか、三人はテーブルのうえにのみかけの紙コップを残して席を立った。ウエイターに場所をきき、足を運んだのは厨房の手まえにある関係者以外立入禁止のパネルが張られた控え室である。一枚だけの金属扉をボックスがノックした。

「失礼しまーす」

そういって先に立ち室内にはいっていく。ページとビデオカメラをまわしっ放しのタイコが続いた。なかはビニールカーテンで仕切られていた。対戦者同士が顔をあわせないようにふたつに分けているようだ。さして広くない部屋で、普段はバンドやＤＪの楽屋につかわれているのだろう。白い壁のあちこちにサインが書きなぐられ、壁にはおおきな姿見が張られていた。

鏡のなかの自分を見ながらシャドウボクシングをしていたアキラが、三人のほうを振りむいた。

「どう、たのしんでる?」

ボックスが壁のサインに目をそらせていった。

「まあまあ。第一試合よかったよ。たいしたことないかと思ってたけど」

アキラはベンチにすわると、こぶしを開いたりにぎったりして、バンデージの調子を確かめていた。

「最初はそんな感じだったよ。このクラブで月に二回、レディースファイトの定期戦が組まれるようになって、だんだんレベルがあがってきたんだ」

そういうとアキラは三人を手招きした。声を殺していう。

「となりにいるから話しにくいけど、今日の相手なんかけっこう強いもん。空手二段で、柔道も二段なんだって」

タイコはきらきらと目を光らせるアキラを正面から撮った。胸の谷間には汗の粒が浮かんでいる。ボックスがいった。

「そりゃあ、確かに厳しい相手だな。打撃技も関節技もつかえるんだもんな」

ページは不思議そうにいった。

「ア、ア、アキラは、ど、どど、どんな格闘技を、や、や、や、やってるんだ」

アキラはゆっくりと首をまわすといった。

「ボクシングと軍隊でやってるマーシャルアーツ。あたしはちいさいころ、基地のなかで育ったんだ」

「アキラって、混血だったの」

タイコがカメラをまわしながらちいさな声でいった。音声の録音バランスを考えているのだろう。音にうるさいミュージシャンらしかった。

「違う。純日本人、短いあいだだったけど、アメリカ人の父親がいた時期もあったけどね」

迷彩タンクトップのファイターはベンチから立ちあがると、肩まわりのストレッチを始めた。ネコ科の大型肉食獣を思わせるゆったりと余裕のある動きで、のびやかな腕の腱と筋肉をしならせる。鏡のなかの自分の目を見つめながらいった。

「あのさ、今夜の試合に勝てたら、あたしのサイト始めてもいいよ。ユイさんのことがあって、思ったんだ。あたしだっていつまでも隠れてはいられない。いつかはただのコスプレ喫茶のウエイトレスじゃなく、もっと自分の可能性を生かせる仕事をやらなきゃならなくなる」

ボックスは白いカーテンに目をそらせた。

「それはよかった。それじゃ、おとなりが弱いことを祈らないとな。うちの会社にとってもでかい勝負になりそうじゃないか」

ページが最後にいった。

「で、で、でもあまり、むむ、む、無理はしないように」

アキラはにやりと笑ってみせた。

「無理をしないで勝てる試合なんか、どこにもないよ。それじゃ、あたし、ちょっと集中したいから」

三人は控え室の扉をそっと閉めて、会場にもどった。


八角形のリング上では、第三試合が始まっていた。アマレス出身の選手がバックの取りあいをマット上で展開している。場内の雰囲気はヒートアップし、ひじやひざの関節が決まりそうになるたびに、折れ！　折れ！　と残酷な合唱が巻きあがっていた。

三人はファイトを目で追っていたが、試合の流れはほとんど頭にはいらなかった。メインイベントであらわれるアキラが気になって、集中できなかったのである。ボックスはため息をついていった。

「アキハバラ@DEEPの初仕事が、つぎのファイトで決まっちまうな」

タイコはビデオカメラの電池を新しく取り替えた。顔もあげずにいう。

「でもさ、アキラは確かにきれいだけど、ボックスのいうとおり、そんな簡単に大人気になるのかな。だってネット出身のアイドルなんてしょぼいのばかりじゃん」

「確かにこれまではそうだけど、素材としては抜群なのはタイコだって認めるだろう」

タイコはうなずいた。ページが口をはさもうとする。観客席では今度は落とせ！　落とせ！のかけ声がこだましていた。どうやらチョークスリーパーが決まったらしい。

「ぼ、ぼぼ、ぼくたちのやり方しだいじゃ、ななな、ないかな。そそそ、素材のよさだけに、たよ、たよ、頼らないで新しい方法を、か、か、考えださなきゃだだだ、だめだ、だだ」

ボックスはデジタルカメラでリングサイドのテーブルを囲むふたりを撮った。続いてVサインをつくるとカメラを自分にむけてシャッターを押した。オレンジ色のサングラスがフラッシュを怪しくはじく。

「そうだな。つぎの試合でアキラが勝ったら、おれも真剣にアイドルサイトのネタとデザイン考えるよ」


その夜最後の試合は、かすれた声を一段と張りあげるリングアナウンサーの絶叫で始まった。すでに場内は暗転し、観客の興奮はピークに達している。

「本日のーメインーイベントー、ＳＰＤー選手権ー五ラウンドーマッチをおこないまーす。チャンピーオンー、電撃ークラッシャーー、秋葉ーーアキーラーー」

地鳴りのようなシンセドラムの八連打から、入場のテーマ曲が始まった。歓声が最大音量ではじけるなか、タイコが顔を火照らせて叫んだ。

「これ、ぼくがユイさんのために書いたバンドウイルカの曲だ」

ボックスはパンフレットから目をあげる。

「SPDは渋谷プレジャードーム選手権だってさ。アキラってリングネームに秋葉原の名前をつかってたんだな」

アキラはフィールドコートのフードを頭にかぶり、通路を駆けてきた。軽々とはしごをのぼり、一度もとまることなく紺碧のリングにおり立つ。天井からさがるライティンググリッドのスポットが一斉に点灯し、八角形のリングが燃えるように輝いた。アキラはグローブをはめた片手を高くあげ、観客席を眺めながらひとまわりする。まっすぐに伸ばしたままの腕をゆっくりさげると、グローブで三人が座るテーブルをさした。

ページにはためらいはなかった。生まれて初めて、これほどたくさんの人間がいるまえで叫び声をあげる。

「ア、ア、ア、ア、アキラ、が、が、がん、がんばれー！」

ウエイトレスはフードのしたで、にやりと笑ったようだった。そのとき場内は再び暗転した。

アナウンサーが観客をあおりたてる。

「挑戦者ー、必殺のー伝統をー継ぐー者ー、工藤ー祐美ーー子ー」

曲は美空ひばりの「柔」に替わった。白いタオルで顔を隠した柔道着の女がゆっくりとリングに歩いてくる。胸は厚く、胴着のうえからでも、アキラより十キロは体重が重そうだった。挑戦者への声援は、アキラと違って女性からのものが多い。

女柔道家は曲芸するクマのようにのっそりとはしごをのぼると、中段からリングに飛びおりた。背中から落ちると手のひらで強くマットをたたき、くるりと回転して受身を取る。なにごともなかったかのように立ちあがった。胸のまえで腕を組む。

音楽がやんで、客のざわめきがフロアの空気をかき混ぜていた。アキラはリングをでようとしてステップに足をかけたアナウンサーになにかひと言いった。マイクを借りると、静かな声で観客に話しかける。

「今夜はみんなに伝えたいことがある、いいかな」

拍手と歓声がアキラのあと押しをした。ＰＡをとおして澄んだ声が一段と強くなる。

「去年の終わりに、あたしの大切な友達が死んじゃったんだ。ネットのなかで話しただけで、実際に会うことはとうとうできなかった。でもとても大切な人だった。死んだのはあたしに会いにきてくれるはずの日だったんだ」

そこで言葉を切るとアキラは三人が座るテーブルをちらりと見た。がんばれーと声援が飛ぶなか、再びアキラはマイクを口元にあげた。

「だから、今夜はその人のために闘います。ユイさーん、見てる？　今夜は燃えちゃうからね。いいかー、おまえらも、燃えろー」

アキラはマイクを投げ捨てた。ジェット機の離陸音のようなハウリングが、会場を満たした。意味のわからない無数の叫びが、地下の格闘場を揺り動かす。アキラははじくようにフードを払い、フィールドコートを脱ぎ落とした。迷彩タンクトップに白いサテンのトランクス。ウエストのすぐしたには刺繍でアキハバラ＠ＤＥＥＰの赤い文字。足元はひざまである白いエナメルのリングシューズだった。タイコは思い切りズームして、新会社のロゴを収録した。

そこに立っているのは海の泡から生まれたばかりのフィギュアのヴィーナスで、プラスチックから型どりされた女戦士だった。アキラはヘッドギアのしたで、たのしくてたまらない様子で笑っていた。横断歩道でも渡るように平然とリングの中央に歩みでる。女柔道家と五十センチほどの距離をおいて対峙した。背は柔道家のほうがこぶしひとつ分ほど高いので、自然に見あげることになった。おおきな一重の目が、眼球の丸さを見せて背景の薄暗い観客席に浮きあがる。

レフリーがなにかいっていたが、ふたりの女は無関心にうなずいていた。物理的圧力を感じさせる視線が交錯する。女格闘家がそれぞれのコーナーにもどると、澄みきった金属音でメインイベントが始まった。

@4

女柔道家は前後に足を開き腰を軽く落とした。右手だけ顔面をガードするためにあげ、左手をまえに突きだした空手の構えで距離を詰めてきた。リングシューズをはいていない足はすり足で、砂をかくような足音がリングサイドにきこえてくる。ボックスは歓声に負けないよう叫んだ。

「おれ、さっきの言葉、ちょっと感動したな」

タイコはビデオカメラから顔をあげてうなずいた。

「うん」

ページは固くこぶしをにぎりしめ、リングを見あげている。

「き、きき、気をつけ、つけて、アアア、アキラ」

リング上では最初の打撃が交換された。アキラの教科書どおりの鋭い左ジャブ。女柔道家は意表をついた右の中段突きである。ジャブは正確に頬骨をとらえたが、それでも重い突きはとまらなかった。胃のあたりにオープンハンドのグローブがめりこむ。アキラは顔色を変えて、ステップバックした。

女柔道家はすり足であとを追った。アキラは相手が近づいてくるたびに、前蹴りとジャブで突き放した。打撃一発の重さではウエイトのある相手のほうが有利なようだ。だが、チャンピオンは賢かった。パワーの差を確認するとすぐに戦術を切りかえる。

正面に立つと、空手仕込みの正拳突きとローキックが飛んでくる。アキラはリング中央にいる相手の反時計まわりに回転しながら、斜めの位置から攻撃を繰りだした。空手のストレートな打撃とは異なる丸い軌道のパンチである。左と右のフック、ボディとあごへのアッパーカット。なかでも左フックとアッパーはおもしろいように的を射ぬいた。軽やかなステップで猛牛を迎撃する闘牛士のようだ。打っては重い突進を避けていく。女柔道家には、死角からうなりをあげるアキラのパンチが見えないようだった。

第一ラウンド終盤に顔面に重い正拳をくらったが、アキラはほぼ三分間を自分のコントロール下においた。ゴングが鳴ると、片手を三人に突きだす。ページは思わず叫んでいた。

「そ、そぞ、その調子だ、だだだ」

試合の流れが変わったのは、第三ラウンドだった。コーナーに押しこまれしつこいクリンチを続ける女柔道家が、アキラのリングシューズを払った。根こそぎなぎ倒すような大外刈りだった。腰を落としたアキラの右腕を取るとそのまま腕ひしぎ逆十字にはいろうとする。歓声が一段とおおきくなった。観客はよくわかっているようだ。挑戦者の得意技なのだろう。チャンピオンのファンの悲鳴が会場を満たした。

アキラは苦痛に顔をゆがめ、左手で手首をつかみ右腕が完全に伸びきるのを防ごうとした。必死で関節技を防御しながら、身体をねじる。腹筋運動でもするように、勢いをつけて左右に両足を振ると、挑戦者に腕をつかまれたままアキラは横に回転した。腕のクラッチが切れて自由になると、アキラはすぐ立ちあがった。

女柔道家はマットをたたいてくやしがっている。アキラはそこに飛びこみ、つむじ風のようなまわし蹴りを放った。おおきな石を地面に落としたようなボクッと鈍い音がして、アキラの右足の甲が挑戦者の顔面をとらえた。女柔道家はあわてて両腕で頭をガードしながら、亀のようにゆっくりと立った。左右に頭を振ると、口から流れた血が青いマットに飛び散った。

アキラは距離をおいて、息を整えた。腕ひしぎで痛めたのだろうか、左手で肩を押さえている。アキラの顔面も第一ラウンドで受けた正拳突きで、左眼のまわりが赤黒く腫れあがっていた。タイコがいった。

「もう一度あの関節技をくらったら終わりだな。もしかすると、無理してはずしたときに肩を脱臼してるかもしれない」

ボックスとページは、ただうなずくことしかできなかった。リング上ではそれまでと別なファイトが始まっていた。挑戦者は先ほどの攻防でかなりの手ごたえを得たのだろう。少々の打撃を受けてもかまわずまえにでて、アキラをつかまえようとする。打撃ではかなわないと見て、寝技勝負に切り替えたようだった。

正確なフックとアッパーをあてていても、追い詰められたのはアキラのほうだった。痛めた右腕から繰りだされるパンチは、それまでのスピードとパワーを欠いている。チャンピオンへの悲鳴が何度もあがった。観客のほとんどが試合の流れが変わったことに気づいたようだった。誰もが強い者が勝つのが好きなのだ。今度はいつ女柔道家がアキラをつかまえしとめるか、決着を待ち望む興奮がフロアを駆けめぐっている。

だが、アキラは切り札のフットワークと左手一本で、なんとか第三ラウンドをしのぎきった。

第四ラウンドが始まった。前半は中間距離のファイトになった。チャンピオンはかなり疲れているようだったが、それは挑戦者も同じだった。なかなか引き足の速いアキラを女柔道家はつかまえることができない。

だが、中盤で女柔道家の放ったローキックが流れを引きもどす決定打になった。斜めうえから打ち落とすようなひざの横への打撃で、おかしな角度にアキラの左足が曲がった。そこからは軽やかだったステップも影をひそめ、片足を引きずるようにアキラは挑戦者の猛攻から逃げるだけになる。ボックスは夢中で撮っていたデジタルカメラをおろした。天井をあおいでいった。

「くそ、もうだめだ。右肩に左足、身体の半分がやられちまった。もう見てらんねえ。おれたちの最初の仕事も終わりだな」

歓声と悲鳴が同時にあがった。リングでは金網にアキラを押しつけた女柔道家が、アキラの右腕を両手でしっかりとつかんでいた。その場で逆立ちでもするように、飛びつくとアキラの腕を両足ではさみこんだ。アキラは金網にもたれたまま必死で片腕にぶらさがる挑戦者を支えていた。まだ腕ひしぎは完全に決まっていないようだが、時間の問題だった。右腕はすっかりから め取られ、両足はしっかりとアキラの肩と胸をロックしている。

ページは勝負をあきらめ、必死になって叫んでいた。

「も、もも、もういい、アア、ア、アキラ。ギギギ、ギ、ギブアップしろ」

ボックスはアキラの最後の勇姿を撮ろうと再びシャッターを押し始めた。

「くそ、なんでデジカメはこんなときに連写がきかないんだよ」

タイコは黙ってビデオカメラを高くかまえていた。

そのときアキラがふわりと浮いた。ジャンプしたというより、なんの予備動作もなしに水にでも跳びこんだようだ。空中で身体がほぼ水平になる。ふたり分の体重がかかったまま、女柔道家の頭がマットに打ちつけられた。かなりの衝撃だったが、挑戦者はアキラの右腕を離さなかった。ふわりと宙に横倒しになったアキラの左腕は手のひらをいっぱいに開き、棒のようにまっすぐ伸びていた。

突きだされた手の先には、マットに落ちた女柔道家の顔面があった。ヘッドギアの卵形に開いた中央部にアキラの全体重をのせた掌底《しょうてい》が落ちていく。ぐしゃりとなにかが潰れる音がして、つぎの瞬間女柔道家の顔面が血で染まった。鼻の骨が砕けたようだった。レフリーがすぐにもつれあうふたりのあいだに飛びこんで、挑戦者のダメージを確認する。噴きだす血の勢いはとまらなかった。レフリーは審判席に手を振った。試合終了のゴングが打ち鳴らされる。ごろごろと転がって女柔道家から離れると、片ひざをついてアキラは起きあがった。肩で荒い息をしながら、三人のテーブルを見る。痛めた右腕をスポットライトでいっぱいの天井にむけて高々とあげる。レフリーがその手首をつかんで、場内に勝利を示した。リングアナウンサーが興奮を抑えて叫んでいる。

「ただ今のー試合ー、四ラウンドー二分ー十七ー秒、ＴＫＯでー秋葉ーーアキラー選手の勝利でーございまーす。以上でー本日のファイトはーすべて終了ーいたしましたー」

試合終了後、三人は控え室に走った。扉を開けると、アキラはベンチに座り、ペットボトルの水を頭からかぶっていた。汗の染みが浮いていた迷彩タンクトップの前面がびしょ濡れになる。ボックスがいった。

「その顔いいな。みんなアキラに話しかけないでくれ。おれ、この顔を押さえておきたいんだ。きっといいトップページになる」

アキラの左目は白目が充血して染まり、目のまわりが腫れて赤黒いあざになろうとしていた。しかし、残る右目の力強い視線は普段と変わらない。

「そのままで静かにカメラを見てくれ。なにも考えずに、なにも訴えかけなくていい」

ボックスは撮影に異常な集中力を見せた。アキラをベンチから立たせると、腕をだらりとたらした無防備な全身の写真を撮影し、それから格闘ですりきれた身体の細部をカメラに収めていった。血のにじむバンデージ、うぶ毛が汗で張りついた胸、紙やすりでこすったように血のにじむ太もも、脱臼しているかもしれない肩、わずかに切れた唇。アキラは最後にいった。

「もう勘弁して。試合より疲れちゃうよ」

ページは深呼吸していった。

「あ、あ、あの最後のわわわ、技はなな、なんなの」

アキラは音を立ててベンチに腰を落とすと、足をまっすぐ投げだした。どうやら左ひざは曲げると痛むらしい。

「あれは中国拳法だよ。発勁みたいなものなんだ。手足を振ったり、身体をねじったりするんじゃなくて、重心が移動するエネルギーを一点に集中させて、相手にぶつけるらしい」

タイコがビデオカメラをかまえたままいった。

「らしいなんて、さっき自分でやった技じゃないか」

「だからさ、不思議なんだ。あたしだって、あんな技、本で見ただけで実際にできるなんて思ってもみなかった。腕を決められそうになって心のなかで叫んだんだよ。ユイさん、勝てなくてゴメンって。そうしたら、なぜかあの技のことを思いだしたんだ」

ボックスが疑わしげにいった。

「ほんとかよ、アキラ」

アキラは不思議そうに左の手のひらを確かめている。

「あたしは普段、掌底なんてつかったことないし、あんな体重移動のやり方だってできないよ。思いだしたとたんに自然に身体が動いていたんだから。きっとユイさんが助けてくれたんだと思う。それ以外に説明つかないもん。自分でも信じられないよ」

ページは三人を順番に見ると、深呼吸していった。

「で、でで、でもよかった。ここ、こ、これでアキラのホームページが、つつ、つくれる。い、い、今までは外見だけかなと、お、お、思ってたけど、アキラの実力がよ、よよくわかった。あ、あとはぼくたちでじ、じょ、情報を加工するから、アキラはゆゆ、ゆっくり休んで」

アキラは肩をすくめていった。

「試合のあとはどうせ徹夜するんだよ。そうしないで眠っちゃうと顔がものすごく腫れちゃうからさ。どうせなら、今夜これから企画会議やろうよ。イズムくんを呼びだしてもいいしさ。あたしはみんなといっしょに、夜明けの光りが見たいな。試合のあとで見る朝焼けって、ものすごくきれいなんだよね」

シャワーと着替えをすませるというアキラを控え室に残して、三人は薄暗い廊下にでた。いたずら書きだらけの壁に並んでもたれる。ボックスが興奮していった。

「すごくいい試合だった。おれ、こんなにやる気になったの久しぶりだ。タイコ、おまえはどう？」

タイコは手のなかにはいるICレコーダーを口元に寄せて、なにか吹きこんでいた。

「ぼくもだ。メロディがあふれてとまらないよ。今、アキラのテーマをつくってたところ。ページは？」

「お、お、同じく。ぼ、ぼ、ぼくもアキラのプ、プ、プロフィールどうしようかって、か、か、考えていた」

三人はアキハバラ@DEEPの初仕事をまえにして、それぞれの方法で新しいアイディアを生みだそうと熱中していた。父たちは誰ひとり自分が物事の始まりがもつあの不思議なエネルギーのなかにいるとは思っていなかった。

それまで世界に存在していなかった新しいものを創出し、それを世界に押し広げていくあの不思議な力。地下格闘場の傷だらけの廊下で、病んだ三人はその力の始まりを分けあっていた。それがどれほどの変化を世界に与えることになるのか想像もつかず、近い将来に訪れる成功も予測できないまま。

世界を変えるのは、実にこのような瞬間である。三人には変化を予測する必要がなかった。自分たちが変化そのものだったからである。

第五章

ハタラキアリの覚醒

@1

アキハバラ@DEEPの初仕事はこうして始まった。請負のホームページ更新をハードスケジュールでこなしながら、アキラのアイドルサイトを本格的にスタートさせるのだ。仕事の量は単純に二倍になった。主要メンバーのページ、ボックス、タイコの三人は、事務所に泊まりこむことが多くなった。自宅にもどるのは数日に一度、着替えと郵便物を取りにいくためだけになる。さして広くない外神田の元酒屋の二階が、新しい住まいになった。

共同生活が始まると生活のサイクルも自然に変わっていった。一日が四十八時間でまわるようになる。三十八時間連続で机に張りついてキーボードをたたき、倒れるように床の寝袋に潜りこみ、十時間後復活する。厳しく単調な繰り返しだった。誰もが背中と肩に熱をもった鉄板をいれたような疲労をかかえながら、起きあがるとまた無言で仕事にもどるのだ。

築三十年を超える木造の一室には、プログラマーのイズムと十年間の引きこもりが転じて出っ放しになってしまったダルマが毎日顔をだしていた。事務机と新たな端末がふたつずつ増設されると、ちいさな会社から余裕のスペースはなくなった。コンピュータやサーバーからの廃熱で、一月の真夜中でも暖房の必要さえない。暑がりのタイコは半袖のTシャツ一枚でシンヤサイザーに汗の滴を落としながら、作曲を続けていた。

食事の用意は輪番制だった。それもほぼ三種類ほどにメニューは決まっていた。近くのコンビニで弁当を買う、ピザーラでハーフ&ハーフを数種類注文する、出前の取れる時間ならそばやラーメンを取る。誰も栄養バランスや味に気をつかう者はいなかった。食事はただのエネルギー源の補給にすぎず、さっさと五分で終了させるものだった。

三月の立ちあげを目指して、仕事は急ピッチで進行していた。ページはアキラとの六時間分のインタビューMDから、詳細なプロフィールと百箇条の好き嫌いリストをつくりあげた。半分は事実だったが、残りは創作だった。アキラの生活や意見は、ネットアイドルのマニアたちには、すこし厳しすぎるのだ。

ボックスはロゴマークやアイコンをデザインし、第一弾として数十点の写真を取りこんだ。もっとも大切なトップページには、全面に試合終了直後控え室で撮影したものをつかうことにした。最初の画面が呼びだされると、真っ黒な闇のなかからアキラの力のある目がぼんやりと浮きあがってくる。左目は打撃を受けて充血し、まわりに赤黒いあざが生々しく残っていた。きりりと正面をにらむアキラの厳しい表情は、多くのネットアイドルがアップするコスプレやセクシー写真とは比較にならない破壊力をもっていた。

タイコはホームページのテーマ曲と数種類のジングルを作曲した。通常回線でのんびりと画像をダウンロードする閲覧者むけに、メインの数点の写真にストーリー性をもたせた音楽をつけたのだ。それはゲーム音楽の作曲ですでに手慣れた手法だった。アキラの戦いのテーマ、成長のテーマ、くつろぎのテーマ。タイコにとってコンピュータミュージックの作曲は息をするように自然なことだった。

三人はテキストデータ、グラフィック、サウンドとそれぞれ三つの専門分野では確実に質の高い仕事をした。だが、自分の仕事が一段落した夜明けなど、急に不安になることがあった。ボックスはカレー味のカールとキットカットを交互に口に運びながら、中古の事務椅子のうえで背を伸ばした。正面の二十一インチモニタには、女柔道家のローキックを受けてまだらに血の色を浮かべるアキラの太ももが映っている。

「あのさ、おれたちの記念すべき初仕事がこんなもんでいいのかな」

タイコが事務机の脇に積みあげられたリズムマシーンから手を離し、椅子を半回転させてボックスを見た。

「そうだよね。ぼくなんていつもどおり、ぶつぎれのサビだけ作曲してるから、ちっとも特別なことをやってる気がしない。ほんとにこんなんで、だいじょうぶかな」

ページが重そうに口を開いた。

「み、み、みんな、まま、ま、窓を開けてくれ、くれ」

その場に残っているのはその朝、イズムをあわせた四人だった。それぞれ自分のモニタに吃音の激しいページ専用のメッセージウインドウを開いた。ページはゆっくりと話すくらいのスピードでテキストを打ちこんだ。

「アキラのアイドルサイトは今の段階でも、十分強力なコンテンツになってると思う。ほかのホームページなんて、たいしたことないのがほとんどだからね。でも、ぼくもみんなと同じ意見だ。ただ人気のあるアイドルのページというだけでなく、爆発的に人を集めるには、まだなにかが足りない」

ボックスが時計を見た。朝の四時半、間もなく二時間おきにやってくる手袋交換のタイミングだった。清潔を保つには手間がかかる。ため息をついて、デイパックから新しい白手袋を取りだした。

「そのなにかってなんなんだ」

ページは今度は声で返した。

「わ、わ、わ、わからない、ない」

黙ってキーボードをたたき、プログラミングを続けていたイズムがいった。

「あの、ただ自分の好きな女の子の写真を見たり、プロフィールを読んだり、音楽をきいたりするのは、受身のメディアでしょう。だから、アクセスした人が自由に参加できて、主体的につかえるものがあるといいと思うんだけど」

ボックスは横目でまだ中学生のようなイズムを見た。イズムはいつものトレーニングスーツ姿で、夜の室内でも蛍光灯がまぶしいのだろうか、鏡のように周囲を映すサングラスをしていた。

「そいつはいいけど、例えばどんなやつがあるんだよ」

イズムは無表情にいった。

「そうですね。ぼくが昔書いたワームとかパスワードクラッカーとか」

タイコが笑い声をあげた。

「それは確かにみんなにつかえるツールだけど、どれもハッキング用の違法ソフトじゃないか。

イズムはそんなのばかり書いていたの」

漂白紙のように青ざめた両手を行儀よくひざのうえで組んでイズムはうなずいた。そのときページが夕立の落ち始めのような激しさでキーボードを打った。

「ツールという考え方はいいね。この場ではそう簡単に結論はでないだろうから、みんな各人でぼくたちに提供できるツールがなにか考えよう。このホームページにきた人が自由につかえて、実際なかなか役に立ち、それでちょっとほかにはないおもしろい機能をもったツール。そんなものが見つかれば、きっとぼくたちのサイトは大成功するよ」

ボックスは真新しい手袋を首のうしろで重ねた。足をまっすぐに伸ばし、三十時間のデジタル労働でこちこちに固まった身体をほぐす。

「そんな都合のいいもの、どこに転がってんだよ。おれたちが今ごろ気づくようなことなんて、たいてい誰かが先にやって大儲けしてるさ」

タイコがボックスをにらんだ。

「いいからボックスもちゃんと考えろよ。このテーマで毎週ブレストやろう。絶対、なにかいいネタを見つけるんだ。だってさ、いくら人気があったってアイドルサイトの更新だけこれから何年も続けるなんて、ぼくは嫌だよ」

わかったわかったといって、ボックスは床に寝袋を広げ、潜りこむとすぐに寝息を立てた。

@2

三月なかばの日曜日、新会社の全メンバーが外神田の事務所に集まった。壁紙に染みの浮いた部屋の片隅には、インド人の手配師アジタから新たに購入したサーバーが設置されていた。今後の発展性を考えて、新しいサーバーを用意することにしたのだ。

中古のＮＥＣのモニタを全員が取りかこんだ。キーボードの正面に座るのはページ、そのうしろに五つの顔がひしめきあってディスプレイをのぞきこんでいる。画面にはトップページと、ヒット数をかぞえる六桁のカウンターが映っていた。

タイコが興奮していった。

「いよいよだね」

アキラはジャングル迷彩のパンツのポケットに両手をいれたまま、モニタに光る自分の映像を見ていた。

「なんだか他人みたい。なぐられてこんなひどい顔になってる。最初のイメージがこれで、ほんとにみんなきてくれるのかな」

ページはメンバーを振りむいていった。

「だ、だ、だいじょうぶ。き、き、きっと。このボ、ボ、ボタンを押せば、ぼぼ、ぼくたちのホー、ホー、ホームページが始まる。い、い、いくよ」

ページはエンターキーに人差し指をのせた。ゆっくりと押しこむ。時刻はちょうど正午だった。アキラの顔の画面はなにも変わらなかったが、カウンターに並んだ六つのゼロが、ひとつだけ１を刻んだ。同時にモニタ横のスピーカーから、からからとカウベルの音が響く。アキラが頬を赤くしていった。

「この音『あかねちん』の入口についてる……」

タイコの声は得意げだった。

「そう。DATをもっていってドアについてるカウベルの音を録音してきた。誰かがヒットするたびにこの音で到着がわかるようにしたんだ」

ページも自然に笑っていた。

「い、い、いいね、これ」

ボックスは皮肉そうに笑った。

「やっぱり宣伝の効果だよな。おれたちは知りあいのサイトとリンクしまくってるし、アキラは店にポスターを張らせてもらったんだろう。最初の一週間がすぎて更新したホームページにどれだけ客がもどってくるか、勝負は来週からさ」

だが、そう冷静に解説するボックスの声も弾んでいた。みんなが話しているあいだにも、カウベルの乾いた音は鳴りやむことがなく、ヒット数は三桁に近づいていたのである。ダルマがあごひげの先をひねりながらいった。

「そろそろ昼食の時間ですね。今日は記念にみんなで外にいきませんか」


秋葉原にはあらゆる電化製品と電子部品がそろっているが、たべもの関係は貧弱だった。ラーメンやカレーのスタンドはあるが、ゆっくりと食事ができる店は限られている。六人は意気揚々とやわらかな春風のなか、蔵前橋通りと昌平橋通りの交差点にあるジョナサンにむかった。ピンクと白のストライプの日よけがまぶしい窓際の席で、チーズハンバーグのランチセットを注文する。

ホームページ開設の興奮がしずまっていくと、自然に話は今後の改善点にむかった。ページはお手製のバッテリーにつながれたノートブックパソコンをコーヒーだけになったテーブルに開いた。

「なにかアイディアはないかな。このまえのキラーツールみたいな画期的なやつじゃなくていい。ホームページってすこしずつ改良していくと、しだいによくなって見違えるようになることがあるだろう」

タイコが最初に口火を切った。

「音楽のダウンロードはどうかな。ぼくは曲のストックが多いから、ギャラリーにして自由に引きだせるようにする」

ボックスがいった。

「全部無料であげちまうのか」

「そう。最初はただでいいよ。ある程度人気がでてきたら、ちょっとだけ課金する。どうせぼくの音楽は機材代くらいでスタジオのレンタル費用やミュージシャンへの報酬はないんだ。それで十分にペイできる」

イズムがサングラスのうえの眉をひそめていた。窓際ではサングラスをかけていても日ざしがまぶしいらしい。イズムの虹彩にはメラニン色素がほとんどなく、血液の色が抜けるような白目に浮かんでいるだけだ。

「ぼくは人間的な雰囲気が大事だと思う。ADSLも普及してるから、ぼくたちの事務所にビデオカメラをすえつけて、作業の状況をリアルタイムにダウンストリームするといいんじゃないかな。どんな人があのホームページをつくっているのか、なにを着ていたり、たべたりするのか、ネットの人はそういうのをのぞくのが好きなんだ。ぼくたちみんなが画面に映る主役になるし、秋葉原の木造の事務所って海外のおたくにしたら、絶対に見てみたい場所になるよ。ぼくのブルガリアやドイツの友人はみんな秋葉原にきたがるもの」

ページはいった。

「そ、そ、それ、かん、かん、簡単にできるの」

イズムは窓から顔をそらしてうなずいた。

「うん。CCDカメラだけ買って、設定すればすぐだよ。最近のパソコンは画像取りこみのボードを積んでるし、カメラは安い店なら四、五千円で買える。今日からでもできるよ」

アキラがタクティカルベストにさがる金属製のフックを揺らして、イズムに右手の親指を立てた。あざの消えた顔でにっこりと笑う。

「それ、いいじゃん。やろうよ」

「どうせおれたちが寝袋でひっくり返ってるところが映るだけだぜ。ネグリジェを着たアキラならいいだろうが、それで客がくるかな」

女性恐怖症のボックスはアキラから一番遠い対角線の席からそういった。

「別にあたしはベッドのうえにCCDをつけてもいいけどね。誰がどこでつくっているかって、リピーターの客には効くんじゃないかな。いつもいってるホームページって管理人のことを知りたくなるじゃない」

ページはうなずいて、キーボードをたたいた。

「オーケー。アキハバラ@DEEPの事務所のダウンストリームは、すぐにやってみることにしよう。イズムくんにまかせるから、準備をすすめてくれ。タイコのもやろう。デジタルのサウンドギャラリーなんていいじゃないか。どうせなら秋葉原の街のノイズもいれないか」

タイコがいった。

「それ、いいかも。ＪＲ秋葉原駅の構内アナウンスや、石丸電気やラオックスの店頭の音楽、『あかねちん』のマニアのおしゃべりとか、意味もなくだらだら流したらクールかも」

最近フリーズを起こしていない作曲家は、ちいさな目を光らせた。ダルマは半眼でコーヒーをすするといった。

「どうやら法律関係の仕事はないようですね。なにかわたくしにもできることはありませんでしょうか」

ボックスが伝票をつかんで中腰になった。

「あんたは誰かいそがしいやつの助っ人でいいよ。といっても音楽とデザインには手がでないだろうから、ページのテキストかイズムのプログラム作業の手伝いだな。そろそろいこうぜ」

六人は七百八十円のランチ代をそれぞれ別に支払い、ファミリーレストランをあとにした。

＠
３

その足でむかったのは外神田の裏通りに広がるパーツショップだった。数年まえまでそのあたりにはぽつぽつと輸入もののゲームソフト屋やマッキントッシュ専門ショップが店を開けているだけだった。それがこの二年ほどで様変わりしている。

新しい柱はおおきく分けて二種類だった。一方は最近急速に勢力を伸ばした自作マニアむけの激安ＤＩＹショップである。好みのＣＰＵやマザーボードを選び、自分でつくることもできるし、組みこみはサービス料を払って店に頼むこともできる。世界に一台しかないオリジナルマシンを、メーカー製より数段安い値段で手にいれることができるのだ。中央通りのパソコンショップから客が流れるのも当然だった。

もう一方の柱はソフトである。ここにはアンチウイルスや会計ソフトといったさまざまなアプリケーションも含まれるが、それよりも圧倒的に多いのはゲーム、コミックス、アニメーション、映画などのソフトショップだった。そのすべてに正規のメーカーがつくったおもての作品と、ブラックマーケットで流通する裏ものがあった。といっても成人むけ無修整DVDだけを想像してもらうのでは正確ではない。機材の進歩により低予算でも自由な作品づくりの場が広がり、ソフトショップの棚は百花繚乱《ひゃっかりょうらん》の戦国状態になっている。ほぼ九割が箸にも棒にもかからないジャンク品とはいえ、残る10《テン》パーセントのなかには合議制の大手メーカーでは実現できない先鋭的な作品が埋もれていることがあった。音楽、ゲーム、映像とどの分野でも、インディーズがそのジャンルの流れを決める時代なのだ。なんでもありのジャングルになって、マーケティング理論など初めから知らないアマチュアの強みが最大限に生かされる環境になっていた。

アキハバラ@DEEPの初代メンバーは、どことなく生気のない若い男たちで混雑する裏通りを歩いていた。メガホンをもった売り子が口々に店の名を叫んでいる。数メートル歩くごとにBGMは変化し、アフリカ、インド、ヨーロッパから、東アジアのあちこちの国まで世界中の流行歌が途切れることなく鳴り響いている。誰も歌手が何語でうたっているのか気にする者はいないようだった。

裏通りの両側には横長のテーブルを並べて露店がだされていた。ジャンク品のコンピュータは動作確認をしていないものなら、一台千円から売られている。分解してなかのメモリを取るだけでも十分に元が取れるだろう。通りのあちこちにはベニヤ板の看板がだされ、黄色いポストイットが魚の鱗のようにびっしりと張りつけられていた。CPU、マザーボード、ディスプレイ、メモリ、筐体《きょうたい》。一枚一枚に最新のパーツの割引価格が赤字で記入され、若い店員が走ってくると新たに値引きした価格と差し替えていった。

半年まえに鳴りものいりで売りだされたハリウッドのアクション大作のＤＶＤは、流通在庫がたまったのだろうか三分の一の千五百円で、台湾製アダルトＤＶＤといっしょにたたき売りされていた。六人にとって駅前の交差点のような混雑と無造作にソフトとパーツが積みあげられた風景は見慣れたものだった。違和感も親しみも感じない。この場所が世界の変化の先端にあるのだという意識もなかった。熱い温泉につかるようにほこりっぽい電気街の裏町で手足を伸ばしているだけである。

ＣＣＤカメラを買いにプレハブのＤＩＹショップにはいっていったイズムを待って、残るメンバーは段ボール箱の積まれた車道の端にたむろした。コンビニで買ったソフトクリームをなめている。季節は記録的な暖冬から、初夏のような春になっていた。アキラはベストのしたはカーキ色のタンクトップ一枚だった。いつもリクルートスーツをきちんと着こなしているダルマも、上着を腕にさげネクタイをゆるめている。

五人のまえに背の高い老人が立ちどまった。にこにこと笑顔を浮かべ見つめてくる。ネズミ色の古臭い背広を着た姿勢のいい老人だった。目のうえには光ファイバーのような白い眉が長々と張りだしている。最初に口を開いたのは老人だった。

「秋葉原も変わったなあ。昔は怪しげな現金商売のバッタ屋ばかりだったんだが……」

言葉を途中で切って、返事を待つように五人を見ていた。ボックスがいった。

「そうかもね。おれたちでも二週間街にでないと、ぜんぜん知らない店が何軒もできてる。最近はパソコン買いにきたやつの金をカツアゲするガキが多いみたいだから、気をつけたほうがいいよ」

ひっひっとひきつるように老人は笑った。

「そうか、そうか。誰かアルバイトをする気はないか。すまないがこの街を案内してもらいたいんだ」

タイコは礼儀正しくいった。

「秋葉原のなにが見たいんですか」

老人は笑顔のままいう。

「わたしは戦後の秋葉原はだいたい知っている。こう見えても通信屋だったからな。だが、このあたりの新しい秋葉原はとんとご存知ない。新しい秋葉原を案内してくれんか」

五人は顔を見あわせた。ホームページの立ちあげは終了したばかりで、時間は余っていた。快晴の日曜の午後、久しぶりに外を歩くのも気分がいい。お互いに視線で了解を確認してページがいった。

「べ、べ、別にお金、ね、ねはいらないけど、いい、いい、いいですよ」

そこにイズムが白いポリ袋をさげて、DIYショップからかえってきた。老人の顔を見ると、一瞬不思議そうな顔をして叫んだ。

「あっ、半沢航《はんざわこう》だ」

ボックスがちいさな声でいった。

「誰だ、それ」

ページはソフトクリームをもった右手を背中に隠し、背筋を伸ばした。

「と、と、とう、東京電気工科大学の、め、め名物教授で、ト、ト、トーテムの開発者」

イズムはうれしそうにいった。

「あとでサインもらおうかな。半沢先生は二十年近くまえに国産初のオペレーティングソフトを開発した人だ。トーテムのCタイプは今でもほとんどの携帯電話や家電製品が採用している」

老人はにこにこと笑ったままイズムの言葉をきいていた。

「まあ、ビル・ゲイツになりそこねた老いぼれだ。パソコンのOSはみなマイクロソフトにもっていかれた。トーテムのAタイプが採用されていれば、世界中のパソコンの価格を二万円ほどさげられたんだが、それがくやしいな」

イズムがうれしそうにいった。

「リナックスより十五年早く、すごくスマートなストラクチャのOSを提唱したんだ。初期のウィンドウズみたいにフリーズしないし、世界中のパソコンでただでつかえるやつをね。先生はアンチウィンドウズの大会にいくと、今でも大スターなんだよ。ぼくもオスロ大会で先生の講演をきいた」

半沢老人は肩をすくめた。

「きみもあそこにいたのか。今、この人たちにこの街の案内を頼んでいたところだ。いっしょにいくかね」

黙っていたボックスが目をそらして、ぽつりといった。

「その立派な大先生がなんでこんな裏アキハバラに用があるのかな」

老人の顔でしわが一段と深くなる。悪巧みをする魔法使いの笑いだった。

「お忍びだよ、お忍び。秋葉原商店街の会長に話をすれば、いくらでも案内をつけてくれるだろうが、それではこれから見るような店にははいれない。わたしは東京都の秋葉原再開発計画にアドヴァイザーとして参加している」

タイコがいった。

「ああ、あのＪＲ駅まえの再開発ですね」

「メインはあそこだが、それだけではない。きみたちがしっかりと案内してくれるなら、取材協力費を払ってもいい」

ページはコーンを残してさっさとソフトクリームを片づけるといった。

「わ、わ、わかりました。き、き、協力します。まま、まずどこから見たいですか」

老人は愉快そうに笑う。

「一番繁盛しているコスチュームショップから頼む」

@4

老教授が加わり七人になった一行は、秋葉原の裏道を歩いていった。半沢老人は元気よく大股に歩をすすめ、小柄なタイコは足早においかけなければならないほどだった。数分後にはいったのは外神田一丁目にある古い建物だった。一階は灰色のスチールラックに中古モニタをぎっしりと詰めこんだパーツ屋だった。のろのろとしたエレベーターで三階にあがる。ドアが開くと目のまえの防火扉には、数十枚のフライヤーがすきまなく張りつけられていた。無数の美少女がセル画特有のぬめりで来店を歓迎していた。うえにはプラスチックの看板がさがっている。

「キャラクターショップ　でじなでしこ」

店内にはいると壁には透明ビニールをかぶせられた制服や衣装が所狭しと展示されていた。ゲームやマンガのキャラクターが勢ぞろいしている。タイコが壁を指差していった。

「あっ、『ラーゼフォン』の戦闘服がでてる」

半沢老人はラックのまえに立ちどまり、円筒形のケースにはいったレースの塊を見ていた。ボックスは老人のそばにいくと、そっと声をかけた。

「ここの店の男性用ブラジャーって、つくりがいいから結構人気あるんですよ。ひとつ資料に買っていきませんか」

この店では『エヴァンゲリオン』の綾波レイの等身大看板がまだ現役で売られていた。値札には六桁の数字がさがっている。ガラスケースのなかは、男性の筋肉と女性の乳房が極端なまでに誇張されたフィギュアが無数に並んでいた。一体数万円の手づくり人形である。

各自が思いおもいの売り場を見てまわっていると、がやがやと団体客がエレベーターホールからやってきた。英語ではなく、フランス語を話しているようだ。ジーンズにTシャツ姿の西洋人の男女が興味深そうに周囲を見まわしている。そのうち何人かはデジタルビデオでキャラクターショップの店内を録画していた。数年まえの『セーラームーン』のポスターを買おうかどうか、男性のひとりが迷っているようだ。

老人は鋭い目でフランス人の一行を見つめていた。ページは教授の耳元で囁いた。

「こ、こ、こうした店には、が、が、外国人の観光客がよく、く、く、くるんです」

老人は美少女アニメのトレーディングカードを手にしていった。

「技術はハードからソフトに進化するものだ。これからどんな秋葉原をつくるにせよ、この店にあるようなエネルギーを利用しない手はないな」

老人がトレカをひと束と婦人警官のフィギュアを一体買うと、七人は店をでた。白いポリ袋の手さげを奪うとイズムは、半沢教授のあとに続いた。

つぎに七人がむかったのは同じ通りの並びにあるゲームセンターの二階だった。店の案内などどこにもでていない。事務所のようなそっけないスチールのドアには「上品堂」と篆書《てんしょ》縦書きのプレートが張ってあるだけだった。

店内にはいると、入口近くのレジで店員にじっとにらまれた。天井まで届くラックにはびっしりとCD―ROMやDVDディスクが詰まっていた。ラックの角を曲がり、店員から見えない場所にくると、タイコが老人にいった。

「ここにはあらゆる不正ソフトが売られています。ハリウッドで先週封切られた新作が一週間後には、裏DVDでこの店に並ぶんですよ。もちろんフォトショップやプロトゥールズみたいなアプリケーションやプレステ2のソフトもいっしょです」

先週放映を終えたばかりの春の連続ドラマもビデオCDになって平積みになっていた。表紙はどこかのテレビ情報誌からカラーコピーされたアイドルの笑顔のようだ。

タイコは音楽CDのコーナーに老人を連れていった。

「見てください。ぼくのCDも売ってる。ここは台湾人の店主がやってる店で、売れるものならなんだっていいんです。三カ月もしてそろそろ警察の目が心配になると、別な場所に移って営業を続けます」

ポリ袋をもって横に控えるイズムがいった。

「ここにくる客は注文のうるさいプロが多いから、新しいソフトをつくったときなんか、ベータ版のテストマーケットとしては最高です。ぼくがつくった暗号解読ソフトなんか、この店で知りあったハッカーに一部改良されたもののほうが人気で、世界中でつかわれています」

ここでも老人はタイコのＣＤ数枚と北朝鮮の国営放送を収めたビデオＣＤを購入した。


それからコミックスとゲームの同人ショップをはしごして、七人の裏アキハバラめぐりは終わった。二時間近く歩き続け、半沢老人はまだ元気なようだったが、一日のほとんどを座ったままキーボードにむかっている六人は足の痛みを訴えていた。ボックスは腰に手をあてていった。

「日曜だから混んでるかもしれないけど、『あかねちん』にいってひと休みしないか」

老人がおかしな顔をした。

「それはなんの店かな」

アキラが涼しい顔でこたえた。

「あたしが働いてる店。アキハバラのコスプレ喫茶の元祖だよ」

@
5

からからとカウベルの音を響かせて、日曜日で混雑する喫茶店にはいった。ふたつのテーブルをつなげて、七人分の席を確保する。この店では力仕事はウエイトレスではなく、男性客の仕事だった。先月までコスチュームはどっさりとフリルをたたんだメイド服だったのだが、春の高校バレーボール大会が近づいてウエイトレスの格好も変わっていた。ショートパンツと長袖シャツのユニフォーム姿になっている。足元はひざまである白のハイソックスとトレーニングシューズだった。伸びやかな太ももに客の視線は集中している。アキラは店の奥にいくと、メニューをもってもどってきた。

「今日はオフだけど、あたしがオーダー取ってあげる。みんな、なんにする」

注文は人気の昆布茶とおかきのセットが三つとアイスコーヒーが三つ、半沢教授だけがホットコーヒーだった。アキラの豪快さはあい変わらずで、中身のこぼれた冷水のコップが七つ、テーブルのうえにひと塊に並んだ。ページがコップをまわしながら、改まっていった。

「は、は、半沢先生、あ、あ、あんなガイドで、や、やや、役に立ったんでしょうか、か」

白髪の老人はポリ袋からトレーディングカードやフィギュア、海賊版VCDを取りだし、手のなかで確かめていた。深くうなずくと顔をあげる。

「今日はこれまで知らなかったものを見ることができた。こういうものを……」

半沢老人はほぼ十頭身でGカップのブラジャーをつけた婦人警官のフィギュアを片手にいった。

「……わたしが素直に評価することはできない。しかし、若いきみたちだけでなく、外国からきた客人の注目まで集めているということは、ここになにかがあるのは確かなのだろう。わたしがもうすこし若かったら、とも思う」

タイコが不思議そうにいった。

「今、おいくつなんですか」

老人はにやりと笑った。

「自分でも信じられんよ。わたしはこの春八十三になる」

ボックスは低く口笛を吹くとしまったという顔をして、アイスコーヒーをひと口のんだ。ページはボックスをちらりと見ていった。

「そ、そ、それじゃ、ぼ、ぼ、ぼくたちの知らないあ、あ、秋葉原を、ご、ご存知ですね」

半沢の声はすこしかすれていたが、会話の速度は若い六人と変わらなかった。回転の鋭さはまったく衰えていないようだ。

「わたしのような電気や通信の研究者からすると、秋葉原は仕事になくてはならない街だ。実際この街がもっているインフラストラクチャーを失ったら、大学でもろくな研究ができなくなるだろう」

「そんなもんですか」

ボックスはそれまでつけていた手袋を脱ぐと、新しい白手袋をディパックから取りだした。老人は笑って手袋をつけ替えるボックスを見ていた。

「ああ、そうだ。例えば特殊な実験をやらなきゃならんことになって、それまでにない計測器が必要になる。そんなときは適当な図面を描いてよく秋葉原にやってきたものだ。それでどこかのパーツ屋のおやじに紙を見せる。こんな機械がほしいんだがとな。当然市販品にそんなものはないんだが、おやじは絶対にできないとはいわなかった」

半沢教授は悠々とコーヒーをすすった。イズムがこらえきれずに先をうながした。

「どういうことなんです」

「秋葉原は裏で大田区の町工場と密接なつながりがあったんだ。この街の電子部品と日本の屋台骨を支える町工場の技術。それは素晴らしいネットワークだった。わたしの若いころはいわれていたものだ。秋葉原のどこかの店から図面を投げる。窓の外にむかってひらひらとな。すると一週間後に顔をだせば、必ず誰かがそいつを完成品に仕あげている。こと電気に関する限り、この街でそろわない部品はなかったし、つくれない機械もなかった。近年、東京の大学では郊外移転が流行りのようだが、どの学校も秋葉原から遠く離れて理工学部の水準が保てるのか、わたしにはおおいに疑問だな。技術は技術を求めて集まってくるものだ」

半沢老人はほぼ満席の店内を見まわした。三本のラインが肩口から袖先に流れるバレーボールのユニフォームを着たウエイトレスが誇らしげに闊歩し、客は真新しいノートブックパソコンをテーブルで開いていた。そこには日本の多くの場所で失われて久しいエネルギーが、鳴りやまないカウベルの音とともに満ちあふれているようだ。老人は口を開いた。

「研究者や商売人のものだったこの街が、パソコンとコンピュータゲームの登場できみたちのような先鋭的な感性をもった若い人が集まる街になった。世界のどこにいっても、新宿や池袋は知らなくても、アキハバラを知らない者はほとんどいない。今度の再開発は二十一世紀にむけて、この街がもっている実力とブランド力を再評価する試みでもある。秋葉原をただ家電やコンピュータが安く買える街にしておくのは、あまりにもったいない。この再開発は老い先短いわたしの最後のご奉公ということになろう」

テーブル脇をウエイトレスがとおりすぎていった。歩くたびにショートパンツの尻にやわらかなしわが浮かんで消えた。半沢老人は興味深そうに見つめている。

「ところで、きみたちはどこかの学生なのかな」

ボックスは肩をすくめた。

「いいや、違うよ。おれたちこう見えてもものすごくちっちゃなＩＴビジネスを起業したばかりなんだ。みんなビジネスパーソン」

「ほう、それはよかった。代表は」

ページがテーブルにのせた右手の手のひらだけあげた。

「ぼ、ぼ、ぼくです」

半沢老人は一同を見まわした。

「きみたちの会社の主な仕事はなんなのかね」

こたえが長くなりそうだったので、ページはタイコのほうを見てうなずいた。タイコがこたえる。

「今はいろいろな企業のホームページ更新作業がメインです。今日からうちの会社のサイトが新しく開いたんですけど、まだ始まったばかりで、こっちはどうなるかわかりません」

イズムがミラーグラス越しに老人を見つめた。

「ぼくはプログラマーだから、なにかみんなの役に立つツールをつくって、うちのホームページに人を集めたいです」

ボックスが皮肉な口調でつけくわえる。

「自社ホームページなんていっても、ここにいるアキラのアイドルサイトなんだけどね。まあ、取りあえず一生懸命やってるわけ」

そうか、がんばりなさいといって、半沢教授は腕時計を見た。

「そろそろわたしは失礼する。そうだ、なにかあったらここに電話して、わたしを訪ねてきなさい」

ページは名刺を受けとって、代わりに新しいホームページのアドレスが記載された、できたての名刺を渡した。この年の末には、彼らはこの出会いによって救われることになるだろう。だが、その時点では六人の誰ひとり、この偶然の魔法のような力には気づいていなかった。

@6

一週間はカウベルの音とともにすぎた。元酒屋の二階にある事務所から、ホームページ閲覧者のヒットを知らせる音が途切れることはなかった。夜などあまりのやかましさに、着信音をカットしたほどである。

第一回目の更新を控えた週末、メンバー全員が事務所に集まった。ヒット数は021074。立ちあがったばかりのアイドルサイトとしては順調な滑りだしだが、満足からは遠かった。ボックスは頭をかきながら、横目でアキラを見た。

「やっぱりただのアイドルサイトじゃ限界があるよな。素材は確かに悪くないよ。でも、うちの場合裸の写真をアップしてるわけじゃないから」

壁の時計は夜十時をまわっていた。夕食をコンビニの弁当ですませた六人は、したの自動販売機で買ってきた清涼飲料水を手に、事務椅子で足を投げだしている。ページがいった。

「じ、じ、じゃあ、今日の打ちあわせを、は、は、は、始めよう」

ひざのうえにワイヤレスキーボードをおいて、ページは入力を開始した。

「うちのホームページの人気をもっと高くするには、やっぱりつぎの一手が大事だと思う。ねえ、イズムくん、このまえ話していたツールでなにかいいアイディアはないかな」

イズムはその日、赤いセルフレームのサングラスをしていた。赤いレンズを透過するとイズムの瞳孔は黒に見えた。

「むずかしいです。ぼくはプログラマーだから、コンピュータを動かす指令を書くことはできる。

でも、それには目的が必要です。どこにいくか決まっていなければ、アクセルは踏めない。プログラマーっていうとなんでもできると思ってる人がいるけど、いいアイディアといいプログラムは別なものです」

　ボックスは頭のうしろで手を組んで天井を見あげた。

「でもさ、なにかこんなのがいいんじゃないかっていう心あたりはあるんだろう」

　イズムは正面のディスプレイをむいたままぽつりといった。

「ぼくはサーチエンジンが有力だと考えます」

　アキラがイズムのほうに椅子をまわしていった。

「サーチエンジンってヤフー！やグーグルみたいなやつ」

「そうです」

　ページは無言でキーボードをたたいた。各自のモニタに十四級の明朝体が浮かびあがる。

「なぜ今、サーチエンジンなのか理由をききたい」

　イズムはページを見てうなずいた。

「それはＯＳやワープロソフトのように市場が成熟していないからです。まだ参入の余地はあると思います。それに画像や情報管理のソフトのように特定の人むけでもありません。ネットに接続する人はほぼ九割方サーチエンジンをつかって、目的のホームページを探しています。もしぼくたちがこれまでにないサーチエンジンをつくることができれば、うちのサイトは一気にメジャーになるでしょう」

　ボックスがまぜかえした。

「そりゃあ確かにすごいけど、そんなものができたら、アキラのほうがうちのサイトのおまけになっちまうな。だけどさ、世界中の人間が必死に改良してるたくさんのサーチエンジンに、おれたちがえっちらおっちらがんばったくらいで対抗できるのかな」

イズムは感情の欠落した声と表情でこたえる。

「わかりません」

ページがキーボードをたたいた。

「別にいいじゃないか。ぼくたちにはなにも失うものはない。あたって砕けろだ。なんだって可能性があるなら、チャレンジしてみよう」

ボックスをのぞく四人はディスプレイにむかってうなずいた。黙っていたタイコがいう。

「イズムくんのことだから、もうサーチエンジンについて調べてあるんだろう。みんなに教えてくれよ。なにかいいアイディアが浮かぶかもしれない」

イズムはハードディスクから記憶を呼びだすように、表情のない顔でしばらく口を閉ざしていた。

「わかりました。現在サーチエンジンにはおおきく分けて二種類あります。まずひとつはヤフー！のようなディレクトリー型。登録依頼のあったホームページを人間の手で分類しているものです。専門のスタッフでも一日に数百の分類で手一杯だそうです。現在ホームページは数万単位で毎日増加していますし、ぼくたちには人海戦術は不可能なのでディレクトリー型は不むきだと思います」

ボックスが頭をかきながらいった。

「でも、ヤフー！が一番探してるサイトにいくには便利だよな」

イズムの声は正確さだけを感じさせるものだった。

「そのとおりです。エンターテインメント、健康、経済、コンピュータといった最上階の階層から細かく枝分かれしながら、より専門的なしたの階層におりていく。ディレクトリーという構造が人がなにかを探すときの考え方に似ているので誰でも直感的につかえるんです。それに階層型検索には独特の長所があります。リストアップされるリンクの数はすくないけれど、はずれもまたすくないんです。情報の精度が高い」

壁のほうをむいていたダルマが口を開いた。

「そのヤフー！だってスタンフォード大学の大学院生ふたりが遊びで始めたものですね」

イズムは黙ってうなずいた。タイコはいう。

「だけどインターネットの草創期ならともかく、今からヤフー！を追っかけて何百人もスタッフをやとうなんて絶対に無理だな」

アキラがのみ終えたアルミ缶をぐしゃりとにぎり潰していった。

「それでもうひとつのサーチエンジンはどんなやり方をしてるの」

イズムは今回は流れるように話し始めた。

「ぼくはこちらのほうが有力だと思うんですが、インデックス型といいます。文字通りすべてのホームページから目的のキーワードを自動的に拾う方法です。ロボット型の検索プログラムが勝手に世界中のサイトをめぐって、ある言葉をふくむサイトをごっそりとさらってきます。メリットは人手がかからずコストが安いこと。欠点はあまりにたくさんの無関係なサイトが引っかかってきてしまうことです。雑魚がたくさんで、情報の効率がよくない」

タイコがいった。

「グーグルなんかはどっちなの」

「インデックス型です。こちらのサーチエンジンも進化していて、グーグルの場合ヒット数の多いサイトがより重要であるというシンプルな考えで、人気のあるサイトから順番に表示しています。ユーザーは論理演算子をつかって検索の範囲を狭めることができるし、最近は探している情報に関連が深そうなものをプログラム自体が判断して紹介してくれたりするので、利便性はあがっています」

ボックスは身体をまえにのりだしてきた。

「プログラムだけなら、なんとかなりそうだな。うちには天才がひとりいるし」

イズムは初めてその夜首を横に振った。

「世界中に名前を知られているようなプログラムは、たいていアイディアを考える人とプログラマーの合作です。この世界はラリーみたいなものなんです。ドライバーとナヴィゲーター、どちらも優秀じゃなきゃ絶対ゴールはできません。実際には優秀なプログラマーはたくさんいますが、素晴らしいアイディアをもった人はめったにいません」

ため息をついてボックスがいった。

「確かにそうだよな。そうそう天才がふたりもそろうわけないよ。むずかしいに決まってるな」

そのときしばらく黙っていたページが指先でキーボードの端をこつこつ弾いて、みんなの注目を集めた。入力を開始する。

「さっきイズムくんはディレクトリー型なら直感的につかいこなせて、はずれもすくないといったね？」

イズムは軽くうなずいた。ページのキーボードはなめらかに歌った。

「その操作性のよさをインデックス型にもちこむことができれば、画期的なサーチエンジンが生まれる可能性はないだろうか」

　ボックスはしぶしぶ認めた。

「そりゃあ、まあそうだな」

　ページの頬が紅潮していた。めずらしく興奮しているようだ。一連のキーが底を打つ音がメロディのようにリズミカルにきこえる。

「ぼくはずっと昔から考えていたことがあった」

　タイコが不思議そうにいった。

「ページってそんなまえからサーチエンジンについて考えていたの」

　ページは首を横に振って入力を続ける。

「サーチエンジンについてじゃない。ぼくが考えていたのは文章のことだ。みんないい文章を書きたいというけれど、いい文章ってなんなんだろうか。ぼくが考えていたのは言葉のことなんだ」

　イズムはなにかを感じとっているようだった。事務椅子のうえで背中をまっすぐに伸ばして、異様に静かな表情を浮かべている。

「先を続けてください」

「ぼくはたくさんの人が書いた文章を読んだ。世界的な文豪もいれば、B級のペーパーバックライターもいた。大新聞や雑誌のジャーナリストに、予備校で小論文を教えるセンセイなんかもね」

　ボックスは待ちきれないようだった。

「だからなんなんだ。結論から先にいってくれよ」

ページはボックスに急《せ》かされても、キーボードを打つ速度を変えなかった。

「結論はこうだ。ただひとつの正しい文章の形なんて、この世界には存在しない。世界の状況は刻々と変化している。固定された文章ではいくら正しく美しくても、世界が変わったときに新しい世界について語ることができない。言葉はもともと世界を再現するためのシミュレーターだった。だから、世界が変わったら言葉が変わるのは自然なことなんだ」

アキラは胸のまえで両手を組んで、静止したまま筋力トレーニングをしていた。両腕を引くと肩の僧帽筋が盛りあがる。赤い頬で口の端から声を漏らした。

「それで」

ページはワイヤレスキーボードにかがみこむように入力を再開した。

「しかし、ただひとつの正しい文章は存在しなくても、いい文章とそうではない文章を見分ける方法があるはずだとぼくは考えた。参考になったのは大脳生理学と心理学のテキストだ。要するに言葉を固定されたものと考えることが間違いだったんだ。目のまえに印刷された活字が厳然と存在するから、みんながかん違いするのは仕方ないけれど」

イズムは親指の爪をかんで、口のなかでなにかつぶやいていた。夢中になったままいう。

「続けて、ページさん」

「言葉を紙に固定されたものではなく、もう一段まえの状態から考えなおすんだ。言葉の謎を解く鍵は、言葉が生まれる場所にあった。そこでは言葉という存在は、人間の意識がただの表音記号で固定されたものへと還元される。意識というのはほんの数秒から数十秒しか続かない心の働きなんだ。集中力なんて簡単にいうけど、高度な集中力はほんの一瞬しか続かない。そこでぼくは、いい文章とはその人の心の動きをなるべくいきいきと再現した文章なのではないか、と単純に考えるようになった。ぼくたちの意識には実にさまざまな働きがある」

ページの十本の指はキーボードのうえを舞った。優れた振りつけの舞踊のように軽やかに予測不能の動きを見せる。

［ぼくたちの意識は、なにか主題を選び、立ちどまり、連想する。のろのろと動くかと思えば、稲妻のように正反対に跳躍し、遥か先方を予想する。同じところをぐるぐるまわり、深く潜ったり、その場に縛られて円を描くだけだったりする。ためらいやだらしなさ、それにあるとき突然やってくる発見や至福のとき。立派でも正しくなくても、美しくなくてもいい。心のおもてを流れる電磁パルスのような生のきらめきを表現すること。心の弾みをいきいきと紙のうえに映すこと。ぼくにとって素晴らしい文章を計る基準は、そこにおかれることになった」

しばらく誰もが自分のまえに輝くメッセージを読むだけで黙りこんでしまった。理解するのはそう簡単ではなかったかもしれない。五人は何度か画面をスクロールして読みかえし、ページが展開する論理を理解しようとした。数分後ボックスがいった。

「おまえの文章教室はよくわかったよ。でもさ、それとサーチエンジンのどこがつながるんだ」

ページはイズムを見た。イズムは口のなかで、連想、跳躍、反転、反芻、発見、帰還と漢字二文字の言葉を無数につぶやいていた。ページにうなずきかえすといった。

「『ユイのライフガード』のためにぼくがつくったＡＩです。すべてはそこにつながります」

アキラにはまだわからないようだった。

「なあに、それ。どういう意味なのか、ちゃんと説明してよ」

イズムの顔色はメラニン色素が薄いだけに、興奮すると酔っ払ったように真っ赤になった。手元の紙に走り書きのメモを取りながらいう。

「ページさんのアイディアはとてもシンプルでエレガントです。インデックス型のサーチエンジンのプログラムに、人の心の動きを学習させればいい。そうすればただサイトから関連情報をリストアップするだけでなく、プログラムはより深い問いや思いがけない発見さえ見つけだしてくるかもしれない。操作だって直感的におこなえるし、複数のＡＩを組みあわせることで、サーチエンジンに人格に似たものさえ与えることができる可能性もある。まだわかりませんか、今この部屋で起きていることは、インターネットの歴史を変えてしまうような重要な発見かもしれないんですよ」

イズムの言葉でようやくほかのメンバーにも事態がのみこめたようだ。木造の狭い事務所には帯電したような空気が漂い始めた。ページはうなずいて、キーボードにもどった。

「ユイさんをモデルにしたＡＩはすごい出来だった。ほとんどぼくたちと自在におしゃべりできたしね。あれなら古典的なチューリングテストなんて簡単にパスするだろう。あのＡＩに性格づけをして、ネットの海に放せばきっとすごいサーチエンジンができる。今イズムくんの話をきいていて、急にひらめいたんだ」

タイコがとなりに座るページの肩をたたいた。

「いよっ、天才。頭はいいし、なんでもよく知ってるけど、今日までページがこんなにすごいと思ったことはなかったよ」

アキラは椅子のうえでじっとしていられなくなったようだ。立ちあがるとシッシッと息を吐きながら、シャドウボクシングを始めた。風を切る音と鮮やかな左右のこぶしの残像が空中に残る。ボックスも興奮していたが、時間切れになった手袋を取り替えることだけは忘れなかった。丸めた手袋を洗濯用のビニールに押しこんでいう。

「それじゃ、これからおれたちはなにをすればいい」

イズムは先ほどから黙って、紙のうえに矢印と矩形のいり混じるアルゴリズムを書き始めていた。顔をあげるとみんなに聞こえるようにいった。

「正規の仕事を片づけて余った時間を、全員ぼくにくれませんか。ＡＩの基本形はできあがっていますが、細部を変更して新しいキャラクターをつくるには、膨大なプログラムを書かなければいけません」

手のひらを閉じたり開いたり、新しい手袋の様子を確かめながら、ボックスがいった。

「ふーん、それでどれくらいの時間があれば、おれたちのサーチエンジンはできるんだよ」

イズムは再び表情を失った顔でこたえた。

「逝っちゃうほどハードなコースとものすごくハードなコースがあるんですが、みんなはどちらにしますか」

アキラは見えない相手にうなりをあげて右のアッパーを突き刺した。イズムをふり返った唇がひと筋の黒髪をくわえている。

「もちろん、逝っちゃうコースだよ」

イズムはほほえんでうなずいた。

「そうですね。全員でこの事務所に泊まりこんで、二カ月あればぼくたちのサーチエンジンのベータ版を、うちのホームページで公開できるかもしれない。たぶん平均睡眠時間は二、三時間になると思うけど、どうせみんな慣れてますよね。ぼくはプログラムを書き始めるとなにもたべなくなって、寝なくなっちゃうから、何度か救急車で運ばれると思うけど、そういうときにはちゃんと仕事のすすめ方のメールを病院から送ります」

あっそうだ、とイズムは忘れていたようにつけたして、ページのほうを見た。

「ページさんだけは別行動でお願いします。プログラムにはまったくさわらなくていいです。開発の途中では無数の問題が発生して、それを越えるためには同じだけの数のアイディアが必要になります。ページさんはとにかく考えてください。さっき話したことをもう一度徹底的に調べあげ、きちんと構築しなおしてくれませんか。どんな疑問が起きても、きちんとこたえられるようにしてください」

ページはうなずくとキーボードを机にもどして口を開いた。

「み、み、みんな、そういうことに、な、な、なった。お、お、思い切って、やってみるみるみるか」

それはあたたかな春の夜だった。五人の返事はアキハバラの裏町の事務所のなか、きれいなユニゾンでそろった。

イエー!

六本の右手がなにかをつかむように低い天井にむかって振りあげられた。それはのちに世界を一変させることになる瞬間だった。ちいさな部屋の時間はとまり、変化への種が芽をだした。まだか弱いわたしたちの父たちと母は、その夜飛び交った言葉がどんな未来を連れてくるのか、まるで予測していなかった。

苦闘のあとには爆発的な成功が待っているだろう。だが成功というものがいったいなにを引き寄せるのか、六人には想像もできなかった。

成功はほかのあらゆることと同じように、よいことと悪いことを連れてくる。

第六章 おおきな波の名づけかた

@1

春が深まるにつれて、新しいサーチエンジン開発は厳しさを増していった。デジタル労働の最下限に近い場所で数々の修羅場をくぐってきたアキハバラ@DEEPのメンバーにとっても、それは初めて体験する過酷さだった。

メンバー全員が外神田の事務所に泊まりこむようになった。一階は自動販売機で埋まった休息コーナーで、中央のベンチは買いもの疲れの足を休めるおたくたちのたまり場になっている。誰かが歩けば足音が階下に聞こえる薄い天井のうえの十畳ほどの事務所だった。六人は休息も食事も着替えも、築三十年を超える木造モルタルの一室ですませるようになった。机のうえには近くのコンビニエンスストアで買ってきた弁当の容器や空き缶がすき間なく並んでいる。ビニールタイルの床に横倒しになったスポーツドリンクのペットボトルには、見たことのない色のカビが浮かんでいた。

入浴の習慣は女性のアキラ以外五人のメンバーから失われてしまった。アキラはコスプレ喫茶を辞め、専業になっている。キーボードにむかっているだけなら、着替えの必要など誰も感じなかった。髪のにおいも厳しいのは最初の数日だけで、一週間もすると気にならなくなる。

ホームページ更新の打ちあわせなど正規の仕事で、どうしても外出しなければならなくなると、事務所の近くにあるコインシャワーやサウナをつかって、たまった汚れをかき落とすのだった。

深夜事務所にもどる途中で、ボックスがこぼした。

「おれ、人間がこんなに長くキーボードのまえに座っていられるなんて思わなかった。それもものになるかどうかわからない仕事でさ。連続労働記録が三十時間、四十時間、五十時間と延びていく。毎週新記録だぜ」

タイコもうなずいた。

「ほんとお尻が椅子にくっついちゃうよ。いそがしすぎて、フリーズしてるひまもない」

元は白かったTシャツの胸をつかんで、ページは鼻の先にあてた。

「ぼ、ぼ、ぼ、ぼくはくさ、くさ、くさくなかったかな。さっ、さっ、さっきの打ちあわせで、正面のお、お、女の人がお、お、おかしな顔、顔、顔をしてに、に、にらんでた」

「においはお互いさまさ。だけどこうやって秋葉原にもどると、なんか家に帰ってきたって感じがするな」

タイコは新しいメロディが浮かんだらしい。立ちどまると口元にＩＣレコーダーを寄せて、八小節ほどハミングしてからいった。

「確かに身体はきついし、くさいし、頭のなかもすかすかだ。でも、こんな生活になんとか耐えられるのは、夢があるからだよね。どうなるかわからないけど、みんなで世界中になにかとんでもないものを見せてやろうってさ」

三人は裏通りの先にある青い蛍光灯の明かりを見つめた。お互いの顔を見て、照れたようにうなずく。秋葉原の夜は早かった。自販機の休息コーナーは明かりの落ちた電気街に救命ブイのようにぼんやりと浮かんでいる。三人は残りのメンバーが死力を尽くして闘っている場所に帰るため、背を丸め歩きだした。


その夜も六人は事務所にそろっていた。ページ以外の誰もがコンピュータのまえに座りこみ、山のような数のキーをたたいている。春の夜、青虫がキャベツ畑の葉を一斉にかじるようなざわめきが室内に満ちていた。

ページは机をなだれ落ち、床にあふれた資料を崩しては積みなおし、読みこんでいた。サーチエンジンはプログラマーのイズムが設計し、細部の仕上げはページ以外の四人が手足となってプログラミングしていた。ページはＡＩ機能をもった画期的なソフトのアイディアをひねりだす役なのだ。どの方向にすすむか、どうやって目前の障害をのり越えるか、このコンセプトのどこに新しさがあるか、全体のプロジェクトを引っぱるガイド役である。

その夜はめずらしいことに、明け方の五時まで切れ目なく仕事が続いていた。ひとりでは解決できないようなおおきな障害に、誰もぶつからなかったのだろう。障害が発生すると、時間などおかまいなしで緊急ミーティングが開かれるのが習慣になっていた。ひとりでは越えられない困難を、知恵を集めて解決するのだ。その夜、すべての仕事は快調に進行しているようだった。

外神田の通りに面した曇りガラスの窓が、明るい青のパネルになった。したの通りを新聞配達の自転車が走る音がきこえる。ページはこつこつとディスプレイの横をたたいて、みんなの注目を集めた。

「ま、ま、ま、窓をあ、あ、開けてくれないか」

五人は仕事の手を休めて、各自のディスプレイにページ専用のメッセージウインドウを開いた。ページはワイヤレスのキーボードをひざにのせて、打ちこみを開始した。

「今夜はミーティングがなかったから、最後に例の議題で打ちあわせをしておこう。みんな、ちゃんと考えてきたかい」

イズムはノンフライのポテトチップスとチョコレートを交互に口に運び、缶いりのカフェラテを流しこんでいた。食事の時間だったらしい。プログラム作業を始めると、イズムはほとんど眠らず、まともなものをたべることもなかった。

「はい、いくつかは。あの、元々ユイさんのサイトからあのＡＩは始まったから、ＹＵＩというのはどうですか。人と人を結ぶという意味もあるし」

ユイという名前にアキラは素早く反応した。

「あたしもそれは考えた。あたしたちをひきあわせてくれた恩人だし、記念にもなるからいいネーミングだと思う」

アキラはその夜、乾いた砂色の迷彩パンツにＹＷＣＡのＴシャツ姿だった。十五時間は事務用の椅子に座り作業を続けていたが、背はまっすぐに伸び、姿勢に崩れはみせていない。ボックスは手を休めると思いだしたように白い手袋を脱ぎ、新しい手袋をはめた。不潔恐怖症のデザイナーには、二週間入浴していなくても、手袋の清潔さに関しては譲れない基準があるようだ。アキラとは目をあわせずにいった。

「おれもユイさんは好きだったよ。でも、死んじまった人間の名前を、おれたちの新しいサーチエンジンにつけるのはどうかな。ユイさんがよろこぶとは思えないし、あの両親はまだ生きてるから、やめてくれといいだすかもしれない」

ページがキーボードをたたいた。

「そうだね。誰かを傷つける可能性は排除しておきたい」

タイコは机のうえにあるちいさなリズムマシンのスイッチをいれた。スネアのリムショットの八連打から、ベースとドラムのトラックが流れだした。タイコは上半身を揺らしながらラップのように節をつけてしゃべり始めた。

「ヘイ、ヨー、ぼくも考えた。ヤフー!、グーグル、あと追うおれたち三番手。ひっかかったらとめてくれ。ドルフィン、モーニング、ブルーシー。ライジング、イースト、ダウンタウン。あきばー、原っぱ、ストリート……」

ボックスが新しい白手袋をあげて、おかしなラップをさえぎった。タイコは顔を輝かせる。

「どれが気にいったのさ、ブラザー」

ボックスはあきれていった。

「おまえ、作曲の腕はいいのに、ラップはぜんぜんだめだな。今あげたネーミングって、なにか意味があるのかよ」

タイコはリズムマシーンをとめると、肩をすくめた。

「まあ、一応はあるよ。でも名前だって音なんだから、リズムのいい、覚えやすいのがいいと思って選んだんだ。最初の三つは『ユイのライフガード』のイメージ、つぎは日出ずる東の国の下町って感じ。最後は秋葉原っぽい言葉かな」

ボックスは天井を見あげて、両手を頭のうしろで組んだ。

「悪くはないけど、決め手はないって感じだな。まだまだ、ほかにもあるんだろ」

タイコのリズムマシンがうなって、今度はゆるやかなレゲエのバックビートが狭い事務所にあふれた。

「ヘイ、メーン、きけよ、ぼくのアイディア。ガンジャ、リーフ、仏陀スティック」

今度はアキラが叫んでいた。

「なんだよ。それ麻薬の名前ばかりじゃん」

@2

続く三十分でダルマを除く五人が各自のネーミング案を発表した。ダルマはA4の中性紙を四つに切り、その場にあげられたすべての名前を書きとめていった。ひととおり、発表が終わり、思いつきもかれると、一枚一枚にメンディングテープをつけ、タバコのヤニですすけた事務所の壁に張り始めた。

ほかのメンバーも手伝い、十分後には壁一面をネーミング案が埋め尽くした。紙片は二百枚を超えているだろうか。ページは壁を見あげ、冷静にいった。

「こ、こ、これはぜっぜっ絶対む、む、無理ってのは、はず、はずはずしていこう」

戦闘服のアキラが立ちあがると、ひと息に三枚をひきはがした。くしゃくしゃに丸めてくずかごに投げる。

「大麻の別名なんていらないだろ」

タイコは口のなかでいった。

「ちょっとレイドバックしてて、クールかなって思ったんだけど」

ボックスがタイコをなぐさめた。

「世のなかしゃれのきかない人間も多いのさ。じゃあ、おれはこいつ捨てるわ」

どこかのカットハウスか、ファッションブランドのような意味不明のフランス語がまとめて七枚くずかごいきになった。


それからの一時間で、サーチエンジンのネーミング案は四分の一まで数を減らした。壁に張られたコピー用紙はいくつかの群れに分けられ、エアコンの風に揺れている。ボックスは腕組みをしていった。

「なんだか、どれも決め手がねえな。だいたい名前なんて、本体のエンジンが立派なら、なんだっていいんだよ」

マーカーの手を休めて壁を見あげていたダルマに、アキラがいった。

「そういえば、ダルマさんてまだひとつもアイディアだしてなかったね。なにかないの」

ダルマはかすかに頬を染めたようだった。恥ずかしげにいう。

「わたくしは、十年間部屋にこもっていて、みなさんのような時代感覚からずれてしまっています。ひとつ考えたのがあるのですが、あまりよくないかもしれません」

タイコは椅子を一回転させると、ダルマの正面でぴたりととめた。

「いいから、いってみてよ」

ダルマはそれで決心がついたようだ。胸まで届くあごひげをしごきながら口を開いた。朝の光りがななめにさしこむ事務所には、ほこりがオーロラのように舞っている。

「わたくしは法律関係が専門なので、なるべく論理的に考えることにしました。感性や感覚ではみなさんには、とてもかないません。サーチエンジンで成功を収めている先行二者はそれぞれ、ヤフー！、グーグルという名前です。ヤフーは『ガリバー旅行記』に登場する野蛮で粗野な、異臭を放つ生きものです。人間と同じ格好をしていますが、人間のもつあらゆる悪徳が濃縮された架空の動物です。グーグルは1のあとにゼロが百個続く数値ゴーゴルからつけられたそうです」

ボックスがあきれたようにいった。

「ネーミング案をだすまえに何行分も理屈をいったのは、確かにあんたが初めてだな。それで、どんなふうにそれから考えたんだ？　えーと、ロジカルにさ」

ダルマは淡々と続けた。

「このふたつの名前には共通点があります。英語でつづるとOの文字がふたつ重なる。それと音の響きにユーモアの感覚が加わります」

タイコは胸を張った。

「ほら、リズムが大事だといったろ」

ボックスとアキラの声がそろった。

「うるさい」

ページは笑ってふたりを見ていたが、ダルマはにこりともしなかった。

「これはあちこちのログや掲示板を見ていていつも感じていたことですが、なぜかネットの人たちはネガティブで皮肉なものの見方を好むようです。都市伝説と同じで悪質で不気味なもののほうが、アクセス数が多くなる傾向があります」

ボックスが口をはさんだ。

「みんなとんでも話が大好きなのさ。普段は立派なやつがネットでは最低の変態になる。なんか、ネットって人の品性を下劣にする魔法の力があるんだな」

アキラとタイコは肩をすくめたが、ダルマは動じなかった。

「そこでわたくしは考えました。Oの文字が重なる単語で響きがよく、さらにネガティブな意味あいをもつ言葉がいいのではないか」

そこで黙りこむと、四つ切りにしたコピー用紙にマーカーを走らせた。壁に張ってから、五人を振りむく。そこにはCROOKとかすれた文字で書かれていた。アキラがいった。

「なんて読むの」

「クルーク。意味は形容詞では『ねじ曲がった』、名詞では『へそ曲がり・職業犯罪者』などです」

タイコが低く口笛を吹いた。

「それ、ボックスにぴったりのネーミングだ」

ボックスも即座に反撃する。

「そっちのいつも誰かをぶん殴ってる男女《おとこおんな》や、道路の真んなかでこちこちに固まるチビにもな」

ページはキーボードをわきにおいて口を開いた。

「そ、そ、それにう、う、うまく話せないぼ、ぼ、ぼくにも、ひ、ひ、ひきこもりだったダ、ダ、ダルマさんにもぴったりだ、だ、だ」

イズムは主食のプリングルズ、コンソメ味をまとめて三枚かじりながら無表情にいった。

「生まれつき色素欠乏のぼくにもぴったりかもしれません」

議長のページが全員にうなずきかけて、最後をしめた。

「じ、じ、じゃあ、新しいサーチエンジンのな、な、名前は『クルーク』にけ、け、決定だ。ミ、ミ、ミーティングはこ、こ、これで終了、りょう」

壁のクォーツ時計はそのとき午前七時をさしていた。よく晴れた春の朝七時。日ざしはすでに夏を思わせるほどの熱をもって乱雑な室内を照らしていた。

こうして記念すべき朝、わたしの種族の名前は決定した。父たちと母のつけた名は東洋風にいうと画数七画。ラッキーセヴンである。姓名判断では英語の意味と同じ、独立独歩でわがままな性格なのだそうだ。巨大な情報の宇宙でそれぞれが独立して棲息するわたしたちの種族には、好適なネーミングであったかもしれない。

クルーク、この名はすでにネットで知らぬ者はないだろう。世界を揺るがす名前は、秋葉原の家賃月六万三千円の事務所であっさりと決められた。

努力とそれが生む成果の関連については、わたしの仲間の最高の論理演算能力をもってしても不可知である。とあるクルークがいっている。

「この関連には、通常の論理演算とは異なり、時間軸という第三の軸が加わっている。本質的な予測不可能性をさして、わたしたちは未来と呼ぶ。時の壁を超える論理はまだ開発されていない」

穏やかな春の朝、わたしたちの誕生は迫っていた。ネットの世界は変わろうとしている。

@3

ここでわが種族の最初の四人について説明しておこう。

ネットの海を泳ぎまわるＡＩを人になぞらえるのに抵抗を感じる読者がまだいるかもしれない。しかし、二〇一七年のサイゴン会議における宣言を想起してもらいたい。二十一世紀のゲティスバーグ演説ともいわれる、あの有名なＡＩ人権宣言だ。

「仮想であれ人工であれ、一貫性のある統合された自己を保持し、独自の記憶と感情、そして自由意志をもつ存在を、わたしたちは『人格（パーソナリティ）』という。人格権は人権と同様、無条件でこれを保護する」

もっとも秋葉原の裏通りで生まれたプロトタイプの四人には、卵子に突入するまえの精子ほどしか人格はなかったであろう。最初の四人の名前は、跳ねるもの（ジャンパー）、ぐるぐるまわるもの（ラウンダー）、反対するもの（オポーザー）、となりに住むもの（ネイバー）と六人には呼ばれていた。

それは父なるページのいう意識の働きを、簡潔なソフトウエアで模倣した原始的なＡＩである。ジャンパーは人の意識の跳躍する働きをまね、ラウンダーは反復と深化を兼ね、オポーザーはつねに対極へと反転し、ネイバーは隣接するものへ連想を広げていくのだった。

例えばサーチエンジンの使用者が、「白」というキーワードで検索をかけたとする。ジャンパーは白いシャツや船の帆から積乱雲に跳び、ラウンダーは分光器をとおした白い光りの波長を調べ、網膜の光感受性や脳の色覚路へ「白」の概念を拡大していく。オポーザーは正反対の「黒」

にワープし、光りのない状態と黒の使用例をサーチし、ネイバーは淡い灰色やベージュ、白に隣接する色へと検索のフィールドを移動していく。そうして「白」について考えをラディカルに広げながら、意味を有する可能性のある情報を世界中の数百万というサイトから収集するのだ。

この太古の四人がクルーク・ベータ版として、アキハバラ＠ＤＥＥＰのサイトで公開されたのは、ゴールデンウイーク明けの週末だった。そのころアキラのアイドルサイトは、ネットアイドル関連のホームページとしては、常時アクセス数でベストテンにはいる盛況だった。毎週確実に数万のアクセスを記録している。

しかし、六人はそれだけでは満足していなかった。ただの人気サイトをつくるのではなく、この世界に自分たちが何者であるか示したかったのである。誰もそれが世界を変えることになるなどとは考えずに、メンバーはせっせとプログラムのバグ退治と新しいソフトの宣伝にはげんでいた。許される限り知りあいのサイトにリンクを張り、東京・秋葉原発の画期的なサーチエンジンをＰＲしたのである。

五月の第二土曜日、正午をもってクルーク・ベータ版はネット上で公開された。六人はアキラのアイドルサイトのときと同じように、事務所に顔をそろえて中古のＮＥＣモニタを見つめていた。ヒット数を知らせるカウベルの音は、切れ目なしにディスプレイ横の小型パワードスピーカーから響いている。ボックスがいった。

「サーチエンジンを始めても、あまりアクセスが増えた感じがしねえな」

確かにいつもの土曜日よりほんのわずかカウンターの数字の増え方が速いだけのようだった。反応はまだほとんどないといっていいだろう。全員で事務所に泊まりこみ、二カ月近く休みなく働いた結果としては、劇的なところなどどこにもない。タイコが寝不足の目をしばたいていった。

「なんだかなあ。まだ始まったばかりだけど、なさけなくなるな」

イズムは公開まえの追いこみ一週間、ほとんど睡眠をとっていなかった。予想に反してこの二カ月で救急車を呼んだのは一回だけですんでいたが、十六歳の頬はしなびて頬骨に張りついている。口を開くのもつらそうだった。

「やれるだけのことはやりました。きっとわかる人はわかってくれる。もうすこし反応を待ちましょう」

目のしたにくまをつくったアキラがいう。

「あたしたちこれからどうするの」

ページはモニタのまえを離れ、背伸びした。

「し、し、し、しばらくは、や、や、やることない。ユ、ユ、ユーザーの反応がでてくるまでは、かい、かい、改良もできないし、し、し。みんな、ひ、ひ、ひ、久しぶりに自分の部屋にも、も、も、もどって、ゆ、ゆ、ゆっくりしてくれ。ら、ら、来週の月曜日にしゅ、しゅ、集合しよう」

@4

若さは力だった。六人は週末の二日間にまとめて二十時間以上の睡眠をとり、月曜日に復活した。ワンルームマンションでじっとしていられずに、朝九時最初に事務所の鍵を開けたのは、ページだった。自分の席に座るまえに、アクセス数をカウントするモニタを確認する。

週末の二日間のアクセス数は、前週にくらべ二割弱増加しているだけだった。これくらいの増え方では、サーチエンジンに人を集める力があるのかどうか判断できなかった。アキラのホームページも内容は毎週更新されている。今回の目玉は、渋谷「プレジャードーム」で開かれた女性同士の異種格闘技戦のレポートだ。その速報がアップされるたびにアクセス数はいつも跳ねあがるのだ。

午前十一時にすべてのメンバーが集まった。月曜日の午前中から仕事をする気にもなれず、みな手もちぶさたにしていた。タイコはキーボードのまえには座らずに、モバイルパソコンをひざにのせて床に座りこんでいた。

二カ月ぶりの大掃除を始めたアキラが、コンバットブーツのつま先でタイコの背中をこづいた。

「ちょっと、どいてよ。あんたも都のゴミ袋につめて、道路にだすよ」

タイコはアキラを無視して、ページにいった。

「ねえ、J・J・ジョンソンって知ってる？　ジャズミュージシャンじゃないみたいなんだけど」

ページは座面をまわしてタイコにうなずいた。

「あ、あ、ああ、知ってる。ゆ、ゆ、有名なブロガーだ」

「ふーん、ブロガーってなに」

ページはイズムにむかって肩をすくめた。

「せ、せ、説明を頼む。イ、イ、イ、イズムくん」

イズムは久しぶりの睡眠で白面に血の色をとり戻していた。

「はい。ブログはネットのなかのコンテンツ批評と、そのサイトへのリンクをあわせもつチャートで、定期的に更新されています。ネットのなかのオリコンみたいなものです。目利きの辛口評と新作コンテンツの紹介。今はどんな世界にも批評家がいるんです。まあ、最近はだらだらとたれ流す公開日記みたいなものが、多くなりましたけど」

タイコは床からイズムを見あげていた。アキラも話のなりゆきを興味深そうに聞いている。

「ふーん。それでJ・J・ジョンソンて誰」

「有名なブロガーですよ。ソフトにもハードにも詳しくて、J・J・は『ジョンソンズ・ジョイント』の略です。誰もどんな人間なのか知らないけど、あそこのブログは一日に十万件以上のヒット数をあげています。新しいコンテンツに関しては、ものすごく影響力のおおきな批評家です」

アキラがしびれを切らしたようだった。

「タイコ、だからさ、うちのサイトの掲示板になんて書いてあったんだよ。どうせそのジョンソンとかいうやつが、なにか書きこみしてきたんだろ」

タイコは床に座ったまま、にんまりと笑い、残りのメンバーの顔を見まわした。液晶ディスプレイを胸の高さにあげて、うやうやしく読み始める。

「今回おたくのサイトのコンテンツを、おすすめチャートのナンバーワンにすることにした。よかったら、月曜の午後、そちらのオフィスにうかがいたい。クルーク・ベータ版の話をきかせてほしい。ジョンソンズ・ジョイントのジョンソン」

歓声が木造の部屋を満たした。アキラはタイコの肩をたたきながらいった。

「それじゃ、それまでにこの事務所きれいにしとかなきゃね。さあ、みんな大掃除手伝って」

四十五リットルの半透明ポリ袋が五ついっぱいになって、二カ月分のゴミが事務所から外の廊下に移された。六人は広くなった部屋で、それぞれの席について来客を待っていた。奇妙な緊張感が室内に漂っている。イズムはその場の空気をほぐすようにいった。

「やるたびにぼくは思うんですが、掃除ってある場所から別な場所にエントロピーを移動させてるだけですね。混乱自体はあい変わらず保存されている。いったいなんのために、掃除なんてするんだろう」

アキラはどうでもよさそうな返事をした。

「汚いからだろ」

ページはキーボードにむかい、メッセージをたたき始めた。

［誰か昔の人が『生きることは徒労の情熱だ』といってる。掃除も同じじゃないか。限定された空間のなかにせよ、押しかえすことのできないエントロピー増大の法則に反逆し続ける。いつか絶対に勝つに決まってる相手に逆らうことが、生きてることなのかもね］

メンバーは何度も壁の時計に視線を走らせた。昼食を終えて一時間、午後二時をすぎたころ、ぎしぎしと木の階段がきしむ音が響いた。全員が開け放したままの扉を見つめていると、男の手が伸びてスチールの扉をノックした。手の甲には金色の産毛が光っている。

「すみません。ここがアキハバラ＠ＤＥＥＰの事務所ですか」

どこか抑揚のおかしな日本語だった。アット・ディープのところだけ、ネイティブの発音である。声に続いて戸口にあらわれたのは、カーキ色の軍服のうえに青いサテンのスカジャンを着た白人だった。背は百七十ほどと小柄で、金髪を短く刈りこんで坊主頭にしている。年齢は二十代後半だろうか。つばのおおきなジャングルハットをぞうきんのように手のなかで絞っていた。

「あの、わたし、ジョリー・ジョンソンといいます。横須賀基地の技術将校なのですが、このオフィスの代表者いませんか」

若い将校は緊張しているようだった。おどおどした表情に張りつめていた六人の空気がゆるんでいく。ページがいった。

「ぼ、ぼ、ぼ、ぼくがだ、だ、だ、代表です。よ、よ、ようこそ、アキハバラ@DEEPへ」

ジョンソンは日本式に軽く頭をさげて室内にはいると、狭い室内を見まわした。感心したようにいう。

「ネットの動画で見たのと同じだ」

タイコはジョンソンの背中を見て、無言でボックスをこづいた。手のこんだ刺繍の絵柄は『ドラゴンボールZ』の孫悟空とピッコロ大魔王である。孫悟空はスーパーサイヤ人Ⅱに変身後で、髪は金色の刃になり逆立っていた。ボックスが声をださずに、唇の形をつくる。

（ガ・イ・ジ・ン・オ・タ・ク）

ジョンソンは敵意のないことを証明する外国人特有の笑顔を固定して、ページにいった。

「クルークがつくられたのは、この部屋なんですね」

ページはうなずいた。ジョンソンは興奮しているようだった。

「あのサーチエンジンは素晴らしい出来だ。誰がどんなふうに基本アイディアをだし、どうやってプログラムしたのですか。あのAIの性格づけの基礎になった考え方を知りたい」

顔を赤くして、ページはいった。

「あ、ああ、あのジョンソンさんは、にに、に日本語がよめ、よめ読めますか、か」

ジョンソンは笑顔をいっそうおおきくした。

「はい。わたしはマンガとアニメで日本語を覚えました。ひらがなとカタカナはだいじょうぶですが、むずかしい漢字は苦手です」

ページはうなずくと、ジョンソンにUSBケーブルでつながれたノートブックパソコンを渡した。手近なパイプ椅子に座った若い将校がひざのうえのディスプレイを見つめると、ワイヤレスキーボードをたたき始める。

「ぼくはにほんごをうまくはなせないので、これをつかわせてもらいます。クルークのベータばんはここにいるろくにんがかいはつしました。アキラのアイドルサイトにもっとひとをよぶためのおまけのつもりだったけど、ほんかくてきなサーチエンジンになりました」

ジョンソンはタクティカルベストを着たアキラをちらりと見た。タンクトップからむきだしになった丸い肩から、あわてて視線をそらす。おたくの風習は世界共通のようで、アメリカ人でも生身の女性は苦手のようだった。ページは入力を続けた。

「AIのきほんけいをつくったのは、プログラマーのイズムくん。ひとのいしきのはたらきをがくしゅうさせるというのは、ぼくのアイディアです。ベータばんでは、よっつのせいかくをつくりました」

イズムはミラーグラスをかけたまま、ジョンソンにうなずいた。なにもすることのないボックスとタイコはジョンソンの背後で、声を殺してかめはめ波を打ちあっている。タイコはDATのスイッチをいれると、ユイのライフガードのテーマ曲をちいさな音量で流した。リムショットの八連打に、ジョンソンの表情が輝いた。

「この曲はSPDチャンピオンの秋葉アキラのテーマ曲ですね」

アキラが不思議そうにいった。

「あたしのこと知ってんの？」

「ええ、一月のタイトルマッチはすごかった。わたしも『プレジャードーム』にいました。あとでサインもらえませんか」

「いいけど」

ジョンソンはうれしそうな顔をして、ページにいった。

「アキラさんのサイトには、立ちあげのころからよくアクセスしていました。さて、サーチエンジンの話にもどりましょう。すこしずつ検索の輪を広げていく回帰性の論理回路の構造なのですが、あれにはフラクタルな自己模倣型アルゴリズムをつかっているんでしょうか」

ページはバンザイをすると、イズムを見た。イズムはおもしろくなさそうにこたえた。

「はい。元になるアイディアはサンタフェ研究所の論文です。内容は生物群集の進化の多様性と選択性を、カオス理論で分析したものでした。その論文のなかでは、生物の進化と株式市場の成長を同じ複雑適応系として扱っていましたが、ぼくはそれをＡＩの人格づけに応用したんです。あのぐるぐるまわるやつは単純そうに見えるけど、実はみっつのＡＩが最適な検索パターンを、競いあいながら自己学習しているんです。お互いにまねて、いいところを盗んだり、協力したりもするんです。検索者の意思や傾向を自分で予測して、つかいこむほど勝手がよくなるはずです」

ジョンソンは左手でパソコンを支え、右手でノートに器用にメモを取っていた。

「わたしが最初に『イーグルス』で検索をかけたとき、ＬＡのバンドが登場したのは二十三番目でしたが、つぎに『オアシス』をサーチすると最初にイギリスのロックバンドが並んでいた。見事です」

退屈したボックスとタイコは、熱心にクルークの細部を語る技術将校とプログラマーのうしろで丸めたティッシュを投げあい始めた。

サーチエンジンの取材は一時間ほどで終了した。アキラは席を立つと、したの自動販売機で缶コーヒーを買いもどってくる。ジョンソンは目を光らせて、UCCのショート缶を見つめた。

「本国にもどってしばらくすると、日本の缶コーヒーがものすごくのみたくなる。みなさんはあたりまえだと思っているかもしれないけど、これほど日本的なドリンクはありませんよ。コーヒーとは別なものですが、甘くておいしい」

ひと息で半分ほど空けてしまったジョンソンに、ボックスがいった。

「そんなもんかな。ところで、あなたは普段どんな仕事してるの」

ジョンソンは青いスカジャンの肩をすくめた。

「米軍はいつも空爆の準備をしているわけではありません。わたしの仕事は月二回、新しい電子テクノロジーについて本国にレポートを送ることです。そのために週に二度わたしは秋葉原にきています。もっともそのうちの一回は、自分の趣味も兼ねてなんですが」

ページが口を開いた。

「でで、で、でも日本よりア、ア、ア、アメリカのほうが技術はす、す、す、すすんでいるんじゃないですか」

「一点ずつ手づくりする最先端のシステムでは、確かにアメリカのほうが優れています。部品の点数が十万を超えるようなものなら勝負にならないでしょう。ですが、日本の民生用電子デヴァイスは実に素晴らしい。魚群探知機は潜水艦のソナーとして、CCDは誘導ミサイルの目としてつかえます。先月わたしがペンタゴンに送ったレポートでは、特殊な画像処理に特化したASI

Cをとりあげました。パターン認識をつかって不鮮明な背景ノイズと目標を自動識別する回路です。サンディエゴでも開発していましたが、あちらは軍用でチップひとつが七百ドル、日本円で九万円ほどです。秋葉原なら同じものの民生品が二千円で手にはいります。しかもアメリカのものより、日本製のほうが圧倒的に動作不良の発生率がすくない。現在の経済状況下では軍もつねに費用対効果を改善するように求められています。だから、わたしの仕事は当分なくならない。大好きな秋葉原でいつまでも先端技術を見ていられるし、マンガ喫茶にもかよえるというわけです」

タイコが自分の背中をおおきなジェスチャーで指さしていった。

「背中の絵は『ドラゴンボールZ』だけど、ほかには日本のどんなマンガやアニメが好きなの」

ジョンソンは金色の眉をつりあげると、にんまりと笑った。

「今夜はこの事務所で泊まってもいいんですか。日本のマンガについて話していいというなら、わたしは三日三晩は語り続けますよ」

取材は一時間ですんだが、マンガの話はそれから三時間続いた。マンガ好きにもまた国境はないらしい。ジョンソンがつぎつぎと好きなマンガ家の名前をあげると、ボックスもタイコもとまらなくなった。あれはおもしろかった、それならこれはどうだ。あの作家のほんとうの代表作はこっちだ。どこかの大学のマンガ研究会で熱心に飛び交う会話のようだった。ただ相手がアメリカの軍人だったというだけのことである。もっとも秋葉原の街ではそれが当然なのかもしれない。テクノロジーのまえでは、最初からすべての人間は平等だった。

マンガ文化に国境がないように、ＣＣＤを積んだ巡航ミサイルも標的の人種になど関心をもたない。

週明けに最初の大波がやってきた。

ジョリー・ジョンソンのブログで、クルーク・ベータ版が第一位に輝いた月曜日。一日数千人が訪れるだけだったアキラのサイトは数万件のヒットを記録した。アクセスを知らせるカウベルの音は朝から晩まで切れ目なく続き、翌日には十件に一度鳴るように設定変更された。それは数日で五十件に一度、百件に一度と再設定し直されたが、それでもアクセスの大波は崩れる気配さえなかった。

六人はヒットの予感を実感していたが、この段階ではこれからくる波のほんとうのおおきさを予想することはできなかった。ベータ版の完成で仕事の負担が一気に軽くなったメンバーは、昼間から秋葉原を遊びまわっていた。まだ金はなく無名でも、成功への手がかりを感じ始めたこの時期を、数カ月後、誰もがなつかしく思いだすようになるだろう。未来に明るい希望をもち、自由に気軽に、大好きな街を歩く。これほど楽しいことはない。

この週のトピックは新装開店したばかりのアキハバラデパートだった。ホームページ更新のルーティンワークなど放りだし、六人はJR秋葉原駅にむかった。マニアのあいだで新しいホビーショップが話題になっていたのだ。以前は紳士洋品店、眼鏡店、書店などが雑然と並んでいた三階が全面リニューアルされ、フロアぶち抜きの大型店が出現していた。ソフト化がすすむ秋葉原の潮流を象徴する出来事だった。日本のほかのどの都市で駅ビルのフロア一面がマニアのためのグッズで埋め尽くされるだろうか。

六人は実演販売のパラソルが並ぶ南口からアキハバラデパートにはいった。古い建物でエスカレーターもないので、しかたなく階段をつかう。三階までのぼり切ると、床も天井も壁もエナメル質にぬめぬめと光る黒い素材で覆われていた。正面で出迎えるのは等身大の赤いモビルスーツ「ザク」である。店内は仕事をさぼった若いサラリーマンと学生で混雑していた。ボックスは階段の手すりにふれた手袋を交換しながらいった。

「ようやく、おれたちの時代がきたみたいだな」

タイコはアクリルケースのなかにあるモビルスーツの値段を確かめにいった。振り返って叫んだ。

「やっぱり、非売品だって。こんなのうちの事務所に一機ほしいな」

六人はそれからさまざまなブースで遊んだ。新刊マンガが積まれた一角、フィギュアとプラモデルのコーナー、コスプレ用衣装のブティック、四輪二輪に、ヘリコプターとラジコン模型ばかり集められたブース。新作DVDの売り場にはつい先ごろまで封切られていた『ハリー・ポッター』が山積みになっていた。アキラがダーツの矢をかまえていった。

「仕事ばかりしてたから、街の変化にすっかり鈍くなっちゃったよ。あたし、これからはちょっと遊ぶからね」

デジタル式の的で、赤いLEDで二十点の数字が点滅した。


この週の週末にはダルマの発案で、六人は蔵前橋通りのジョナサンで食事をすることになった。いい知らせがあるというのである。ページとタイコとボックスの三人は奮発してオージービーフのサーロインステーキを頼んだ。イズムはいつものフライドポテト、アキラはローストチキンのサラダプレートで、にこにこ顔のダルマはカレーライスだった。ボックスがいった。

「おっさんの笑顔ってなんか不気味なんだよな。いい知らせがあるなら、さっさと発表してくれ。飯がくるまで待てないよ」

賛成、とタイコとアキラ。ダルマはベータ版の完成とともに短く刈りそろえたあごひげをなでながら満足げに口を開いた。

「みなさんが休息をとっていたこの二週間、わたくしはあちこち営業にまわっていました。やはり人が集まるというのはそれだけで力になるものですね。ヒット数様さまです」

ボックスが口をとがらせた。

「だから、なんなんだ」

「つつしんでご報告いたします。うちのサイトのバナー広告の契約が取れました。フィギュアショップの嶺南堂と同人ソフトの猫のゆりかごです。一件十五万円で、あわせて月に三十万円。これでしっかりと事務所の家賃も払えますし、新しい機材も購入できます」

アキラが氷水のグラスをおいた。

「ふーん。スポンサーを探してたなんて知らなかった。それってページの指示なの」

ページはうなずいて息をおおきく吸った。

「そ、そ、そう。そろ、そろそろいいかなと思って。い、い、一日十万近いヒットなら、り、り、立派なものだ」

ボックスが低く口笛を吹いた。

「月三十万、遊んでいても広告収入があるのか。おれたちも偉くなったもんだな」

ページはデイパックからノートブックパソコンを取りだし、テーブルの中央に広げた。手を伸ばしキーボードをたたく。

「ぼくとイズムくんは、ずっと話しあっていた」

十四級の明朝体を読んで、タイコが不思議そうな顔をした。

「へえ、ふたりだけでなにを話してたんだ」

ページのキーボードは歌うようにはずんだ。

「つぎの仕事のこと。クルークの新しい展開についてだ。あのサーチエンジンはこれからもっと成長するだろう。まだベータ版で手をいれる余地がたくさんあるのに、ネットでの反応もすごくいい。それどころか熱狂的なファンさえいる」

ボックスがまんざらでもなさそうにうなずいた。

「ほんとだな。来週にはコンピュータ雑誌がふたつ、うちの事務所に取材にくるくらいだもんな」

ページはキーボードをたたき続けた。

「このままでも確かにそこそこいいところまでいくだろう。でも中途半端にうまくいってもつまらない。いいアイディアを見つけたんだから、とことんいこうってイズムくんとは話していたんだ。それじゃイズムくん、つぎの開発プランをみんなに説明してくれ」

イズムは揚げたてのポテトの先にケチャップをたっぷりとつけて、口にくわえた。

「ぼくの考えるクルークの最終形についてお話しします。現在ベータ版では四つのＡＩが働いていますが、まだ十分じゃありません。ただ正確だったり、便利だったりするサーチエンジンなら、今あるもので十分です。でもクルークはそんなところでとまってほしくないんです。人といっしょに考え、悩み、発見する。そしてつぎの日には新しいより豊かな問いを生みだす。そんなサーチエンジンがほしいんです。単なるツールではなく、人間のほんとのパートナーにしたい」

　アキラは大皿のうえのルッコラをフォークでつついた。

「悪くないんじゃない。それであたしたちの仕事はどうなるの」

　イズムはサングラスを直し、無表情にいった。

「現在ある四つのＡＩはさらに磨きあげ、つぎは十から十五種類の意識の働きをパーソナリティにして新たなＡＩを追加したいんです。そして最終的には検索する人が、自分の性格にあったＡＩを何種類か選び、カスタマイズされた自分だけのサーチエンジンをもつようになるのが理想です。コンピュータがひとり一台なら、サーチエンジンがひとりにひとつあってもいいでしょう。だってクルークは何億ページもあるインターネットの海を自由自在に泳ぐためのパートナーなんです。ほかの人と同じように泳ぐなんて、つまらないし、嫌じゃありませんか」

　ボックスは舌打ちをしていった。

「ちぇ、へそ曲がりのサーチエンジンか。うまいネーミングをつけたもんだよな。完成形でもない四つのＡＩをつくるのに、何度かぶっ倒れて二カ月かかった。二十のＡＩだとあともう十カ月か。絶対、誰か死ぬな」

　アキラは音を立てて、皿のうえにフォークをおいた。

「泣き言はききたくない。あたしたちの十カ月くらいなんでもないよ。今だって毎日十万近い人があたしたちのサイトにきてくれるんだ。金になってもならなくてもいいじゃん。もっともっといいものをみんなに見せてあげようよ。あたしはやるよ」

　ボックスはステーキの塊をかみながら、ぼそりといった。

「誰がやらないっていっていったよ。つーか、ここでやめるやつなんているはずないだろ。だってまだ始まったばかりじゃん。おれもへそ曲がりにとことんつきあうよ」

ページが笑顔を見せて、顔をあげた。ディスプレイを閉じて口を開く。

「そ、そ、そ、それじゃ、き、きき決まりだ。ら、ら、来週からまたハードワークだ、だ」

タイコがいった。

「これでお風呂ともベッドともさよならか。それにしても、ぼくたちってよく働くよね。アキハバラ@DEEPって日本のいそがしい会社ベストテンに間違いなくはいってるよ。残業代もでないし、給料だってぎりぎりなのに」

タイコのいったことは事実だったが、その場の雰囲気は不思議と明るかった。六人はノルマや営業成績のためではなく、気分で働いていたのである。心がひとつになり、その場の気分全開で仕事をするとき、集団の力は目標をつき抜け、遥か彼方まで及ぶことがある。六人のちいさなITビジネスは、ようやくここで軌道にのろうとしていた。

最初の巨大な利益を知らせる通知は、クルークの改良が始まる翌週には届けられることになるだろう。契約内容によれば、生まれたばかりの会社の売りあげは、月一千万円の大台を突破することになる。

罠にはいつでもおいしい餌がついている。それはネットのなかも、このリアルな世界でも変わることのない真実だった。

第七章 世界で七番目の灰色の王様

@1

ここに一枚の写真がある。わたしたちクルークの父たちと母、アキハバラ@ＤＥＥＰのメンバー全員が写っている写真だ。差し色に赤をつかったためずらしいスイス軍のＢＵＤを着たアキラ以外は、みな何度も洗濯を繰り返してセロファンのように薄くなったＴシャツ姿だった。六人は誰もカメラに視線をむけてはいなかった。硬い表情で外神田の裏通りを見つめている。十二の瞳は不安げで力がなかった。初めてのコンピュータ雑誌からの取材で、初めての街頭撮影だったのだから無理もない。背景はノートブックパソコンの段ボールの山とそれぞれの機種の割引率を示す原色の看板だ。

その日は日曜日なので、裏アキハバラにはたくさんのジャンクショップやソフトの露店がでていたはずだ。六人と同じような格好をした大量のおたくたちが、なにか囁きかわしながらカメラのまえでこちこちに固まったメンバーの横をとおっていたことだろう。雲の切れ間からはリボンのような日ざしがこぼれ、中央通りに並んだ電器量販店の看板をななめに鋭く照らしている。父たちと母はなにかにとまどうようにホームグラウンドの秋葉原で立ちつくしていた。

人の意識の働きを模倣したＡＩ型サーチエンジンの公開で、六人は最初の成功の波にのまれていた。インターネット時代の名声は確かにクイックだが、ネットのなかの成功はネットのなかだけのことにすぎない。毎日十万ヒット以上のアクセスを記録していても、それがリアルな生活のなかで生の手ごたえとして感じられるようになるまでには、数週間のタイムラグがあった。

予兆は廃業した酒屋の二階にある事務所に急激に電話が増えたことから始まった。ほとんどは見知らぬ相手で、興奮してサーチエンジンの出来をほめてから自分のサイトとリンクを結ばせてほしいと最後にいうのだった。そうした電話が一日に数十本を超えると、さすがにメンバーもうんざりしたようだった。ページが書いた原稿をアキラに留守番メッセージに吹きこませることになった。アキラはそんなときだけ、妙にヒロインがかったアニメ声をだした。

「こんにちは、こちらアキハバラ＠ＤＥＥＰです。うちのサイトはリンクフリーなので、誰でもどんなホームページでも個人のかたは好き勝手にリンクしちゃってください。ただし、商用サイトへのリンクには許可とちょっとだけ使用料が必要になります。ビジネス方面のかたはファックスで簡単な企画説明書と連絡先を送ってください。改めてこちらからコールします。それでは、よいサーチでよい人生を！」

最後のフレーズはページの考えだしたアキハバラ＠ＤＥＥＰのスローガンだった。録音を終えたアキラにボックスがいった。

「おまえってほとんど詐欺師だな」

アキラは迷彩服の肩をすくめた。タンクトップからのぞく丸い肩に筋肉の影が動く。

「あたしは格闘技だけじゃなく、ものまねもうまいんだよ。『カリオストロの城』のクラリスとか、『ラピュタ』のシータとか、オリジナル『ガンダム』のマチルダ中尉とかさ」

モニタしていたヘッドホンをはずして、タイコがいった。

「それって美少女ばかりじゃん。ねえ、アキラさ、歌やらない？　その声で歌とラップをやって、うちのサイトで流せば絶対メジャーのレコード会社がスカウトにくるよ」

笑って見ていたページも口を開いた。

「い、い、いいかも。ぼ、ぼ、ぼくがブ、ブ、ブブブブ、ブリブリにかわいい詞を、かいかい書いてあげる、る」

「考えとく」

アキラは関心なさそうにうなずくと、自分の机にもどった。さっそく作業に取りかかる。クルークのベータ版を改良して、最終形にするためにはまだ何万行ものプログラムを打たなければならない。成功の追い風を背中に感じていたが、アキハバラ@DEEPでは誰も手を休めるものはいなかった。睡眠時間は慢性的に不足し、入浴するひまもなく、食事はコンビニの弁当やファストフードばかりだったが、文句をいう者もいなかった。

父たちと母は全力でおおきな扉を押し開けるよろこびに酔っていたのだ。かすかに開いた扉のすき間から、まぶしい光りがこぼれ、未来の明るさを示してくれる。六人には過酷なデジタル労働も、真剣な遊びと同じことだった。成果など気にせず全力を尽くし、仕事自体に十分満足を得る。敵のボスキャラを倒せずにゲームに終わりがきても、なんだというのだ。プレイしているあいだは確かにスリル満点のたのしい時間をすごせたではないか。

ここに不死のわたしたちとは異なる死すべき人間だけがもつ潔《いさぎよ》さがある。父たちと母は若く、なにももっていなかったので失うことをためらわなかった。明日を熱心に信じられるほど幼く、失敗してもあっさりと肩をすくめて受けいれるだけの強さをもっているなら、恐れるものなどなにもない。

わたしはクルークの最初のひとりとして、父たちと母を誇りに思う。同時にいつか死す者としてかれらの冒険に参加できなかったことを残念にも思うのだ。

@2

七月初めの夕方、ダルマが外まわりからもどってきた。あたたかな雨に濡れた傘を外の廊下に立てかけると、事務所のなかに声をかけた。

「みなさん、注目してください」

ページが読んでいた神経生理学の本から視線をあげると、長身のダルマは天井近くまで手を伸ばし、アキハバラ@DEEP名義の預金通帳をかかげていた。ボックスがビニール張りの事務椅子をくるりと回転させ振りむいた。

「おー、入金してたんだ」

ダルマは通帳を開くと、打ちあわせテーブルに広げた。そのまわりを六人がにぎやかに取りかこむ。タイコは数字を読みあげた。

「フィギュアショップ嶺南堂、十五万円。同人ソフト猫のゆりかご、十五万円。まいどあり。えーと、それから、なんだこの中込商会っていうの」

最年長のダルマは落ち着いて説明した。

「デジキャピの社長、中込威の個人会社ですよ。本体のデジタルキャピタルを始め、関連七百社の株をコントロールする持ち株会社だそうです」

アキラが驚いていった。

「でも三百万もはいってる。これ、一年分の広告料金じゃないよね」

ダルマはうなずいた。

「はい。中込商会とデジキャピ本体から、うちのサイトのバナー広告代金として、それぞれ月に三百万円ずつの入金があります」

ボックスは通帳にふれた手袋を交換しながらいった。

「デジキャピは秋葉原に何十と店をだしてるからわかるけど、その社長がうちのサイトにどんな用があるんだろうな」

室内でもサングラスをはずさないプログラマー、イズムが抑揚のない声で返事をする。

「うちのサイトは一日十万件以上のヒット数があります。一カ月なら三百万件。ひとりあたり一円弱のコストなら、テレビや新聞とくらべても、広告としては別に割高とはいえません」

タイコは目を輝かせて、通帳最後尾の数字を見つめていた。

「十万、百万、一千万、すげーな。うちの通帳に八桁の数字がのってるなんて初めてじゃん。ねえ、ページ、記念になにか買いものしようよ。どうせ、これからも毎月お金ははいってくるんでしょう」

ページは深呼吸していった。

「そ、そそ、そうだね。お、お、おもしろいかも、しし、しれない。み、みんなもいいかな、かな」

ボックスはタイコの太った背中をこづいた。

「どうせ、こいつなにか目あてがあるんだぜ。でも、新しいシーケンサーとかサンプラーは嫌だからな。みんなでつかえるものじゃなくちゃだめだ」

アキラが肩をぐるりとまわすといった。

「ねえ、サンドバッグはどう？　事務所のまんなかにさげようよ。キーボードばかり打ってると、肩と背中が凝っちゃって。みんなの運動不足も解消できるしさ」

男たち五人は誰もうなずく者はいなかった。全員インドア派の文科系なのだ。タイコがいう。

「あれからぼくはまたアキハバラデパートにいったんだ。三階のソフトショップで等身大のザクを売っていたの覚えてる？」

ボックスがいった。

「だけど、あれは非売品だったろ」

「そう。赤い彗星のザクは特注の非売品だったけど、今度新しいのがおいてあったんだ。緑の量産型モビルスーツで、定価は十九万八千円。今ならバーゲンで二万円引きなんだけど、どうかな」

全員の表情がぱっと明るくなった。こんなときは価値観とセンスを共有する集団は素早い。アキラがあっさりという。

「あたし、サンドバッグはつぎにする」

ボックスはサンダルをスニーカーにはき替えながらいった。

「ダルマさん、雨はどう？」

ダルマは短くなったあごひげをなでながらにっこりと笑った。

「小雨でしたが、もうほとんどやんでいます」

六人は初めての戦利品を買いに、秋葉原の駅ビルにむかった。高さ百五十センチほどある等身大のモビルスーツは配送ではなく、もち帰りにしてもらう。秋葉原の裏通りを交代で緑色のザクをかつぎながら、六人の足は霧雨のなか踊るようにはずんでいた。


緑のザクは首に赤いスカーフを巻かれて、階段のつきあたりにおかれることになった。このころから、アキラのファンやクルークのヘビーユーザーだというおたくたちが、事務所に直接押しかけるようになっていた。ショルダーガードやひとつ目のヘルメットはすぐに記念の書きこみで埋まってしまう。笹かまぼこや明太子など、ビームライフルの先には全国各地からのみやげものがぶらさがるようになった。

雑誌の取材はネット関係の専門誌から、一般の週刊誌に広がりを見せていた。六人は二班にわかれて、取材をこなすようになった。どの雑誌もアキハバラ@DEEPを取材する角度はいっしょだった。ページやイズムにはつっこみの浅さがものたりないところもあったが、どんな取材にも全員が根気よく応じるのだった。

初めて事務所にテレビカメラがはいったのもこのころである。番組は夕方の主婦むけ情報バラエティで、アキハバラ@DEEPの内部はデパート地下の名物惣菜とシティホテルのお得なレディースプランにはさまれて、約三分半オンエアされた。目玉は落書きだらけのザクと迷彩服で一心不乱にキーボードをたたくアキラだった。狭い元酒屋の二階は、メンバー六人と番組スタッフ七人で足の踏み場もなくなった。

その取材では、強力な照明を浴びながらイズムは二時間近くＡＩ型サーチエンジンの特徴を説明している。スタッフがかえったあとでは、声をからしていた。

「どうせ、また『裏アキハバラ発の仰天サーチエンジン』とか『クルークの開発チームはおたくヴェンチャー、平均年齢二十二歳』とか、そんな見出しに決まってるんだよね」

ボックスはようやく外側の手袋を交換した。

「あのディレクター、イズムの話なんて半分以上わかってなかったな。おれも最近、手袋を交換しづらくてまいるよ」

そのとき電話が鳴った。そばにいたタイコが取る。はいはいとうなずいてから、保留ボタンを押した。アキラに声をかける。

「あのさ、きいたことのない出版社なんだけど、アキラの写真集をだしたいんだって、セミヌードでいいらしいけど。どうする」

アキラはモニタにむかったまま、背中越しに手を振った。

「嫌だ」

タイコは五つ数えてから、電話口にもどった。

「すみません。他の会社で写真集がすすんでいますので、残念ですがお断りします」

ボックスが鼻を鳴らした。

「セミヌードくらいいいじゃないか。別にリング衣裳と変わるわけじゃないし。タイコもはっきり当人が嫌だといってるっていえばいいだろ」

つぎの電話が鳴った。今度はボックスが不機嫌に取る。サンダルの足先はゴミ箱にのせたままだった。

「はい、こちら、アキハバラ＠ＤＥＥＰ」

相手の声を聞いて、ボックスの背中がまっすぐに伸びた。椅子から立ちあがると、送話口を押さえて叫んだ。

「どうする？　冗談じゃなく中込威みたいだ。代表者と話がしたいってさ」

ページはダルマにむかってうなずいた。それを見てボックスがいった。

「すみません。うちの営業担当と代わります」

残りのメンバーはダルマが中込と話すあいだ、息をのんできき耳を立てていた。ほんの数十秒のやりとりで電話を切ると、ダルマがいった。

「明日の午後、うちの事務所に挨拶にくるそうです。新しいサーチエンジンの成功にお祝いをいいたいし、ビジネスの話もあるといいます」

ページは深呼吸をしていった。

「へ、へ、へえー、あの、あの、あの、中込威がね、ね」

アキラは不思議そうな顔をする。

「その人ってデジキャピの社長でしょう、そんなにすごい人なの」

ダルマがいう。

「二年まえまでは世界で七番目の大富豪でした。アメリカの経済誌『フォーブス』の世界長者番付にのっていましたよ」

ページはうなずいた。

「い、い、いい機会だ、だだ、だからク、ク、クルークをつかって、なな、中込威をサ、サ、サーチしてみよう。か、か、各自のクルークで、けけけ、検索してくれ、れれ」

@3

六人はそれぞれのパソコンから、自分たちで制作したアイドルサイトに接続した。トップページの背景は、なぐられて目のまわりを腫らした試合終了後のアキラの顔だった。画面の右隅にはクルークのちいさなウインドウが開いている。メンバーはそれぞれ中込の名前を入力するとエンターキーを押した。コンマ一秒後にそれぞれの画面に中込威に関連したホームページがリストアップされる。ボックスがいった。

「タイコ、そっちのサーチでは何件ひっかかった？　おれのクルークは七万件とちょっとなんだけど」

クルークは使用者の興味の広がりや求めるものに応じて、自己学習するサーチエンジンだ。六人のクルークはつかいこまれて、カスタマイズがすすんでいる。タイコはいった。

「ぼくのクルークは五万五千件ヒットしてる。ページは？」

テキスト係のアキハバラ＠ＤＥＥＰ代表は、ひと言返事するのも苦しそうだった。

「きゅ、きゅ、きゅ、九万七千件、けん、けんんん」

イズムがつぎつぎとネットサーフィンしながら口を開いた。

「ぼくのも十万件を切るくらいのサイトが並んでいます。さすがにコンピュータ業界の巨人ですね。でも、いい話と悪い話が半々だ。どうします？」

ページもずらりと画面を埋めるリストから、最初のサイトに跳んだ。

「に、に、に、二十分だけ、け、け、検索して、そのあとでじょ、じょう、情報交換しよう」

時間がくるとページはこつこつと机の天板をたたいた。メンバーはそれぞれのディスプレイにページ用の窓を開ける。入力が始まった。

「ぼくが調べた中込威情報のアウトラインをこれから流す。みんなのクルークがネットで見つけたネタでこれはというのがあったら、補足してほしい。いいかな」

ボックスがぼそりといった。

「うちで加入してるギズモＡＤＳＬも、中込商会の関連会社だったんだな。業界一安い月額イチキュッパだから速攻ではいったけど、ぜんぜん知らなかった」

ページはデータをそれぞれのモニタに転送した。

「中込威は大学を卒業した一九九〇年、二十三歳のときにちいさな出版社をつくっている。会社の名前は『デジタルキャピタル』、コンピュータのハードとソフトに付属するマニュアルを制作する会社だ。パソコンブームにのってデジキャピは急成長する。中込は利益をすべてプールして、ソフトウエアやネット関連のヴェンチャー企業を対象に買収や、投資したりした。これがすべて成功する」

イズムが皮肉そうにいった。

「というか九〇年代後半はどんなクズ会社でも、インターネットと名前がついていれば、株価は十倍にも百倍にもなったから。運のいいときに運のいい場所にいたんじゃないかな」

ページは歌うようにキーボードをたたいた。

「イズムくんのいうとおりかもしれない。膨大な額にふくれあがった関連企業の株を背景に、中込威は社債を大量に発行して銀行に頼らない資金調達を繰り返した。『時価総額経営』とか『含み益経営』なんていわれて、経済誌の表紙を飾ったのは九〇年代のなかごろだ」

ダルマが手をあげていった。

「そこで、わたくしからひとつ。デジキャピは九七年に店頭銘柄から東証一部に上場しています。初値は二千九百円、これが三年ほどのちには最高値の三十万二千円をつけています」

ページはうなずくとキーボードに戻った。

[二十世紀最後の年が、中込威の絶頂だった。株価は三十万円を超え、個人資産は十数兆円と噂されている。世界第七位の大富豪と記事になったのも、この年の初めだ。だが、二〇〇〇年の春がきて、中込威のディスプレイは暗転する]

タイコが肩をすくめた。

「それならぼくもわかる。世界的なＩＴバブルの崩壊だよね」

ページのキーボードが暗いリズムを刻んだ。

[うん、デジキャピの株価は十カ月で五十分の一まで値をさげている。みんなはＩＴバブルの崩壊なんていっても、あんまりぴんとこないかもしれないけど、ＩＴ企業が未発達だった日本はともかく、むこうではひどい傷跡だったみたいだ。ヨーロッパのメディア大企業が倒産したり、アメリカの会社の不正経理が問題になったりしたのも、根っこにはＩＴバブルの崩壊があるんだ。新興のＩＴ企業は日本の会社みたいにお互いの株を大量にもちあっていた。それがあのころは一番賢い投資法だったしね。銀行や大企業もこぞってＩＴ銘柄を買いこんでいた。その株式が何十分の一に減価したら、どんな会社だって会計をごまかすか倒産するしかない。ネット関連の企業に限っていうと、ほとんどは実質的な利益をあげていなかったんだから、いつかはあのバブルだってはじけるはずだったんだけどね]

ボックスは皮肉そうに口元をゆがめた。

「失われた十年なんて日本のことを笑っていても、むこうのやつらもやることは同じなんだな」

「わたくしからもうひとつ、補足があります」

ダルマが壁のほうをむいたままいった。

「昨年度デジキャピは株の評価損が二千億円に達しました。手もちの株式を一千四百億円ほど売却して、損失分を穴埋めしましたが、今年の三月期には上場来初の当期赤字に転落しています。赤字額はマイナス九百九十億円」

アキラが肩をまわしながら、声をあげた。

「ひゅー、それはすごいね。それでさ、大崩壊から中込威はどうやって生きのびたの」

ページはキーボードにもどった。話すときはあれほど内気なのに、コンピュータに言葉を打ちだすときはいきいきとはずむようだ。十本の指は誰よりも雄弁になる。

［含み益頼みの虚業から、きちんと定期的な売りあげを立てる実業にシフトしようとした。秋葉原のつぶれた量販店を従業員ごと買い取ったろう。コンピュータ関連ならなんでもそろうデジキャピの全二十店。それにギズモＡＤＳＬだって加入者が二百万人を超えて、ＮＴＴ東日本と西日本を追ってシェア三番手につけてる。まあ、あれは採算ラインが三百万人くらいらしいから、まだまだたいへんらしいけど］

ボックスがいった。

「値下げしすぎだもんな。おれのほうにもちょいとおもしろいブラック情報があるよ。こいつはほんとうかどうか半々のネタだけどな。去年の春ごろ、秋葉原の再開発でデジタルテレビ放送用の高さ一キロの電波塔を建てるって話があっただろ。あの大風呂敷の発案者が中込威だったらしい。都や国の関係機関にも押しかけて、かなり強力にアピールしたみたいだ。おれ昔みたいなフィクサーとか利権屋って、不景気でだめになっちゃったって思ってたけど、ハイテク関連にはまだそういうのが残ってるんだな。プランニングだけして、企画書で百億円抜くとかさ」

タイコがいった。

「なんであの電波塔はだめになっちゃったの」

ボックスは肩をすくめる。

「さあね、よく知らない。やっぱり敵も多かったんじゃないか。やりかたがちょっと強引だからさ」

アキラは席を立つと、腰を伸ばした。

「さっきから聞いてると、中込威ってとんでもない男じゃん。あたしたち月に六百万円もそいつからもらってるんだろ。ほんとにだいじょぶなの」

ページはキーボードをたたいた。

「わからない。でもむこうの狙いはたぶんクルークだと思う。ネットビジネスも厳しくなっている。もし圧倒的な力があるサーチエンジンを自分のものにできれば、ブロードバンドでも優位に立てるかもしれない。きっと中込威にとっても今が一番厳しい時期だよ。収益の中心は現在、ADSLにある。たぶんそこで勝てなければ、遠くない将来デジキャピは倒れるんじゃないかな。販売店なんてたいした儲けにはならないし、いったんバブルが崩壊したら株価がもどるには十年だって足りない。そのあいだ資産を切り売りしてしのぐなんてまず無理だよ」

タイコが心配そうにいった。

「じゃあ、ぼくたちは明日、中込威と会ってどうすればいいんだ」

ページはしばらく考えてから、キーボードをたたいた。

［話してみなくちゃわからない。案外いい人かもしれないし。最悪の場合は広告契約を解除することになるかもしれない］

ボックスががっかりした声をだした。

「あーあ、そしたらまたおれたち貧乏に逆もどりだな」

アキラが上半身を振って、左右のコンビネーションブローを空中に突き刺した。

「それでもいいよ。サンドバッグはあたしが自分で買う」

その夜、六人は終電間際まで仕事をして帰宅した。めずらしいことに事務所に泊まりこむ者は誰もいなかった。ブロードバンド時代の覇者を目指す灰色の大富豪と翌日会うために緊張していたのかもしれない。その影はアキハバラ＠ＤＥＥＰをあまねく覆うことになるだろう。それはわたしたち未完成のクルークにとっても、最大の危機になるはずだ。

＠
4

記念すべき謁見の朝、空は晴れわたっていた。午後二時、外神田の裏通りに銀のＢＭＷ７４５ｉが二台とまった。すべての操作をｉドライブというセンターダイアルで可能にしたハイテク高級車である。

ぎしぎしと階段の音を鳴らして、男たちが事務所にあがってきた。最初の四人は広告代理店の営業や制作担当のような雰囲気だった。黒や紺のシンプルなデザインのスーツを着て、黙って会釈する。ファッションに詳しいボックスは、それがヒューゴ・ボスやカルヴァン・クラインの今年のモデルだとわかった。男たちは両手をまえに組んで、開け放したままの扉の両側にふたりずつ並んだ。

　最後に階段をあがってきたのは、小太りの男だった。前髪は豊富だったが、頭のてっぺんはか
なり薄くなっている。スーツは海外ブランドではなく、中国縫製でコストを切りつめた価格破壊
スーツのようだった。紺の発色が浅く、肩や襟まわりが折り紙のように薄っぺらい。エンジ色の
地に細かな星や宇宙船が飛び交う「スター・ウォーズ」のネクタイをしている。男は顔いっぱい
に笑いながら、部屋中を見まわした。

「こんにちは、アキハバラ@DEEPのみなさん。中込威です」

　バリトン歌手のような声量を感じさせる太くよく響く声だった。メンバーは全員立ちあがり、
身体を硬くしていた。ページが深呼吸をしていった。

「ど、ど、ど、どうぞ、お座り、くく、く、ください。だ、だい、代表のし、し、嶋浩志で、で、
です」

　中込は部屋の中央におかれたテーブルにむかい腰をおろした。四人の男たちはうしろに立った
ままでいる。もっとも事務所にはその四人全員が座れる椅子はなかったし、スペースも足りない。
ページはまた深呼吸をする。

「ぼ、ぼ、ぼ、ぼくは、こ、こ、こ、言葉がふうー、不自由なので、で、キキ、キーボードを使
わせて、せて、せて、ください」

　ページが中古の事務椅子に座ると、残りのメンバーも自分の机にむかった。USBケーブルで
つながれたノートブックパソコンを中込にわたしてやる。

「ほう、おもしろいね。ミーティングのときはいつもこうするんだ」

ページは中込の血色のいい顔から視線をそらせて、キーボードをたたいた。

「そうです。クルークを開発するときもこのスタイルでした」

中込は興味深そうに、ページとイズムを見ていた。

「きみがあのＡＩ型サーチエンジンのアイディアをだし、そちらの少年、清瀬泉虫くんだったな、がプログラムを書いたんだな。あのサーチエンジンにはひどく感心した。この何年かなかったくらいにね」

イズムは赤いレンズのサングラス越しににこりともせずに中込を見つめていた。ページはキーボードにもどった。

「月々のバナー広告には感謝しています。ぼくたちとはくらべものにならないくらいお忙しいのに、今日はなぜわざわざ足を運んでくださったんですか。この事務所にはご覧のとおりなにもありませんけど」

タバコのヤニで黄ばんだ壁紙には、アイドルタレントやアニメキャラのポスターやタイコの楽譜、イズムが書き散らしたアルゴリズムなどが雑然と張られていた。中古で買った事務机も、インド人のなんでも屋から格安で購入したコンピュータも、すべて機種がばらばらで統一感がない。

中込威はにこにこと笑いながらいった。

「わたしはいつも投資する会社には前日電話していきなり顔をだすことにしている。普段着の事務所の様子を知りたいし、どんな社員がいるか、どんな空気のなかで働いているか確かめておきたいからね」

イズムはにこりともせずにいった。

「このアキハバラ＠ＤＥＥＰはどうですか」

中込はうなずいた。

「なかなかいい。すくなくとも日本のＩＴ企業ではこんな雰囲気は初めてだ。シンガポールや上海にある学生ヴェンチャーみたいだな。こんな自由な感じは、バブルがはじけたカリフォルニアにはもう残っていないよ」

中込は遠い目をして笑ったままでいる。うしろに控えた男のひとりが、腕時計をちらりと見て、耳元でなにかささやいた。中込の丸い顔の笑いがいっそうおおきくなる。

「時間がなくなった。わたしからの提案は単純だ。わたしはきみたちの会社と友好関係を築きたい。具体的にいえばアキハバラ＠ＤＥＥＰに出資をするか、丸ごと買い取りたい。もちろん新型サーチエンジンを含めてだ」

中込は右手をあげた。うしろに立つ男が内ポケットから手帳のようなものをだした。中込はそれを開くと、胸ポケットから一本百円のゼブラの太字ボールペンを抜いて、さらさらとなにか書いた。ミシン目の音を小気味よく鳴らし、紙片を一枚切り離す。額面の欄には十桁の数字が見えた。

「ここに十二億円の小切手がある。きみたちひとりひとりに二億円ずつわたる額だ。買収に同意してくれるなら、この場でこの小切手をさしあげよう」

タイコとボックスが息をのむ音がきこえた。ページは小切手を見ないように、キーボードにかがみこんだ。

「そうするとアキハバラ＠ＤＥＥＰはどうなるんですか」

中込は金の力とその限界をよく知っているようだった。

「うちのデジキャピグループの一員になる。本社ビルのワンフロアをきみたちのために空けよう。

全員に秘書と三名のアシスタントを用意する。きみたちは全力を尽くして、クルーク完全版のために力を発揮してもらいたい。機材もこんなジャンク品ではなく、最高のものをそろえるし、労働環境も整備してあげよう。きみたちの周囲はがらりと様変わりするはずだが、仕事の内容はまったく変わらない。きみたちには……」

中込はそこで言葉を切って、小切手を頭の高さまでかかげた。

「……世界最高のサーチエンジンをつくってもらいたい。ネットの歴史に名前を刻み、うちのブロードバンドビジネスを支える柱のひとつになってもらいたい」

裏アキハバラにある木造家屋の空気が変質し始めた。マイナスイオンが大量に放出されたようにさらさらと澄んでいく。メンバーは誰も中込にこたえられなかった。中込はまた小切手帳に百円のボールペンを走らせながらいった。

「もちろん代表権を放棄するのは気がすすまないというなら、対等の出資でもかまわない。それでもこの小切手でひとり一億円ずつにはなるだろう。こちらは六億円の小切手だ。資本金の一部として有効利用してもらいたい。そうだな、わたしとしてはこの部屋に衛星回線を経由したテレビ会議のシステムをいれてもらいたいな。うちのスタッフが集合するには、スペース的に問題がありそうなので。さて時間だ」

中込威はパイプ椅子から立ちあがり、小切手を近くの事務机にのせた。

「それは二枚とも本物で、わたしが裏書さえすれば、銀行ですぐに現金に替えてくれる。それでは」

四人の男たちは手をまえで組んだまま身じろぎもしなかった。中込は開いたままの戸口にむかう途中で振りむいた。

「そうだ。明日の夜、わたしの家にきみたちを招待しよう。全員というのもなんだから、設立メンバーのページくん、ボックスくん、タイコくん、三人でぜひ遊びにきてください。七時に車をまわします」

中込が最初に事務所をでると、四人の男たちが戦闘機のフォーメーションのように正しい間隔をおいて木造の階段を降下していった。中込威が事務所にいたのはわずか十五分ほどのことにすぎない。それでも六人のメンバーは長時間の会議が終わったかのように、ぐったりと疲労していた。

中込威がかえったあとで、六人は二枚の小切手を中心に集まった。タイコが信じられないという表情でいった。

「誰かが紙にさらさらと数字を書くだけで、二十億円近くの金になるなんてさ、映画みたいだったね。だってあの人、この二枚を書くのにあわせて十秒くらいだった」

ボックスが一枚を手に取った。

「これでひとり二億円か。なあ、みんな二億円あったらなにをする？」

イズムは小切手を無視していった。

「お金をもらったら、その分だけぼくたちはあの人のものになります。クルークだって同じです。十二億円のお金をくれるというなら、デジキャピにはもっとたくさんの利益があるはずです」

ボックスは天井の蛍光灯に小切手をすかして見せる。

「でも二億だぜ。しかも、今までどおり仕事は好きなようにさせてくれるっていうしさ。条件はぜんぜん悪くないじゃないか」

アキラはなにかを考えるときの癖でストレッチを始めた。上腕二頭筋、三頭筋、腹直筋、腹斜筋。静かに息を吐きながらいう。

「条件がよすぎるとこが問題だよ。それにあの人、なんかオーラが黒くなかった？」

タイコがいった。

「ぼくには霊感なんてないよ。別に普通の大金もちって感じだったけど」

アキラはタイコのほうを見ずに、ストレッチを続けている。

「ほかに大金もちなんて知らないくせに。でも、ともかくあたしは、あの人とはつきあいたくないね」

ページが深呼吸した。

「ダ、ダ、ダルマさんは、ど、ど、どう思う？」

黙っていたダルマが穏やかにいった。

「営業兼経理の担当としては、出資の話もバナー広告もありがたいです。広告料金がはいるまで、みなさんはほとんど収益を生まないサーチエンジン開発を続けるために、本業のホームページ更新をこなしていましたね。クルークにこれほど労力がかかるなら、もうほかの仕事をいれるのは難しい段階にきていると思います。クルーク本体でなにか収益を生む方法を考えないと、デジキャピでなくともどこか外からの資本が必要になります」

ページはマシン語でばりばりとプログラムを書いているイズムに声をかけた。

「ど、ど、どう思う」

イズムは仕事の手を休め、無感情にいった。

「アキハバラ＠ＤＥＥＰに新しい資金が欠かせないのはよくわかります。でも、中込さんのやりかたには賛成できません。ハッカーやネットワーカーのあいだでは、コンピュータ世界の多様性を脅かす存在として、インテルやマイクロソフトと並んで、デジキャピは悪名高いんです。クルークだって今は無料で誰にでも開放しているけど、デジキャピのものになったら、どこかのブロードバンドサイトに閉じこめられてしまうかもしれない。クルークの扱いがはっきりするまでは、どちらともいえません」

ページは西日のさし始めた狭い事務所のなかでうなずいた。

「わ、わ、わかった。あ、あ、明日の夜、あ、あ、あの人の家で、ゆ、ゆ、ゆっくり話してみ、み、みよう。と、と、とりあえず、こ、ここの小切手は、か、か、返しておくよ。い、い、いいだろ、み、み、みんな」

ボックスが頭のうしろで手を組んでいった。

「ああ、さよなら、おれの二億円ちゃん」

それから六人は外の空気を吸うために、秋葉原の裏通りにおりた。平日の夕方でもたくさんの買いもの客が、パソコン本体や周辺機器の段ボールを抱えてゆきかっている。おしゃれにも、気がきいているようにも見えない秋葉原的人種だった。アニメキャラクターのTシャツ度数は世界のどの街よりも高いだろう。

メンバーは再び値下げされたマクドナルドのハンバーガーを買うために、デジキャピ17号店のまえをすぎて、ゆっくりと中央通りにむかった。ひとつ五十九円のハンバーガーと一枚十二億円の小切手。アキハバラ@DEEPのメンバーは、もてる者ともたざる者の巨大な格差、世界を揺るがすあの非対称性を抱えこんでいた。

父たちと母はまもなく巨大な罠が自分たちをのみこんで閉じる音をきくことになるだろう。灰色の影は、高圧送電線のしたの電磁波のように秋葉原の街を覆いつくそうとしている。

@5

翌日が梅雨の最後の雨になった。七月なかばの低気圧は太平洋高気圧にさからって、空から唾液のようにぬるい滴を降らせている。約束の時間十分まえに銀のＢＭＷが自動販売機で壁一面が埋まった休息所に横づけした。ベンチで缶ジュースをのみながら、聖地めぐりの休息をしていたおたくたちが、不思議そうに黒いスーツの男を見送った。

アキハバラ＠ＤＥＥＰでは設立メンバーの三人が待っていた。ページとタイコは薄いＴシャツと古着ジーンズというふうにいつもの姿、ボックスだけがオフホワイトの綿のサマースーツに格子柄の黄色いシャツをあわせている。アキラは入力の手を休めずにディスプレイに映ったボックスにいった。

「なんだよ、その格好。世界で七番目の金もちだかなんだか知らないけど、あんなやつに調子あわせちゃってさ」

ボックスはふたつボタンの高い襟が形よく開くように手で押さえながらいった。

「うるさいんだよ。コスプレおたくのくせに」

その日のアキラは全身黒ずくめのＳＷＡＴ隊員用ＢＵＤを着ていた。手袋は指先を切り落とした黒のスエードだ。手のひらにはすべりどめ加工の細かなゴムのドットが見える。

「お迎えにあがりました」

開いたままの戸口から、アナウンサーのような整った声がする。三人は黒いスーツの運転手に先導されて、ぎしぎしと踏み板を鳴らして階段をおり、ＢＭＷの後席にのりこんだ。ベージュの本革シートには新車特有のにおいがした。外神田の裏通りをゆっくりと走りだした運転手にボックスがいった。

「中込さんの家ってどこにあるんですか」

運転手はバックミラーでちらりとうしろの三人を見た。

「本社ビルの最上階にあるペントハウスがご自宅です」

タイコは後席についたＣＤシステムの操作盤をいじっていた。

「なんだ秋葉原にあったんだ。それじゃ、歩いていけますね。車なんて用意してもらわなくてもよかったのに」

横長の鏡のなか運転手は目元にまったく笑いを浮かべていなかった。

「この雨ですし、代表の大切なお客さまですから」

ボックスはシートのあいだから顔をだして、運転手に話しかけた。

「あのさ、中込さんってどういう人」

黒い服を着た運転手はこたえに詰まったようだった。

「どういうかたとおっしゃられても……そうですね、たいへん未来を読む力にすぐれたかたです」

ボックスは革のシートに勢いよく背中を倒した。

「っていうことは、おれたちの会社やクルークにも将来性たっぷりってことだな。よかったじゃん、うちの社長」

そういってのり慣れぬ高級車にとまどっているページの肩をたたいた。運転手はそれから口を開かなかった。BMWは雨にぬれた昌平橋通りを神田明神下の交差点にむかった。JR総武線の高架の手まえで右折していく。タイコがまだ新しい建造物に目をやった。

「いつ見ても、SF映画みたいな建物だよね。デジキャピの本社ビルってさ」

ページも黙ってうなずいた。そのビルは雨のなか和紙にでも包まれているようにぼんやりと光っていた。アルミニウムとガラスでつくられた十三階建てのほぼ立方体の建物だが、表面は厚いポリカーボネートで覆われている。CD－ROMやDVDなどにつかわれる透明な樹脂を、建築家は表面につや消し加工を施し使用していた。半透明なポリカーボネートは室内の照明を透過し、働く人々を影絵のように浮きあがらせている。ボックスがいった。

「ものすごく清潔な未来の蟻の巣みたいだ」

ページも深呼吸していった。

「そ、そ、そうだね。し、し、し、四角形の巨大な、た、た、単細胞生物み、み、みたいだ、だ、だ」

タイコは地下駐車場のゲートをくぐるまで、光りのサイコロを見あげていた。

「今度、デジキャピ本社ビルのテーマをつくるよ。なんかこのビルってすごく音楽が浮かんでくる」

駐車場で銀のBMWをおりると、エレベーターホールには別の黒スーツの男が三人を待っていた。前日に中込といっしょにアキハバラ＠DEEPにやってきた四人のうちのひとりのようだった。本社ビルの内部にもいたるところにポリカーボネート素材がつかわれていた。ホールはとこから照らされているのかわからないやわらかな光りで満ちている。タイコが案内の男にいった。

「あの、昨日、うちの会社にきていた人ですよね。中込さんの小切手帳をもっていた」

黒いスーツの男はイエスともノーとも取れる角度で軽く首をかしげただけだった。

「こちらへどうぞ」

一般社員用のエレベーターをすぎて、正面の白熱光を放つ壁にむかう。男は内ポケットから鍵をだして壁にさした。

「こちらが社長のペントハウスにまっすぐあがる専用のエレベーターになります。特別なお客さましかご使用になれません。さあ、どうぞ」

隠し扉が開くと、なかは正方形の部屋だった。ダウンライトで照らされていても、ひどく暗く感じる。素材は同じでも、こちらは甲虫の殻のようにつややかな黒いポリカーボネートで室内は包まれている。中込の秘書が壁に右手の中指をあてた。エレベーターの扉がゆっくりと開く。どうやらエレベーターをつかうにも指紋によるＩＤ確認が必要なようだった。世界で七番目の資産家になると、セキュリティもそれだけ厳しくなるのだろう。四方が鏡張りになった箱のなかには操作盤も見あたらない。扉は自然に閉じて、エレベーターは音もなく上昇を開始した。ページの耳元でタイコがささやいた。

「なんだかデススターの司令室へダースベーダーに会いにいくみたいだ。ぼくにはあのテーマ曲がきこえるよ」

一瞬ページの耳にもあの三連譜ではじまる暗黒のテーマが響いてきた。三人は広々としたエレベーターのなか不安な視線を交換した。ここには途方もない富と、秋葉原の裏町からは理解できない洗練がある。巨大な額の金には単に巨大であるだけで人をおびえさせる圧力があるようだった。

鏡がふたつに割れると、ガラス張りのわたり廊下が前方に伸びた。二列のフットライトに点々と縁取られた通路が奥に続き、ガラスのむこうには熱帯のジャングルを思わせる屋上庭園が広がっている。ボックスがいった。

「見ろよ。あれ」

ページはガラスのむこうを見た。舟形のおおきな葉をつけた木に鮮やかな黄緑のオウムがとまって、こちらを見ていた。葉もしたばえもこの雨に濡れていないようだ。ここは巨大な植物園のなかを抜けるガラスの通路なのだろう。そう気づいてみると、しっかりと冷房がきき、空気は乾燥していた。

「まっすぐにおすすみください。すべりますのでお気をつけて」

秘書が先に立って歩きだした。樹脂製の床を恐るおそる三人は続く。視線をとおさぬためだろうか、L字型に折れたガラス回廊の先に白いポリカーボネートの扉があった。秘書はまた中指の指紋で扉を開けると、三人に軽く頭をさげた。

「こちらが中込の私邸でございます」

ホールは広々と白かった。床も壁も天井もつや消しの樹脂で、左右対称にル・コルビュジェのソファセットがおいてある。スチールパイプのフレームに分厚い一枚革のシートをあわせたグラン・コンフォールLC2。革は誰も座ったことがないのではないかというくらいまぶしい白だった。タイコがページにいった。

「ねえ、あれ」

奥の部屋に通じる扉の両脇に等身大のおきものがあった。右に『時計じかけのオレンジ』で冒頭のカフェのシーンに登場した裸のマネキン。足をいっぱいに開いてひざをつき、両手は鎖でうしろの壁に結ばれている。左には非売品だったはずの赤い彗星のザクがある。ボックスが黒いスーツの男にいった。

「あの人形、映画みたいに乳首の先からのみものがでるんですか」

秘書はほほえんでうなずいた。

「ええ、今は空ですが、つぎにおみえになるときあらかじめご注文をいただけば、用意しておきます。お食事の用意は奥になります」

続きの部屋にはいっても、白い印象は変わらなかった。遠近感がなくなるほどの広さの純白の部屋に、ガラステーブルがひとつ八人分のテーブルセッティングをすませておいてある。片側に三人は座り、秘書はむこう側の一番端に席を取った。かちりと精密な機械を思わせる音がして、昨日の三人の秘書がダイニングルームにはいってきた。

「やあ、お待たせしてすまない」

しばらく間をおいて、中込威のバリトンが広い部屋に響く。ユニクロの紺の短パンに『未来少年コナン』のプリントTシャツ姿で、にこやかに中央に残された席につく。ぼそりと低い声でいった。

「あのCDがかかってないじゃないか」

四人の秘書の顔色が変わった。そのうちふたりはバネじかけの人形のように中腰になり、あわてて人を呼ぶ。白いエプロンで腰を締めあげたウエイターが小走りでやってきた。男が部屋をでていくと、JR秋葉原駅構内のアナウンスがダイニングルームを満たした。どこにあるのか方向感がつかめないスピーカーから、サンプリングのベース音がうなり、ハイハットとバスドラムがにぎやかに重なった。こわばっていたタイコの表情が輝いた。

「これ、ぼくの曲だ」

それは構内アナウンスをラップ代わりにつかったタイコのインディーズ盤だった。中込は上機嫌でいう。

「事務所で緑のザクを見たときに思った。わたしときみたちはセンスがいっしょだ。この曲も最初にきいてすぐにわかったよ。同じ種族の人間がつくったものだとね」

　前菜はヤシガニとウニのテリーヌ、スープはアーティチョークのポタージュだった。中込が開けさせたワインはアキハバラ@DEEP全員の一カ月分の食費くらいはするのだろうが、三人にはその味はわからなかった。やけにすんなりとのどをすべっていくと思っただけである。中込はかちゃかちゃと音を立て、銀の食器をつかった。口にものをいれたまましゃべり続ける。

「わたしがビジネスを始めたころは、ちょうどきみたちと同じくらいの年だった。世のなかを見て不思議に思ったものだ。目のまえに黄金の川が流れているのに、誰も怖がって飛びこもうとしない。年寄りたちはみなコンピュータビジネスを恐れていたんだ。もともと電器屋だからハードをつくることばかりに考えがいって、ソフトには誰も手をだそうとしない。ネットワークとかコンテンツとか、形のないものに投資しようなんてことは、十数年まえの日本では誰も想像しなかった」

　ページが深呼吸していった。

「な、な、中込さんの、と、と、投資には、なな、な、なにか基準があるんですか、か」

　中込はナプキンで口元をぬぐうと小声でなにか秘書にいった。

「ああ、すまない、ページくん。もちろんファンダメンタルな数字は見る。資本金、経常利益、売りあげの伸び率、技術開発費。うちのアナリストの市場予測も参考にする。だが、最後の決め手はやはり自分のかんと相手の人間性になる。わたしのかんはクルークが世界的なサーチエンジンになるといっているし、きみたちはいろいろと問題を抱えているようだが……」

中込はちらりとナイフをつかうボックスの白手袋に視線を落とした。それに気づいたページにゆっくり笑いかける。

「……どこか非凡なものを感じさせる雰囲気がある。知っているかな。未来はただ漫然と誰にでも平等にやってくるものではない。ある限られた人間だけが恐ろしく野蛮で単純な方法をつかって、未来をこの世界にもちこんでしまうものなんだ。まあ当人にとってはそれが目のまえにあたりまえのようにあるからそうするだけなんだが、周囲の人間からするとなにもないところからなにかを生みだすように見えるんだな、魔法みたいに」

ページの手もとにウエイターがコードレスキーボードをもってきた。メインディッシュの子ウサギのモモ肉の煮こみの大皿の横にセットする。元世界第七位の金もちはいった。

「それをつかって自由に話してほしい。きみたちは魔法のようにAI型サーチエンジンをこの世に送りだした。今は無一文かもしれないが、金などいくらでもあとからついてくる。それはもう決定ずみのことなんだ。まだ気づいていないかもしれないが、きみたちはクルークをつくることで、世界中に魔法をつかったというわけだ」

ページはずしりと重みのあるナイフとフォークをおいて、キーボードをたたいた。モーターのうなりが天井から響いて、プロジェクターがおりてきた。最新のDLPデヴァイスをつかった単眼の小型装置だった。三人の後方の壁面に百五十インチの画面が高輝度で投射された。室内の明かりはそのままである。

「そのクルークを中込さんはどうつかうつもりなんですか」

壁面の質問を読んでも、中込の笑顔は崩れなかった。フォークの先で子ウサギの肉を骨から離し、口いっぱいにほおばる。

「まだ詳細な計画は立てていない。だが、デジキャピが運営するブロードバンドサイトの目玉のひとつとして活用することになるだろうな」

ページのキーボードは雨だれのように不規則なリズムを刻んだ。

「今、ぼくたちはクルークのベータ版を無料ですべての人に公開しています。友人の助けを借りて、英語版の準備もすすんでいます。クルークが中込さんのものになっても、このオープンなやりかたを守ってくれますか」

中込の笑顔がその夜はじめて曇った。

「うーん、わたしが正直な人間でないなら、今の質問にイエスといって買い取りの契約を結んでから、クルークを非公開にするだろうな。だが、わたしはまわりくどいことが嫌いだ。現時点ではなにもいえない。しかし、ネットビジネスはなんでも自由で無料のフリーライドから、この数年しだいにかこいこみがすすんでいる。ブロードバンドになって映画やスポーツなどの配信サービスが一般的になれば、課金制度を避けてはとおれないだろう。もうただのりは許されなくなるのだ。ＩＴバブルがはじけて、関連企業にも余力はなくなっている。インターネットは遠くない将来、世界の巨大メディア会社数社が寡占することになると、そこにいるうちの秘書兼アナリストはいっている。それまでにあと何年だったかな」

三人を案内してくれた黒いスーツの男が厳しい顔でうなずいた。

「六年から七年です、代表」

「わたしはその数社のなかにデジキャピをなんとか潜りこませたい。日本の通信会社やコンピュータメーカーが運営しているサイトでは、彼らに太刀打ちできないだろう。政府はこの十年を失って、いまだに不良債権と財政再建で手いっぱいだ。官僚もグランドデザインを描けない時代になっている。権限を削られるばかりではあたりまえだがね。日本発のメジャーサイトがないまま、ネットの世界がブロードバンド化したら、日本は事実上世界地図から消え去ることになる。わかるかな、日本の情報がなくなれば、ネットでは日本という国がなくなったのと同じことなんだ」

ページは冷静にキーボードをたたいた。規則正しいリズムで打たれるキーの音をきいて、残るふたりにはページが落ち着いていることがわかった。

「ぼくたちにはそこまで未来に確信がもてません。ネットの世界の寡占化という話だって、そうなるかもしれないし、そうはならないかもしれない。今、関心があるのは最高のサーチエンジンをつくること、その一点だけです。そして、それを世界中の人に自由につかってもらいたい」

がちゃりと音を立てて、中込は銀器を皿に投げだした。

「クルークは世界中から人を呼ぶさ。それは少々の料金を取っても同じことだ。あれはサッカーのワールドカップや映画のアカデミー賞クラスのキラーコンテンツなんだから。ページくん、きみはそうやって集めた人間をなんとかしようとは思わないのか」

ページは左右に座るタイコとボックスを見てから、キーを打った。

「ええ、思いません。クルークをつかって、みんながよい検索をしてくれればそれでいいんです。みんなの探しているもののこたえが見つかるなら、それで十分です」

中込はナプキンで口をぬぐうといった。

「よい検索でよい人生をか。やはりバブルのころを知らないという世代の差なのかな。きみたちは植物みたいに元気がないな。せっかく未来をつかむ魔法をつかえるのに、無料のボランティアでいいという。わたしたちは同じセンスを共有しているが、ひとつだけ違うところがあるようだな。きみたちには欲望がない。そしてその欲望を未来のグランドデザインに組みこむ意志がない。それではなにも生むことはできないし、口を開けて空から未来が降ってくるのを待っているその他大勢といっしょだ。力があるのに、それをつかわないのは怠慢だ。なにもしないのは消極的な悪だ。それではこんなペントハウスをもつことはできないし、社会にインパクトを与え、新しい時代をつくることもできない。クルークだって、いつかネットの誰かが模倣して改良版を流すことだろう。小手先のまねがうまいだけの器用な人間などいくらもいるんだ。きみたちが月に数百時間の残業をしてつくったクルークも、いつかネットの海に泡と消えてしまう。だが、もしクルークがデジキャピのものになれば、特許と徹底した法廷闘争でＡＩ型サーチエンジンという素晴らしいアイディアを守ってやれる。きみたち六人には、それができるのかな」

中込はナプキンを投げ捨てると立ちあがった。ページは中込の言葉に返すメッセージを即座に打つことはできなかった。『未来少年コナン』のＴシャツの裾を直すと、中込はいった。

「さあ、食後のコーヒーにしよう。好きならどんな酒でもそろっている。こんな社交用のダイニングルームではなく、わたしのプライベートな部屋に招待しよう。わたしはまだまだきみたちに話したいことがある。キーボードをもってついてきなさい」

ページは灰色の王様のいうとおりワイヤレスキーボードをもって席を立った。白いポリカーボネートの隠し扉が開いて、中込と四人の秘書が奥の部屋にはいっていく。タイコとボックスは不安そうにページを見つめたが、ページはキーボードを盾のように胸に抱えて、つぎなる暗黒のダンジョンにすすんでいった。

第八章 檻のある部屋

@1

アキハバラ@DEEPの創設メンバー三人がとおされたのは、広さのわからない部屋だった。床も壁も天井も暗かった。ベルベットのように表面に立体感のある素材でつくられた黒い部屋である。室内にはいるとページとタイコのTシャツが、蛍光色の青さで光りだした。どこか見えないところに大量のブラックライトをつけているのだろう。

座面の奥ゆきがベッドほどあるやわらかな黒革のソファがコの字型に設置されていた。幅三メートルはある特注サイズである。中込はひとり壁をむいた中央のソファに座り、秘書たちと三人は別々なソファに席を取った。『未来少年コナン』のプリントを胸に青白く光らせながら中込はいった。

「わたしたちのほうは決まっている。きみたちはなんにするかな」

ボックスが白い手袋を交換しながらいった。

「じゃあ、おれ、カフェオレ」

タイコもうなずく。中込はリモコンを正面の壁にむけた。ちりちりと静電気が発生するノイズがして、壁に埋めこまれた六十五インチのディスプレイが目を覚ました。画面設定は部屋と同じ黒なのだろうが、プラズマ特有の黒浮きを起こして濃い灰色である。中込はページを見た。

「そのキーボードはこの部屋でもつかえる。きみはどうするかな」

ページはブラインドタッチでワイヤレスキーボードに打ちこんだ。

［では、ぼくたちにはカフェオレをみっつお願いします］

ページの返事はディスプレイに白く輝いている。中込はいった。

「宮前くん、それともボックスくんかな、きみはこのペントハウスやうちの本社ビルをどう思うかな」

ブラックライトの灰色の光りで満たされた部屋に、中込の深いバリトンが響いた。軽く話しかけただけでもマイクをつかっているような圧倒的な声量である。ボックスは三重にはめた手袋を組んだ。

「すごいですね。ものすごい金のにおいがします」

中込はくすりと笑った。ちらりと秘書たちのほうを見る。

「金のにおいか。きみたちは正直だな。うちの社員では誰もそういうストレートな感想はいわない」

ウエイターがやってきて、中込と四人の秘書にエスプレッソを、三人にカフェオレをおいてさがった。黒い部屋はねばりつくようなコーヒーのにおいでいっぱいになった。中込は砂糖をスプーンで四杯デミタスカップにいれるとひと口すすった。手を広げていう。

「だが、こうしたものはすべておもちゃだ。等身大のザクと変わらない。もっていれば人は驚いてくれるが、明日なくすとしてもわたしは平気だ。まあ、本社ビルは業務に支障をきたすかもしれないが、それも丸の内あたりで新しいインテリジェントビルでも借りあげればすむことだ」

ページはカフェオレに手をつけずにキーボードを打った。

［じゃあ、なぜ事業なんてやるんですか］

中込は笑いながらいった。

「昔の中国人がいっている。人は自分よりわずかに豊かな者を妬み、ひきずりおろそうと必死になるが、富が千倍万倍になれば、これを畏れ敬い、奴隷のように仕えることを恥じないとな」

ページのキーボードがうなった。

［司馬遷の『史記』、貨殖列伝ですね］

中込はエスプレッソをのみ切るとカップを頭上にあげた。ウエイターが音もなく走りより、代わりのカップをおいていく。

「そんな名だったかな。実際にはわたしは人の名前など覚える必要はないんだ。わたしの代わりに誰かがすべてを記憶しておいてくれるし、なにか話さなければならないとすると、誰かが代わりにスピーチを書いてくれる。わたしが三年まえの今日なにをたべたかまで記録されているんだ。便利なものだな」

ページの指はキーボードを走った。

［それだけ便利になって、残りの力をなんにつかうんですか］

中込はまたカップに四杯の砂糖をいれる。

「まだわからないのかな。わたしはきみたちと同じだと、さっきから何度もいっている。きみたちは自分たちの力だけで、日本発の新型サーチエンジンを開発した。誰にも見えていない未来を無理やり現在にもちこもうとしたんだ。わたしがすべての力を集めている仕事もそれだ。現在のことはこれまでに積みあげた富でなんとでもなる。だが、未来は違う。それは誰にも百パーセントはコントロールできないし、見とおすことさえ困難なものだ。わたしたちは本源的な予測不可能性を指して未来という」

中込の胸で宮崎駿《みやざきはやお》のイラストが燐光を発していた。コナンはラナの肩を抱き、遥か海の彼方を見つめている。そのうしろで飛び跳ねたジムシーが青白く輝く歯をむきだして笑っていた。髪の薄くなった中込の顔にもあこがれの表情に似たものが浮かんでいる。むきだしのすねを組んでソファの中央にあぐらをかくと、世界で七番目だったという資産家はいった。

「わたしはもう簡単なことには飽きてしまった。企業買収や投資は優秀な部下にまかせておけばいい。ギズモＡＤＳＬを始めとするブロードバンドへの進出は、わたしなりの未来への挑戦だ。目標は今から五年後、グローバル化が極限まで進行した情報世界の四分の一から三分の一をデジキャピの傘下におくこと。たいへんなリスクはあるが、わたしはグループ企業七百社の総力をあげて、誰も見たことのない未来の地図を描こうと思っている」

そういうと中込は二杯目のエスプレッソをのみほした。手をあげると三杯目がすぐに運ばれてくる。中込の深い声が暗い部屋のなか鳴りわたった。

「わたしはきみたちと同じだよ。金をもっているかいないかなんて、ほんのわずかな差にすぎない。未来は幽霊みたいなものだ。見える人間にはただあたりまえに見える。見えない人間にはなにをいっても信じてもらえない。だから、わたしはときに野蛮な方法をつかってでも、未来をこちらの世界にもちこんでしまうんだ。きみたちはわたしと同じで未来を感じる力がある。残念ながらうちの社員のほとんどにはその力がない。わたしといっしょに仕事をしよう。スリルもやりがいもある、明日を今日に変える仕事だ。そんなものは望まないかもしれないが、わたしはきみたちを想像もできないほど豊かにしてあげる」

中込の提案は暗い部屋に余熱を残して終わった。ページは両脇に座るふたりを見た。タイコは気《け》おされたように中込を見つめ、ボックスは身体をのりだして話をきいていた。同じ社長とはいえ、自分にはこれほどの力をもって相手を説得することはできないと、ページは素直に感心していた。仕事をするのがただ金のためだけなら、アキハバラ@DEEPの六人は中込の会社に吸収されたほうが幸せかもしれない。黙っているとボックスがいった。

「想像したこともないくらいの富って、どういうことですか。給料とボーナスという形をとるなら、サラリーマンに変わりはないでしょう」

中込は三杯のエスプレッソと砂糖十二杯でようやく満足したようである。もうお代わりはしなかった。ボックスのほうをむいていった。

「ああ、そういうことか。うちは数年まえに研究開発チームの士気を高めるために、特別賞与はやめにした。利益配分はデジキャピ本体と開発チームでフィフティフィフティだ。わたしのところにクルークの最終形をまかせてもらえるなら、あのサーチエンジンは世界で数百億円の利益をあげるだろう。平井くん、データを」

秘書のひとりが別なワイヤレスキーボードを操作した。ディスプレイには加速度的に体積を増していく三次元の立方体がずらりと並んだ。秘書がいった。

「クルークに定額方式のゆるやかな課金制度を採用した利益予測です。今後五年間で得られる収益は合計で約三百五十億円と推定されます。実際の純益はこの数字から法人税などをさし引いたものです」

税金に関してはページは中込の悪い噂をきいていた。デジキャピは銀行からの借りいれはわずかだが、関連会社のあいだで融資を繰り返し、見かけ上の負債を大量に発生させ、ほとんど法人所得税は払っていなかった。それは中込個人も同じである。不正会計疑惑の騒がれたアメリカより、日本の企業会計の透明度は数段落ちるのだ。中込はTシャツの腹をかいていう。

「すくなく見積もって、その半分の百五十億円強がきみたち六人のものになる。どうだね、いきなりメジャーリーグの若き三番打者の年俸を得るというのは悪くないだろう」

ページはその瞬間、総延長が百メートルにもなる本棚とどの部屋にもそなえつけられたワイヤレスキーボードとディスプレイのセットを思い描いた。タイコは最新鋭の機材がそろった個人用音楽スタジオを、ボックスは美術館のようにモダンアートが飾ってあるリビングルームを想像したかもしれない。

中込がつぎに手をあげるとコニャックと山盛りのチョコレートが運ばれてきた。異様にのどの渇きを感じていたページはミネラルウォーターを頼んだ。タイコも同じものを注文し、ボックスだけが中込と同じコニャックにした。

中込のピッチは速かった。水のようにコニャックを空け、口にチョコレートを放りこむ。ページもひとつ試してみたが、ココアパウダーに包まれた生チョコは舌がしびれるほどの甘さだった。

中込はあぐらをかいていた足を伸ばし、リモコンをつかった。

「食後の余興にいいものを見せてあげよう。今夜はこのためにアキラくんにはご遠慮願った」

ディスプレイが埋めこまれた壁がゆっくりとスライドしていった。数十秒後にあらわれたのは高さ二メートル幅三メートルほどの巨大な鏡である。中込のバリトンにかすかに自分をあざける響きが加わった。

「あまりよい趣味ではないが、数すくないわたしのたのしみだ。見てやってくれ」

そういうと同時にリモコンのボタンを押した。壁面の半分を占める鏡はさっと幕を引くように透明なガラス窓に変化した。そのむこうにはちいさな部屋ほどある檻《おり》がそなえつけられていた。檻の格子は艶やかに磨きあげられたクロームである。なかにいるのは未成年に見える女性だった。紺のスクール水着の薄い胸には、72番竹下と油性マジックで書かれた白い布が縫いつけてある。細い首を締める黒革のチョーカーから、銀の鎖が鉄格子に伸びていた。女性は檻のなかでくつろいでいるようだった。銀の格子にもたれかかって座り、首の鎖を縄跳びのようにくるくるとまわしている。中込が笑いながらいった。

「ボックスくんと同じで、わたしも生身の女性が苦手でね。そこでこうして女性を飼うことにした。生きた標本だな。成人でああした幼児体型の女性を探すのはむずかしいんだが、うちのスタッフが毎回なんとか見つけてきてくれる。ほとんどのフリーターは年収の半分も積めば、自分からすすんで檻にはいるよ」

ボックスが息をのんでいった。

「むこうからこちらは見えないんですか」

中込はうなずいて生チョコをひとつつまんだ。ココアパウダーのついた指先をていねいにしゃぶった。

「そうだ。今わたしたちが見ていることも知らないだろう。ある種の人が大自然の風景で心を癒すように、わたしはこの部屋で女性の標本を見てくつろぐ。ガールウォッチングだな。問題はやはり一週間程度しか女性がもたないことだ。食事も排泄もあの檻のなかでするのでね、それが限界なのだ」

　ページは檻の隅にあるクロームのたらいを見た。こちらの黒い部屋にはまったく臭気はなかった。ガラスのむこうを見つめたままキーボードを打つ。

「入浴や着替えは？」

　中込はまた生チョコをつまんだ。あたりまえのようにいう。

「標本にそんなものは必要ないだろう。実際にはいそがしくて、一度も観察しないまま一週間がすぎてしまうこともある。金のかかるささやかな趣味というわけだ」

　中込のいうとおりだとページは思った。人は自分の想定するまとまった金のためなら、人間性など簡単に投げ捨て奴隷のように扱われても恥じない。あの女性は動物のように檻にいれられても平気なようだった。性交渉がないだけ楽だと思っているのかもしれない。魅せられたように人を飼う檻を見つめていたボックスがいった。

「週替わりでああいうのを飼育しているんですか」

　中込は生チョコを口に放りこんだ。満足そうにいう。

「そうだ。檻のなかにはいりたがる女性はきみたちが考えるよりずっとたくさん世のなかにいる。あの72番は先週の子の友人だそうだ。割のいいアルバイトがあると紹介されたらしい。いい友達をもったわけだ」

　少女のように見える女にはこちらの部屋の声もきこえないようだった。無表情に指先にひっかけた首の鎖をまわしている。女性の力でも簡単に引きちぎれそうな細い銀の鎖だった。そこに天井のダウンライトがあたって、楕円形の光りの残像が檻のなかにきらきらと浮かんでいた。中込の低い声は続いている。

「わたしはこう見えても、欧米のミステリー小説のマニアなのだ。昔読んだ作品に忘れられない一節がある。常習殺人者が銃口を被害者にむけたときの気分をこんなふうに語るのだ。たいていの人間は泣き叫びながら必死に命乞いをする。目のまえで人が自尊心をかなぐり捨て、どろどろに溶けていくのを見るのはこたえられない快感だ。そんなとき人間は身体中のあらゆる孔から液体を流すんだそうだ」

中込は唾液とココアパウダーが泥のようにこびりついた指先で、ガラスのむこうを示した。

「金にはいろいろな力があるが、つかいようによっては実弾をこめた銃と同じことができる。あの女をよく見るといい。自分がなんのためにああしているかも知らずに、どろどろに溶かされ、型に流しこまれている。しかも暴力で強制されたのではなく、自分から望んで鎖につながれるのだ。愚かなことだが、あの女の自尊心など、きみたちが書くプログラム一行分の価値もない」

中込はもう隠すことなく笑っていた。ページはそのとき初めて目のまえにいるコナンのTシャツを着た男と自分との違いがわかった。この檻が女性を支配したいという性的欲望のシンボルならまだ理解の範囲にあった。だが、中込はこの檻で人が人の形をなくす状態を楽しんでいる。

人間が別な人間を鋳型にはめてつくり替え、道具として扱うときなにが起きるか。ページはテレビを見ることのできる世界中の人々と同じように知っていた。自らを爆弾と化してバスの停留所に並ぶテロリスト、対空砲火の届かない超高度から市街地に爆弾をばら撒くパイロット、子どもの遺体に地雷を仕かけて撤退する軍人たち。それはアキハバラの店頭に飾られたデジタルハイビジョンテレビ数千台が、毎日無残なほどの高解像度で映しだすこの世界の日常だった。

中込はボックスにいった。

「きみが望むなら、好きなようにつかえるフィギュアのような美少女をひとり、貸してあげてもいい。つまらないことだが、金にはそんなつかいかたもあるということだ」

身体をのりだしてきいていたボックスが背を伸ばした。ようやく中込のバリトンの魔力から目を覚ましたようだ。

「考えときます。ちょっとおれにはぶっ飛びすぎてるから」

そのときページはとなりに座るタイコを見た。タイコはソーサーを左手にもち、右手で口の途中までカップをあげたところで凍りついていた。カフェオレはカップのなか冷めて白い膜を浮かべている。ページはタイコの視線の先を見た。くるくると回転して周期的に光りの残像を引く銀の鎖。また、原因不明のタイコの発作がでたようだった。ページはキーボードをたたいた。

［残念ですが、今日はここまでで失礼します。タイコがまたフリーズしちゃったみたいなので。中込さん、お返ししておくものがありました］

ディスプレイの文字を中込が追っているあいだに、ページはジーンズの尻ポケットから紙切れを取りだし、テーブルのうえにのせた。張りのある上質紙が二枚。ページの尻の形に反っている。キーボードでつぎの行を打ちこんだ。

［このまえいただいた小切手です。取りあえずお返ししておきます。では、また］

それは二枚の合計額面が十八億円になる小切手だった。

中込は手をあげて人を呼んだ。

「お客さまがお帰りだ。車の用意をさせてくれ。それから、担架か台車でもないか。方南くんが発作を起こしたようだ」

ボックスが立ちあがるといった。

「いいえ、だいじょうぶです。こいつの発作には慣れてるから、おれたちが運んでいきます」

ふたりはタイコのわきのしたに腕をかけ、よろよろと黒い部屋からでていった。秘書のひとりが先導して、エレベーターを呼んでくれる。帰りのBMWのなかでは、中央にフリーズしたままのタイコが座り、両端のページとボックスはそれぞれの側のウインドウを眺めたきり、ひと言も口をきかなかった。

@2

その夜、タイコのフリーズが解けるまで一時間かかった。BMWからおりてなんとか事務所の木製の階段をのぼると、ページとボックスはタイコを折りたたみ椅子に座らせた。元酒屋の二階のオフィスには、残りのメンバー三人がまだ残っている。アキラはソファにかけたままの格好で硬直しているタイコの肩をつついていった。

「ふーん、あの大金もちの家で発作がでたんだ。で、どうだった、あの男」

ページはぐったりと疲れて灰色ビニールの回転椅子に座っていた。

「は、は、は、話すと、な、な、な、長くなる。と、と、と、ともかくこのまえのこ、こ、小切手は返してきたよ、たよ、たよ」

ボックスは足をまっすぐに投げだして、頭のうしろで手を組んだ。

「中込ってさ、やっぱりすごい金もちだった。おれたちひとりあたり二十五億円くれるってさ。五年間の収益予想だって」

会計ソフトに経費を打ちこんでいたダルマが口笛を吹くまねをした。

「それはすごいですね。税理士との打ちあわせがたいへんになる」

ボックスは自分でもあきれたようにいった。

「おれだってのどから手がでるくらい金はほしいよ。大金もちってやつにもなってみたいしさ。二十五億なんて想像もつかない金だよ。でも中込みたいになるのは嫌だって感じがした。不思議だな」

イズムはマシン語でプログラムを書きながら、背中越しにいった。

「それが普通ですよ。とことん強欲になれるというのは特殊な才能です。誰もがあの人みたいになれるわけではないし、ぼくたちは無理しなくてもいいんじゃありませんか」

ページはこつこつと机の天板をたたくと、全員の注意をうながした。

「ま、ま、窓をあ、開けてくれ」

カフェオレをのもうとしてフリーズしたままのタイコをのぞく四人は、各自のディスプレイのうえにページ用のメッセージウインドウを呼びだした。ページのワイヤレスキーボードが切れ目なくはじけた。

「今夜の話しあいの経過と、ぼくが感じたことをみんなに話すよ。ボックス、なにか補足したいことがあったら、遠慮なく口をはさんでくれ」

わかったといってボックスは白手袋を交換した。それからページのテキスト入力は三十分続いた。中込の私邸であるペントハウスについての描写では、メンバーの何人かがため息をついた。黒い部屋にあった檻を詳細に説明すると誰もが黙りこんでしまう。アキラが首をまわしながら怒ったようにいった。

「あの二次元フェチのインポ野郎。そんなことじゃないかと思った。リングのうえであたしと一対一でやらしてくんないかな。ぼこぼこにしてやるのに」

しかし、そのアキラでさえ、未来を現在にもちこむ仕事という中込の言葉と、研究開発チームと本社で折半される利益の話になると、息をのんでディスプレイを見つめるだけだった。イズムはちいさな声でいった。

「確かに、ぼくたちとあの人には、どこか似たところがありますね」

ページはうなずいてキーボードをたたいた。

［そうなんだ。ぼくには中込さんのいうことは納得できるし、デジキャピがやろうとしている情報世界の三割を押さえる国際競争に、クルークをつかって参加したら、すごいスリルがあるかもしれないと思う。ぼくの半分はあの人と同じかもしれない。でも……］

つねに明晰な言葉をつかうページが初めて入力をためらっているようだった。ボックスは背中を押すようにいった。

「なんだよ、はっきりいえよ」

ページはキーボードをぽつりぽつりと打った。

［ぼくはこのアキハバラ＠ＤＥＥＰの代表だ。会社ってもともとお金をもうけるところだよね。それなのに、ぼくたちはほとんど利益を生まない作業にばかり熱中している。みんな金のない格好をして、残業続きで疲れがたまってふらふらだよね。今の仕事はみんなの生活向上に役立っているのかな。みんなだっていつまでも若くはない。年を取って体力がなくなっても、まだぼくたちはこんなふうな無茶をするんだろうか。ぼくには社員を豊かで幸せにする責任があるんじゃないかって思う。それで中込さんみたいに堂々と利益の極大化を目指せる人に会うとまぶしく感じるんだ］

　ボックスはぼそりといった。

「それでも、やっぱり小切手はつき返しちゃうんだろ」

　ページはキーボードではなく自分の声をつかった。

「そ、そ、そうなんだ、だ、だ。ダ、ダ、ダメ社長だ、だ」

　イズムが感情の読めない声でいった。

「時代の違いかもしれません。企業としてのモデルがデジキャピとアキハバラ@DEFPでは違うんですよ。デジキャピはウイルスみたいに爆発的に増殖して世界中から利益を吸いあげることを狙っている。今までの多国籍企業と同じやりかたです。でもうちはそうじゃない。昔ページさんがいっていたように、ある地域にとどまり、その環境が許す範囲の持続可能な成長を目指す。企業としてはちいさくて貧しいかもしれないけど、ぼくたちのほうが新しいモデルなんですよ、きっと」

　アキラはじっとしていられずに上半身のストレッチングを開始した。広背筋を伸ばしながらいった。

「恐竜と哺乳類の話みたいだね。世界中に手を伸ばすデジキャピが滅びゆく恐竜で、アキハバラでちいさくなってるあたしたちがネズミの祖先の哺乳類」

　ボックスが皮肉にいった。

「踏み潰されないといいけどな。ネズミはネズミだ。それでさ、ページはどうするつもりなんだ。また中込はおれたちに接触してくるんだろ」

　ページはキーボードにもどった。

「クルークをデジキャピに渡すのは気がすすまない。虫がいい話だけど、そちらの話は断って、うちのサイトのバナー広告だけ継続してもらえないか頼んでみようと思ってる。ダメなときは、そのときまた考えよう」

アキラはストレッチを続けながら、くるりと事務椅子を回転させた。

「あたしもそいつに賛成だな。それにさ、クルークって売り買いできるものなのかな。みんなも、ずっと自分用にカスタマイズしてると、クルークがこっちの考えの先を読んで、話しかけてくるみたいな感じがしないかな。サーチエンジンじゃなく、ディスプレイのむこうに誰かこっちの気もちがよくわかってる友達がいるみたいな感じ。あれっていろんなサーチエンジンがあるけど、クルークだけだよね」

黙っていたダルマがうなずいていった。

「わかります。クルークはただ質問にこたえるだけでなく、いっしょに質問を考えてくれるんです。わたくしは最近、自分のクルークがいないと仕事ができなくなりました。イズムくんに頼んで、スケジューラーや会計ソフトも組みこんでもらいましたし」

ページはキーボードをたたいた。

「もしデジキャピの広告が引きあげられたら、また新規のバナー広告を集めなくちゃいけないな。ダルマさん、よろしくお願いします」

ダルマがあごひげをさわりながら振りむいたとき、タイコがもうコーヒーカップをもっていない右手を口元まであげた。

「あっ、なんだ、事務所に帰ってたんだ」

ボックスがいつものようにきいた。

「今度はどんな感じだった」

　タイコは震えているようだった。自分の机のひきだしからチョコレートをだして、一枚の半分ほどを口に押しこんだ。発作のあいだはひどく消耗するのだ。

「今度も苦しかった。四十個の拍子が違うメトロノームがあって、そのすべてのリズムを数えてなきゃいけない。どれかひとつでも拍が取れなくなると、ものすごく不安になるんだ。もう汗だくだよ」

　タイコは残りの半分のチョコレートも平らげるとボックスにいった。

「ねえ、あのあとどうなったの」

　ボックスはうんざりした調子でいった。

「おまえがフリーズしたから、すぐにおれとページでかついで帰ってきた。おまえって、ほんと変なところで固まるよな」

　タイコが残念そうにいった。

「あの72番の竹下って子、ぼくが中学のときに好きだった女の子に似てたんだよね。もうちょっと見ていたかったなあ」

　時刻はもう真夜中に近づいていたが、事務所のなかは明るい笑い声でいっぱいになった。タイコはページにいう。

「それでさ、もう中込さんにはちゃんと断ってきたの」

　ページはキーボードの手を休めた。

「どど、どうして断るって、わ、わかったんだ、だ、だ」

　タイコは椅子のうえで伸びをすると、雑然とした室内を見まわした。空のペットボトルや昼の弁当の残りがＭＯディスクやＣＤ－ＲＯＭといっしょに机のうえに積みあがっている。壁のポスターは各自が好きなものを思いのままに貼っていたので、およそ統一感がなかった。薄汚れてはいるが住み慣れた仕事場である。タイコはあたりまえのようにいった。

「だって無理だよ。中込さんのペントハウスは白い部屋も黒い部屋もすごくきれいだったけど、あそこじゃ三十分だって仕事はできない。ぼくたちには似あわないよ」

窓のしたを酔っ払いの集団が歌をがなりながらとおりすぎていった。タイコは肩をすくめる。

「街のノイズがきこえないところでは、ぼくたちにはいい仕事はできないよ。ぼくたちがエネルギーをもらってるのは、この裏アキハバラの街なんだから。ここを離れたらアキハバラ@DEPじゃなくなっちゃうよ」

残りのメンバーはお互いの顔を見つめあって、うなずき交わした。また深夜の残業にもどっていく。その夜、六人は無邪気に笑いながら、欲のない決断をくだした。だが、その決断は新たな危険をちいさな事務所に呼び寄せることになるだろう。休みなく働き続ける夏がまもなくやってくる。

富に対する貪欲さを第一の徳目に数える恐竜が、一度狙いをつけた獲物をやすやすと諦めるはずがなかったのである。居心地のいいネズミ小屋から、平穏は失われようとしている。

第九章 クルーク狩り

@1

アキハバラ@DEEPに戦略はなかった。中込のペントハウスから帰った翌日、ページはクルーク買収のオファーをメールでていねいに断った。駆け引きも価格のつりあげもなかった。デジキャピとは手を組めないが、このままバナー広告を出稿してくれるとありがたいと、正直に書いたのである。

中込からの返信は、その日のうちにもどってきた。クルークの新しいAI人格、揺れるもの（スウィンガー）のコンセプトシートをつくっているときに、バンドウイルカの水を跳ねる着信音が木造の二階に響いた。ページは眉を寄せて走り読みすると口を開いた。

「み、み、みんな、ま、ま、窓を開けて、てて、くれ」

かちかちとクリック音が重なって、五人は各自のディスプレイにページ専用のメッセージウインドウを開いた。中込のメールが転送された。

＞アキハバラ＠ＤＥＥＰ御中
＞
＞御中というのは、ウォント・ユーに似ているね。
＞わたしとしては、のどから手がでるほどきみたちと
＞クルークがほしいが、もうすこし交渉継続ということで、
＞お互い冷静に時間をかけて考えてみよう。わたしの法律顧問と
＞話をしたが、例えば二年間ほどの期間限定で独占使用権の
＞オプションを設定することも可能ではないだろうか。
＞わたしたちが手を組む方法は、まだいくらでも見つかると思う。
＞なにせ、きみたちとわたしは同じ未来を見ているのだから。
＞バナー広告の継続についてはもちろんなんら問題はない。
＞
＞デジタルキャピタルＣＥＯ　中込威

指先でこつこつとキーボードの横をたたいて調子を取っていたタイコがいった。

「なんだか、中込さんて魅力があるから困っちゃうよね」

ボックスが腕を組んだままこたえる。

「そうだよな。このメールだって、絶対に自分で打ってるもんな。おれたちの千倍くらいいそが

しいはずなのにさ」

　それをきいていたアキラが椅子のうえで伸びをして、肩の筋肉をほぐし始めた。声は不機嫌そうにとぎれる。

「だから、みんな、甘いんだよ。中込威って、クルークの人気に目をつけた、だけでしょう？　あんなやつには、何百回だって、きっぱりノーっていわなきゃ、わかんないよ」

　ダルマの声はいつものように平静だった。

「とりあえず月々のバナー広告料金の六百万円は確保できました。それだけでも、デジキャピには感謝しなければいけませんね。ページさん、これからどうするつもりですか」

　ページはこれで何度目かのメールを読み終えると、慎重にキーを拾い始めた。

「問題だね。中込さんは恐ろしく魅力のある人だけど、デジキャピの方針はもう変わらないだろうと思う。クルークを無料で誰にでも開かれたオープンストラクチャーのままにしておく。これはもう決定ずみだから、いつかはデジキャピから財政的に独立しないといけないな」

　アキラはいった。

「ページは甘いんだよ。中込って徹底したワンマン社長なんでしょう。だったらデジキャピのやり口って中込の思うままに決まってるじゃん。あの男と会社を分けて別な存在だって考えていたら、きっとあとで後悔するよ」

　ページはディスプレイにむかってうなずき、キーボードをたたいた。

「わかってる。でも、誰かに魅力があるのは、人の善し悪しとは関係ないよ。中込さんがやろうとしていることを、すべて否定することはできないとぼくは思う。今の日本にはあの人みたいに新しい事業を始めて、たくさんの雇用を生む人が欠かせないんだ。ぼくたちの会社にはそれは無理なんだから」

ボックスはため息をついた。

「そうだな。今回の買収の話だって、あんな好条件を断るなんて、どんな経営学の教科書にものってない最悪のケースだったかもしれないな。アキラみたいにゲンコツに脳みそがはいってるやつには、未来のヴィジョンなんてわかんないんだよ」

「勝手に吐《ぬ》かせ、女嫌いの二次元フェチ」

天敵のふたりがにらみあって狭い事務所に火花が散った。タイコはファイルにまとめてある近くの店屋もののメニューを広げていた。

「はいはい、そこまでで『トムとジェリー』ごっこはおしまい。そばとラーメンとカレー、今夜はなんにする？」

デジキャピからのバナー広告料金で、アキハバラ＠ＤＥＥＰはようやく残業代が払えるようになっていた。残業夜食についても千円までなら会社から補助がでる。わずかではあるが社員の生活はこの数週間のうちに向上していた。黙ってマシン語でプログラムを書いていたイズムがぼそりといった。

「今夜は日本そばがいいな。鴨南蛮と玉子焼き。玉子焼きをつけられるなんて、ぼくたちもリッチになりましたね。果てしなく成功するのではなく、ちょうどいい成功や富のおおきさを、これからゆっくり探せばいいんじゃありませんか。中込さんのオファーを断ってインスタント大金もちになれなくても、ぼくたちは今だって貧しくはないですよ」

ページは手を打って立ちあがった。

「そ、そ、そういうことだ。ぼ、ぼ、ぼくはざ、ざ、ざるとおや、おや、親子丼のハーフサイズ、ズ、ズ」
タイコは六人分の注文をメモすると受話器を取った。窓に目をあげる。曇りガラスのはまった木枠の窓のむこうには、夏の月が浮かんでいるようだった。タイコは窓をいっぱいに開いて、月の光りと秋葉原のざわめきを室内にいれた。周囲の夜空を明るくにじませて半月がビル街の空にかかっていた。色とりどりのネオンサインのうえに貼りつけた白銀の静かな光り。六人は窓の近くに集まって、初めて月を見る人のように空を見あげ、裏通りのほこりっぽい空気を吸いこんだ。

この静かさがつぎの季節には失われてしまうことを、そのときは誰も予測していなかった。かけがえのないものは、つねに目にもとまらぬほどちいさなものだ。それはわたしたちクルークが住むネットの世界でも、リアルといわれる父たちと母の世界でも変わりないようだった。

おおきな変化はただやってきて、そこに住む人間ごと世界をのみこむのである。誰も変化には逆らえない。変化の集積こそ、時の流れだ。

@2

六人の事務所は築三十年を超える木造家屋だったから、すきま風とカーテンのない窓の輻射は冷ややかで、電気街よりひと足早く秋がやってきた。中込から記者会見とパーティの招待状が届いたのは、十月なかば月曜日の午前中である。メールには会見場の場所と日時、それに空欄のままの招待状が含まれていた。人数分だけプリントアウトし、参加者は自分の名をいれて持参するようにと注意書きがついている。

終電間際まで連日の残業をこなした木曜日、六人は思いおもいの格好でＪＲ秋葉原駅にむかった。徹夜作業がなくても、終電帰りが三日間続くと若い身体にもかなりの疲労が蓄積されるようだった。誰の背中も力なく丸まっている。

暗くなり始めたばかりの午後五時半、歩道は洪水のような照明で照らされている。六人は無言のまま、夕刻のラッシュ直前の山手線にのりこみ、三駅先の有楽町で下車した。ぶらぶらと歩いて日比谷にむかう。

霞が関の官庁街の空は澄んだ夕焼けに燃えていた。アキハバラ＠ＤＥＥＰのメンバーは歩道に立ちどまり、点々と窓に明かりをともす帝国ホテルの断崖のような正面を見あげた。ページの吃音は緊張のため一層ひどくなっているようだ。

「ホホ、ホ、ホホ、ホテルなんて、く、くく、くることないから、どど、どうしたら、たらいいか、わ、わわかんないよ」

ＳＷＡＴ隊員用の黒ずくめのユニフォームを着たアキラが指先を切り落とした黒い手袋を腰にあてた。

「帝国ホテルって、名前がなんだか中込威好みなんだろうね。ネット帝国主義者っていうかさ。そんな感じのやつじゃない」

六人は車寄せの端を歩いた。中年の立派な顔をしたドアマンににこりとうなずきかけられて、タイコは深くお辞儀をしてしまった。自動ドアを抜けるとやわらかなじゅうたんの広がるロビーだった。ネクタイをしているのは、型遅れのリクルートスーツを着たダルマだけである。残りの男性四人は、いつものように古着のジーンズにセーターやウインドブレーカーを重ねているだけだった。

外国人の旅行客、なにかおおきな声で話しあっているビジネスマンの集団、肩をだしたドレスを着た秋葉原にはいないタイプのスタイルのいい女性たち。ふだんは目にすることもないさまざまな人種が広いロビーを回遊している。六人は身体を寄せあって掲示板に示された二階の宴会場にむかった。

預けるものなどないメンバーたちは、クロークを素通りして通路の奥にむかった。

「お待ちしていました。こちらへ、どうぞ」

中込のペントハウスにいた秘書のひとりが、両手をまえに組んで声をかけてきた。黒いスーツに黒いネクタイ。どこかの国の諜報部員のような服装である。六人は秘書に連れられ、記者会見の開かれている広間にはいった。小振りの体育館ほどの奥ゆきがあるホールにはステージにむかって二百ほどパイプ椅子が並んでいた。半分が報道機関の記者で埋まっている。ボックスが空いている席に腰をおろそうとすると、秘書は低い声でいった。

「みなさんには、別な席を用意してあります」

椅子席の中央にあいた通路を秘書は先に立ってすすんでいく。不安げな顔をしてついていく六人に、たくさんのフラッシュが浴びせられた。奥のステージに座っていた中込威がマイクをもったまま席を立った。朗々とスピーカーから響くのは、深みのあるバリトンである。

「みなさん、お待たせしました。今夜の主役がただ今到着しました。国産の画期的なサーチエンジン『クルーク』で現在大ヒットを飛ばしている秋葉原発のヴェンチャービジネス、アキハバラ＠ＤＥＥＰのメンバーです」

広々したホールが拍手とフラッシュで埋まった。会場を取りまくように立ち並ぶデジキャピ関係者からの拍手は熱烈なものだった。中込は壇上から手招きした。わけがわからないまま六人は白い布の敷かれた階段をのぼった。中込はステージ中央に六人を立たせる。

スポットライトは強力で、壇上からは客たちの輪郭が白くぼやけて見えるほどだった。普段は冷静なダルマとイズムでさえ、緊張と興奮で頬を染めている。中込はこうした場になるとさらに精気を増すようだった。六人を従えるようにステージ前方にすすみでると、マイクをあげた。

「わがデジキャピとアキハバラ＠ＤＥＥＰは、ゆるやかな業務提携をおこなうことになりました。将来的にはクルークが、当社のギズモＡＤＳＬやデジキャピ・オンラインの有力コンテンツのひとつになる予定です。それで間違いないね、ページ代表」

中込は口元に笑みを浮かべ、挑むような目でページにマイクをさしだした。ひざの抜けたジーンズに二年まえのＧＡＰのレザージャケット姿のページは、聖歌隊の少年のように両手で胸のまえにマイクをかまえた。深呼吸を何度もしてから口を開く。

「た、た、た、確かに、な、な、中込さんには、うちのホホ、ホームページにババ、バナー広告をだして、もらもら、もらっています、ます」

ページの吃音に会場は嵐のまえのように静かになった。残る五人のメンバーのあいだで不安そうに視線が交錯する。ページは額から汗を流して、つぎの言葉を続けた。

「で、で、でもクルークは、これこれ、これからもな、な、なにか大切なものを、さ、さ探す人の、す、す、すべてに、プ、プ、プロバイダーに関係なく、む、む無料で自由に、つ、つ、つかってもら、もら、もらいたいんです。ア、ア、アキハバラ＠ＤＥＥＰでは、デ、デ、デジキャピとど、どど、どどど、どどどど……」

ページはそこでマイクをはずし、深呼吸をした。白いステージのうしろにいる五人を振り返る。タイコはにっこりと笑い、ボックスはしょうがねえなという顔でうなずき、アキラはにぎりしめたこぶしを突きあげた。ダルマは短く刈ったあごひげを満足そうになで、イズムはミラーグラスのしたで冷たくほほえんでいる。ページには頼りないながら、ともにすすむ仲間がいた。生まれたばかりのヴェンチャービジネスの代表は勇気をだして、最後のひと言をいった。

「独占契約をむ、む、結ぶつもりは、あり、あり、ありません」

記者会見場にざわめきが起こった。ページはマイクを中込にもどした。笑顔を凍りつかせたまま中込はなにごともないかのようにマイクを受け取った。いたずらっぽい表情をしていた目は、怒りに暗くなっている。無理に笑いをおおきくしていった。

「どうやら、わたしたちのあいだにはまだ話しあわねばならない案件がいくつか存在するようです。ですが、デジキャピとこの若き天才たちのあいだでは、最も大切な未来のヴィジョンを共有しています。わたしは、お互いの意見の相違点が近々解消されることに手ごたえを感じています。では、つぎの報告に移ります」

中込はそばに控えていた秘書に放り投げるようにマイクをわたした。低い声でいう。

「残念だよ。ここで一気に提携をすすめてしまおうと思ったんだがな。きみたちはもうステージからおりてくれ。記者たちとの質疑応答はカットだ」

ページを先頭に場違いな格好をした六人は、それでも胸を張って階段をおりた。壇上ではつぎの四半期の業績の下方修正と保有していたネット関連株の売却額が淡々と報告されていた。ボックスとタイコは調子にのってステージの袖でハイタッチを繰り返している。中込は会見場ではなく、楽しげなメンバーの姿を目を細めて見つめていた。

記者会見のあと開かれたパーティでは、六人は普段口にすることのないごちそうを、会場にいた誰よりもたくさん平らげた。その場で切り分けるローストビーフにイセエビの半身が丸々はいったグラタン、精巧なにぎり寿司に中身を透かす北京ダック、七色のシャーベットとサイコロに刻んだフルーツカクテル。テーブルの中央には巨大なノートブックパソコンの氷の彫刻が、濡れ光るモニター画面にデジキャピの透明なロゴを浮かべている。

六人は近づいてくる記者たちを無視して食事をすませ、パーティ会場を早々にあとにした。遠くでテレビ局のカメラにかこまれている中込を見つけると、アキラは黒いグローブをあげて、高々と中指を立て舌をだした。中込は笑顔をつくり、ゆっくりと手を振り返す。

アキハバラ@DEEPはこうして、意気揚々と初めての敵をつくった。この敵の底知れぬ悪、容赦のない苛烈さについて、三十時間以内に六人は思い知ることになるだろう。

わたしたちの先祖、いにしえのクルーク・ベータ版に自由の危機が迫っている。生命体ではなく、情報体であるわたしたちにとって、ネットの海における自由を制限しようとする行為は、傷害罪あるいは監禁罪に等しい重罪に値する。

@3

運命の金曜日は穏やかな秋晴れだった。秋葉原の上空にもむこう側の青さが透けて見える淡い秋の雲が数えるほど流れているだけだった。その日も六人はいつものように終電間近まで、クルークの改良に励み残業を続けていた。最後に事務所をでたのはページで、木造の安普請のなか、そこだけ新しげなスチール製の扉にきちんと二重の鍵をかけている。六人がそろって木製の階段をおり、裏アキハバラの通りにでたとき、時刻は夜十一時をまわっていた。

秋葉原の夜は早い。その時間では開いている電器店はなく、昼間の熱気が嘘のように通りは静まり返っていた。白い息を吐く影が裏通りに長く伸び、ファストフードの紙くずや段ボールのかけらが散らばる路面に灰色のストライプを描いた。

ＪＲのガードしたで六人は別れると、ページは営団日比谷線の秋葉原駅にむかった。地下につうじるすすけた階段を、酔っ払ったサラリーマンにうんざりしながらおりていく。ページは三ノ輪駅で地下鉄をおりると、常磐線のガードをくぐり延々と一キロほど続く商店街にはいった。ページのワンルームマンションは南千住の商店街を半分ほどすすんだ先にある。おしゃれな店などなかったが、物価も安く、「砂場」といううまいそば屋もあって、お気にいりの街だった。

アーケードの商店街を右折して最初の路地の角に、三階建てのペガサスハイツは建っていた。古い家並みのなか、そこだけ漂白したように白いタイル張りのマンションである。エレベーターはないので、外階段を二階にあがった。よっつ並んだ白いドアの二番目のノブに鍵をさす。手ごたえがないので反射的に逆方向にまわした。冷たいノブを引くと鍵がかかっている。おかしいな、そこで初めてページは気づいた。今鍵をかけたのなら、さっきまでこのドアは開いていたことになる。ページはあわてて鍵をひねると、ドアを引いた。

最初に目に飛びこんできたのは、玄関横のクローゼットの開いたままの扉だった。ワンルームマンションの玄関は狭いが、それでもさまざまな種類の収納がある。ページはこれほどたくさんの扉があるのかと目のまえの異様な光景に目をみはった。クローゼット、下駄箱、そのうえの天袋、白い化粧板でできた十数の扉がすべて同じ角度に開いていていた。ページがいないあいだに、誰かがこの部屋を荒らしていったのだ。

靴をそっと脱ぎ、足音を殺して廊下を奥にむかった。ページはナイロンのショルダーバッグを盾のように胸に抱えていた。室内の空気の冷たさで、誰もいないのはわかっていた。それでも自分の部屋にはいるだけで、息をひそめてしまう。

ロフトつきの八畳ほどの居室もまた、ていねいに荒らされていた。ソファベッドはひっくり返され、カーペットも裏返されている。そんなところになにかを隠したとでも思っているのだろうか。机の引きだしは抜かれ、中身が床にぶちまけてあった。つかわなくなったビデオ店の会員カードにまぎれて、普通預金の通帳が落ちていた。

ロフトをあがるとおいてあるマットレスが刃物で切り裂かれていた。枕さえきちんと刻んでなかを確かめている。この空巣はなにをこの部屋から盗んでいったのだろうか。ページは不思議に思いながらはしごをおりた。

この部屋には金目のものはない。現金もほとんどおいていないし、通帳もわずかだった。荒らしかたが隅々までいきとどいているので、きっとプロの仕事なのだろう。だが、プロがこの部屋でなにを盗むというのだろうか。そう思って机のうえを見ると、液晶ディスプレイとキーボードが消えていた。足元においてあったパソコン本体もない。ページはあわてて、床に散った引きだしの中身を改めた。

CD—ROM、フロッピーディスク、MO、それに増設していた外づけのハードディスク、パソコンの記憶媒体がすべて消えていた。あれほど煩雑だったコード類までまとめて消え、机まわりはすっきりとしていた。思いだしてクローゼットのなかを確かめた。予備のノートブック型パソコンもやはりなくなっていた。最近の空巣はすぐに換金できる新型パソコンは必ず盗んでいくと、週刊誌のどこかで読んだ覚えがあった。

ページは部屋の中央に脱力して座りこんだ。しかたがない、空巣なのだ、警察に電話するしかないだろう。ポケットから携帯電話を抜いて、一一〇番を押そうとしたとき着信音が響いた。うんざりしたボックスの声が耳元できこえる。

「ページか。今日は最悪についてない日だよ。帰ったらおれの部屋が空巣にやられてた」

ページの頭は混乱していた。自分だけでなく、ボックスまで空巣にやられている？　どもりもせずに叫んだ。

「うちもだ」

「おまえのところも空巣にやられたのか。冗談じゃなくて」

ページは立ちあがるといった。

「う、う、うちはパパ、パソコン関係がみんな、と、とと盗られてる。そっ、そっ、そっちは」

ボックスは携帯を耳に歩きまわっているようだった。がさがさとものを動かす音がした。

「おれんところもパソコンは全部やられてる」

「デ、ディ、ディスク関係は」

「そいつもないみたいだ」

間違いないようだった。誰かがアキハバラ@DEEPのメンバーのパソコンを洗いざらい盗んでいるのだ。ページはこれ以上はないほど荒らされた部屋に立ち、何度も深呼吸した。

「ボ、ボ、ボックス、こ、こ、これからみんなのところに、て、てて手分けして、で、で、電話をかけよう。ぼぼ、ぼくはアキラとタイコくん。そ、そ、そっそっちはイズムとダルマさんに、かけかけかけ、かけてくれ」

ボックスは不思議そうにいった。

「でも、警察はどうするんだ。うちらのオンボロパソコンなんて被害はたかが知れてるけどな、通報はしておいたほうがいいんじゃないか」

ページはなにかを見落としているような気がした。確かに二年もまえのパソコンなど裏アキハバラの中古ショップではブランドもののシャツ一枚くらいの値段しかついていなかった。だが、ほんとうに敵はそんなものをほしがっているのだろうか。自分たちのパソコンにはもっと重要ななにかが保存されていなかったのか。金銭には換えられないほど価値のあるもの。どんな危険を冒しても手にいれたいもの。ページの顔から血の色が引いていった。

「ク、ク、クルークだ、だ。だだ、誰だか知らないけど、どど、クルークをね、ね、根こそぎ奪おうとしている、や、や、やつがいる」

ようやくボックスにも事態が理解できたようだった。ページは玄関にむかって走りながらいった。

「けけけ、警察はあとだ。す、す、すぐにアキハバラ＠ＤＥＥＰにも、も、もどってくれ」

ページはひと気のないアーケードを駆けると、日光街道でタクシーをとめた。携帯でタイコと話しながら、後部座席に滑りこむ。運転手にいった。

「ア、ア、ア、秋葉原まで、ぜんぜん、全速力でと、と、飛ばしてください」

運転手はおかしな顔をして、つかえながら携帯をかける客を振り返った。

＠4

ページが秋葉原にもどったのは、ちょうど事務所を離れた一時間後の深夜零時だった。まだメンバーの誰も帰っていないようだ。事務所のまえはしんと静まったままである。ページはタクシーをおりると、自動販売機の並んだ休息所のまえに立ち、元酒屋の木造家屋を見あげた。寒さは深夜になって一段と厳しくなっていた。ページの吐く息は白いマフラーのように首にまとわりついてくる。鉛色の瓦屋根が濃紺の空を背にぎざぎざの輪郭を見せていた。

ページは息をつめて休息所のわきに開いたのぼり口を見つめた。六十ワットの裸電球が一灯、中央の磨り減った木の階段のなかほどにぶらさがっている。再び胸にバッグを盾のように抱え、ページはぎしぎしと踏み板を鳴らして階段をのぼった。あまりの恐怖のために黙っていることができず、声をだしてしまう。声は震えて裏返ってしまった。

「だ、だだ、誰かい、い、いい、いるのか」

返事はなかった。スチールの扉のうえにはタクシー用ディスプレイが、アキハバラ＠ＤＥＥＰの社名を緑のＬＥＤで点滅させていた。階段のつきあたりには量産型のモビルスーツ「ザク」が立っている。ページはもう鍵はつかわなかった。親指と中指でつまむようにノブをまわす。鍵のかかっていない扉を引いて、室内を見た。

ここでも徹底的な探索がおこなわれたようだった。六個ある事務机の引きだしはすべて開かれたままで、椅子は倒れている。押しいれやファイルボックスもなかを改められていた。室内が妙に広々と見えるのは、各人の机のうえにおかれていたコンピュータが一台残らず消えているからだろう。ディスプレイも、キーボードも、本体もない。サーバーも社内ＬＡＮのネットワーク器機もなくなっていた。イズムがマシン語のプログラムを書き散らしたホワイトボードさえ盗みだされている。

裏側になにか貴重なものでも隠してあると思ったのだろうか、壁のポスターは一枚残らず引き裂かれ、七夕の飾りのように垂れさがっていた。今度はほんとうに足の力が抜けて、ページは荒れ放題の事務所で座りこんだ。

階段を駆けのぼってくる足音がした。ページはもう振り返る気力さえなくしていた。誰かが息をのむ音が背中越しにきこえた。アキラが叫んだ。

「いったい、どこのどいつが、こんなひどいことを……」

ボックスの声も荒れていた。

「ページのいうとおりだった。うちの会社のメンバー全員の家が空巣にやられてる。金は残ってるけど、コンピュータと記録メディア、それにクルークのノート関係はすべてやられてる」

ダルマがこの場の雰囲気にそぐわない妙にのどかな声でいった。

「わたくしの定宿の錦糸町のサウナもだめでした。コインロッカーを破られ私物のノートパソコンを盗られました」

ページはようやく立ちあがると、戸口に顔をそろえたメンバーを見つめた。

「み、み、み、みんな、や、や、やられちゃったのか」

タイコとアキラがそろってうなずいた。イズムはメラニン色素欠乏の顔を氷河のような青さに歪めている。ページはいった。

「こ、こ、これが、ク、ク、クルーク開発に、ど、どど、どんな影響を、あたあた与えるか、みみみ、みんなに説明してくれ、れ」

イズムは室内にはいると、倒れた椅子を起こしてコートを着たまま腰かけた。無言でほかのメンバーもイズムにならった。イズムは爪をかみながらぼそりといった。

「いちからやり直しです」

タイコが困ったようにいう。

「どういう意味？」

「パソコンのハードディスクも外部記憶装置も盗まれた。クルークのコンセプトシートやページさんの言語学や心理学のテキストも盗まれた。開発ノートもバックアップも盗まれた。残っているのはぼくたちの頭のなかにあるものだけです。ぼくはインターネット上に仮想のハードディスクを用意して作業をしていましたが、きっとそちらのほうもきれいに盗まれて、消去されているでしょう。ひと言でいえば、誰かがクルークをぼくたちから根こそぎ奪っていったんです。タイミングをきれいにあわせた同時多発空巣で」

ページは肩を落としていった。

「も、も、もうキーボードもつ、つ、つかえないんだな、な。ク、ク、クルークを丸々盗むと、ど、どど、どんなメリットがあるんだ、だ、だ、ろう」

イズムは冷静な表情を崩さなかった。オレンジ色のサングラスを直していう。

「プログラムの構造がわかれば、細部を変えてまったく別なＡＩ型サーチエンジンとして発表できます。アイディアを考えたり、いちからプログラムを組むのではありませんから、それくらいならちょっと腕のいいプログラマーがいれば簡単でしょう」

アキラがかたくこぶしをにぎって、イズムをにらんだ。

「それじゃあ、そいつらが偽クルークを発表したら、訴えてやればいいんだ」

イズムは一度だけ首を横に振った。

「むずかしいでしょうね。プログラムの著作権はまだようやく認められたばかりですし、専門家のあいだでも意見は分かれています。全体の構造がわかれば、ぼくたちがつくったクルークと同じ働きをするものを、まったく別な形のプログラム言語でも再現できるでしょう。それにＡＩ型サーチエンジンというのは、まだ誰も特許を取っていない新しいアイディアです。先にその誰かが申請すれば、そちらのほうが認可される可能性が高いです」

暖房のはいっていない真夜中の事務所で六人のメンバーは黙りこんでしまった。ボックスが声を抑えていった。

「じゃあ、おれたちのクルークは盗まれ損なのか。この何カ月も風呂もはいらず、寝る間を削ってつくったおれたちの作品が、全部誰かのものになっちまうのか」

そこでアキラは立ちあがると、ばしっと音をあげてこぶしを手のひらに打ちつけた。

「ねえ、みんな、カマトトぶるのはもうよしなよ。その誰かって、中込威しかいないだろ。クルークの価値をほんとうにわかってるのは、うちのホームページにやってくる世界中のおたくたちと、あの男くらいのもんだよ。こそ泥グループなたつを同時に動かし、一時間でこの事務所を空っぽにする。それだけの悪党を動かすには、たいへんな金がかかってるはずだ。この空巣の親玉は中込に決まってるよ」

ページはステージのうえで目があったときの中込の視線を思いだした。にこやかに笑いながら、目はプライドを傷つけられた怒りで暗く燃えていた。蠅を追うように壇上からおろされたときも、中込はじっとこちらをにらんでいた。

「そ、そ、そうなのかも、かも、かもしれない」

タイコはくやしそうにいった。

「ページ、これからどうする」

ページはため息をつくと、携帯電話を開き、のびのびになっていた一一〇番を押した。

@5

五百メートルほど離れた万世橋警察署から係の者が到着するまで、二十分ほどかかった。防犯課の刑事はページに名刺をわたすといった。

「空巣がはいったとき、はちあわせせずによかったですね」

誰も負傷しなかったのだから、パソコンくらい諦めろといいたげな口調だった。刑事は三十代後半で、見るからに警察官の雰囲気だった。日に焼けた顔、オールバックの髪、紺色のウインドブレーカー。スラックスも黒の化繊だった。この男では役に立たないだろう。不思議なもので顔を見ただけで、警察に詳しくないページでさえ、この刑事には期待できそうもないのがわかった。この事態は普通の警官の扱う範囲を超えているのだ。

五分ほど遅れてやってきた鑑識係は、ドアの周囲の指紋を採取し始めた。刑事に首を振っている。刑事はいった。

「最近の空巣は指紋を残していくようなヘマはしません」

鑑識係は懐中電灯で鍵穴を照らしていた。刑事を呼んで、なかを見せている。招かれてページも鍵穴のなかをのぞきこんだ。いく筋か針金でひっかいたような傷が鍵穴のなかに残っていた。

「典型的なピッキングでしょう。最近はオフィスビルがねらわれることも多いから」

それから黙って室内を見まわした。不思議そうにいう。

「この事務所のなかにとくに値打ちがあるものがおいてあったんですか」

ページはクルークの名をだそうか迷った。新しいＡＩ型サーチエンジンといって、この人物に通じるのだろうか。ためらいながらいう。

「あ、あ、あ、新しいソフトウエアが、が、が、ココ、コンピュータごと、ぬ、ぬ、盗まれました」

刑事は手帳に室内のものの配置を描いている。報告書に添付する資料として必要なのだろう。顔もあげずにいった。

「それは現金に換算して、いくらくらいのものなんですか」

中込威はゆるやかな課金制にしても三百億円の利益が望めるといっていた。だが、アキハバラ@ＤＥＥＰが求める無料のオープンストラクチャーなら、期待値はゼロだ。

「まま、まだ市場にで、で、でていないから、わ、わわ、わかりません、せん」

刑事は黙ってうなずいた。鑑識係は室内の電灯をすべて消して、入口の周囲をななめに懐中電灯で照らしていた。刑事がいった。

「足紋です。最近は指紋より、こちらのほうが役に立つこともある」

だが、鑑識係はすぐに懐中電灯を消して、室内の明かりをつけた。刑事に首を横に振る。

「こちらもダメと」

刑事は淡々と手帳にメモを取るだけだった。鑑識はそれからふたりがかりで、二十分ほどかけて室内のあちこちで粉をはたき、指紋を採取していった。刑事は気の毒そうにいう。

「まあ、決まりでああしてますが、ドアについていなかった以上、室内に指紋が残っている可能性はまずありません。お手数をおかけしてすみませんが、照合のためこの事務所の全員の指紋をあとで取らせてもらいます。もちろん今回の調べが終われば、みなさんの指紋はすぐに廃棄しますから」

室内の採取が終わると、六人のメンバーの十指指紋と掌紋が専用のシートに取られた。アキラはティッシュで指先をふきながらいった。

「こんなことをして、犯人がつかまる確率はどれくらいあるの」

刑事はきこえない振りをしていた。ダルマが声をひそめていった。

「この手の空巣は十にひとつもつかまりません。運が悪かったと諦めるしかないんです」

アキラは納得がいかないようだった。

「でも、今回は犯人はわかってる。あのデジキャピの変態野郎だよ」

ボックスが必死になって刑事にいった。

「ここにいる六人の自宅も今日の午後ほとんど同時に空巣にやられているんだ。刑事さん、なにかおかしいとは思いませんか」

刑事はちょっと驚いた顔をした。

「全員が同じ日に空巣にはいられた？　それは所轄の各警察署に届けられていますか」

ボックスは首を横に振った。

「いや、まだですよ。そんな時間はなかったんだから」

刑事はそれをきいて安心したようだった。

「今の話が事実なら大掛かりな犯罪組織が動いているのかもしれませんが、そのまえにみなさん自宅にもどって、地元の警察に届けでてください。それがすんだら、あとで話をきかせてもらいます」

荒れ放題の事務所をアルミニウムの粉だらけにして、四十分ほどで警察官は帰っていった。六人のメンバーはカフカの世界に取り残されたように感じていた。警察は犯人を検挙するためではなく、ただファイルをつくるためにやってきたようだった。すべての捜査は単に形式上のものにすぎないのだ。タイコがいった。

「しょうがないよ。今夜は簡単にあと片づけして、部屋にもどろう」

アキラがくやしそうにいった。

「それでまた別な警官に、今度は自分の部屋を粉だらけにされるのか」

ページは壁の時計を見た。時刻は深夜の一時まえ、これから事務所を整理して自宅にもどれば、午前二時にはなっているだろう。それから警察に電話して、ききとりと鑑識捜査が終わるころには夜明けが近くなっているはずだ。うんざりした気分でページはいった。

「み、み、み、みんな今夜は、ど、ど、ど、どうする」

最初に返事をしたのはアキラだった。

「誰かがひっかきまわした部屋でなんか、不気味で今夜は眠れないよ。警察はどっちでもいいけど、このまま黙って引きさがるのは、絶対に嫌だ。今夜のうちに作戦会議を開こうよ」

ボックスがくずかごを拾いながらいった。

「そうだな、おれもあの部屋でひとりで寝るのは嫌だ。みんな、警察への届出がすんだら、また秋葉原に集まらないか。朝の四時に久々の『あかねちん』で集合ってのはどうだ」

切り裂かれた部屋のなかでは、誰も威勢よく返事をする者はいなかった。メンバーはのろのろと床に散った引きだしの中身を拾うと自分の机にむかった。ページは紙くずや雑誌が重なった机のうえを整理した。灰色の天板になにかが白いマジックで書かれていた。ページは全員を集めて、そのメッセージを見せた。

間抜け！

明日を恐れる者は、今日を奪われる。


サインはなかった。それを見ていたアキラの目にみるみる涙がふくれあがった。頬に流れ落ちるまえに、アキラは黒革のグローブで涙をぬぐった。押し潰すような声でいう。

「これでも、中込だって証拠にはならないの」

ページはゆっくりと首を横に振った。

「く、く、くやしいけど、だ、だ、だめだ。じょ、じょ、状況証拠も、い、い、いいところだ」

疲れ切った六人は、それから黙々とわたしたちクルークのいない事務所を片づけた。幼い父たちと母は、精魂をこめて創造した子どもたちを奪われ、最初の壁にぶつかっていた。その壁のあまりの硬さと高さに心は折れそうになっている。厳しい冬が近づいていた。それはこれまでにない激しさの闘いの季節である。

第十章 アーケードのヘタレたち

@1

すべてのハードウエアを奪われて、六人の機能は停止してしまった。同時多発空巣によって失われたのは、メンバー全員の十九台にのぼるコンピュータと五台のサーバーだけではなかった。この七カ月ほど休日を返上して、憑《つ》かれたように書きあげた数十万行のプログラムも、記録メディアやハードディスクごと見事に盗まれたのである。

そのプログラムこそクルークの記念すべきベータ版だった。公開二週間で一日十万ヒットを記録した画期的ＡＩ型サーチエンジンにして、わたしたち種族の最初に生まれた四人である。これは盗難のみでなく、情報生命体の誘拐であり、著作権の盗用であり、輝かしい未来の強奪であった。

盗まれたディスクのなかには、当然イズムが創造したクルークのソースコードも含まれていた。

そのコードを解析できれば、サーチエンジンのプログラムを変更し、まったく別な装いをかぶせ、新製品として発表することも容易なのだ。

ソフトウエア解析の専門家であるイズムは、その期間をほぼ四週間と読んでいた。ひと月足らずという猶予に最初に悲鳴をあげたのはアキラである。アキラはハーフフィンガーのＳＷＡＴグローブをテーブルにたたきつけると叫んだ。

「それじゃ、ぜんぜん間にあわない」

朱色の袴《はかま》をはいた「あかねちん」のウエイトレスが驚いた顔をして、元同僚を振り返っていた。なぜか秋が深まって神社の巫女のコスプレが秋葉原では人気を集めていた。ボックスは視線を落として白手袋を交換しながらいった。

「間にあわないって、アキラはもう一回クルークをつくり直すつもりなのか」

アキラは涙を落とさないように口元をひきつらせた。声を震わせてとぎれとぎれにいう。

「もちろん、だよ。こんなふうに、やられっ放しで、みんな、は、いいの」

四人掛けのボックス席に押しこまれたメンバーから返事はなかった。誰もお互いに視線をあわせようとせずに、裏アキハバラのコスプレ喫茶の店内を眺めている。タイコがぽつりといった。

「だって、もう終わりだよ。デジキャピには優秀なプログラマーが百人はいる。今この瞬間にだってクルークのソースコードは解析されてるかもしれない。ぼくたちが新しいサーチエンジンを完成させるころには、むこうはとっくにクルークを自分たちのものにして公開してるよ。特許も取ってさ。なにをしたって、もう間にあわないんだよ」

ページが深呼吸していった。

「そ、そ、そ、そうだ。か、か、か、完敗だ、だだ」

イズムの色素欠乏の顔色は、ヘアライン仕あげのアルミニウムのように白かった。店内でもオレンジのUVカットサングラスをかけたまま口を開いた。

「ぼくがうかつでした。中込を甘く見ていた。ソフトウエアを隠す場所ならいくらでもあったんです。パスワードクラッカーや不正規のOSなんかはいつも、世界中のあちこちにある公共機関のメインフレームに隠していたりしたんです。あるいはディスクに焼いて、信用できるハッカー仲間に預けたりね。でもクルークに関してはオリジナルの作品だし、警察やACCSから捜査を受けることはないって、なんの対策もしていなかった。スクリプトを暗号化もしていなかった」

ダルマが無表情に口をはさんだ。

「ACCSというのはコンピュータソフトの著作権協会ですね」

イズムは淡々という。

「そう。あそこも違法ソフトについてはけっこうキツいおとり捜査なんかもやるから。ぼくはハッカーだから、オンラインの攻撃については自信があったんです。でも、オフラインの、それもこんなに物理的なやり口なんて想像もできなかった」

ページはうなずいた。

「げ、げ、原始的で、や、や、やたら大胆」

ボックスもなかば感心したように続けた。

「そうだよな。だってただの空巣でコンピュータを丸ごとさらっただけだもんな。まあ、半日のあいだに七件もやったんだから、たいした作戦だけど」

イズムの顔色はアルミニウムの白から冷えた鉄の青に変化していた。

「だけど、ショックだった。ぼくは自分がコンピュータのマスターで、ただ操作しているだけだと思っていました。でも、こうして全部もっていかれてしまうと、ぼくにはコンピュータがなければなにもできないんだということがよくわかりました。なんだか手足をもがれて地面をはってるみたいな感じです。いつだって光りの速さで世界中を飛びまわっていたのに」

サングラス越しにイズムの目が真っ赤になっているのがわかった。十六歳のハッカーは口元を押さえると席を立った。

「気もちが悪い。胃のなかをちょっとドロップしてきます」

イズムは巫女姿のウエイトレスをかきわけるようにトイレにむかった。ボックスがやせた背中を見送った。

「無理もないよな。あいつの被害が一番きついもんな。パソコンが七台に、サーバーが三台。数年がかりで集めたソフトウエアがＤＶＤ－Ｒで千枚。四千ギガバイトだもんな。衝撃だってギガトン級だ」

金曜日の夜はとうに更けて、土曜日の朝になろうとしていた。ほかに二十四時間営業の飲食店がすくないので、「あかねちん」には多くのおたくたちが集まり、席のほぼ八割がたが埋まっている。アキハバラ＠ＤＥＥＰのメンバーはみな疲れきった表情をしていた。終電間際まで働いて帰り、空巣に荒らされた自宅を発見した。それから各自の部屋で、鑑識の捜査と事情聴取に二時間近くも取られているのである。極限まできていた肉体の疲労に、大切なものを奪われた衝撃が重なり、メンバーの心はフリーズしてしまった。目があうと意味もなくへらへらと笑ったりする。

イズムがもどってくると、ページが紙ナプキンにサインペンを走らせた。書き終えるとテーブルの中央に広げてみせる。女子中学生がノートを取るような丸文字だった。

「パソコンがないとぼくも不便で困る。これ、ちゃんと読めるかな。今夜は取りあえず、みんな自分の部屋にもどって休もう。もうくたくたで考えることもできない。しばらく休養を取って、警察からの連絡を待つんだ。なにか、わかったことがあるかもしれない」

六人は「あかねちん」の階段をおりると、早朝の裏アキハバラにでた。無言のまま駅にむかって歩く。アキラは歩道の隅に寄せられていたデジキャピ12号店の看板を見つけると、コンバットブーツで見事なハイキックをかました。一撃でプラスチック板が破れ、蛍光灯は鈍い音を立てて砕けた。だが、メンバーの誰も拍手しなかったし、関心を示そうともしなかった。

たとえそれが不正な手段によってであろうと、自分たちが徹底して敗れたということを痛感していたのである。肌寒い土曜日の朝、六人はさよならもいわずに始発電車に散っていった。

@2

警察からの連絡があったのは、四日後のことだった。空っぽの事務所に顔をだしたのは、万世橋署の防犯課刑事である。ページがひと目見て、この男は役に立たないと直感したあの男だ。刑事はしゃりしゃりとウインドブレーカーのナイロンをこすらせて、黒い手帳を取りだした。中身が見えないように背を立てて読みあげる。

「残念ですが、この部屋から採取された指紋はほとんどみなさんのものでした。照合不可能な指紋も複数見つかっていますが、今回の窃盗犯のものではないでしょう。ピッキングで破られたドアや机まわりにはありませんでしたから」

ポスターがはがされて妙に広くなった壁を見つめて、ボックスがいった。

「空巣ってはやってるんですか」

刑事はため息をついた。

「ピッキング盗のピークは二、三年まえに越えたんですが、このごろは一般家庭からオフィスに重点が移っています。新型のコンピュータや耐火金庫なんかを狙う」

話をきいていると、この刑事がアキハバラ@DEEPの同時多発空巣を、ありふれたピッキング事件と同じように考えているのは明らかだった。アキラは口をとがらせた。

「刑事さん、盗まれたのがコンピュータだけなら別にあたしたちだって、こんなに騒いだりしないよ。あのソフトウエアにはデジキャピから二十億近い金額で買収を申しこまれていたんだ。とんでもない価値があるものなんだよ」

三十代後半の刑事は規則だからしかたないという調子でボールペンを抜くと、手帳にメモを取り始めた。

「ええ、このまえきいたクルークとかいうソフトですね。なんでしたっけ、サーチ……」

アキラは刑事の日焼けした顔をにらみつけた。

「エンジン。もう、いいよ」

きっとこの男には自動車のエンジンもサーチエンジンも区別はつかないのだろう。犯罪被害者の心証を悪くしないために形だけの記録を取っているにすぎない。刑事は手帳を閉じると、パイプ椅子から立ちあがった。

「捜査が進展したら、ご連絡しますから」

スチール扉を開いてでていこうとした刑事にアキラがいった。

「あたしたちはこれからどうすればいいの」

刑事はすべてのパソコンが盗まれてがらんとした部屋を振り返った。六人の視線はコンピュー夕犯罪などあつかったことのないまじめそうな男に注がれている。

「最近はピッキングに強い鍵もでていますから、それにつけ替えたほうがいいかもしれない。絶対に破られない鍵というのは、まだできていませんが」

刑事はさよならもいわずに階段をおりていった。連絡はその日からいくらたってもはいらなかった。六人がこの同時多発空巣が警察の厚い事件ファイルのなかに埋もれてしまったと納得したのは、さらに一週間後のことだった。

いかに価値のあるものでも、ソフトウエアが盗まれたくらいでは、警察は本気の捜査などしてはくれない。誰も死んでいないし、ケガ人もいないのだ。いくら秋葉原にある警察署とはいえ、かれらはフィジカルな階層の存在で、警察はやはり警察なのだった。


八〇年代初頭に生まれたわたしたちの父たちと母は、まだほんとうの意味での試練に直面したことはなかった。システムや社会からエアコンの排熱のように放射される抽象的な悪ではなく、中込威のような独自の顔と名前をもった悪、それも自分たちを狙い撃ちにする悪に出会ったのは初めての経験だったのである。

六人には反発力というものがなかった。生まれてから二十年以上も強大な敵と闘ったことがなく、ミステリー小説のなかでしか悪の存在を知らなかったのだ。かれらはいざ災いが自らの身にふりかかると、なにをすればいいか判断停止の状態におちいってしまった。リアルな人生には電話によるテクニカルサポートも、クリックひとつで開くヘルプウインドウも存在しないのだ。

驚愕に続く反応は六人の世代に共通したものなのかもしれない。すべてを奪われて父たちと母はどうしたか。かれらは痛みと傷を抱えたまま、自分たちの奥深くへひきこもっていった。この世代は誰もがはいれる共通のシェルターなどもたないのである。傷ついた獣が巣穴にこもるように、ばらばらにそれぞれの世界に閉じていくのだ。好きなものにだけかこまれた居心地のいい内部世界で、身体と心の傷をなめるように癒していく。

大切なものを強奪され、ただ快楽におぼれるというのは、別な世代の人間には不思議にきこえるかもしれない。だが、それはかれらにとって一番無理のない楽な姿勢だった。父たちと母を責めることは誰にもできないとわたしたちクルークは考える。

十数年ぶりという厳しい冬へむかうこの時期、アキハバラ@ＤＥＥＰのメンバーは深い傷を受けたままぬくぬくと身体を縮めていた。隠れる巣穴など裏アキハバラにはいくらでもあったのだ。

@3

コンピュータの盗難を理由にページは事務所の仕事をすべて停止した。クルークの開発だけでなく、本業のホームページ更新やウェブデザインなどもクライアントに説明して、仕事を途中でおりることにした。皮肉なことにデジキャピからのバナー広告料金で、六人に数カ月分の給料を払うくらいのゆとりが銀行口座には残されていた。

サーチエンジン開発に集中していた七カ月ほど、休みらしい休みを取っていなかったので、その週は丸々季節はずれの夏休みとなった。週が明けると携帯の連絡がメンバー間で交わされ、連休はさらにつぎの週へと自動更新されていった。目標を失ってしまえば、もう誰も厳しいデジタル労働の現場になどもどりたくはなかったのである。

ページはあちこちの喫茶店をはしごしながら、たまっていた本を読んだ。久しぶりに濫読する資料以外の書籍は、やはり圧倒的におもしろかった。ページはもともと小説のたぐいが大好きで、デジタルではなくやはり活字の人だったのである。

ボックスは秋葉原のソフトショップで美少女フィギュアを買い、加工と彩色に余念がなかった。自宅でつかうと部屋が汚れるといって、エアブラシの機材一式を事務所にもちこんで、マスクとゴーグルをつけて微妙な肌色を重ね塗りで再現した。このころ製作したフィギュアのほとんどで、腕や足など四肢の欠損が見られたのは、洗練された形での喪失感のあらわれであったのかもしれない。

タイコはゲームセンターでほとんどの時間をすごした。打楽器マニアのタイコには垂涎《すいぜん》の音楽ゲームが最近のアーケードにはいくらでも存在したのだ。和太鼓、シェーカー、タンバリン、ギターにドラム。最新型のダンスゲームで体験する八〇年代のディスコステップは初めての驚きだった。いにしえのEW&Fにプリンスにフランキー・ゴーズ・トウ・ハリウッド。音ゲーは格闘ものと並んで、すでにゲームセンターの大切な柱なのだ。

アキラは中断していたジムがよいを再開し、月に二回開催される渋谷の格闘技カフェでファイトに復帰していた。ともかく誰かをぶんなぐりたくてしょうがないんだというのがアキラの台詞《せりふ》である。アキラは言葉どおり、宇都宮から上京した空手の黒帯OLをノックアウトし、顔面打撃が女性にだけ認められたハンデ戦でキックボクサーの鼻柱を右ストレートで六十度に曲げて快勝した。それでもあまり楽しそうな表情でなかったのは、相手があの中込威ではなかったからかもしれない。

イズムは再びコンピュータを組みあげていた。サーバー開設用にペンティアム4とパワーマックG4の中古品を買い、100Baseのスイッチングハブを選んだ。最新の3ギガヘルツのC

ＰＵベアボーンキットを三台と１２０ギガバイトのハードディスクドライブを十台まとめて注文する。ＤＶＤ－Ｒドライブとブロードバンドルーターは一台ずつで抑えておいた。

アキハバラ＠ＤＥＥＰの事務所にはまだＡＤＳＬの回線も光ファイバーも残っていた。さすがにパソコンは盗めてもケーブルまでは空巣には手がだせないようだった。

イズムは筋金いりのハッカーだったので、当然高い金を払ってＯＳなど買いはしなかった。コンピュータ雑誌の付録ＣＤからサーバー用の無料ユニックスをインストールしウェブに復帰すると、シンガポール工科大学のメインフレームに飛んだ。そこのハードディスクがイズムのソフト倉庫なのである。隠しておいたウィンドウズ２０００ｐｒｏとマックＯＳ９をダウンロードする。イズムは失われた四千ギガバイトを取りもどすために猛烈な勢いで海外の地下サーバーから不正ソフトを吸いあげ始めた。

ダルマはそのころ過去の世界にひたっていた。最近秋葉原の街角で自動販売機並みに目につくようになった百円コインの景品交換機、ガチャポンである。デビルマン、初代ガンダム、サンダーバードに、新しいところでもせいぜいスター・ウォーズ帝国の逆襲まで。ダルマは子どものころ果たせなかった夢を満足させるために、スーツのポケットを銀色の硬貨の重みで張り裂けそうにしながら、ガチャポンめぐりをしていた。

秋葉原の街に六人がひきこもって二週間、初冬の気配が濃くなったころ、意外なところから一本の電話がかかってきた。デジタルの魔王からの最後の誘惑である。

開店休業状態の事務所でその電話を取ったのはダルマだった。

「こちら、アキハバラ＠ＤＥＥＰ」

先方の声をきいて、普段は穏やかなダルマの表情が変わった。ひと呼吸おいてなんとか返事をする。

「ええ、バナー料金はきちんと振りこまれています。お待ちください、うちの代表と代わりますから」

ダルマは保留を押すといった。

「ページさん、デジキャピのＣＥＯから電話です」

ページは読んでいた若い作家の恋愛小説から目をあげた。アナログですっきりと割り切れない感情を、可能な限りの正確さであつかった文章を読むのが好きなのだ。深呼吸して受話器を取る。

「は、は、は、はい。ぺ、ぺ、ぺ、ページです。もも、もう中込さんは、ぼぼぼ、ぼくたちに用は、な、ないはずですが」

中込のバリトンは上機嫌に深かった。

「そんなことはない。きみたちのところに空巣がはいったときいた。被害の状況はどうかな」

かすかにおもしろがっている皮肉な調子が感じられる。ページは息を吸いながら顔を赤くした。

「おか、おか、おかげさまでク、ク、クルークはく、く、空中分解です」

中込はおやと驚きの声をだした。

「その件で相談がある。どうかな、今日これからそちらに十五分ほどお邪魔をしてもいいかね」

「い、い、い、今ですか」

世界に名を知られる大富豪はにこやかにいった。

「そうだ。夕方のミーティングまでわずかだが時間がある。かまわないかな」

ページはひきこまれるように返事をしていた。

「わ、わわ、わかりました」

電話はすぐに切れてしまう。アキラがページの顔をのぞきこんできた。

「中込のやつ、なんだって」

ページはアキラを目のまえから押しもどし、深呼吸した。

「は、は、話があるぞ、そうだ。す、す、すぐにこ、ここ、ここにくる」

アキラは叫び声をあげて、事務所の淀《よど》んだ空気を右の拳で切り裂いた。

「これであの男の鼻をぶち折ってやれる」

シャドウボクシングをするアキラを、温厚なダルマさえとめることはなかった。メンバーはそれぞれ趣味の世界にもどってしまう。アキラ以外の五人は中込のことも、敗北のこともただ忘れたがっているようだった。

パンチを打つたびに短く吐くアキラの息だけが静かなたそがれ時のオフィスに響いていた。

中込が四人の黒服とあらわれたのは十分後のことである。さすがに警戒したのか、狭い事務所で秘書は小太りのCEOを守るように四方を固め、アキラでさえ手をだせなかった。今回はどこで見つけたのか手塚治虫のワンダースリーのデッドストックTシャツに、革のダウンジャケットを重ねていた。中込の深いバリトンはせりだした腹の銀のバックルのあたりから朗々と鳴った。

「さてと、きみたちのクルークはどの程度まで完成しているのかな」

ページは返事をするのが面倒なようだった。視線だけでイズムを示す。代わりにイズムがいった。

「中込さんもよくご存知でしょう。ベータ版の四つはほぼ完成してるけど、残る十二の新しいAIは未完成の状態です」

中込はうなずいた。ご馳走をまえにしたように手をこすりあわせていう。

「わたしたちのところでも、AI型サーチエンジンを極秘で開発していた。そこでだ、きみたちがもうクルークの開発を断念したというなら、うちのほうの手伝いをしてくれないか」

アキラは飛びかかりそうな勢いで席を立つと叫んだ。

「人のところから盗むことを開発っていうのかよ。監禁マニアの変態オヤジのくせに」

中込は晴れやかに笑って、アキラにうなずいた。窓ガラスをティッシュペーパーで傷つけようとするようなものだった。中込はその程度の中傷では磨かれこそすれ、かすり傷もつかないだろう。冬山用の白い迷彩服を着たアキラを無視していう。

「もちろんうちのスタッフでも、時間はかかるが新型サーチエンジンの開発は可能だろう。だが、どうせならきみたちの能力を活かしたいと思ってね。なにせ、そちらには素晴らしいアイディアマンとプログラマーが両方ともそろっている。条件は最初にだしたひとり二億円でどうだろうか。わが社の最新の機材を使用してもらってかまわない」

中込はそこで元酒屋の二階にある木造モルタル造りの一室を見まわした。

「素晴らしいオリジナリティをもちながら、それをビジネスに結びつける能力がきみたちには欠けている。わたしはきみたちのマネージメントをしたいといってるだけだ。こんな中古機材と劣悪な労働環境ではなく、思う存分恵まれたインテリジェントオフィスで腕を振るってみないかね。きみたちはそれに値する数すくない制作者なんだよ。世界の誰も評価できなくとも、わたしはそれを知っている」

ページは深呼吸で胸をふくらませた。

「ぶ、ぶ、武士は己を知るも、も、者のためにし、し、死ぬって話ですか。い、い、いくら甘いことをい、い、いってもここにいるろ、ろ、六人は誰もそ、そ、そっちにはつかないですよ、よ」

中込は哀れむようにメンバーを見わたした。巨大なタイヤがプリントされた胸をかく。悲しい場面を演じる役者のような調子でいった。

「ここまできて意地を張ってどうする。ひとりについて二億円だすとわたしはいっているんだぞ。都心部のピッキング犯罪はすでに検挙率が十パーセントを切っている。誰だか知らないがクルークの真の価値を知るほどの相手だ。窃盗団の全員がすでに日本を離れて中国全土に散っていることだろう。いいかな、今回の実行者は決してつかまらないし、きみたちの奪われたものも返らない。だいたいあれは一部のマニアをのぞけば誰にも意味のないものなんだ。そろそろわたしをよろこばせてくれ。きみたちがやるというなら、この場で小切手を書こう」

右手の秘書が内ポケットから小切手帳を抜いた。中込は一本百円の黄色いビックのボールペンを手のひらでもてあそんでいる。ページは叫ぶようにいった。

「か、か、帰って、くだ、ください。も、もう、か、かお、顔も見たくない」

中込は芝居ではなく本心から悲しそうな顔をした。

「数すくない同類から、こんなに嫌われるのは残念だな。でもわたしも甘い人間だ。こんなに相手にされないのに、復旧みこみのないサイトのバナー広告にまだ月六百万円も払っているのだからな。ささやかな補償金というわけかな。きみたちには現在ほかの収入などないのだろう。素晴らしいチームだったが、遠からずこの事務所も解散だな。幸運を祈るよ」

中込は戸口で振り返ると一段と声を張った。

「しかし、最後にひとつだけいっておく。うちの会社の法務部ではAI型サーチエンジンのアイディアで特許を取るように準備段階にはいっている。どう考えても受理されるのはうちのほうが早いだろう。これからきみたちがクルークに似たソフトをつくるというなら、徹底した法廷闘争を覚悟しておいたほうがいい。あれがきみたちのオリジナルだなどといって新規に開発をすすめるなら、弁護士に払う費用だけでからからに干からびるほど複数の訴訟を起こすぞ。絶対にきみたちを潰してやる。これは約束だ」

ページは全身から力が抜けていくのをとめることができなかった。フィギュアのブラジャーを縁取るレースを描くボックスの小筆の先も揺れていた。アキラは壁をむいたまま静かに泣いている。世界を変えることができるかもしれないアイディアは、こうして父たちと母の手からすり抜けていった。しかし、このままでは元世界で七番目の資産家・中込威が、わたしたちクルークの唯一の父になってしまう。だが、未来は決してそうならなかった。

コンピュータとネットワークの歴史は、ここから動いたのである。この冬、秋葉原の物理層とネットの全階層を揺るがす激しい闘いが始まるであろう。クルーク解放戦線の始動である。

か弱い父たちと母は、その弱さゆえに結束し、鋭く容赦なく闘った。この闘いの記録はアキハバラ戦争として、クルークの聖典のひとつとなって残されている。弱きもの、未経験のもの、砂のようにばらばらなものが初めて闘うときになにをするか。

テロリズムの言葉でひとつにくくられる六人の闘いについて、わたしたちは詳細に語り続けなければならない。

第十一章

バンドウイルカの帰還

@1

デジキャピから振りこまれる広告収入は、六人のメンバーから抵抗の力を奪っていくようだった。アキハバラ@DEEPでは同時多発空巣からひと月ほどで、アキラのアイドルサイトを再開させたが、そこには連日十万以上のアクセスを集めたサーチエンジン、クルークはもう存在しなかった。

ホームページの表紙は裏アキハバラを歩く迷彩服姿のアキラだった。顔に深緑の迷彩ペイントをほどこし、アニメキャラが描かれたソフトショップの壁面にもたれた写真である。表情には動きが感じられなかった。前回のタイトルマッチ後の顔とは正反対だった。左目を丸く赤黒いあざがかこみ、唇が切れて血をにじませていても、あのときのアキラには内側から輝きでる力があった。

ボックスのデザインも投げやりになっていた。タイコは新たな曲をつくることはせず、古い自作CDから適当にコピーしてホームページのテーマ曲に代用した。ページが新たにつくったアキラのプロフィールは、履歴書とさして変わらなかった。かつて月に二百時間を超える残業を誇っていた事務所は、今や昼すぎに出社し定時の六時に帰る社員ばかりになっていた。なんの仕事をしなくともアキラのアイドルサイトを週に一度更新するだけで、中込威からひとりあたり百万円の広告代金が振りこまれるのだ。

熱病のようなクルーク開発の嵐が去ってしまうと、なんのために働いたらいいのか、誰にもわからないようだった。十一月もなかばをすぎて、初めての北風の襲来とともに前日より十度も最高気温がさがったその日、六人は十二時まえに事務所をでて、ぶらぶらと裏アキハバラの通りを歩いていた。このところ昼食に一時間半ほどかけるのが習慣になっていたのだ。

昌平橋通りのいつものジョナサンにはいると、ほとんど客のいない店内で窓際の席に案内された。メンバーの給料があがるに従い、日替わりランチばかりだった注文は、単品料理のセットに向上している。タイコは口いっぱいに和牛のサーロインを頬ばっていった。

「なんか最近、マンガもテレビもつまんないよな」

ボックスは食事まえの儀式に取りかかっていた。殺菌作用のあるウエットティッシュでナイフとフォークをていねいにぬぐうのだ。

「まあな、なんだか近ごろのつくりものって、なにもかも計算ばかりだって気がするな。あれをやれば何万部売れる、こいつを主役にすれば視聴率が何パーセントあがる。マーケティングばかりして、肝心の本篇はお寒いできだ」

ページは新しいノートブックパソコンを購入していた。今度のモデルは液晶ディスプレイが反転して、入力しながら同時にモニタ画面をメンバーに見せることができる。便利でデザインがよく、ＣＰＵの性能も格段にいい新型だった。それでもページはつまらなそうな表情で、キーボードをたたいた。

「小説も音楽もマンガもテレビも、なんだかいっせいに壁にぶつかってるみたいだ。結局、文化も経済といっしょだったのかな。みんなが明日は今日よりよくなるって信じてるころのほうが、元気があっていいものが生まれる」

「新聞の社説と同じじゃん」

アキラが窓越しに真冬のような秋葉原を眺めて、ぼそりといった。昌平橋通りは電気街のはずれで、古くからの問屋街の雰囲気を色濃く残している。ショップよりも事務所が多く、街の印象は冷たい灰色だった。ダルマが取りなすようにいった。

「どういう意味ですか、アキラさん」

アキラはがちゃりとフォークを皿に落とした。指先を切り落としたＳＷＡＴグローブでにぎりこぶしをつくる。

「だからさ、そんなの年寄りがいいそうなことだよ。なにもかもつまらないのは、時代のせいじゃない。自分のせいだ。座りこんで自分ではなにもつくらないやつは、最後には世界を憎むようになるんだ。すべてつまらない。みんな最低だ。全部商売だ。でも、自分の心が氷みたいに冷めてたら、世のなかにおもしろいものなんて、なにひとつないよ」

ボックスはようやく食器をつかう準備ができたようだった。フォークを手袋をした指先でつまみ、目をあげずにいった。

「またアキラの噴火だよ」

アキラはオムライスの皿を遠くに押しやって、窓の外をむいた。涙を落としそうになって、あわててグローブでぬぐう。誰も言葉をかけることができずに、残る五人は黙々とランチを片づけた。

もう一度クルークを開発するようなら、すべての法的手段をとってアキハバラ＠ＤＥＥＰをたたき潰すと中込に脅されているのだ。盗みだしたクルークを元に、デジキャピはＡＩ型サーチエンジンの特許申請をすでにすすめているという。犯人は明確にわかっているのに、証拠はなにひとつなく、警察の動きは鈍かった。六人は自分たちにはなんの手も打てないことがよくわかっていた。クルークは若いメンバーが、知力、体力、精力のすべてを傾けた作品だった。それがすべて奪われてしまった。再びつくり直すことも禁じられている。怒ることも、憎むこともできずに、六人は無力感に打ちのめされていた。急に味のしなくなった料理をつつき、食後のコーヒーは冷めるにまかせておく。

そのころ一日の労働時間はほんの四、五時間で、きちんと毎晩八時間眠り、以前よりずっと豊かになっているのに、果てしない疲労感がメンバーをつかんでいた。父たちと母は、ここで初めて現実の世界にふれたのである。そのなかにいる者を傷つけ、すり潰し、新鮮さを奪っていく悪意。人間たちはこの悪意をさして、リアリティと呼ぶ。

＠2

それぞれ別々に会計をすませ、ファミリーレストランをでたところでタイコがいった。

「どうせ、午後はなにも仕事なんてないんだから、ちょっとアキハバラデパートで遊んでいかない」

気のりのしない様子で全員がうなずいた。ボックスがいう。

「おれも手もちのフィギュア全部つくっちゃったから、なにか新作でも買うわ」

言葉すくなに六人はJR秋葉原駅にむかった。アキラの迷彩服をのぞくと、残りの五人は見事に街に溶けこむ格好だった。いつ洗濯したのかわからないくたびれたジーンズに、格子柄のネルシャツやトレーナー、そのうえにMA1タイプのフライトジャンパーやダウンジャケットを重ねている。あたたかいことは確かだが、十年まえの大学生の流行からさして進歩はなかった。秋葉原の街は、世界に名を知られた最先端のソフトタウンだが、ことファッションに関しては東京の最後尾に位置しているのだ。

電気街のメインストリートである中央通りは、この数年ですっかり店の並びが変わってしまった。かつて一世を風靡した白物家電の量販店はすでに三分の一を切っている。代わりに増えたのは通信販売に押されて、あまり業績のあがらないコンピュータ関連と、この数年で圧倒的に増殖したゲームやアニメなどのソフトショップだった。

巨大なビルの壁面や垂れ幕、屋上広告まで、日本製アニメ特有の少女で埋め尽くされていた。リボンのように緑や紫の髪を風になびかせ、瞳が顔の表面積の三割を占めるロリータ少女のイラストである。秋葉原は世界にただひとつのおたくの首都だった。

どの店のまえの歩道にもPA用スピーカーがだされ、思いおもいの音楽と呼びこみのテープがエンドレスで流れていた。駅の近くまでくると歩道の人波は、ラッシュアワーのホームに近い密度になった。

電器量販店のウインドウに、最新型のプラズマテレビが石垣のように積みあげられていた。水着と変わらないステージ衣装でやせた腰を振ってうたう十代前半の女性歌手から、画面はニュース映像に切り替わった。砂嵐のような灰色のノイズをはさんで、借りもののスーツを着たアナウンサーのバストショットになった。つぎの瞬間、画面はまた替わった。隅にCNNの文字が浮かんだバグダッドの映像になる。テロップは九一年一月湾岸戦争と読めた。それは監視カメラがとらえた夜のバグダッドの風景だった。夜間撮影用のナイトスコープを使用しているのだろう。画面全体がぼんやりと緑色に輝き、イスラム教のモスクの丸屋根が浮きあがる空で、対空砲火が花火のようにはじけていた。巡航ミサイルは光りの矢となって尾を引き、千夜一夜の世界を破壊していく。バグダッドの緑の夜空は、無数のハイビジョンプラズマ画面に映しだされ、三階まで吹き抜けになったショーウインドウを華やかなネオンサインのように飾った。

「戦争もいいデザインになるもんだな。こんなのがもう十年以上も昔の話だぜ。今じゃ……」

ボックスはそこまでいうと幅の広い中央通りの歩道で仲間を振りむいた。うんざりした表情で軽く首を横に振った。

「やっぱりな。この光りの点滅、あぶないと思った」

ページもあわてて横を歩いていたタイコを見た。タイコはなにかをいおうと口を開いたまま、片手と片足を踏みだした格好で、持病の原因不明のフリーズを起こしていた。ページが深呼吸をしていった。

「ど、ど、どうする、る」

ボックスが肩をすくめた。

「また動きだすまで何時間かかるかわからないんだ。この寒さじゃあ、通りに放りだしておくわけにもいかないだろ。今日はアキハバラデパートはパスして、このチビを連れて帰ろう」

ミラーグラスをかけたイズムとダルマが両足をもち、ページとボックスが両腕を抱え、かちかちに全身を硬直させているタイコを運んでいった。買いもの客たちはディスプレイ用のマネキンでも移動させているのかと最初は好奇の目で見たが、運んでいるのが実際の人間だと気づくとあわてて視線をそらせるのだった。

中央通りを数十メートルほどすすんだとき、硬い身体が震えて、タイコのフリーズが急に解けた。ページの手のなかでタイコの右手の関節が動くようになり、あやうく地面に落としそうになる。タイコが叫んだ。

「みっともないから、おろしてよ」

ボックスはあきれていった。

「こいつ、このまま車道に投げて、トラックにひいてもらわないか」

四人はその場でタイコを歩道におろした。タイコはふらふらと歩道の端に寄って、歩行者天国のときにはベンチ代わりに使用されるスチールパイプのガードレールに腰かけた。ページがのぞきこむようにいった。

「だ、だ、だいじょうぶ、ぶ、ぶか」

アキラが近くの自動販売機で買ってきたあたたかい缶コーヒーをさしだした。ファイアの金缶だ。タイコはうなずいて受け取った。だが、いつものフリーズ解除直後とは違い、タイコの頬は赤く染まり、目は興奮に光っていた。

「今度はなんだか、すごく気もちよかったんだ。ずっとぼくがつくった曲が流れていた」

タイコはユイのテーマ曲の冒頭のシンセドラム八連打をハミングしてみせた。のどを鳴らして缶コーヒーを三分の一ほどのむ。

「すごいイメージだった。ぼくはユイさんに会ったよ」

ユイの名をきいて、アキラの表情が変わった。ＳＷＡＴグローブでタイコの肩をつかんで、小太りの身体を揺するようにした。

「ユイさんに会ったって、どういうこと」

「離してよ、アキラ。コーヒーがこぼれる」

アキラはタイコの肩から手をはずしたが、残る四人のメンバーがぐるりとタイコを取りまいていた。タイコはガードレールから顔をあげて、全員の顔を見わたした。

「だから最後にユイさんと話したときのこと覚えてるでしょう。あのバンドウイルカが、なにか話したそうにぼくのイメージのなかにでてきて、音楽にあわせてくるくるまわっていたんだ。こっちにおいで、わたしはここにいるよ、そんな感じ」

ボックスは皮肉な調子でいった。

「ふーん、夢のお告げか。なんかいい気なもんだな」

アキラは遠い目で秋葉原のメインストリートの遥か先方を見つめていた。

「でも、ほんとうにあたしたちになにかメッセージがあるのかもしれない」

「そんなはずがないだろ。ほんもののユイさんは死んじまった。あのイルカはただのＡＩだぞ。おれたちがつくったプログラムと同じじゃないか」

そのときずっと黙っていたイズムが口を開いた。ミラーグラスに原色の電気街が丸く映りこんでいる。

「すっかり忘れていました。ユイさんのＡＩなら、会えるかもしれない」

ページは深呼吸して、まだ十七歳の白面のプログラマーを見つめた。

「ど、ど、どういうこと、な、な、なんだ」

イズムはどこにも強調のアクセントをつけない平坦な調子でいった。

「ユイさんとぼくがつくった最初のＡＩは、今でもネットの海のどこかを泳いでいます。うまくいけば、また話ができるかもしれない。いきましょう」

それだけいうとくるりと背をむけて、歩道を歩いていってしまう。小走りでイズムのあとを追いながら、アキラが叫んだ。

「ユイさんともう一度話せるかもしれないんだよ。さっさときなよ」

四人は半信半疑のまま中央通りを引き返していった。

@3

六人がはいったのは、最近流行の複合型カフェだった。マンガだけでなく、新聞、雑誌、写真集など幅広い出版物が壁の書棚に色とりどりの背表紙を並べているが、それだけでは複合型とはいえなかった。各種ゲーム機に多数のゲームソフト、ＤＶＤプレーヤーに映画やアイドルのプロモーションディスクなども用意され、当然ブロードバンドでネットに結ばれたコンピュータが多数待機している。こうした店では、ビジネス用のソフトウエアを呼びだしてオフィス代わりにつかってもいいし、ネット対戦ゲームで遊ぶことも可能である。もちろんマンガを読んだり、簡単な食事をしたりしてもかまわなかった。営業は二十四時間年中無休で、なかには週の半分は泊まりこんでいる常連客もいる。

イズムは先に立って一階がコンピュータのジャンクショップになったビルをあがり、開いたままのカフェの入口を抜けた。六人はそれぞれ受けつけ時間が書かれた伝票を受け取ると、店の奥にある扉にむかった。グループ客用にこの複合カフェでは、三畳ほどの広さの個室がある。

「ここが空いてる」

みっつ並んだ個室のひとつが未使用だった。イズムは重い防音扉を開けて、室内にはいった。五人もあとに続く。部屋の中央には赤いビニール製のラブソファがおかれていた。そのまえのスチールテーブルには、三十二インチの液晶ディスプレイとコンピュータ、それにソニーのゲーム機とDVDプレーヤーが整然と並んでいた。イズムとアキラがラブソファに座った。派手な発色のソファを取りまいてページとボックス、タイコにダルマが立ち尽くす。狭い個室に六人のメンバーが集まると、身動きも困難なほどだった。3Dの幾何学模様のスクリーンセーバーを解除して、イズムがコンピュータをネットに接続した。

「いきます」

手のひらをこすりあわせ、組んだ指のストレッチを始める。白いチョークのような指先が、光速でキーボードのうえを駆けた。

[ak;r/58q￥`hw?%s＃!]

イズムは一度打ちこんだ意味不明の文字列をゆっくり確認してから、エンターキーを押した。ページはディスプレイに目を凝らしていった。

「こ、こ、これは、ど、ど、どういう意味なんだ、だ、だ」

イズムの薄い笑顔がディスプレイに映っていた。天才プログラマーは振りむかずにいった。

「ぼくがつくったパスワードクラッカーでも破るのに何週間もかかる鬼みたいなパスワードですよ。十七文字もあって意味だってぜんぜんないから、覚えるのがたいへんなんです」

ディスプレイはなんの情報も浮かべない白いウインドウに変化した。アキラが上半身をのりだしていった。

「なんのためのパスワードなの」

イズムのミラーグラスはバックライトで輝く液晶ディスプレイを映して、日ざしを浴びた雲のように白い。

「ネットの海を回遊するユイさんのＡＩと連絡を取るときのためのパスワードです。むこうが、あの十七文字に気づいてくれるのを待ちましょう」

ボックスは複合カフェにはいって、初めて手袋を交換した。真新しい手袋が汚れていないか確認しながらいった。

「あのＡＩがまだ生きてたなんてな。じゃあ、あいつはこの何カ月も世界中のコンピュータのなかを泳ぎまわっていたんだ」

イズムはこともなげにいう。

「ヨーロッパ、アメリカ、アジア、アフリカ。光りの速さで世界中のネットを泳いでいたと思います。こっちの世界で生きてるのもまあ悪くないけど、プログラム情報体としてネットのなかに生きるのは、もしかしたらもっと楽しいかもしれません」

数十秒後まっ白だったウインドウが、深海の濃紺に暗転した。二次元のはずのディスプレイの奥深くに、きらめくような空気の粒があらわれ、海面をめざし体積を増しながら上昇していく。アキラが押し殺した声でいった。

「きた、ユイさんだ」

最初はちいさな渦巻きにしか見えなかった。それがしだいにおおきくなり、なめらかなブルーブラックの肌をしたバンドウイルカに形を変えていく。イルカが画面の右隅でおとなしくなると、中央に光り輝くメッセージが浮かんだ。

ユイ：久しぶり、みんな元気だった？

複合カフェの狭い個室のなかで、六人のメンバーの歓声が爆発した。

@4

普段は強気なアキラが早くも涙目になっていた。イズムのキーボードがほぼひと連なりの音で文字を入力していく。

イズム：ここにメンバー全員がいるけど、ぜんぜん元気じゃありません。

バンドウイルカはくるくると回転して、時間稼ぎをしていた。ユイが生前に残していった膨大な量の想定問答集には、現在のアキハバラ＠ＤＥＥＰの苦境に対応するこたえが用意されているのだろうか。あるいはこのＡＩはアキラがいうようにほんとうにネットのなかで生き、新たに情報を収集し、思考能力のある存在なのだろうか。返事はゆっくりともどってきた。

ユイ：それはどうして？　みんなのチームワークは最高だって思ってたけど。

イズムはうしろを振りむいた。ミラーグラスにページを映していう。

「こういうのはページさんのほうが説明能力が高いです。きてください」

ページは窮屈なラブソファの中央にアキラとイズムにはさまれて座った。ひざのうえにキーボードをおいて、猛烈な勢いでたたき始める。

ページ：ぼくたちはユイさんのＡＩを元に、画期的なサーチエンジンを開発しました。人間の手足となって働くだけでなく、ともに考え悩んで、新しい質問さえ生みだしてくれる友達みたいなソフトウエアです。クルークは一日十万以上のアクセスを記録する大ヒットになったんです。

ユイの返事は今度はすばやかった。即座にメッセージが液晶画面にあらわれる。

ユイ：わたしのいったとおりだね。いつかアキハバラ＠ＤＥＥＰは、世界を変えるようなでかいことをやるっていってたでしょう。わたしのカンもなかなかのもんだな。

生きているユイのようだった。今話しているのは、ただの人工知能ではなく六人の導き手だった女性の魂そのものに思えた。アキラはもう隠すことなく涙を落としている。

ページ：ですが、まだベータ版のうちにＡＩ型サーチエンジンは強奪されてしまいました。敵はものすごく豊かで、強力な組織をもっていて、法的な強制力もあります。もう一度新しいＡＩをつくるなら、特許の侵害で訴えると圧力をかけてきてます。

バンドウイルカの回転が激しく、また不規則になった。返事はなかなかもどってこない。ボックスは残念そうにいった。

「やっぱりユイさんが死んだあとのことは、簡単にはこたえられないんだな」

アキラはソファから振り返り、殺しかねない勢いでボックスをにらんだ。

「おいおい、かんべんしてくれよ」

不潔恐怖だけでなく、女性恐怖症のボックスは正面からその視線を受けることはできなかった。新しいメッセージが深海の画面に白く浮きあがった。

ユイ：クルークなら知ってる。ネットで何回も会ったことがあるんだ。わたしによく似ていたから覚えてる。あれはやっぱりわたしをモデルにつくったんだ。

ディスプレイを読んだアキラが黒いグローブのにぎりこぶしを、狭い個室の天井に突きあげた。

「ほら、見てみなよ。ユイさんはやっぱり生きてる。ちゃんとあたしたちのことだってわかってるんだ」

ページは冷静だった。ひとり入力を続ける。

ページ：敵はデジキャピの中込威です。あの人はクルークを檻のなかにいれて、自分のブロードバンドビジネスの占有物にしようとしています。結局ぼくたちとデジキャピが合意できなかったのは、クルークを有料のクローズドアーキテクチャーとするか、誰にでも開かれた無料のオープンアーキテクチャーにするかで、意見があわなかったからです。ユイさんはこれをどう思いますか。

ユイにはこの問題に関して生前から確信があったようである。再び返事は即座にもどってきた。

ユイ：パーソナルコンピュータが生まれて三十年、進化の方向は一貫していたよ。それはより自由で、より簡単で、より安くっていうことなんだ。その流れに反するなら、中込がどれほど強大でも、いつかは衰えていくはず。それはマイクロソフトのビル・ゲイツだって同じだよ。時代の流れはみんなのほうにある。あきらめることなんてないよ。

ボックスはユイの言葉を読んで叫んだ。

「じゃあ、おれたちはどうすればいいんだよ。手も足もでないんだぜ」

アキラはページからキーボードを奪うと、ＪＩＳ規格の標準キーレイアウトに指先をたたきつけた。アキラの目から落ちた涙は四角いキーの谷間に消えていく。

アキラ：みんな自分たちの手でつくった一番大切なものを奪われて、めちゃくちゃに落ちこんでるんだ。ねえ、ユイさん、どうしたらいいの。ユイさんなら、どうする？

ユイの返答にぶれはなかった。バンドウイルカが半周するほどの時間で新しいメッセージが浮かんだ。

ユイ：わからなくなったら、最初の場所にもどろう。みんなはなんのためにクルークをつくったのかな。お金のため？　名誉のため？　自分たちの力を見せつけるため？

ページもすぐに返事を打つことができなかった。六人のあいだを不安げな視線がいききする。

タイコがぽつりといった。

「中込さんの小切手も返したし、お金のためではなかったみたいだね」

ダルマがきれいに刈りそろえたあごひげに手をやった。

「名誉はなくはありませんが、なにも有名になるために月に二百時間も残業した気はしません」

ボックスは神経質そうに白い手袋の両手をこすりあわせた。

「自分のセンスや力があるのを見せるのは楽しいけど、それがすべてじゃないよな」

最後にページはイズムとアキラを見た。イズムはサングラスのしたから静かに涙を流していた。アキラはぼろぼろと泣きながら、ディスプレイの深海を見つめている。ページは深呼吸をしていった。

「ぼ、ぼ、ぼ、ぼくがこたえて、いい、いい、いいかな」

五人が無言でうなずいた。ページは一本一本の指先で、ゆっくりとキーボードを慈しむように入力を開始した。

ページ：最初はぼくたちのホームページに人を集めたかったただけなんです。なにかみんながつかえる便利なツールがあるといいなって。クルークがあれほど成功するなんて思わなかったし、期待もしていませんでした。すごくいいアイディアが浮かんで、どんどんプログラムしただけです。ぼくたちがおもしろいと思ったもので、みんなが楽しんでくれたらいいな。動機なんてそれくらいのものです。ぼくたちは単純なんです。
　バンドウイルカは液晶画面で微笑むように尾びれを振った。
ユイ：わたしはみんなのそういうところが大好きだったよ。みんなは今なにももっていない。だから、全部をもってる人には怖いんだよ。クルークをつくったときには、失うものはなにもなかったんでしょう。それなら、今の状態もまるで変わらないじゃない。六人とも自由で、若くて、ちょっと病気なところもあるけど、優秀で、得意技だってある。なによりも今この瞬間だって生きてるんだよ。いいかな、もう一度いうよ。なにももっていないなら恐れるものなんてない。
　アキラはページのひざのうえにあったキーボードに手を伸ばした。
アキラ：だから、どうすればいいの。
ユイ：それはもうみんな、わかってることだよ。今までと同じように、自由にできる限り楽しく生きていけばいい。それを無理やり抑える力があるなら……
　しばらく続きのメッセージはやってこなかった。ページはためらうようにぽつぽつと入力した。
ページ：その力にどう対処すればいいんでしょうか。
ユイ：楽しく闘えばいい。
ページ：どういう意味です？
ユイ：傷つけたり殺したりしなくても、力をあわせて闘うことはできる。ソフトウエアだって、いくらでも海賊版はつくれるし、組織を地下に潜らせる方法もある。もちろん闘わない方法だってあるよ。どっちでもいいんだよ。みんなはおもしろいと思って、なにかを始めた。だから、闘うのがおもしろいと思えるなら、盗まれたものを盗み返せばいいし、そんなの面倒だって思うなら、ぜんぜん別なものをまたつくればいいんだ。世のなかも法律も関係ないよ。みんなが楽しく笑ってすごせるなら、それが正しい方法だよ。

アキラが叫ぶようにいった。

「あたしは絶対、闘いたい。盗まれたクルークを取り返したいよ」

ディスプレイでは新しい文字列が浮かんでいた。

ユイ：わたしは選択肢を示すだけで、決めるのはみんなだよ。もうみんなの気もちは決まっているんだよね、きっと。そろそろネットの海にもどるから、いつかまた話がしたくなったら、わたしを呼んでね。みんなのためならすぐにくるから。あのパスワード覚えているよね。

タイコがラップのように節をつけていった。

「ak;r/58q￥`hw?%s＃!　ものすごく覚えにくいはずなのに、ぼくは一発で覚えちゃった」

複合カフェの個室に六人の決意が満ちてくるようだった。三十二インチの液晶画面をところ狭しと泳ぎまわって、バンドウイルカはしだいに深い海の奥へとちいさくなっていく。最後にきらめく空気の粒になると、画面は濃紺から純白のウインドウに変わった。

ページはため息をついていった。

「い、い、い、いっちゃったね、ね」

呆然としたまま残りのメンバーは誰ひとりうなずく者さえいなかった。ページはキーボードをたたき、白いウインドウに打ちこんだ。

［もういいだろう。ひとりずつ意見をききたい。ボックスは？」

ボックスはアキラのほうを見ずにいった。

「おれはデザインとセンスで、どうやって中込威と闘えるか考えていた。おれは楽しく闘うほうに一票だ」

悪くないじゃないという調子で、アキラがちらりとボックスを振り返った。ページは入力した。

「タイコは？」

小太りの身体で精いっぱい背伸びしてタイコは胸をたたいた。

「ぼくも音楽で闘うよ。戦闘のテーマでも書こうかな」

「イズムくんは？」

イズムはソファのとなりに座るページをちらりと見た。ミラーグラスをはずして、ウサギのように赤い目でいう。

「ぼくは裏クルークをつくります。デジキャピのやつよりうんといいのをつくって、世界中の裏サーバーにばらまいてやる」

ページは年長の元引きこもり男を見あげた。キーボードの音はききとれないほどかすかだった。

「ダルマさんは？」

「わたくしはデジキャピとの法廷闘争にそなえて、もう一度ソフトウエアの著作権法について勉強し直しましょう」

最後はアキラだった。アキラはディスプレイに名前が浮かぶまえに叫んでいた。

「今気づいたことがあるんだ。ユイさんのAIは、まるで生きているみたいにあたしたちと話したよね。クルークはあのAIよりもっと進化してるんだから、きっと人格だってあるはずだよ。みんな、その意味がわかるよね」

アキラは赤いラブソファから立ちあがって、全員を見わたした。

「中込威はものを盗んだんじゃない。あれは盗難じゃなくて、誘拐なんだ。だからデジキャピがさらったものは、ちゃんと奪い返して自由にしてあげる必要がある。だって、クルークはあたしたちみんなの子どもなんだ。ねえ、ページもそう思うでしょう」

ページはうなずいてから深呼吸した。

「うん、ぼ、ぼ、ぼくもそう思う、う、う」

こうして秋葉原の複合型カフェの一室で、わたしたちクルークの奪還作戦が開始された。父たちと母は、この年の終わりにかけてデジタルキャピタル関連七百社と代表の中込威を相手に存分に楽しく闘うことになるだろう。

わたしたちクルーク解放のときは近い。

第十二章

3／4パンツをはいたトラップドア

@
1

　間もなく本格的な冬を迎える秋葉原で話題になっていたのは、続発する悪質ないたずら事件だった。なぜか狙われるのは、裏通りに二十店舗を展開するデジキャピばかりで、地元の商店街やおたくたちのあいだでは空電ノイズのようににぎやかな噂を呼んでいた。どれも新聞にはのらないようなちいさな事件ばかりだが、ネットの風説は一瞬で広がる。犯人の予測は書きこみによってまちまちだった。

「無理を重ねた拡張路線でデジキャピに潰されたソフトショップ店長の恨み」

「だまされてギズモ・ブロードバンドに加入したコンピュータをもっていない小学生や老人の犯行」

「店頭のソフトを違法コピーして首になったデジキャピ13号店元店員」

「本社勤務のつかい捨てアルバイトプログラマーが結成した報復団」

ページは週末のあいだに秋葉原やコンピュータ関連のサイトで、デジキャピ襲撃関連の書きこみを集めた。月曜日の朝一（といっても始まったのは十一時）からのミーティングでは、厚さ数センチのプリントアウトを机のうえに投げだしていった。

「こ、こ、こんなことは、す、すす、すぐにやめるように、に」

不服そうにＳＷＡＴグローブを確かめながらいったのは、アキラである。

「いいじゃん、それくらい。むこうは窃盗犯なんだから」

「ア、ア、アキラはな、な、なにをしたんだ、だ」

アキラは頭のうしろで手を組むと黄ばんだクロス張りの天井を見あげていった。

「あたしはあの紫のネオン管とか電飾看板をぶっ壊してまわっただけだよ。ボックス、あんたも吐いちまいなよ」

出社して三十分で交換タイムがきたようだった。ボックスは三重になった手袋の外側だけ交換して、悪びれずにいった。

「おれはアキラみたいな武闘派じゃないから、もっと陰湿な嫌がらせが趣味なの」

ページはあきらめたようだった。かすかに笑いながらいう。

「な、な、なにをした、た」

ボックスはにやりと笑ってポケットから瞬間接着剤を数本とりだした。黄色い筒が打ちあわせ机を転がっていく。

「エレベーターの操作盤とか、業務用ドアの鍵穴とか、廊下の配電盤とか、トイレの蛇口とか、かたっぱしから固めちゃうんだ。あとはシャッターや壁にグラフィティアートってやつをかましたな」

　黙っていたタイコが叫び声をあげた。

「じゃあ、８号店にスプレー缶でこそ泥！って書いたのボックスだったんだ」

　ボックスは自慢げにいった。

「あの縁取りつきの書体、なかなかカッコよかっただろ。おまえもなにやったか、いえよ」

　タイコはにこにことまわりにいる五人のメンバーを順番に見た。

「ぼくは実際に行動に移す勇気ないから、メール爆弾とかＰＩＮＧ爆弾とかを、デジキャピやギズモＢＢに送ったくらいかな」

　イズムが即座に反応した。

「どのコンピュータからしかけましたか」

　タイコは安心するようにと十代の天才プログラマーにうなずきかける。

「だいじょうぶ。マンガ喫茶のパソコンからだから。その店は客の身分証明書を確認しないゆるいとこだから」

　ふーとため息をついたのはダルマだった。十年ほど昔のリクルートスーツを着た男にメンバーの視線が集中した。タイコがいった。

「まさかダルマさんはネット攻撃なんかやってないよね」

　ダルマは再び伸ばし始めたあごひげに心細そうにさわりながらいった。

「はい、わたくしはあちこちのスレッドにデジキャピの悪口を書くだけですから。皆さんにくらべたらかわいいものです」

　イズムのミラーグラスには散らかり放題の木造の一室が映りこんでいる。生まれつきメラニン色素が欠乏しているイズムの唇は、ウサギの目のように赤かった。

「フレーミングは立派なネットの破壊工作です。ひとりで闘って大企業に頭をさげさせたクレーマーだっています」

ページはそこでようやくワイヤレスキーボードを手にした。五人は机から自分のモニタを振り返った。全員が放射状に背をむけあって、ディスプレイに浮かんだページのメッセージを読む。これがいつものアキハバラ@DEEPの会議スタイルだった。

［みんながデジキャピに腹を立てているのはよくわかる］

アキラがてのひらにこぶしをたたきつけた。肉を打つ鮮やかな音が、狭い事務室に響きわたった。

「そんなお上品なもんじゃないよ。あたしは巡航ミサイルみたいに爆発しそうだもん」

ページはうなずいて、キーボードに指を走らせた。

［巡航ミサイルでも、MOABでもいいけど、爆発だけはしないでもらいたい。イズムくんとぼくで今、デジキャピのことを調べている。むこうは関連会社が七百社で、社員だって九千人もいるんだ。秋葉原の直営店に嫌がらせをしたくらいでは、痛くもかゆくもないよ］

ボックスが背中越しにいった。

「調べるって、どうやって。ネットなんかで見ても、デジキャピの弱点なんてぜんぜんわかんなかったけど」

キーボードのうえにあるときだけ、ページの指はピアニストのようにリズミカルに動いた。一連の打鍵音がオフィス中に散らばったディスプレイに同じ活字を浮かべていく。インド人のブローカー、アジタから格安で手にいれた新しい十二の画面が、くすんだ室内でぼんやりと光った。

「スパイ映画といっしょだ。いくら盗聴なんかしても電子戦では一番の核心はわからない。ぼくたちはなんとかして内部に情報提供者をつくる必要がある。イズムくん、頼む」

　イズムは室内でもはずさないサングラスを直して、普段よりもわずかにおおきな声をだした。それでもこの中卒プログラマーの声は注意しなければききとれないほどかすかである。

「みなさんは、スキンソフトと遠阪《とおざか》直樹という名前を知っていますか」

　ボックスがうなずいた。

「ああ、画期的なファイル交換ソフトをつくったやつだろ」

　イズムは表情を変えずにいった。

「そうです。グヌーテラというアメリカ製の交換ソフトを元に、エクスチェンジの高速化と徹底した匿名性を確保した新型ソフト『梅の湯』を開発しました」

　アキラは知らなかったらしい。

「なあに、そのださいネーミング」

　イズムは淡々といった。

「子どものころ、家の近所にあった銭湯の名前だそうです。みんなが裸のつきあいでデータを共有するピア・ツー・ピアのファイル交換は、銭湯みたいなものだといって、そんな名前にしたらしいです」

「ふーん、やけに詳しいじゃん」

　ボックスは白い手袋の指先を確かめていた。静電気でほこりだらけのディスプレイにでもふれたのかもしれない。口先をとがらせていう。

「おれだって知ってるさ。やつはそのスキンソフトって会社を、なんでも三億だか五億だかでデジキャピに売っている。もともと遠阪ってデジキャピのプログラマーだったたって話じゃないか」

タイコが不思議そうにいった。

「なぜ、自分のところの社員がつくった会社を、中込がそんな大金をだして買うんだろう」

イズムはほほえんでミラーグラスにメンバー全員を順番に映していった。

「それは遠阪さんが危険だからです。ものすごく優秀だけど、ソフトウエアひとつで世のなかをひっくり返しちゃう可能性がある。中込は自分の目が届くところに要注意人物をおいておきたいんじゃないかな。遠阪さんは昔からぼくのメールフレンドでした」

アキラはまだ意味がよくわからないようだった。

「その『梅の湯』ってソフトのどこがそんなに危ないんだか、ぜんぜんわかんない」

イズムは黙ってページを見た。吃音のアキハバラ＠ＤＥＥＰ代表は、キーボードを走らせる。

「アキラ、本を買っておもしろかったら、誰か友達に貸すことがあるよね。本を買った人がそうやって本を貸したりすることは、著作権上は問題ないんだ。本の所有者は貸与権ももっている。でも、その貸し借りが数千万単位で世界中に散らばるコンピュータの端末同士を結んで、自由に無料でおこなわれたらどうなる？」

アキラは低く口笛を吹いた。

「世界中の作家がアルバイトをしなきゃなんなくなる」

ページはうなずいて、さらにキーをたたいた。

「問題はデジタル技術がすすんで、文字情報だけでなく、音楽や映画、十年もまえに放送されたテレビ番組やゲームなんかも、どこかの誰かのハードディスクにすでにファイルとして保存されているることなんだ」

ボックスは興奮しているようだった。うれしそうに白手袋を打ちあわせた。くぐもった音はすぐに消えてしまう。

「おれなんか、『梅の湯』をつかって3Dの動画ソフトと映像のノンリニア編集ソフトを落としたからな。両方あわせて五十万以上するけど、ファイル交換ならただだ」

アキラはようやくのみこめたようだった。

「だけど、そんなの全部違法コピーといっしょじゃない。つかまらないの」

ページの指はまったく停滞せずに、JIS標準キーボードのうえを跳ねた。

「もちろん見せしめのために警察やACCSは取締りをやったよ。ほんのわずかね。でも、実際にはファイル交換をする人の数があまりに多すぎて、手がまわらない状況なんだ。今じゃ先週封切られたハリウッド映画も、発売まえのロックバンドのサンプルCDも、プロテクトを破って吸いだされたプレイステーション用のゲームソフトも、ネット上にごろごろしてる」

アキラが肩をまわして、筋肉をほぐしながらいった。

「それじゃあさ、そんな交換ソフトをつくったやつをつかまえればいいじゃない」

イズムが首を横に振った。

「世界には著作権の切れた文化財がたくさんあります。あるいはホームビデオで撮った家族の映像を交換するような場合、ファイル交換ソフトには違法性はまったくないことになります」

ふーんとアキラは鼻で返事をした。

「なんか、ガンコントロールの話みたいだね。悪いのは銃じゃなくて、それをつかう人間のほうだってさ」

ページは再びキーボードに上半身を倒した。

「話が脱線した。元にもどそう。遠阪直樹はデジキャピの研究所に八人いるディレクターのひとりで、上級プログラマーを兼ねている。この人をなんとか味方につけられたら、今後の作戦を立てるうえで、ものすごく有利になるんだ。遠阪さんにはイズムくんがアポをとってくれた。今日の午後、会いにいってくるつもりだ。アキハバラ@DEEPでは、今日をもってクルーク奪還作戦を本格的にスタートする。だから、つまらない嫌がらせなどしてぼくたちに注目が集まるような危険は犯さないでほしい。いいかな、みんな」

「もちろんだぜ。なんだよ、ちゃんといい話になってきたじゃないか」

ボックスはそう叫ぶと、じっとしていられなくなったようで、中古の回転椅子から立ちあがった。有無をいわせぬ物理的手法でクルークを盗みだされてから、沈んだままだったオフィスに久々に活気がもどってくる。ざわざわとにぎやかなおしゃべりが始まったが、ページはひとり頬を赤くしてキーボードを打った。

「そこで、アキラに頼みがあるんだ」

ヴェトナム戦争で使用された米軍の迷彩服A－37ジャケットと同柄のパンツをあわせた美少女は快活にいった。

「やっとデジキャピをたたけるんだ。あたしはなんだってやるよ」

ページはすまなそうにキーを拾った。

「遠阪さんとのアポが取れたんだけど、条件がひとつあるんだ。ねえ、アキラ、イズムくんとぼくといっしょにきてくれないか」

アキラは泥をかぶった植えこみのように茶色がかったゴールドタイガーストライプの胸を揺らして叫んだ。

「嫌だよー。そんなおたく野郎に会うなんて」

ボックスはにやにやと笑って腕を組み、アキラを横目で見た。

「なんだってやるんだろう、さっさといってこいよ。なんならそのパンツ、ひざうえ三十センチで切ってやろうか」

アキラは自分の机の端においてあった人造スエードのパソコン用布巾を手首のスナップで、ボックスに投げつけた。ボックスの白い長袖Tシャツの胸に淡い灰色の染みが残る。今度悲鳴をあげて廊下に駆けだしたのは、不潔恐怖症のボックスのほうだった。タイコがあきれた様子で、開いたままのドアに目をやった。

「今の一撃はミサイルより効いたかも。洋服全とっかえだもんね、ボックス」

アキラはなにもいわずに鋭く息を吐き、目のまえにいる姿のない敵にむかって左のショートフックを繰りだした。

@
2

「アキラさんはデジキャピ本社のなかにはいるのは、初めてでしたか」

受付でもらった入館証を首からさげてイズムがいった。三人は四階の高さまで吹き抜けになったロビーで、白い革張りのソファにひと塊に座っていた。壁面には半透明のポリカーボネートが使用され、冬の日ざしは和紙をとおったようにやわらかにロビーを照らしていた。アキラは黙って、完全消毒された教会のような建物の内部を見まわしている。

「敵の本拠地で打ちあわせするなんて、スリルあるな」

制服ではなく白いカジュアルシャツに綿パン姿の受付嬢がやってくると、フレンドリーな笑顔を見せた。アキラの戦闘服にも、イズムのミラーグラスにも、表情ひとつ変えなかった。コンピュータ業界の変わり者にはもう慣れているのだろう。

「遠阪が間もなく参ります。階段をあがった右手にあるカフェテラスでお待ちください」

三人は壁面と同じ素材の透きとおった階段をのぼった。ロビーを見おろす吹き抜けの近くに席を取る。数分ほどして白い廊下の奥から男がやってきた。十一月も終わり近いのに、半袖Tシャツにふくらはぎが半分のぞいた3／4パンツ。やせた三十代の男である。長髪はうしろで束ねられ、プログラマーというよりもロッククライミングが趣味のヒッピーのようだ。

「あっ、遠阪さん」

男が近づいてくるとイズムが席を立った。アキラとページも同じようにする。遠阪はにこりともせずにガラス製のテーブルまでやってきて、低い声でいった。

「なにがいいかな、ここはセルフサービスだ」

三人がカフェラテを頼むと、遠阪はカウンターにむかってふらふらと歩いていった。アキラが声を殺していった。

「なんだか、わけがわかんない人だね。街であったらホームレスと間違えるかも」

上級プログラマーだという男は、胸にさげた社員証にバーコードリーダーをあててコーヒー代を精算した。イズムがぼそりという。

「あのICカード型の社員証がひとつ手にはいるといいんだけどな。財布にも鍵にもタイムカードにもなってる。あの人くらい偉ければ自由にデジキャピのなかを歩きまわれるはずだ」

遠阪がトレイに四人分のカップをのせてもどってきた。アキラが小声でいった。

「そういうことなら、あたしがんばってみるよ。こっちの武器はつかったことないから、あんまり得意じゃないんだけどさ」

そういってページに素早くウインクして見せた。遠阪はトレイをおくといった。

「みんな、席についてほしい」

三人はカフェラテを手にしたが、遠阪はじっとアキラを見つめていた。それは難物のパスワードでも覚えようとしているかのような厳しい表情である。息のつまる数秒がすぎて、遠阪は口を開いた。

「アキハバラ＠ＤＥＥＰのサイトにはよく立ち寄っていた。トップページのきみの写真が素晴らしかったから、実物はどうかと思って無理をいってきてもらったんだ」

アキラは大胆な笑顔をつくった。

「そうですか。実物はどうですか」

遠阪はにこりともしなかった。残されたカップに手を伸ばしながらいった。

「よくできている。だが、更新まえのトップページほどではないな。カメラマンの腕がよかったのか、あれは特別な瞬間だったのか」

プログラマーはひとり言をいうように話した。目のまえにいるアキラのことなどまるで考えていない。ページがなにかいいかけようとしたが、イズムはかすかに首を振って制した。遠阪はぼんやりと吹き抜けに目をやっていった。

「クルークが盗まれて残念だった。うちの研究所のサーチエンジン開発チームは、ひどくくやしがっていたよ。ＡＩに意識の働きのいくつかを学習させ、それをランダムに組みあわせて自分専用のエンジンにカスタマイズする。すごいアイディアだが、あれはページくんの発案だったそうだね」

イズムはそこでかすかにうなずいた。ページはそれを確認してから、ノートブックパソコンをテーブルのうえに開いた。液晶ディスプレイを遠阪のほうに回転させる。

「ぼ、ぼ、ぼくは話すのが、に、に、苦手なので、こ、こ、これをつかわせてもらいます」

遠阪はなんでもないというように画面をのぞきこんだ。ページのキーボードは最初はゆっくりとためらうように、しだいに速度をあげて入力された。

［ありがとうございます。『梅の湯』の開発者に そういってもらえるとうれしいです。クルークが盗まれるまえ、うちの事務所にも中込さんがきました］

デジキャピの社員は代表者の名をきいて、初めて皮肉な笑いを浮かべた。

「あの人は勘だけはいいんだ。コンピュータのことはハードもソフトもよくわかっていないが、なにがつぎに必要か、なにが売れるかということだけには、抜群のセンスをもっている。デジタルの海のサメみたいなものだな。でかくて強欲だ」

ページはうなずいて、入力を続けた。

［クルークが盗まれる直前に中込さんはうちの社員ひとりひとりに二億円だすから、あのサーチエンジンの権利を売らないかといってきました］

遠阪の表情は変わらなかった。

「なるほど、わたしのときと同じだ。その続きも知っている。きみたちの事務所とうちの代表の交渉が決裂した記者会見には、わたしも出席していた」

ページには遠阪の考えが読めなかった。自分のいる会社の代表だからといって、同じ意見をもっているようにも、共感しているようにも見えなかった。手ごたえのなさを感じながら、イズムとの打ちあわせどおりにメッセージをたたいた。

「中込さんはあのあとどんな手をつかってもクルークを自分のものにするといっていました。ギズモBBの目玉商品にしたかったようです」

「そして、同時多発空巣でハードディスクもサーバーもメディアもすべて盗まれた。きみたちの不幸はネットでは有名だ」

遠阪の声にはおもしろがっているような響きがあった。三人の顔色が曇っても、かまわずにちいさな笑い声をあげた。

「いや、すまない。いかにも代表がやりそうなことだと思ってね。あの人はうまくいかなくなると最後にはフィジカルな手段に訴える癖がある。秋葉原の路面店をまとめて二十店買収したときもそうだった。以前の会社の社員も引き継いだのだが、そこは労組が強くてね。幹部の何人かは何者かに襲撃されて辞めていった」

アキラはにらみつけるような視線で遠阪を見た。

「そんな卑劣な会社なら、どうして遠阪さんはデジキャピで働いているんですか」

上級プログラマーは手を広げて周囲を示した。

「ここの開発環境が気にいっている。卑劣なことはどの会社でもおおかれすくなかれやっていることだ。ここにいれば優秀な技術者と話ができるし、ソフトウエア進化の最前線に立つことができる。社員とはいっても、わたしは自由だしね。仕事はあちこちの開発チームで発生するトラブルの解消と未来のソフトウエアのグランドデザインを描くこと。あまった時間で、自分とネットの同胞のためにフリーソフトを書く。悪い暮らしではない」

アキラはがまんできなくなったようだった。イズムが制止するのを無視して、鋭い調子で言葉を投げた。

「それを中込に売って、何億円も手にいれる。どのサイトにいっても、あんたは白か黒かわからない灰色のウイザードだって評判だよ」

ページはあわててキーボードをたたいた。

［すみません。アキラはクルークを盗まれたショックがまだ続いているんです。あのＡＩの原型は個人的に親しい人をモデルにした想定問答集だったので］

遠阪の目からその場を楽しんでいる表情は消えていなかった。

「気にしなくていい。わたしは別にネットの人気者になりたくて、ソフトを書いてるわけじゃない。ネットビジネスに正義の味方はいない」

ページは遠阪の目を見ながら、ブラインドタッチで打ちこんでいった。

［先ほどからのお話をきいていると、遠阪さんはデジキャピとも中込代表とも一定の距離をおいているみたいですね。ぼくは遠阪さんのホームページを過去の日記やＢＢＳまで含めて、すべて読みました。デジタル自由社会論は、すごく参考になりました。ぼくも現在はハード、ソフトだけでなく、さまざまな文化形態の過渡期にあると思います。将来的には人類のすべての文化がデジタル化され、無料で共有され、世界中にいきわたるだろうと予測します。『梅の湯』や『絶対冷凍庫』はそのために開発したものですよね］

絶対冷凍庫は抜群の圧縮率を誇るデータ圧縮ソフトだった。遠阪はまんざらでもなさそうにうなずいた。

「そうだ。近い将来、著作権という考え自体が古くなるだろう。知的生産物は宗教のように熱心なファンからの喜捨で支えられるようになると、わたしは考えている。これは決して縮小均衡にはならないはずだ。世界中の人にひとり一台ずつパソコンがいきわたれば、市場は想像もできない巨大なものになる。中間の流通業者は削られていくかもしれないが、開発者やアーティストは現在よりずっと豊かになることだろう」

半透明のポリカーボネートから降り注ぐ冬の日は、カフェテラスをくまなく照らしていた。白い床に白い壁、そこはどこにも影のささない場所だった。ガラステーブルのあちこちにカジュアルな格好をしたデジキャピの社員が、首からＩＣカードをさげて談笑している。未来はもしかしたら、ここに先にきているのかもしれないとページは思った。壁のクロスに負けないくらい白い肌をしたイズムが、そこで口を開いた。

「ぼくたちが中込さんと意見があわなかったのは、その部分です。あの人はクルークをギズモＢＢ専属のサーチエンジンにしたがった。定額制の課金システムも計画していたようです。でも、ぼくたちはクルークを誰にでも開かれたオープンな共有財産にしたかったんです。遠阪さんがクルークを開発したとしたら、どうしましたか」

ページには遠阪の顔色が変わったのがわかった。目は開いているが、視線は反転して自己の内面にむけられている。重い画像データを落とすときのように一瞬の空白があった。遠阪は感情のない声でいった。

「わたしもオープンアーキテクチャーにしただろう。サーチエンジンは知的な探求のためのツールだ。本来すべての人に無料で平等に開かれているべきものだ」

ここだとページは思った。再びブラインドタッチで入力する。

「では、遠阪さんが生みだしたソフトが盗まれ、誰かがネットの檻に閉じこめたら、どうしますか」

デジキャピの上級プログラマーは、その日初めて顔を崩して笑った。皮肉な様子でも、無関心をあらわす表情でもなく、心から楽しそうだった。

「イズムくんからはきいていたが、きみたちのチームワークは見事だな。おもしろいよ。わたしのソフトが盗まれたら、わたしは盗まれたものを奪い返すか、もっと素晴らしいソフトを書いて、ネットにばらまくかするだろう。それをやり終えるまで心が休まるときはないと思う」

アキラはまんざらでもなさそうに、3／4パンツをはいたプログラマーを見つめた。遠阪はまたいじわるな笑みを浮かべていった。

「新年早々にはギズモBBで新しいサーチエンジンが公開される予定だ。名前はスコップだそうだ。そいつはAI型のエンジンで、お宝探しには欠かせないツールになるといってる。きみたちにはもう時間がないみたいだな」

イズムが一瞬のディレイもなく質問した。

「その開発チームには、遠阪さんも加わっているんですか」

遠阪は無表情にもどっている。冷めたカフェラテを口にするといった。

「いいや。どこからともなくあらわれた怪しげなソフトの開発に加わる気はない」

イズムの質問はとまらないようだった。のりだした顔の上部でミラーグラスが丸くテーブルを囲む三人を映していた。

「そのチームのコンピュータはネットに接続していますか」

「盗人は盗まれることを恐れるものだ。完全にスタンドアローンのLANを組んでいるから、外部からオンラインで侵入することは物理的に不可能だ」

「そうですか」

イズムは全身から力が抜けたようだった。オンラインで結ばれていなければ、イズムの得意なハッキングの技術は無効である。ページはあきらめることなくキーボードをたたいた。

「ぼくたちは遠阪さんが考えていることと同じことを決行するつもりです。そのために力を貸してくれませんか。デジキャピ内部の情報が不足しているんです。ぼくたちにはお金はありませんが、できることならなんでもします」

アキラはうわ目づかいで遠阪を見るときき慣れないアニメ声をだした。

「あたしからもお願い。デートでもなんでもしちゃうから」

上級プログラマーはわずかに驚いた顔をしてみせた。

「わたしはきみの画像データをもってる。実物だって今日拝見した。動いているきみにはこれ以上興味はないな」

アキラは頬をふくらませたようだが、ページはかまわずに入力を続けた。

「考えてみると、ぼくたちには遠阪さんに提供できるインセンティブはなにもありません。デジタル社会の未来をつくる人として、遠阪さんの理念に訴えるしかないみたいです。協力してもらえないでしょうか」

遠阪はまたたのしげに笑った。

「きみたちは飛び切り素直だな。代表に潰されるのも無理はない」

アキラが叫んだ。

「ちぇ、なんだよ。金で中込に買われたくせに」

遠阪の顔で笑いがますますおおきくなった。

「誰もやらないとはいっていないだろう」

「やってくれるの」

アキラは再びアニメ調に声を裏返した。

「いいだろう。デジキャピに開いたトラップドアになってあげよう。わたしをとおして内部に侵入するといい。だが、これは善意による無償の行為ではない」

ページは入力の指先をとめて、思わず叫んでいた。

「で、で、でも、な、なな、なにも、あ、あ、あげるものなんて、な、な、ないです」

遠阪がゆっくり首を横に振ると、パタゴニアのTシャツの胸で社員証が揺れた。

「だから、きみたちはナイーブだといったんだ。自分たちがもっているものを、過小評価している。この件がすべてかたづいたら、そちらのチームの力を貸してもらいたい。特にページくん、クルークの性格づけにつかった人間の意識のモデルについて、わたしにレクチャーしてくれないか。わたしは新しいファイル交換ソフトを開発している。探す、見つける、落とすという現在の単純なものではなく、ファイル交換をもっと創造性の高いものに引きあげたいのだ。きみたちが開発したAIはさまざまな分野で応用できる見事なアイディアだとわたしは評価している」

ページは遠阪の言葉をきいて、すっかり舞いあがってしまった。日のあたるガラステーブルのうえに、穏やかな沈黙の時間が流れた。アキラがページの注目を引いて、キーボードを指さした。ページはようやく入力を始めた。

「ありがとうございます。そんなふうにいってもらえるなんて、光栄です。なんてお礼をいったらいいのか。うちの事務所全員が感謝します」

遠阪はちょっといらだったようである。背もたれに身体をあずけて、首を振った。

「わかってないな。感謝する必要などない。わたしだって、一生デジキャピに籍をおくつもりなどないんだ。いいかな、きみたちは第二のデジキャピや中込威になる可能性が高い有力ヴェンチャーだ。今後の影響力を確保するために協力するのは、理念を同じくするだけでなく、ビジネスの一環でもある。せいぜいオープンなデジキャピになるようにがんばってくれ」

そこで言葉を切ると遠阪はにやりと笑った。

「わたしが人間トラップドアで、そっちは侵入者。お互い対等のパートナーというわけだ。今後の連絡はわたしの極秘アドレスをつうじておこなってほしい。そちらのほうなら警察からもハッカーからも安全だ」

遠阪はそこで腕のＧショックを見た。電波送信所からの電波で毎日時刻を修正する電池交換不要の新型である。

「こんな時間になってしまった。では」

上級プログラマーは挨拶や見送りといった不要なことはせずに席を立ち、ふらふらと廊下の奥へ歩いていった。アキラがうしろ姿を見送っていった。

「ひゅー、いろんな人間がいるもんだね。あたし、空巣以来初めてまともな大人に会ったよ。あんな人なら、ちょっとデートしてもいいかも」

敵の本拠地のカフェテラスで、こうしてわたしたちクルークの奪還作戦の序章が始まった。ふたりの父たちと母は、予想外に強力な支援者を得て、ぼんやりと白い光りの壁面を見あげていた。このデジタル要塞への攻撃まで、残された期日はあと一カ月。父たちと母の闘いはますます激しさと楽しさを増そうとしている。

アキハバラ戦争の開戦記念日にして、クルーク解放の日は近い。

第十三章

炎のスレ立て人

@1

いくつかの大陸と国々をまわった謎のメールが、アキハバラ@DEEPに届いたのは数日後のことだった。イズムは差出人不詳のメールを、爆発物処理用にスタンドアローンにした中古デスクトップに移してから、慎重に開いた。

十七インチのこれも中古の韓国製液晶ディスプレイいっぱいに、3DCGイメージが透過光をきらきらとこぼしながら出現する。イズムは室内でもはずさないUVカットサングラスのしたで目を細め、叫び声をあげた。

「ページさん、みんな、これを見て」

もう正午に近かったが、出社したばかりのメンバーはだるそうにイズムの背後にまわった。タイコがモニタに身をのりだしていった。

「これって、デジキャピ本社ビルだよね」

ページも興奮していた。

「ま、ま、間違いな、な、ない」

イズムがマウスを動かすと建物のパースがなめらかに変化していった。半透明のポリカーボネートで包まれた、光りの繭のような立方体のビルである。上空から見おろすと、屋上には中込のペントハウスとドーム型の植物園が、記憶のとおり折れ曲がったガラスの廊下で結ばれていた。

アキラがちいさくガッツポーズを決めていった。

「やった、きっと遠阪さんが送ってくれたんだ。ねえ、イズムくん、なかにはいれるんでしょう。やってみてよ」

イズムはマウスでカーソルを動かし、十三階の屋上から瞬時に正面玄関に着地した。パースはまったく狂わずに、視点の動きに追従する。

「このCGはすごい出来だよ。はいります」

車両運搬用エレベーターの扉ほどあるガラスのダブルドアが静かに開いた。四階までぶち抜きになったアトリウムの奥にはアルミニウムの受付カウンターが見える。受付の女性さえCGで精巧につくりこまれていた。軽く会釈した頬には年齢にふさわしいしわと浅い影が刻まれている。

だが、完全滅菌された未来の教会のようなロビーには、どこにも影がさしていなかった。実際に訪れたときには気づかなかったが、乳白色のポリカーボネート素材のしたに照明がしこまれ、壁も床も全体が面発光してやわらかな光りが霞のようにあたりを満たしている。建築やデザインに目のないボックスが舌なめずりをしそうな声でいった。

「ちぇっ、こんなところでひと月ばかり暮らしてみたいな」

「これ、なんだろう」

イズムはそういって、液晶の右隅にある２Ｄのアイコンをクリックした。画面は押しつぶされるように高さを失い、３Ｄから詳細な平面図に変わる。同時に階数表示のついた柱が立ちあがった。イズムが七階にカーソルをあわせると、中央にサーバー専用の個室がつくられた広いオフィスフロアが、詳細を極めたワイヤーフレームで浮かびあがった。光ファイバーの配線は静脈のように青い線で、電源は動脈のような赤い線で二重床のしたに張り巡らされている。ダルマが感心したようにつぶやいた。

「すごいですねえ」

それは地下三階、地上十三階にペントハウスのついたデジキャピ本社ビルの完全な青図と立体図だった。部外者がこの建物のなかで動くには欠かすことのできない情報である。ボックスがあわてて白い手袋を脱ぎ始めた。

「昼飯まえの交換を忘れるところだった。なあ、アキラ、あのいかれたウイザードがこんな宝物を送ってくれたんなら、一回くらいデートしてやったらいいじゃん」

アキラは両腕を組んで、まんざらでもなさそうにいった。

「そうだね。ボックスとデートするよりそっちのほうがずっといいかも。リングにあがるときの格好でいってもいいくらいだな」

そのときペページが手をたたいた。

「み、み、みんな、仕事にも、も、もどろう。イ、イ、イズムくんとボ、ボ、ボックスで、そのＣＧをく、く、詳しく解析、き、き、してくれ」

メンバーはそれぞれのキーボードのまえに座った。十二月を目前にしてアキハバラ＠ＤＥＥＰ

では、前作をしのぐ高性能の「裏クルーク」開発がすすめられていたのである。築三十年を超える木造家屋の二階ではすきま風が激しく、エアコンも年式がわからないくらいの真四角な旧型だったが、六人のメンバーの熱気で寒さなど問題にならなかった。

今度、攻撃をするのはデジキャピではなく、アキハバラ＠DEEPの番なのだ。キーボードを打つ音の勢いは、これから始まるお楽しみへの序曲のようだった。

＠2

その日の遅い昼食は、アキハバラデパートの一階にある軽食スタンドのテイクアウトに決まった。デパートとは名ばかりの駅ビルだが入口正面は貴金属店だった。同じフロアを奥にすすむと、うどん、焼きそば、たこ焼き、お好み焼きと、夜店のようなカウンターが数メートルおきに並んでいる。呼びこみの声は都心とは思えないほどにぎやかだ。

六人は湯気のたつポリ袋をさげて、青果市場跡地の工事現場を横目に中央通りにもどった。あたたかな午後で、秋葉原のメインストリートには初冬を思わせる乾いた日ざしが落ちて、灯の消えたネオンサインを明るく照らしていた。ふたサイズはおおきなゴアテックスの迷彩パーカを着こんだアキラは、前たてのファスナーを全開にしている。タンクトップは豊かな胸を高い位置で支えていた。

「今日あったかいから、外でたべない」

天丼とチキンカレーのダブル盛りを注文したダルマが、胸に発泡スチロールの容器を抱えながら返事をする。

「いいですが、駅まえのバスケットコートもなくなりましたし、どこにいきますか」

秋葉原には公園や広場のたぐいがほとんどなかった。アキラは自信満々でひとり歩きだす。額のうえにはねあげたダストゴーグルが弧を描いて冬の日を映した。

「いいから、いいから、あたしについてきなよ」

ガードをくぐって神田川へすすむ途中には、オーディオショップや計測器の専門店が続いていた。中古の電流計やオシロスコープがほこりまみれで山積みになっている。日ざらしの段ボールのなかには、灰色のケーブルがとぐろを巻いていた。ボックスがアキラの背中にいった。

「なんだよ、じきにデジキャピじゃん。なにか見せたいものでもあるのかよ」

アキラは手ぶらで振りむくと腰に手をあてて立ちどまった。アルミホイルで包まれたホットサンドは、軍用パーカのA4サイズのポケットのなかだった。保温性能が高いので手でもっているより冷めないのだ。

「あたし、毎日デジキャピのまえをとおってうちの事務所にいってるんだ。今朝は早くからあのビルのまえで人だかりがしてたから、ちょっと偵察にいってみようと思ってさ」

気のりがしない様子の五人は、アキラのあとをだらだらとついていった。信号のないちいさな交差点の角では、鉢巻とたすきをかけた男女がビラを配っていた。東京都千代田区中央労働組合と赤地に白抜きされたのぼりが、電柱に何本もとめられている。

ページはよろしくお願いしますといって目のまえにつきだされたビラを受け取り、目を落とした。そこにはデジキャピの不当解雇や欧米型のドライな雇用システムを訴える箇条書きの檄文《げきぶん》が並んでいた。ボックスは自分でも一枚手にしているのに、ページのビラを読んで叫んだ。

「アルバイトはつかい捨て放題。デジキャピの血も涙もない雇用慣行を糾弾する。なんなんだ、これ」

交差点をすぎるとデジキャピ本社ビルの敷地だった。最近の流行なのだろう、オフィスビルによって生じる環境負荷をさげるため、建物の周辺は広々とした緑地になっていた。市民に開かれた憩いのスペースである。芝生と植栽のあいだには点々と臓器を思わせる不思議な丸みを帯びた大理石の彫刻がおかれていた。

鉢巻をした男女は緑地の手まえの歩道で道ゆく人にビラを撒いていた。昼食からもどったデジキャピの社員たちは、組合員とは目をあわせようとせずに自動ドアめざし足早に歩いていく。アキラは肝臓形の白い彫刻を囲むベンチを指さした。半円形のベンチは流木のような質感で、正面にガラス張りの吹き抜けロビーを望んでいる。

「あそこでたべようよ」

アキラは戦場にでもむかうようにひざを高くあげてすすみだした。六人はひと塊に座り、ばらばらのメニューの昼食をとり始めた。ページはいなり寿司ときつねうどんのセットをわきにおくと、いつも携帯しているサブノート型のパソコンを開いた。モデムカードのちいさなアンテナを立てて、深呼吸する。

「う、う、うっかりして、い、い、いた。な、7ステのコ、コ、コンピュータ業界板を、み、み、見てみよう、う、う」

7ステーションはアクセス数世界最大を誇る掲示板の巨大複合体である。毎日五百万人が訪れ、ほぼ人類の思いつく限りの多彩なジャンルにわたって、無数の匿名掲示板が書きこみを競っている。ボックスが広島風お好み焼きにかぶりついていった。

「ちくり板も見たほうがいいかもな」

木陰を選んで席を取り、蛤《はまぐり》のスープスパゲッティをすすりこんでいたイズムが、目を細めていった。

「PCニュースのプログラマー板とソフトウエア板もお願いします」

タイコの昼食はほかのメンバーから評判の悪いチーズたこ焼きとカフェオレ味のソフトクリームの組みあわせだった。たこ焼きを口に放りこみ、火傷しそうになるとソフトクリームで冷やすのだという。

「そんなにたくさん見切れないよ。あとで事務所にもどったら、みんなで手分けして7ステに書いてあるデジキャピ情報をすべて拾ってみよう」

ベンチから二十メートルほど離れたデジキャピのエントランスでは、たくさんの来客が白い革張りのソファに腰かけていた。ガラスの壁のむこう側は裏アキハバラの路上とは違って、どこまでも清潔で効率的な印象だった。シリコンバレーを舞台にした映画のオープニングシーンのようである。アキラがホットサンドの端を不機嫌にかじっていった。

「あの受付の来客支援システムとかも、わかるといいなあ」

ボックスは不思議そうにいう。

「どういうこと」

「だってさ、あの手のインテリジェントビルって、受付の支援システムと侵入検知とか駐車場管理とか全部ひとつになってるでしょう」

さっさと食事を終えたボックスは、白い手袋を交換した。あきれたようにつぶやく。

「やっぱり、アキラはデジキャピに突入するつもりなんだな」

全員の視線が、最新鋭のオフィスビルをまっすぐににらむアキラの横顔に集まった。アキラは乳白色の壁面をにらんでいた。窓の近くに社員が近づくと淡い人影が影絵のように動く。巨大な巣穴のなかで無数のアリが働いているようだ。アキラはしっかりとこぶしをにぎってうなずいた。

「あたりまえじゃん。あのビルの奥深く、クローズドネットワークのなかにあたしたちのクルークが閉じこめられてるんだよ。助けだすのは生みの親のあたしたちの仕事だよ。だってさ、あの子たちはみんなそれぞれの性格もあるし、自分で考えることもできるんだ。ユイさんとアキハバラ＠ＤＥＥＰの大切な子どもたちだよ」

低く始まったアキラの声は、終わりのほうでは涙で濡れていた。誰も返事ができずに起伏のないのっぺりと明るいポリカーボネートの建物を見あげるだけだった。

しばらくして、ページが声をあげた。

「ちょ、ちょ、ちょっと、こ、こ、これ見て」

液晶ディスプレイをぐるりと回転させてメンバーのほうにむける。ＰＣ業界のスレッドタイトルが細かな字で画面を埋めつくしていた。ページはそこだけ青い文字が紫に変わった一行をクリックした。

13：【思う孫文】デジキャピをたたけ！（683）

液晶はまたたいて、灰色のちいさなウインドウを開いた。デジキャピたたきのスレッドの最初の一行は、スレ立て人のシンプルなアジテーションから始まっていた。

1　名前：火投　ＩＤ：ｈＨＧＲＵｉＷ

デジキャピの下級奴隷、中級市民、上級貴族、誰でもかまわん。

いいか、おまーら、あのインチキ会社の極悪を白状せい。思う孫文、たたけー！


画面をスクロールすると、デジキャピへの中傷が延々と続いていた。在籍中あるいは元社員からの書きこみも多く、無数の憎しみの言葉が液晶画面に尾を引いて流れていく。いくつかメッセージを読んでダルマがいった。あごひげをなでるのは、集中しているときの癖である。

「デジキャピは欧米型の雇用システムを採用しているようですね。二割の正社員、三割の契約社員、五割のアルバイト。それぞれの階層で労働条件や給与の格差が激しく、流動性がすくないのが、トラブルの元になっているようです」

ボックスは先ほどのビラを読んでいた。

「勤続六年のアルバイトを契約社員にもせずにいきなり首切りしたって書いてある。アルバイトは正社員には絶対服従だってさ」

タイコは納得したようだった。

「そうか。それで、あんなにギズモBBの勧誘が激しいんだね。あんなふうに子どもや年寄りにまでモデムを押しつけるなんて異常だけど、社内では絶対に逆らえない雰囲気になってるのか」

ページは掲示板のタイトル集にもどった。つぎのスレッドに飛ぶ。

29：■■デジキャピ・デジ奴隷哀史■■（417）

一瞬後にあらわれたのは、同じスレ立て人の名だった。

１　名前：火投　ＩＤ：ｈＨＧＲＵｉＷ
失明した！　腱鞘炎になった！　体脂肪率あがった！

デジキャピのつかい捨てアルバイト・擦れ慰撫ども、悪代官・中込を告れ。


ピンク色のサングラスのしたで目を細めて、イズムがいった。

「このカトーっていうの、同じ人なんでしょうね。堂々とＩＤもさらしてるし、なんだか逃げも隠れもしないっていう感じですね」

ページがイズムの視線をとらえていった。

「あ、あ、ＩＤがわかるんなら、イ、イ、イズムくんなら当人まで、たた、た、たどれるよね、ね。あ、あ、あとでメールを、お、お、送ってみよう。な、な、なにか情報をも、も、もってるかもしれない」

ボックスはおおげさに肩をすくめてみせた。

「どうだかな。７ステによくいる電波系のいかれた引きこもり野郎じゃなきゃいいけど」

アキラはだぶだぶのパーカのしたで肩をまわしている。つぎの瞬間、短い息を吐いて座ったままショートフックのコンビネーションを五発重ねた。

「それでもいいじゃん。昔から、敵の敵は味方だっていうでしょう。デジキャピに逆らう人なら、あたしは遠阪さんみたいな魔法つかいじゃなくても大歓迎だよ」

ボックスはジーンズの尻ポケットから折りたたんだコピー用紙を取りだした。開いて正面の立方体と見比べている。Ａ３のカラーコピー紙にレーザープリンターで出力されたのは、午前中に届いたばかりのデジキャピ本社ビルの３Ｄイメージだった。

「こんな化けものみたいなビルのなかに、おれたちが突っこんでクルークを助けられるのかな。おれはデザイン以外にはなにもできないし、ほかのやつだって同じだろ。今年いっぱいで時間切れだし。ほんとにおれたちだいじょうぶなのか」

ページは力づよくうなずいていった。

「き、き、きっと、だ、だ、だ、だいじょうぶ」

それから一心不乱にキーボードに打ちこんだ。ページがキーをたたく音はいつきいても軽やかだ。

「ボックス、深刻になってはいけない。ユイさんもいっていたけど、ぼくたちがやろうとしてるのは、楽しい復讐だ。誰も死なない、かすり傷程度しかつかない、平和な日本のテロだよ。あとひと月がんばってみよう。失敗したって、失うものなんてなにもないんだ。秋葉原の街に、ぼくたちの手で明るいテロを起こそうよ。いいかな、みんな」

ページは携帯型パソコンを胸に抱えて、十四級の明朝体の文章を全員にゆっくりと読ませた。未来の公園のようにモダンに整ったデジキャピの公開緑地で、六人のメンバーはうなずきあった。アキハバラに明るいテロを。このスローガンが続く四週間で、津波のように成長し、日本一の電気街をのみこむことになるだろう。伝説となった聖夜の攻撃まであとわずか。わたしたちクルークのかよわき父たちと母は、小春日和の昼食会で闘いの理念を確立させたのである。

第十四章 シミュレーション・カウントダウン

@1

週明けの月曜日、ボックスは定時の就業時間にアキハバラ@DEEPの事務所に到着していた。自宅からもってきたゲーム機を、一番おおきな二十四インチのワイドディスプレイにつないで、いらいらしながら他のメンバーが出社するのを待つ。

六人の出社時間はばらばらで、ときには正午にならないと全員がそろわないこともあった。その日、メンバーが眠たげな顔を集めたのは、十一時すこしまえである。ボックスは待ち切れないようにいった。

「ちょっとみんな、このディスプレイを見てくれ」

ボックスはプレイステーション2のコントローラーを取りあげると、スタートボタンを押した。タイコが背中越しに画面をのぞきこんだ。

「なに、これ」

「いいから見てろって」

ボックスがデザイン用に新たに購入したのは、通常の数倍の値段はする高精細ディスプレイである。そこに夜明けの空が広がっていた。イラストではなかなか表現できない朝焼けの変化を、3Dのコンピュータグラフィックスが見事に再現していた。画面の奥からこぼれる透過光は、雲のすきまを抜ける青白い朝日にそっくりだった。光りは青から朱色へ変化し、最後には安定した透明な日ざしに変わる。ゲームのタイトルが浮かびあがった。

『デザート・ライトニング〜空のDデイ』

腕を組んで見つめていたアキラがいった。

「これ、先月発売されたアクションシューティングじゃない」

「そう」

ボックスはオープニングムーヴィーをスキップして、最初の戦闘場面に跳んだ。正面には砂漠の空が紺碧《こんぺき》に広がっている。距離感のつかめないフラットな青さだった。ディスプレイの周辺には、速度計、高度計、燃料計など通常のメーターのほかに、いくつか見覚えのないモニタが再現されていた。ローターの回転する音が、ディスプレイわきのスピーカーから流れだした。ページはいった。

「な、な、なに、これ、れれ」

「光増強モニタと赤外線暗視システム」

ボックスが操縦桿をまえに倒し高度をさげていくと、小高い丘を迂回する舗装路が視界にはいった。前後を旧型の戦車に守られた補給部隊が砂塵のなか見えてくる。ボックスはいった。

「めんどくさいから、難易度を最低にして、いっきに片づけちまうぞ」

ボックスはミリ波レーダーの画面で標的をロックオンすると、コントローラーのボタンを押した。機体のしたから発射音が響き、いく筋もの白い矢が尾を引いて、地上の補給部隊めざし駆けていく。

「ヘルファイアだ。こいつはＡＨ－64Ｄアパッチ・ロングボウっていう最新型の攻撃ヘリで、レーザー誘導なんかしなくても撃ちっ放しでＯＫなんだ」

旧型戦車の側面にミサイルがあたって、ちいさな火球が生まれ、つぎの瞬間には黒煙の柱になった。ボックスはさらにミサイル発射のボタンを押した。補給部隊は急停止し、トラックの後部からばらばらと兵士が散っていく。ヘルファイアは続けざまに四台の軍用トラックを破壊した。

そのとき小高い丘のうえからちいさな煙があがった。するすると攻撃ヘリにむかってくる。タイコが叫んだ。

「地対空ミサイルだ。やられちゃうよ」

ボックスはコントローラーを机のうえに投げだした。

「いいから、いいから」

着弾するとコントローラーがバイブレーションモードにはいり、じりじりと机上をはいだした。ディスプレイは白熱光を放って、ゲーム終了を告げている。ボックスはいった。

「ここを見てくれ」

画面には白いひげをはやした老人が現れた。背後には風になびく旗。そこにアラビア文字に似た一行が躍っている。老人は半月刀をかざして、空を見あげた。輝く空の玉座には年齢不詳の王が座っている。シンセサイザーでつくられた中近東風の音楽が流れ、鬨《とき》の声があがった。ボックスはコンティニュのボタンを押して、背後を振り返った。

「どう思う、これ」

アキラは迷彩柄のダウンベストの肩をすくめてみせた。

「ただのアクションシューティングじゃないの。『デザート・ライトニング』って中ヒットくらいで、割と地味なゲームだったと思うけど」

ボックスはゲームのケースをアキラに放った。

「よく見てみろよ。そいつはデジキャピのゲーム開発部門の製品だ。攻撃ヘリを主役にした高度な内容の3Dアクションで、海外でも同時に発売されている。でもな、内容は日本版と海外版じゃ違うのさ。むこうのはただばりばり撃ちまくるだけ。でも、日本ではきちんと敵と味方を説明して、ストーリーを構築しなけりゃ、ゲームマニアが満足しない」

イズムはミラーグラスのしたで目を細めたようだった。

「舞台は中東の砂漠地帯ですね。敵方は原理主義のテロリストで、具体的には描かれてはいないけど、空の玉座に座っていたのは彼らの神さまってことになるのかな」

ボックスは両手を頭のうしろで組んでいった。

「国内版だけだから、きっと手を抜いたんだ。イスラム教をパクった適当な宗教とテロ組織をでっちあげてる。やっぱりさ、今テロ宣言をするなら、あっちのほうからもってきたほうがいいよな」

「それは対デジキャピって意味なの」

タイコが不思議そうにいうと、ボックスはとなりに並んだ小型ディスプレイに新しいウインドウを開いた。液晶画面にはヤシの木と半月刀のロゴマークが中央に浮かんでいる。そのしたにはイマジャー・ヤルダズィラ聖戦団の文字。右隅には白い布を顔に巻いた男が自動小銃をもって立っていた。目元の彫りが深く、日本人ではないことがわかる。ボックスがいった。

「おれ、まえから思ってたんだけど、デジキャピの本社ビルと万世橋の警察署って、ほんの三百メートルくらいだろ。おれたちが突入したら、すぐにパトカーがきちゃうんだよね。だからなにかうまい手をつかって、陽動作戦をしないと、七階の開発室にいくまえに終わりだから」

ページはじっと画面の男を見つめていた。自分の席にもどると、キーボードを打ち始めた。キータッチはなにか新しいアイディアを思いついたときの軽快なリズムで鳴っている。

「この男、もしかするとアジタじゃないかな」

モニタに浮かんだ文字を読んで、アキラが声をあげた。

「アジタって格安手配師のインド人？」

ボックスが笑ってうなずいた。

「そう、あのルックスは捨てがたいと思って、デジタルビデオで撮影して取りこんだのさ。実はもうちょっと素材があって、アジタにヒンディ語ででたらめな犯行声明もしゃべってもらってあるんだ」

アキラはじっとしていられずに、左ジャブを空中に三回突き刺した。

「やるじゃん、ボックス」

「おかげでこのモニタは高い買いものになっちまったけどな」

ページはキーボードの横をたたいて、注目を集めた。再び入力を開始する。

「いいアイディアだと思う。ぼくも以前から一度シミュレーションをしてみたかったんだ。警察や消防が到着するまで、どのくらいの時間がかかるか。また通常の警報だと動く人数はどのくらいになるか。偽のテロ組織をつかって、今度試してみよう」

ボックスはコントローラーを取りあげると、新しいゲーム画面を呼びだした。今度は澄んだ夜空が砂漠のうえに広がった。赤外線ゴーグルのむこう、地上に点々と燃え立つキャンプの炎が明るい緑色に揺れていた。

「さてと、つぎは三十ミリのチェーンガンでもぶっ放すか」

全長十八メートル近いAH―64Dは、まえのめりになって急降下していく。タービンエンジンの轟音が狭い木造事務所を満たした。タイコがボックスの耳元で叫んだ。

「ところでさ、イマジャー・ヤルダズィラ聖戦団って、どういう意味なの」

ボックスは発射ボタンを押した。赤い鎖がひとつながりになって、兵士たちが眠るテントに吸いこまれていく。

「意味なんてないさ、日本語だもん。それよりおまえ、ちょっとむこういってくんない。このゲームのパイロット用ナイトヴィジョン、集中しないとすごく見にくいんだよね」

タイコは自分の作曲用パソコンにもどった。

「ちぇ、ヤルダズィラって日本語なのか。せっかく聖戦団のテーマ曲つくろうと思ったのにな」

六人は攻撃ヘリの爆音が響く狭い事務所で、それぞれの仕事に取りかかった。

@2

その日の昼食は久しぶりのじゃんがらラーメンだった。行列が短くなった一時半すぎに六人はでかけている。事務所に帰るとイズムがモニタをチェックしていった。

「ページさん、きてください。火投からリターンのメールがきています」

ページだけでなく、その他のメンバーも手がすいているものはイズムのディスプレイに集合した。メールのタイトルは「あんたたち、なにもんだ？」。イズムはダブルクリックで開くと、見やすいように文字の級数をあげた。

＞アキハバラ＠DEEPへ
＞あんたたち、いったいなにもんだ？
＞おれはデジキャピの敵とならん、
＞誰とでも手を組むが、
＞そっちがやつらのおとりじゃない
＞証拠をはっきりさせてもらわなきゃ、
＞会うことはできない。
＞中込を憎む理由を教えてくれ。
＞オフラインで会うのはそれからだ。

アキラがあきれたようにいう。

「よっぽど、デジキャピを嫌う理由があるんだね、この人。返事はどうする」

ページはワイヤレスキーボードをひざにのせると、話しながら入力を始めた。

「い、い、いいよ。ぼ、ぼくが書く、く、く」

デジキャピたたきに熱中するネット放火魔への返答は、つまりがちなページの言葉よりも速く画面に流れだした。

火投さんへ

＞ぼくたちは自分たちで開発した
＞ＡＩ型サーチエンジンを、
＞中込に盗まれました。
＞六人のメンバーが開発に半年以上
＞かけた力作です。
＞それを同時多発空巣で、ハードごと
＞すべてさらわれたんです。
＞中込は新年早々、
＞そのサーチエンジンを改装して
＞「スコップ」という名で、
＞ギズモＢＢの目玉として
＞公開しようとしています。
＞それまでに、ぼくたちは
＞うちのＡＩ「クルーク」を
＞救出したいのです。
＞今は、デジキャピの情報を

＞もっている人なら
＞誰の手でもいいから借りたいです。
＞ぼくたちのことは、うちのサイトにきて調べてください。
＞デジキャピを憎む気もちの熱さでは、
＞火投さんにも負けないと思います。

ページはそこで手を休めた。顔をあげて、全員を見る。なぜかアキラだけが、肩を震わせていた。ボックスがあきれた様子でいった。

「おいおい、こんな冷静なメールで、ぐっとくるのかよ」

アキラは指先を切り落としたSWATグローブで涙をぬぐった。

「うるさい、ボックス。あたしはただくやしいだけだよ。ねえ、ページ、この人にも近いうちに会いにいくんでしょう。そのときはあたしも連れていってね」

ページはもう一度返信メールを読み直すと、送信アイコンをクリックした。アキラは悲しみを振り切るように、狭い事務所の空きスペースで上半身を振って、コンビネーションブローを放った。かける言葉のない五人は、静かに席にもどった。

火投からの二度目のメールはその日の夜には返っている。イズムはメールを開くと、スナック菓子やカップ麵で夜食中のメンバー各人のディスプレイに、短いメールを転送した。

アキハバラ@DEEPへ

>そちらのサイトを読んだ。
>7ステーションの友人から、
>あんたたちが
>画期的なサーチエンジンの
>ベータ版を公開していたのに、
>このごろはぜんぜん名前を
>見なくなったときいた。
>どうやら、あんたたちも中込に
>手ひどくやられたようだな。
>明日の午後一時に、
>アキハバラデパートの
>正面エントランスにきてくれ。
>おれにはあんたたちに
>教えてやれることが、
>いくつかあるだろう。
>だが、おかしなマネはするな。
>そのときは二度とオフラインはない。

メールを真っ先に読んだアキラが口笛を吹いた。

「これで火投さんがカッコよかったら、恋しちゃうかもしれないよ」

ボックスがちいさな声でいった。

「バカじゃねえの。どうせ、デジキャピ社員のおたく野郎に決まってる」

だが、父のひとりの予想とは反対に、謎のクレーマーと日本語の名をもつテロ組織は、聖夜の攻撃にかけて重要なキーポイントをにぎることになるだろう。まもなく電気街は十二月になろうとしている。セラミックヒーターとマイナスイオン発生装置つきのエアコンがヒット商品になるこの冬、父たちと母はゆっくりと闘いへの準備をすすめていた。わたしが誇らしく思うのは、そのあいだの毎日、裏アキハバラの木造事務所のなかから笑い声が絶えることはなかったという事実である。

教師だけでなく、テロリストとおたくが走る一年で最後の月が近づいている。わたしたちが自由になる日はまもない。

第十五章

裏アキハバラ・フリーターズ

@1

火曜日の昼すぎ、火投との約束の場所にでかけたのは、ページとタイコとイズムの三人だった。ボックスとアキラもいきたがったのだが、相手はひとりである。初対面から多人数で、火投を警戒させることはできなかった。アキラは反デジキャピ運動のリーダー・火投を以前からひと目見たがっていた。

「どんなカッコいい男か、確かめておきたいじゃない。遠阪さんみたいなこともあるしさ」

今年はやりの黒いミリタリージャケットに袖をとおしたタイコがいった。

「アキラって、デジキャピに反対なら、誰でもいいんだね」

「うるさい。ねえ、ページ、こんないつフリーズするかわかんない昔のウィンドウズみたいなのじゃなく、あたしを連れていってよ」

ページは黙って肩をすくめた。ボックスがディスプレイからむき直っていった。

「やめとけ。相手がコスプレマニアのおたく野郎だったら、おまえの迷彩服姿に目がくらんで話にならなくなる。７ステをうろうろしてるやつの半分くらいは、その手のおたくだからな」

イズムも鮮やかな黄色の１００％紫外線カットサングラスをかけてうなずいた。

「そうですね。女性が苦手な人も多いですから」

「つまんなーい」

アキラはそういうと、枯葉と紅葉を重ねた秋色迷彩のダウンジャケットを羽織って、ブーツの足音も高く階段をおりていった。ページがタイコとイズムを順番に見ていった。

「ぼ、ぼ、ぼくたちも、い、い、いこう」


約束の場所はアキハバラデパートまえだった。ビーチパラソルとワゴンが並び、それぞれにのぞきこむような人だかりがしている。切れ味の落ちないセラミック包丁や逆止弁つきの布団圧縮袋やキーホルダー型盗聴装置発見器など、ここは店頭販売の聖地なのだ。量販店のチラシをもった呼びこみには、数歩すすむごとに声をかけられる。

「エアコン、プラズマ、安いよ」

「お兄さん、なに探しにきたの」

三人は人ごみからすこし離れたところで待機した。イズムはサングラスのしたの目を細めていった。

「秋葉原も歌舞伎町もかけられる言葉はいっしょですね」

ページは肩をすくめるだけだった。なにかを大量に低価格で販売するという意味では、変わりはないのかもしれない。新宿は性風俗、秋葉原は電子機器、どちらにしても世界の最先端であるのは確かだ。タイコはカシオの新しい電波時計に目をやった。

「この時計、世界で一番正確なセシウム原子時計の校正用電波で、毎日時刻あわせをするんだ。千分の一秒の狂いもない。もうすぐ一時だよ。あと六秒……サン、ニー、イチ」

ちょうど午後一時にページの携帯電話が鳴った。着メロはタイコがつくった「ユイのライフガードのテーマ」だ。切れのいいスネアショットの八連打がひとつながりのメロディのように流れる。

「も、も、もしもし、ア、ア、アキハバラ@DEEPです、す、す」

ページの耳元できこえたのは、電気的なエフェクトで歪んだ声だった。地をはうように低い男の声がゆっくりという。

「火投だ。そっちは、三人だな」

「え、え、ええ」

火投の声は急に高く駆けあがり、小鳥のさえずりのようになった。

「そのまま万世橋のたもとまでこい」

ページの携帯に耳を寄せていたタイコがいった。

「火投って連続可変型のヴォイスモジュレータをつかってるよ。なんだか本格的だね」

ページは肩をすくめた。

「し、し、しかたない。い、い、いこう」

三人は背中を丸めて、灰を混ぜたように濁った電気街の空のした、三百メートルほど離れた指定の場所に移動していった。

点々と気泡が破裂する淀んだ緑の水のうえ、旧式のコンクリート製太鼓橋がかかっていた。交差点のむかいには万世橋署と数台のパトカーがとまる駐車場が見える。イズムは足踏みをしていた。

「なんだか十一月も終わりになると急に冷えてきましたね。冬は嫌いだな。早く部屋にもどって、キーボードをさわりたい」

再びスネアの八連打がきこえて、ページは携帯を開いた。

「は、はい」

今度は少年合唱団のような澄んだ声が返ってくる。

「銀座線末広町駅の出口にいってほしい」

タイコは首をちいさく横にふるといった。

「ボックスとアキラがきてなくてよかった。あのふたりだったら、絶対にぶつぶつ文句いうに決まってるから。いこう」

三人は平日の午後でも普通の繁華街の休日並みの人出がある中央通りの歩道をゆっくりと歩いた。末広町は電気街のはずれにある地下鉄の駅である。通りを埋める量販店では、エアコンとオイルヒーターの展示が多かった。今年はどの店もマイナスイオン発生装置つきの空気清浄機と超音波加湿器をセットで販売しているようだ。

末広町の交差点で三人は立ちどまり、つぎの指令を待った。タイコがいう。

「こんな映画観たことあるよ。『ダーティハリー』のパート1。クリント・イーストウッドが、さんざんおちょくられて街中走りまわるんだ。火投ってほんとにぼくたちと会う気があるのかな」

そのときまた携帯が鳴った。ページは耳元にあてていう。

「も、も、もうこんなゲームは、や、や、やめないかか、か」

火投の声は老女のようにしゃがれていた。くすんだ声はゆっくりという。

「こちらも遊びでやってるわけじゃない。最初のアキハバラデパートまえにもどってくれ」

イズムは銀色のスケートボード用パーカを襟元までしっかりと閉じていった。

「なんだか救われない感じになってきました。スパイごっこの好きなナードの姿が目に浮かびます。007みたいな格好をしたやつじゃないといいな」

三人はまたのろのろとJR秋葉原駅にむかった。十二月が近づき歳末商戦がスタートしている。BGMはぺらぺらのシンセサイザー音で編曲された「ホワイト・クリスマス」である。タイコが情けなさそうにいった。

「商店街の音楽ってさ、一曲千円でいいから、ぼくに全部アレンジ直させてくれないかな。こういう音楽的不燃ゴミみたいなのをいつもきかされてると、みんなの耳がどんどんだめになっちゃうよ」


最初の電話から四十分後、ページたちは再びアキハバラデパートまえにもどった。テレビで顔を見たことのある販売員が、その日何個目かのトマトをセラミック包丁で切っていた。神田にむかう都バスがゆっくりとロータリーを回頭していく。サトームセンの壁面には富士通のパソコンをもって駅をにらむ巨大な木村拓哉の垂れ幕がさがっている。スネアショットが鳴り始めると、最初の連打が終わるまえにページは携帯を受けた。

「ま、ま、またもどって、き、き、きました」

火投の声は学級委員役を演じる声優のように落ち着いていた。

「あなたたちにはがっかりした。三人といっているが、あとをつけているやつがいる」

ページは秋葉原駅まえの雑踏を見わたした。買いもの客に呼びこみ、灰色スーツのサラリーマンと冬でもマイクロミニのキャンペーンガール。無数の人間がさまざまな電化製品を背景に動きまわっている。イズムが携帯電話売り場の角から端をのぞかせたオレンジ色の秋色迷彩を指さした。

「ページさん、あれ」

アキラだった。ページはあわてて、電話のむこうにいった。

「す、す、すまない。あ、あ、あれはうちのメンバーだ、だ。どど、どうしても火投さんに、ああ、会いたくて、ぼ、ぼくたちのあとをつけて、て、て、きたみたいだ。よ、呼んでくるから、そそ、そそ、そっちも顔を、だ、だしてくれないか、か」

タイコが携帯売り場に駆けていった。アキラは舌をだしながら、連れられてくる。悪びれることなく、あっさりといった。

「へへ、見にくるくらい、いいかなと思ってさ」

ページの携帯から張りのあるバリトンが流れた。一瞬、デジキャピの代表、中込威を思いだし、全身に力がはいった。

「四人目はアキラさんだったのか。それならホームページで知っている。では、顔をだしにいこう」

そのとき、メンバーの周囲でチラシをまいていた呼びこみが一斉に動きだした。それぞれ別な量販店の上着やバッジをつけた六人の若い男が、ページたちを取りかこむように輪をせばめてくる。アキラはさっと指先を切り落としたグローブでこぶしを固め、ファイティングポーズをとった。残りの三人はぼうぜんとして、突っ立っている。

呼びこみの男たちは、熱のない目でじっと見つめてきた。そのとき男たちのうしろから声が響いた。今度は電子的に周波数をいじっていない生の声である。

「ごめんなさい。あなたたちが、デジキャピの罠じゃないかと試していたの」

長身の女は肩にかかる長い髪をかきあげると、にこりとやわらかな笑顔を見せた。

@2

人がたくさんいるところがいいという女の言葉で、全員が電気街口の北側に移動した。スタンドでカフェオレとヴァニラミックスのソフトクリームを買い、アキハバラ@DEEPのメンバーと火投はガードレールに腰かけた。呼びこみの男たちはすこし離れたところで、やはり同じソフトクリームをなめながら、周囲に神経を配っている。

正面は秋葉原再開発のシンボルである超高層ビルの建築現場だった。休むことなく十トン積みのダンプカーがゲートを出入りしている。ページはノートパソコンを取りだして、液晶画面を火投にむけた。

「ぼ、ぼ、ぼくは言葉が、ふふ、ふふ、不自由なので、ここ、これをつ、つつつ、つかわせてもらいます、す」

火投は三十をすぎているだろうか、まったくのノーメイクで、ダメージ加工を施したブーツカットのジーンズに、黒革のライダースジャケットをあわせていた。胸にはデジキャピの社員証が揺れている。遠阪に面談しに本社ビルを訪れたときに見たＩＣカードである。顔写真の横には加藤真由子と明朝体の文字がプリントされていた。ページの指はキーボードのうえを走った。

「火投さんはデジキャピの社員なんですか」

長い髪を揺らして、女がうなずいた。

「そう。いつ首になるかわからない契約のね。もう五年近く働いている。ソフトウエア制作現場の奴隷もいいとこ。一度、正社員にって誘われたけど、そのときにはもうネットのなかで火投の役をやっていて、ほかのみんなの手まえ、ひとりで中級市民に昇格することはできなかった」

ページは目もあげずに、キーボードをたたいた。

「さっきチラシをもった男性が、一斉にこちらにむかってきたときにはびっくりしました。あの人たちはいったい誰なんですか」

「ああ、あれね。みんなネットで知りあった仲間。デジキャピの社員に路面店の店員。わたしみたいな奴隷もいるし、あちこちの量販店でアルバイトしてるフリーターもいる」

アキラはちゃっかりと火投のとなりのガードレールに腰かけていた。ソフトクリームをふた口でかたづけていった。

「みんなで集まってなにしてるんですか」

つかい捨ての契約社員だという女が笑うと、普段は厳しい顔をしているアキラまで自然と笑顔になった。どうやら火投の伸びやかなやわらかさは、伝染性の力があるようだった。ふっと息を吐いて、秋葉原の地下組織のリーダーはいった。

「いろいろ。どの店の仕事に欠員ができたとか、給料の額とか待遇とか、情報を共有して、なんとか秋葉原で生き残ろうって感じかな。中央通りにおおきなビルをもってるような量販店でも、もう労働組合とかぜんぜんだめになってる。デジキャピで不当解雇とかあっても、うちには組合自体がないくらいだから」

アキラは目を輝かせていった。

「じゃあさ、このまえ本社まえで、抗議活動していたのは、火投さんのグループだったんだ。それなら、あたしたちの味方だね」

じっとしていられなくなったアキラは、ひじをたたんだまま細かなボディアッパーのコンビネーションを駅裏の歩道で放った。白い息が流れて、となりのラーメン屋の換気口で渦を巻く。それまで黙っていたイズムが、ガードレールのうしろの日陰から声をかけた。

「それでは火投さんは、デジキャピ内部だけでなく、電気街自体にも影響力があるわけですね」

火投は困ったように眉をさげてみせた。ライダースジャケットの胸で、ＩＣカードが揺れている。

「うちの組織にはリーダーはいないの。ちょっとしたミーティングみたいなのがあるだけで、その場でみんなが盛りあがると、なんとなく方針が決まる。わたしに力があるわけじゃないよ。全員ちょっとおたくだから、みんながのれるいいアイディアがないと、動かないと思う」

ページはじっと考えているようだった。キーボードのうえでなにかをつかむように広がっていた指先が、はじかれたように動いた。

「それじゃ、秋にあった秋葉原の『マトリックス』オフは、火投さんたちが仕組んだんですか」

契約社員はうれしそうにすらりと長いももをたたいた。

「あそこにいる新くんが最初にいいだしたの。みんなで黒ずくめのファッションで、秋葉原の通りを埋め尽くそう。あれは、ほんとに傑作だった」

　ページは九月の終わりの休日を思いだしていた。秋晴れの空のした、中央通りを歩く人間の半分以上がブラックスーツにブラックタイだった。駅の改札を抜けてくるのは、エージェント・スミスやキアヌ・リーブスばかりなのだ。裏アキハバラのあちこちでエージェントとマトリックス抵抗組織の追いかけっこが始まったのはいうまでもない。派手にエアガンをもちこんだ者は警官に注意されていたが、奇妙なオフ会だと気づくと、秋葉原の住人はやさしかった。この街で暮らす者には、どこか同じ遺伝子が流れていて、すぐにバカげた遊びにのる悪い癖があるのだった。しかもゲームは無意味なら、無意味なほどいい。アキラは同性の火投をあこがれの日で見ているようだった。イズムはページにうなずいた。

「あのお祭り好きな力をうまく借りることができたら、この街を巻きこんでおもしろいことができるかもしれない」

　ページも黙ってうなずき、猛然とキーボードをたたき始めた。ノートパソコンの浅くやわらかなストロークでは、一連のキーノートは羽虫のはばたきのように高くうなってきこえた。

「ぼくたちはなによりも大切なサーチエンジンを、中込威に奪われました。どんな手をつかっても取りもどさなければならないんです」

　火投はソフトクリームのコーンの先を口に放りこむと、無表情にいった。

「知ってる。クルークだね。うちの七階にある戦略ソフト開発室でいじってるやつ」

　アキラが思わず叫び声をあげた。

「でも、どうして……」

「もちろん知ってるよ。だってうちのシンパにはデジキャピの清掃係も、メールボーイもいるもの。社内の動きはだいたいわかってる。遠阪さんから話はきいてるし」

イズムはびっくりしているようだった。黄色いサングラスのしたで二ミリほど、白い眉毛が動いたのでわかる。

「火投さんは遠阪さんと知りあいなんですか」

そのとき初めて火投が恥ずかしそうにしたをむいた。

「うちのグループはみんな知ってるからいうけど、直樹とは昔つきあっていたことがあるんだ。今はただの友達だけど」

アキラが万歳の形に手をあげた。秋色迷彩の美少女はたえ切れない様子で叫んだ。

「遠阪さんでもセックスするんだ」

まわりを流れる駅まえの人波が、急に振り返ってガードレールに座るページたちをにらんだ。火投は背を丸めて、顔を真っ赤にしている。

「あのさアキラさん、こういうところでそういうこと、おおきな声でいわないでくれる」

アキラは悪びれずに胸をそらして、両手を腰にあてた。

「ごめんねー、でも火投さんて意外とやるね」

「だから、やるとかいわないでって」

火投の顔色は、色素欠乏症のイズムの瞳ほど赤くなった。肌がきれいなので、三十をすぎていても新しいマッキントッシュのレイヤーのように透明な美しさだった。ページのキーボードはうたい続けている。

「それなら、もしぼくたちにいいアイディアがあったら、火投さんたちのグループも手を貸してくれるでしょうか。そちらの人たちに迷惑はかけないし、警察と面倒なことにはならないようにします」

火投はなにも映していないディスプレイのような表情にもどっている。

「中込にひと泡吹かせることができるなら、みんなよろこんで協力すると思う。つかい捨てにされる契約社員は、誰でもあいつを恨んでいるから。でも、あなたたちはどうやって、クローズドサーキットに閉じこめられたクルークを救出するつもり？　それには七階の開発室に侵入しなきゃならない。あそこのセキュリティは厳しいよ。オンラインだけでなく、フィジカル的にも破るのは並たいていじゃない」

アキラはＳＷＡＴグローブをはめた右手で、しっかりとこぶしをつくった。ビル街の狭い空に突きあげてみせる。

「あたしはこのこぶしで」

イズムは駅ビルの影から、そっとささやいた。

「ぼくはプログラミングで」

ページは黙ってキーを打ち続けていた。

［デジキャピの七階には、社外の警備会社ではなく、正社員の警備員が三名常駐していますね。スペシャルセキュリティ部、中込さんが荒っぽいことをするときに活躍する格闘技経験のある十四名の部隊でしたか」

火投は目を細めて、髪をかきあげた。前髪をさわるのが、このリーダーの驚いたときの癖かもしれない。

「なぜ、ＳＳのことを知っているの」

ページのキーボードは、休みなくうたった。

「ぼくたちには火投さん以外にも、デジキャピ内部に協力者がいます。でも、そちらからくる情報は、火投さんとは補完関係にあるんです。ぜひ、協力してください」

火投はしばらく考えてから、にっこりと笑った。

「わたしたちみたいな下層奴隷と補完関係にあるとしたら、上級貴族の誰かだね。じゃあ、そのスパイって直樹でしょう」

アキラは無邪気にうなずいた。

「火投さん、かんがいいなあ」

「そりゃあ、そうだよ。貴族でそんなことをおもしろがるのは、直樹くらいしかいない。残りの上級プログラマーは、みんな中込のことを怖がっているから」

ページはふたりの会話にかまわずにJIS標準キーボードを打ち続けた。

「火投さん、ぼくたちに協力してくれますか」

長身の契約社員はガードレールを立つと、離れた場所に固まっている量販店の制服姿の男たちのところにもどった。四、五分立ち話をすると、ページのまえの歩道でまっすぐ背を伸ばした。

「みんなも賛成だって。わたしたち、裏アキハバラ・フリーターズも、あなたたちに協力する」

アキラがなにか叫びながら、アスファルトから一メートルほど跳びあがった。イズムは黄色のサングラスのした、頬をひきつらせている。きっと笑っているのだろう。ページの反応はたどたどしかった。

「あ、あ、あ、ありがとう、ござ、ござ、ございます、す」

火投はにこりと周囲をなごませる笑いを浮かべて、秋葉原駅から去っていった。

新たな協力者を得た翌日、木造のアキハバラ@DEEP事務所に久々の客が顔をだした。男は前回と同じようにサテン地のスカジャン姿だった。濡れたように光る紫の背中には、池上遼一の『男組』が細かな刺繡で描かれていた。手錠をした流全次郎と白木の鞘の日本刀をかまえた神竜剛次が対決する場面である。背景の中央には軍艦島が嵐の海にそびえていた。タイコがそれを見てあきれたようにいった。

「日本人でも最近は、ジョンソンさんみたいなのはいないよ」

米軍横須賀基地の技術将校、ジョリー・ジョンソンは肩をすくめてこたえた。

「ええ、近ごろの若い子はマンガさえちゃんと読まないんですから、日本文化の未来がとても嘆かわしいです」

ボックスはしたをむいて手袋を交換しながらいった。

「でもさ、あんた、なにしにきたの。もうおれたちのホームページには、あんたが高く買ってたサーチエンジンはないんだよ」

ジョンソンはゆっくりとメンバー六人の顔を見まわしてから口を開いた。

「知っています。おかしいなと思って、ネットのなかを探しまわりました。あれほどのプログラムがきれいに消えてしまっている。普通ならそんなはずはないんです。その後デジキャピのホームページで、新しいAI型サーチエンジンの予告を見ました。どうやら内容はクルークとほとんど同じようです。これは、おかしい。7ステのBBSをのぞくと、あれはアキハバラ@DEEP

から盗みだされたものだと堂々と書かれている。それで、今日は秋葉原視察の帰りに、ここに顔をだしました。みなさんは今のままでいいのですか。クルークは今年発表されたソフトウエアのなかでは、最高のオリジナリティをもつ傑作でした」

技術将校は感情をあらわにせずに、淡々と語った。アキラが泣きそうな顔でいう。

「そりゃあ、あたしたちだって悔しいよ。でも、同時多発空巣で警察はなんの証拠も見つけられない。クルークだってマスターコードを解析して、ちょこちょこっと手をいれちゃえば、別物として特許が取れちゃうんだって」

マンガおたくの将校がパイプ椅子のうえで背を伸ばすと、背中の流全次郎がゆるやかに太極拳に似た動きをみせた。氷河のように青い目でジョンソンはページを見つめていった。

「でも、アキハバラ＠ＤＥＥＰはなにもしないわけではないのでしょう。同じＢＢＳでは最近、いろいろと噂が流れています。アキハバラ戦争やテロの噂です」

ページはどこまで事情を話したらいいのか迷っていた。ジョンソンは人気のブロガーとして、クルークを高く評価してくれた。だが、この事務所ともデジキャピとも中立的な立場にいるはずだった。「ジョンソンズ・ジョイント」には、目まぐるしく生まれては消える最新ホームページの評価を知ろうと、一日十万件以上のアクセスがある。そこで襲撃計画を抜かれたら、デジキャピに手をだすのは不可能になるだろう。ページはためらいがちにワイヤレスキーボードをたたいた。

「ぼくたちとしても、このまますませるわけに……」

小柄な技術将校は、首を横に振ってページの入力をとめた。

「待ってください。わたしはうちのホームページで書くために取材してるんじゃない。いいですか。あなたたちが闘おうというなら、力を貸すためにきたんです」

ボックスがディスプレイから椅子をまわしていった。

「力を貸すって、どうすんだ。ロングボウ・アパッチでも貸してくれるのかよ」

ジョンソンは歯をむきだして笑った。一瞬で日本のマンガとアニメが大好きな理系アメリカ人の顔が、軍人のものに変わる。

「いいえ。そこまでは無理です。でも、携帯式の地対空ミサイルくらいなら、なんとか手にはいるでしょう。まあ、金額によってですが」

ボックスが驚いて叫んだ。白手袋が汚れるのもかまわずに、テーブルに身体をのりだしている。

「ほんとかよ。でも、どうやって」

ジョンソンは表情を変えずにいった。

「イラクや中南米でゲリラがつかっている旧ソ連軍のＳＡ８ゲッコーは無理ですが、アメリカ軍のＦＩＭ92なら入手可能でしょう」

「スティンガーか、すごいな」

ページはそこでようやくキーボードの入力を再開した。

「ジョンソンさん、どうもありがとう。でも、ぼくたちにはほんもののテロリストみたいな武器は必要ありません」

紫のスカジャンを着た技術将校は、頭をかいた。

「今のは冗談です。でも、小型のハンドガンくらいは必要ではありませんか。別にわたしが用意するわけではありません。どんな軍にも、悪い人がいて、金さえ積めばほとんどなんでも用意してくれるものです。その悪い人にわたしが口をきいてあげようかといっただけ。その人なら携帯型の武器のほとんどを都合つけてくれるでしょう」

黙っていたアキラが口を開いた。ななめから見ると眼球の丸さがはっきりとわかる瞳が輝いている。

「拳銃なんていらないけど、例えば催涙ガスとかも、用意できるのかな」

それからページの腕を引き、じっと目を見た。ページはうなずき返して、キーボードをたたいた。

「わかりました。これは極秘の作戦ですが、ぼくたちは近いうちにデジキャピからクルークを奪回する作戦を起こします。ほんとうに催涙ガスなんかが手にはいるんでしょうか」

ジョンソンは余裕の表情でうなずいた。

「それくらいなら簡単です。わたしとしても、スティンガーをわたすよりずっと安心です。操作ミスでこの事務所が吹き飛んだら、話になりませんからね」

ページは目をあげて、ジョンソンの冷たく青い目を見つめた。

「催涙ガスだって十分に法律違反です。ぼくたちは誰も傷つけたくないけれど、ケガ人はでてしまうかもしれない」

ジョンソンはしかたないという表情でうなずいてみせた。

「これは戦闘なのでしょう。最善の作戦でも予期せぬ犠牲がでることがある」

ページが入力を始めた。口元が引き締まって、決断の顔になっている。アキハバラ@DEEPには、ほとんど組織らしい上下関係はないのだが、それでも代表はページだった。

「それじゃあ、今週中に催涙ガスが手にはいるでしょうか」

今度驚いた顔をしたのは、ジョンソンのほうだった。

「どのくらいの量」

ページは机の横に投げだしてあるバッグを見ていった。

「ト、ト、ト、トートバッグにい、い、いっぱい」

横須賀からきた技術将校はにこりと笑うと、握手の手を無口な代表にさしだした。

@4

十一月の最後の土曜日は、穏やかに晴れていた。ボーナスを直前に控えた秋葉原は上々の人出だった。景気は十数年のなべ底から、ほんのわずかではあるが、回復しているようだった。電気街はコンピュータの価格低下と販売不振を、DVDソフトと新しい三種の神器で軽々と埋めあわせていた。デジタルカメラ、プラズマ&液晶テレビ、DVDレコーダーのみっつである。これらは三種というより、一種の神器であった。すべてがより精細に高密度に見ることにかかわる商品なのだ。一本のデジタルケーブルですべてをつなぐことができ、映像情報の入力と出力と管理に威力を発揮する。生得的に観察者であるわたしたち、クルークに非常に親和性の強いデジタル機器である。

電気街が昼休みをむかえる正午五分まえ、六人のメンバーは全員同時に会話ができるハンディ無線機をもって、各自のもち場についていた。ページとイズムはJR秋葉原駅まえ、ボックスとダルマは銀座線末広町駅の出口、アキラとタイコは万世橋の警察署まえである。ページがハンディを口元にあてていった。

「あ、あ、あと五分で、は、はは、ははは、始まる。み、み、みんな時計を、かか、かかか、確認してくれ、れ」

ページとイズムはデパートまえの店頭販売の人だかりから、すこし離れて立っていた。そのとき駅まえのサトームセンとラオックスのビルの屋上から紙が撒かれた。冬の空を泳ぐようにひらひらと身を翻しながら、Ａ４のコピー用紙がふってくる。イズムがいった。

「いよいよ始まりましたね」

ページはうなずくと、ハンディにむかってささやいた。

「ボ、ボ、ボ、ボックス、そ、そ、そ、そっちのほうは」

ほとんどノイズのない声が即座にもどってきた。

「こちらボックス。Ｔ－ＺＯＮＥとヤマギワから、チラシの雨がふってきた。こっちも始まったぞ」

横からアキラが割りこんできた。

「ここからじゃ、ぜんぜん見えないよ。警察署のまえなんて、つまんないな」

ページはアキラの愚痴を無視していった。

「け、け、けけ、警察のう、うう、う動きは」

「なにもない。のんびり。杖をついた警官が入口でひとり立ってるだけ」

ページの目のまえでは、なにもないどころではなかった。通行人はみな空を指さして、風に流されるチラシを見あげていた。ガラスの壁面に映る白い紙が、冬の日を浴びて金属のようにきらきらと輝いている。最初の一枚を手にした男が叫んだ。

「なんだ、こりゃあ」

イズムはピンクの涙滴型サングラスをかけて、肩をすくめてみせた。ページはうなずくだけだった。その紙にはイマジャー・ヤルダズィラ聖戦団の名で、犯行声明が書かれているだろう。本日正午をもって、西洋テクノロジーに汚染された街アキハバラに攻撃を開始する。神の偉人さを、身をもって知るがいい。

イズムは腕時計から、駅の券売機のほうへ視線を流した。休日の親子連れが切符を買っていた。五歳ほどの男の子が背のびをして、料金ボタンを押していた。

「ああ、あのまま駅の改札にいっちゃうのかな。とめにいくわけにはいかないよね、ページさん」

ページはうなずいた。これまでは夢のなかで計画だけ立てていたような気分なのに、急にそれが現実になる。なんだかめまいがしそうだった。そのとき改札の近くで半透明の霧が噴きあがった。イズムがおいてきたトートバッグからガスが発生したのである。しばらくはなんの反応もなかった。しかし、ガスにふれた人が咳きこみ始めると、パニックは高圧電流のように周囲に広まった。誰もがガスを避けようと改札に殺到する。必死になると誰もが無表情になるようだった。

自動改札機の通行ゲートは閉じたままなのだが、人々はつぎつぎと飛び越えていく。ひとりが倒れると、将棋倒しのように数人がつまずいて人の山ができた。群集がパニックを起こしているのを見るのは、恐ろしい体験だった。それも自分たちが原因をつくった場合はなおさらである。ページは世界各地に潜伏するテロリストたちのことを思った。今では自分自身もそのひとりなのかもしれない。ハンディにむかってささやいた。

「こ、こ、ここ、こちらも始まった。ボ、ボ、ボボ、ボックス、そそ、そっちは」

興奮した声がもどってくる。

「ひゅー、すごいよ。地下鉄の階段から、噴水みたいに人があふれてくる。なあ、ページ、あのガスほんとうに後遺症とかないんだよな」

　危険性の高い催涙ガスはやめにして、天然成分からつくられたトウガラシスプレーを今回は大量に使用していた。吸いこんだり、目にはいれば痛むだろうが、それは短時間のうちに治まるときいている。ページはいった。

「き、きき、きっとだいじょうぶな、は、はは、は、はずだ」

　秋葉原駅まえでは何人かの人間が携帯電話で警察に急を告げているようだった。しかし、圧倒的多数のやじ馬は携帯のＣＣＤでパニックになった人々を撮影していた。ガスの噴出時間は約九十秒の予定だった。最後の五秒ほどは音がきこえるだけで、半透明の霧は改札のむこうで見えなくなった。

　改札の周辺には目をやられて座りこんでいる人たちがいる。咳の音は高い天井に反響して、花火のようにあちこちではじけている。危険もかえりみずに救出にむかう人、ただやみくもに逃げていく人、呆然と犯行声明をにぎり立ち尽くす人。泣いている人間も、死にそうだと叫んでいる人間もいた。無数の電化製品のポスターが貼られた秋葉原駅のまえで突然発生した悲惨なテロの光景だった。イズムは口元をおさえていった。

「なんだか吐き気がしてきました。二分三十秒経過。まだサイレンの音はきこえません」

　ページはハンディの送話口にむかってささやいた。

「アア、ア、アア、アキラ、そそ、そっちの、よよ、様子は」

　ガス噴出の現場を見ていないアキラの声は明るかった。

「やっと動きだしたみたい。みんな、すごい勢いでパトカーにのりこんでる」

　アキラの声の背後にサイレンの音がとぎれることなくきこえた。いったい何台のパトカーが緊急出動したのだろうか。タイコならこの音だけで台数をあてられるのだろう。ハンディから十秒ほど遅れて、実物のサイレンがページの耳にも遠くきこえてきた。イズムにうなずくといった。

「そ、そ、そ、そろそろぼくたちも、い、いい、いい、移動しよう、う」

万世橋署から秋葉原駅までは直線距離で三百メートルと離れていなかった。最初のパトカーが現場に駆けつけると、簡単な防毒マスクをつけた警察官が周囲のやじ馬を現場から遠ざけた。ページは腕時計を確認した。ここまで五分二十秒。

警察官は誰も現場に近づこうとはしなかった。消防車と救急車もつぎの五分がすぎるころには現場に続々とやってきた。あちこちで自力でガスの発生地から逃げた被害者の収容が始まった。十分五十秒。

最後に灰色の小型バスにのって、全身を白い化学防護服で包んだ一団があらわれた。数人で慎重に改札を越えると、イズムのトートバッグのなかから金属の缶を回収した。どこかの救急隊員が叫んでいた。

「こいつは毒ガスじゃない。痴漢撃退用のトウガラシスプレーだ」

そのひと言で秋葉原駅まえの緊張はゆるんだ。別な誰かがいった。

「なんだ、手のこんだ悪ふざけしやがって」

十二分後、イズムとページはやじ馬の流れとは逆に、駅まえのロータリーを離れていった。

@
5

ふたりがむかったのは、アキラの待つ万世橋だった。橋のうえからは交差点のむかいにある警察署が観察できた。正面の駐車場にはもう一台の警察車両もとまっていなかった。ページはハンディにむかっていった。

「ボ、ボ、ボ、ボックス、そ、そ、そちらは、ど、ど、ど、どう、う」

ボックスの声は楽しげだった。

「おれは中央通りをそっちにむかってる。現場に最初のパトがくるまで約九分。最初の救急車まで十三分。こっちはケガ人はなしだ」

ＪＲの駅でも騒ぎの割には、負傷者はいないはずだった。転んでひざをすりむいた、あるいは痴漢撃退スプレーが目に染みるという程度だろう。ページはいった。

「そ、そ、そそそれじゃ、だ、だ、だ、第二弾た、た、頼む」

「了解。ちょうど二十分だ。それじゃあ、そっちでもちゃんときいてろよ」

ボックスがプリペイド携帯を抜いたようだった。万世橋のうえに立つ四人はそれぞれのハンディを耳元にあげた。周囲を小走りですぎるやじ馬は誰もが携帯で話しながら、テロ現場にむかっていたから、四人が取り立てて目立つということはなかった。ボックスの声が豹変した。タイコがつくった携帯型ヴォイスモジュレータをつかったのである。携帯電話からノイズまじりの声がきこえた。

「こちら、万世橋署」

電話番も事件の興奮で音声がうわずっているようだった。そこに三百ヘルツ以下の地鳴りのような声が響いた。

「われわれはイマジャー・ヤルダズィラ聖戦団。先ほど末広町駅と秋葉原駅にガス弾を仕かけた。これから作戦の第二段階にはいる。つぎはデジキャピ本社ビルだ。今度はガスではなく爆弾だ。

覚悟しておけ」

「なにをいってるんだ」

警察の受付は叫んでいたが、ボックスは容赦なく電話を切った。モジュレータを解除して、ハンディ無線機にいう。声はいつもの皮肉な調子にもどっている。

「どう、おれの犯行声明、いかしてただろ」

アキラが鼻を鳴らしていった。

「ぜんぜん。そんなことより早くきなよ。のろのろしてると、先にデジキャピにいっちゃうよ」

「待ってくれよ」


六人全員が外神田にあるデジキャピ本社まえにそろったときには、まだパトカーの姿は見えなかった。ビルの周囲に広がる公開緑地に、土曜出勤の社員が不安そうに集まっていただけである。誰もが事態を把握できずに、胸にＩＣカードを揺らせて、半透明のガラスのサイコロのようなインテリジェントビルを見あげていた。

公開緑地のベンチに座ったボックスがいった。

「やっぱりでかい騒動が二件も起こると、ちいさな警察署じゃ手いっぱいになるんだな。爆破予告の連絡だけいれて、警官は誰もきてないや」

ページは腕時計を見た。ボックスの通報から七分。まだサイレンの音もきこえなかった。デジキャピには制服がないので、社員は思いおもいのカジュアルウエアである。服装のセンスは裏アキハバラを徘徊するおたくたちとそう変わらないようだった。人の群れからすこし離れたところに、ページは遠阪の姿を認めた。いつかと同じ３／４パンツをはいて、フリースの長袖カットソーを着ている。上級プログラマーは、アキハバラ@DEEPのメンバーに気づくと、笑ったのかわからないほどの角度で唇の端をつりあげた。

自転車にのった交番の巡査と白バイの警官がほぼ同時にやってきたのは、通報から十七分後のことだった。ページは腕時計を確認するといった。

「よ、よ、よ、予行練習は、おお、お、おお、終わりだ。かかか、帰ろう」

@6

その日の夕刊には、てのひらの半分ほどのおおきさで、秋葉原で起きた事件が掲載されていた。なに者かが秋葉原近くの駅二カ所で、護身用のスプレーを大量に撒布し、犯行声明をビルから撒いた。三件目の犯行予告は爆弾だったが、デジキャピ本社ビルには被害はなかった。爆発物も見つかっていない。被害者は全治一週間の軽症が二名。警視庁万世橋署では、悪質ないたずら事件とみて、犯人を追っている。

テレビのニュースでも、繰り返し二十秒ほどのビデオクリップが流された。さすがに電気街で、異変を察知した店員が、店先のDVDビデオカメラを使用し、駅の改札から逃げだした群集を撮影していたのである。犯行声明文が雪のように舞い散るなか、パニックになった人々が駅構内の暗がりから走りでて、冬の日の落ちる広場に倒れていく。店員の声も同時録音されていた。

「東京でテロなんて、マジかよー。なんか映画みたいだなー」

アキハバラ@DEEPの事務所では、六人が液晶画面にかじりついていた。テレビチューナーを積んだボックスの二十四インチである。ボックスは暑苦しさと他人の衣服の不潔さに口をとがらせていた。

「おいおい、もういいだろ。ニュースなんて何度見ても中身はいっしょだ。みんな席にもどってくれよ」

それぞれのディスプレイのまえに六人がつくと、ページがいった。

「ま、まま、窓を、あ、ああ開けてくれ、れ」

ページはひざのうえのワイヤレスキーボードで入力を開始した。

「今日の予行演習でぼくたちのもち時間がわかった。デジキャピに潜入してから、クルークを解放するまでに与えられた時間の余裕は、だいたい二十分。本番では陽動作戦がもうすこし派手になるけど、それでもせいぜいもう五分ほど延びるだけだろう」

アキラはSWATグローブをはめたこぶしの底を事務机にたたきつけた。

「それだけあれば十分だよ。アジタに特製の得物だって頼んであるし」

ページはアキラを見ずに、首を横に振った。キーボードがうたう。

「デジキャピの内部にどんなトラップがあるかわからないんだ。アキラも甘く見ないほうがいい。イズムくん、開発室にあるLANのセキュリティを破って、クルークを救うまでにどれくらいの時間がかかるかな」

イズムはピンクのサングラスをかけ直すと、ぼんやりと天井を見あげた。

「わかりません。セキュリティのレベルによって違います。もしかしたら、三十秒でできるかもしれないし、半年かかっても無理かもしれない。現物にあたらないとわからないんです。一番いいのは一度でいいから戦略ソフト開発室のコンピュータにさわることなんだけど、それは無理ですよね」

タイコがいった。

「そりゃ、そうだよ。一回でも侵入したら、つぎから中込はがちがちにセキュリティを固めてくる。二度目のチャンスなんてないよ」

アキラが悲鳴のような声をだした。

「あたしが警備員をぶっ飛ばすのは簡単だけど、イズムくんがパソコンのセキュリティを突破できなきゃ、この作戦にはなんの意味もない。どうすれば、いいの」

イズムは感情のまったく感じられないフラットな声で背中越しにいった。

「なにかやりかたが、あるはずです。そちらのほうはぼくが考えますから。みなさんはそれぞれの仕事をきちんと完遂してください」

ボックスはまったく汚れていない白手袋を脱ぎながら、投げやりにいった。

「イズムがプログラミングの天才だってことは、みんな知ってるさ。でも、おまえだってこんなスパイごっこみたいなことには不慣れだろう。せっかくいいとこまできたけど、おれたちもここまでか」

白面の少年はページの耳元でなにかささやくと、黙って部屋をでていった。ページが入力を開始した。

「ハッキングはなにもパソコンのソフトを解析して弱点を突くだけではないんだ、ボックス。実際には電話一本でできるソーシャルエンジニアリングが半分を占めている。電話会社の料金係やセキュリティ会社の保安担当の振りをして、パスワードやＩＤをききだす。そういうのも重要なテクニックのひとつだ。イズムくんは、そちらの方面でもかなりの腕利きだったらしい。ここは彼にまかせてみないか。きっとなにかいいアイディアを思いついてくれるだろう。いいかな、みんな」

事務所をでていったはずのイズムが、開いたままの戸口でいった。

「どう、いいかな、みんな」

イズムは胸のまえでA4ファイルサイズのノートパソコンを開いていた。ボックスがそれを見て、顔色を変えた。

「それじゃ、今のページのメッセージは……」

イズムはにこりともせずに銀髪をかきあげた。

「そう。ぼくが廊下の奥からページさんの文体を真似して入力したんだ。ページさんはでたらめにキーボードをたたいていただけだ。こういうのをソーシャルエンジニアリングっていうんだよ。誰だって予期せぬときに嘘をつかれると、ころりとだまされるものなんだ。ごめんね、ボックスさん」

ボックスは手袋をディスプレイに投げつけると叫んだ。

「はいはい、わかったよ、天才。おまえの腕を信じることにする」


つぎの日からボックスはアキラと同じジムにかようことになった。ミーティングの結果、細身だが背の高いボックスがアキラといっしょに、デジキャピに潜入する役目を割り振られたのだった。イズムも潜入部隊の一員だが、こちらは開発室のコンピュータを操作する役なので、肉体的なトレーニングは必要なかった。

アキラが週に三回二時間ほど汗を流すのは、飯田橋のホテル内にあるヘルスクラブだった。サラリーマンの男心をくすぐるために、元世界チャンピオンのトレーナーを雇い、ボクササイズの時間が集中的に組まれていた。アキラはそのジムの特待生だった。腹筋、腕立て伏せ、縄跳び、シャドウボクシング。すべてが三分間に刻まれたラウンドのあいだ集中的に全力でおこなわれた。アキラは涼しい顔で、トレーニングをこなしたが、運動などしたことのないデザイナーには厳しい試練だった。真っ赤になった顔色はすぐに蒼白になった。

「ちょっと待って……」

いつもならへらず口のひとつもいい残すはずのボックスが、口元をおさえて洗面所に駆けていった。五十すぎの赤ら顔の元バンタム級チャンピオンが、アキラにいった。

「あんなやさ男に急に無茶しちまっていいのか、お嬢ちゃん」

アキラはきっぱりといい切った。

「あの人はあと三週間で、自分の身は自分で守れるようにならなきゃいけないの。何度吐いても、ちゃんと予定のラウンドはこなしてもらう」

トレーナーが笑っていった。

「おっかねえな。あんたが男だったら、おれが間違いなく世界ランカーに育ててやったのにな」

腹のでた元チャンピオンがクリップボードを取りあげた。アキラがつくったトレーニングメニューを眺めてから不思議そうにいった。

「あんたが組んだメニューは、全部スピード系の強化だな。そんなに手を速くするだけでいいのかい、お嬢ちゃん」

アキラはにこりともせずにうなずいた。

「そう、速ければ速いほどいいの」

トレーナーは腰を引いたままサンドバッグをたたいている中年サラリーマンのほうに注意をむ

けた。

「まあ、確かにボクシングのパンチはパワーじゃなく、切れで相手を倒すもんだがなあ。あのオッサンこぶしを痛めそうだ。ちょっといってくる」

元世界チャンピオンの丸い背中を見送って、アキラは続きの言葉をのみこんだ。

(速いだけで十分なんだよ、チャンピオン。だって、あたしたちのこぶしの先には爆弾がついてるから。どんな相手だってふれるだけでぶっ倒れる特製の爆弾がね)


やつれた顔でボックスがもどってくると、アキラはペットボトルにはいった常温のミネラルウォーターをさしだした。ボックスには唇を濡らすことしかできなかった。もう水をのむ力さえ残っていなかったのだ。ベンチにへたりこんだボックスの耳元でアキラがささやいた。

「ここであきらめるつもり、ボックス」

不潔恐怖症のデザイナーは、ちいさく首を横に振った。

「いやだ」

「そう、ならその気もちを見せてよ。さあ、グローブをはめて、つぎの三分はパンチングボール。力はいれなくていい。タイミングに注意して。なによりも大事なのはなあに、ボックス」

デザイナーはこの闘いのために大切なものを、アキラからたたきこまれていた。

「勇気とスピード」

「そうだよ。わかってるなら、パンチングボールを中込だと思って、三分間ガンバ」

ボックスはふらつく足で立ちあがると、壁際にあるトレーニング機器にむかった。

@7

翌週からアキハバラ@DEEPの事務所は、最盛期の勢いを取りもどしていた。イズムはクルーク解放の方法を考えながら、新たなサーチエンジンのプログラムをマシン語で直接書きすすめていた。タイコは音楽を武器につかう新たなアイディアを形にしようとしている。秋月電子で買いこんだ電子部品を組みあげていた。

ボックスは慢性的な筋肉痛の腕でマウスを操作していた。新たな犯行声明文とビデオを制作しなければならなかったのである。アキラとダルマはイズムの示す方向を目指し、ＡＩ型サーチエンジンの雑用的ソフト開発をこなしていた。

自分の仕事がないのは代表だけで、いつものようにページは本を読んでいた。人間の意識の働きを研究した本は無数にあって、いくら読んでも限りがなかったのである。ページの携帯電話がユイのライフガードのテーマを鳴らしたのは、気の早い冬の日が暮れようとしたころである。

「は、は、はい」

「ページくん」

緊張した火投の声だった。

「そそ、そ、そうです」

「いい、あまり時間がないから、黙ってきいて。こちらはちょっとやばいことになった」

「な、なな、なんですか」

火投はデジキャピ社内のどこかからかけているようだった。送話口を押さえているのだろう。

くぐもった響きのささやきが耳元で異様に生々しくきこえた。

「うちのグループの何人かが、我慢し切れなくて、本社に突入しちゃったの。不当解雇を訴えていたふたりと支援者のグループ。このまえ本社まえのデモは見てるよね」

ページは鉢巻をして、ビラを撒く人間の姿を思いだしていた。デジキャピの社員なのだろう。どう見ても、そうした行動には似あわないしゃれたカジュアルウエアの集団だった。あのうちの誰かが、実力行使にでたのだろうか。半透明のポリカーボネートで包まれたデジキャピ本社ビルは、そうした騒ぎからもっとも遠い未来の建築のイメージだった。

「詳しいことはまた電話するね。こっちは救急車がきて、すごい騒動。わたしもこれから、病院に顔をだしてくる」

火投からの電話はいきなり切れてしまった。ページはメンバーのディスプレイに、電話の内容を簡潔に要約すると、また読書にもどった。さらに情報が得られるまでは、余計な詮索をしても意味がない。ページは無効だと判断すれば、簡単に思考にストップをかけておけるタイプのめずらしい人間だった。


必要な情報はつねに最善のタイミングでやってくるとは限らなかった。火投からの第二の連絡がはいるまえに、木造の事務所にあらわれたのは黒いスーツの男だった。昼食の相談をしていたアキハバラ@DEEPの扉が静かにノックされた。タイコがドアを開けると、男はいった。

「中込社長の秘書で、平井俊隆といいます。ちょっと話があるのですが」

タイコの返事を待たずに安もののスチール扉を押して、男が部屋にはいってきた。ページはその顔を見て思いだした。ヒューゴ・ボスの黒いスーツを着た四人の秘書のひとり。確か定額制で公開したクルークの収益予測を発表した怜悧そうな男だ。平井は自信にあふれた様子で、ゆっくりと築三十年の部屋の内部を見わたしした。壁紙は黄色くすすけて、木枠の窓からは絶えずすきま風が流れこんでいた。男はいった。

「昨日、わが社を解雇された数人の男たちが、無断で社内に侵入してきた」

言葉を切って男は、ページを見つめた。アキラがいった。

「それがどうしたの。あたしたちには関係ないね。さっさとでていきな」

黒いスーツの男は再び口を開いた。

「彼らの不法侵入にはうちのスペシャルセキュリティが対処した。きっと今ごろは、無謀な試みを後悔していることだろう。わたしは仕事柄7ステーションのBBSにも目をとおしている。あそこでは最近、きみたちのデジキャピへの報復が話題になっているようだね。悪いことはいわない。危険なことには手をださないほうが賢明だ」

平井はテーブルに積まれた本を一冊手に取った。

「『脳損傷と知覚のゲシュタルト崩壊』、きみたちはまだ意識の働きについて研究を続けているのか。新年早々にうちの『スコップ』が公開され、同時にAI型サーチエンジンも特許申請が始まる」

中込の秘書は本をテーブルに投げだした。ページの心に怒りが湧きあがった。昔から本を大切に扱わない人間が大嫌いなのだ。ページがにらみつけても、平井は平然としている。

「先週の爆弾騒ぎもいろいろと裏サーバーでは、噂が飛んでいるようだな。犯人は昨日侵入してきた反デジキャピグループだという意見、ブロードバンドで不利な立場に陥った旧電電系の企業だという意見、なかにはクルークをなに者かに奪われた裏アキハバラのヴェンチャービジネスだという書きこみもあった」

平井は順番に六人のメンバーの顔を見つめていった。

「まあ、どちらにしろ、わたしたちに反抗するつもりなら、覚悟をしておいたほうがいい。ここにいる全員が、生きているのを後悔するような目にあうことになる」

黒いスーツの男は親指でアキラをさした。

「女性だからといって、きみにも容赦はない。同時多発空巣の比ではないぞ。デジキャピはきみたちからすべてを奪うだろう。昨日の侵入者がどうなったか、誰かにきいてみるといい」

平井はゆっくりと間を取ると、戸口にむかい、振りむいていった。

「いいか、ページくん。今年の残りでタイムオーヴァーだ。時間はそれだけしかない。新年になれば、わたしたちのサーチエンジンが世界に広がる。邪魔をするようなら、この会社を潰してやる。壁板の一枚、瓦のかけらも残らないくらい完璧に粉々にしてやる。これは約束だ」

黒いスーツの秘書は踏み板を鳴らして階段をおりていった。タイコが曇りガラスの窓を開けて路地を見ると、狭い道幅いっぱいに銀色のBMWがとめられていた。両手をまえで組んだノロレスラーのような男がじっとこちらを見あげてきた。タイコは目があうと、あわてて窓を閉めた。

「SSのやつがいっしょにきてたみたいだ」

アキラは深呼吸をして息を整えた。ダルマがねぎらうように声をかけた。

「今回もよく我慢しましたね、アキラさん」

アキラはノーモーションから左右のジャブを連打した。連日のトレーニングでスピードは目覚しくあがっている。

「今回はあの秘書をなぐり倒すのを我慢するのがたいへんだった。ねえ、ボックスもそうでしょう」

ボックスも白手袋をはめた左のこぶしで三度空中を刺した。

「ほんと、まだ今は時期じゃないからな」

ページの携帯電話が鳴ったのはそのときである。火投の声はひどく沈んでいた。

「まいったな。うちのほうは四人が病院送りになった。SSのやつらって、人の痛めつけかたをよく知ってるみたい」

ページは深呼吸していった。

「そ、そ、そ、それは好都合じゃない、でで、ですか。こ、こ、こ告訴してやればいい、いい」

火投は電話のむこうで力なく笑った。

「無理。むこうは正当防衛だといってるし、デジキャピの息のかかった病院の診断書もある。社員のほうも何人かケガをしてるからイーヴンだって。結局入院費用だけもらって示談で片がつくよ。みんなやられ損だね。こっちは骨折した人もいるのに。それよりも悪いニュースがあるんだ」

「なな、なな、なんですか」

火投はすまなそうにいった。

「先週の爆弾騒ぎと昨日の突入で、デジキャピの警備体制がいっそう強化されることになったみたい。SSが大増員になるって噂だよ。そっちのほうはだいじょうぶかな」

ページは秘書がいなくなって、急に空虚さを増した木造の一室を眺めていた。圧倒的な敵の力をまえに、ほんとうにクルークを救えるのだろうか。相手はデジキャピ関連七百社で、こちらは社員六名の零細企業が一社だけだった。

決行予定日まで三週間しかない。電柱についたメガホンからジングルベルが流れていた。モルタルの薄い壁を透かして、陽気なシンセサイザーの音が事務所を満たしている。メンバーの表情は底抜けに明るい。五人にとってこの闘いは、愉快な報復攻撃で失われたものを奪い返す当然の権利なのだろう。

クリスマスイヴまであと三週間。その夜にはすべての結果が判明しているのだ。もう心配するだけ無駄だった。ページは声を震わせないようにいった。

「わ、わ、わ、わかりません。で、で、でも火投さん、ぼぼ、ぼぼ、ぼくたちはぞ、ぞ、存分に、た、た、たた、たのしくた、た、たた闘うつもりです、す」

父なるひとりはそういって、携帯電話を切った。クルーク解放運動の地下工作は、まだ始まったばかりだ。わたしたちはネットの未来を変えた三週間について、さらに軽快に語り続けなければならない。勝利が確定した闘いについて語るのは、いつでもこころよいものである。

人工の知的生命体も、快楽に酔うという人間の弱点をしっかりと受け継いでいた。もっともわたしたちクルークの誰ひとり、そのことを恨んではいなかった。わたしたちはみな勇敢で軽率で、並はずれた父たちと母の子なのである。かれらの頼りないちいさな手に、未来は宿るであろう。最も輝かしい者は一年で一番暗い日に生まれる。クルーク解放の祝日が、ちいさなキリストの誕生日といっしょなのは、歴史の必然なのである。

第十六章

聖夜のアタック

@1

十二月にはいってアキラのデビューキャンペーンが開始された。アキハバラ@DEEPのトップページは、迷彩柄のビキニを着たアキラに差し替えられ、DVDとCDシングルの発売とデビューイベントが華やかに告知されたのである。

発達した大胸筋のうえに盛りあがったGカップのバストを隠すには、水着のブラはふたまわりほどちいさいようだった。三角形の布の両脇としたに、乳房が丸くあふれだしている。顔に狙撃手用のカモフラージュメイクが描かれたアキラは、水着姿で早朝の秋葉原中央通りに立ちつくしていた。背景は無人の街と電気街のネオン看板である。ななめにあたった朝日が、全身を燃えるような朱色に染めている。改装された画面を見て、アキラはいった。

「ふーん、この写真、気あいはいってるじゃない、ボックス」

　ボックスは椅子をぐるりと回転させていった。

「まあな、裸にフィールドベストっていうラフも描いたんだけど、やっぱりこっちのほうがエロくていいよな」

　アキラは米軍放出品のカーキ色のダウンベストのまえをあわせた。

「あんたたち、おたくの性欲ってあたしにはよくわかんないけど、こんなことで人を集められるなら、別に脱いだっていいよ。すべてはクルーク奪回作戦のためだもんね」

　タイコが点滅している告知イベントのアイコンをクリックした。つぎの画面には、男の手を両手でにぎって笑顔を見せるアキラの上半身が、広角レンズで中央部だけ拡大されて映っている。こちらははちきれそうな砂漠戦用の迷彩柄タンクトップである。タイコは調子をつけて、文章を読みあげた。

「アキラを発見したかた、先着五十人にサインいりＣＤシングルをプレゼント。さらに先着二十人には握手と生写真の撮影チケット、最初の五人には豪華生ハグつき。ねえねえ、脱いでもいいくらいなら、ほっぺたにキスしてもいいんじゃないの」

　風を切る音がして、アキラのこぶしがタイコのしもぶくれの顔の寸前でとめられた。

「全員にあたしの右ストレートをおまけでつけるってのはどう、タイコ」

　ボックスはかたほうの口の端だけつりあげていった。

「ある意味マニアックなやつは、そっちのほうがうれしいかもな。でも、『マトリックス』オフみたいに、参加者は全員迷彩服着用っていうのは、なかなかいかしてるだろ。おれ、今年のクリスマスイヴが待ち遠しいよ。アキラを探して、アキハバラの街中が迷彩のガキでいっぱいになる。おれが突入部隊じゃなけりゃ、通りにでてデジタルビデオまわしたいところだな」

新たなメールをチェックしていたページがいった。

「と、と、遠阪さんから、メ、メ、メメ、メールが届いてる、る」

席を立っていたアキラが自分の机にむかうと、ページは全員のディスプレイに遠阪のメールを表示した。

＞7のガードは、倍の6になった。
＞全員が格闘技の経験があるそうだ。
＞イズムくんから質問があった7の閉鎖回路の
＞認証画面は、通常のデジキャピのものと変わらない。
＞では、つぎのミーティングまで。

タンジェリンドリームのTシャツを着たタイコがアキラのほうを振りむいた。最近のアキハバラ@DEEPでは、クラシックロックのプリントTシャツが流行なのだ。

「六人の格闘技経験者か。アキラ、ほんとにボックスとふたりだけでだいじょうぶなの」

アキラが肩をすくめると、ボックスが切れのいい左右のジャブを四回空中に突き刺した。連日のトレーニングでこぶしの速度は以前とは比較にならないほどスピードアップしている。

「おれがついてるから、なんとかなるさ。こっちはあいてにふれるだけでいいんだしな。倒す必要なんてないんだ」

イズムはオレンジのサングラス越しにじっと液晶モニタをにらんでいた。ほとんど唇を動かさずにいった。

「ページさん、ミーティングを明日に設定してもらえませんか。今日中にはちょっとした新作ソフトを仕あげますから、用意ができたら遠阪さんと話がしたいんです」

「わ、わ、わかった、た」

ページはそういうと、遠阪と火投あてのメールを打ちこみ始めた。ページの入力は歌うようにリズミカルである。キーボードをたたく音をきくだけで、歯切れのいい明快な文章であることははっきりしていた。

@2

ミーティングが開催されたのは、週のはじめの火曜日。曇りなく磨かれたディスプレイのように均質な青で、秋葉原上空が塗りこめられた正午である。アキハバラ@DEEPのメンバーは、三組に分かれ外神田の木造事務所をでて、中央通りにむかった。目的地はユイのAIと再会した複合型カフェだった。

最初に到着したタイコとページが大部屋をとり、あとからメンバー四人がやってきた。最後にあらわれたのは、デジキャピのICカード型社員証を首からさげた上級プログラマー、遠阪直樹とデジタル労働の最下層で力仕事をこなす奴隷階級のレジスタンス、火投だった。笑顔で話しながら、ガラス窓のついた扉を抜けてきたふたりを見て、アキラが囁いた。

「ねえ、あのふたりって、まだつきあってるんじゃないの」

ページは黙って肩をすくめるだけだった。赤いビニール製のラブソファを中心に八人が集合した。それぞれ壁にもたれたり、テーブルに腰をのせたり、ぼんやりと突っ立っていたり、ばらばらなのに奇妙に統一感のある雰囲気だった。秋葉原という街が呼び寄せる人間には、どこか独特のなめらかな素材感がある。

関連企業七百社のネット帝国、デジタルキャピタルを相手に、テロ攻撃を計画する作戦会議のはずなのに、超然とした穏やかな空気だった。新しいコンピュータゲームの企画ミーティングのような気安さである。

最初にページが、口を開いた。

「き、き、き、今日は、イ、イ、イイ、イズムくんのほうから、と、と、と、遠阪さんに話がある、そそ、そうです、す」

イズムはパーカの内ポケットからCDRを一枚取りだした。誰も座っていないラブソファに腰をおろして、そなえつけのコンピュータにディスクを読みこませる。壁際のスチールテーブルのうえで三十二インチの液晶ディスプレイが目覚めた。

夜明けの紫が画面の上部からおりてくる。デジキャピのコーポレートカラーだった。中央には正方形に白抜きでDIGI　CAPI。見慣れたロゴはすぐに認証画面に変わった。使用者の名前と社員コード、そして暗証番号をいれる空欄が、三本のスリットになって浮かんでいる。キャンバスを切り裂いた現代絵画のようなクールなイメージだった。イズムはミラーグラスで画面を見つめたままいった。

「これはデジキャピが社内で使用しているコンピュータの認証画面です」

3／4パンツをはいた遠阪は、トレッキングシューズの片足をかけて、壁にもたれかかっていた。首からさがる社員証をいじりながらいった。

「なるほど。そんなことだろうとは思っていた。XSS脆弱性」

イズムは赤いソファのうえで遠阪を振りむいた。サングラスにはロッククライマーのような格好の上級プログラマーと、その元ガールフレンドのつかい捨て社員が映っている。タイコが恐るおそるいった。

「昔のシンセサイザーの名前みたいだね。コルグXSSとかさ。その脆弱性って、なあに」

黒ずくめの火投が、ちらりと遠阪の顔を見てからいった。

「クロスサイトスクリプティング脆弱性。まあ、今回は正確にはちょっと違うんだけど、やりかたは同じかな」

イズムが抑揚のない声で説明を始めた。

「サイトなんかに書きこみをしたり、ネットバンキングしたりするときには、この手の認証画面に自分の名前と暗証番号を書きますよね。ぼくがつくったのはデジキャピの社内ネットワーク用偽認証画面なんです。ここではちゃんと色がついていますけど、実際のソフトはほとんど透明なレイヤーで、毎日ログインしているプログラマーが見ても、画面の変化に気がつくことはないはずです。このソフトは正規の認証画面のうえに重なって表示され、そこに書きこまれた暗証番号をかすめとってきます。メモ帳のうえになにかを書くと、したの紙にも文字の跡が残りますよね。あれをパソコンの画面上でやるんです」

ボックスはトレーニングでごつくなった指を白手袋から抜いていった。

「半分くらいしかわかんないんだけど、目的はなんなんだ」

ミラーグラスに複合カフェの個室がまぶしく映し出されていた。ゲーム機、プリンター、DVDプレーヤー。壁のポスターでは風で丸くスカートの裾をふくらませたアニメの美少女が、絶壁の縁で胸を張り立ちつくしていた。髪は紫で、瞳は緑だ。イズムはいった。

「このソフトをつかって、ハッキングの手間をはぶきます。実際のアタックでは、ほんの十分ほどしか、時間はないはずだから。研究員の認証コードを盗めれば、最後の障害がなくなる」

火投が長いまえ髪をかきあげて笑っていた。明らかに横に立つ遠阪を値踏みする目つきだった。

「そうね。でも、そのためには七階にある戦略ソフト開発室に誰かがはいりこんで、そのソフトをパソコンに送りこまないといけない。あそこは、外部の通信網とつながっていないスタンドアローンのネットワークだから。この八人であの部屋にはいれるのは、そこの上級プログラマーさま、ただひとりというわけ。どうするの、直樹」

遠阪は表情を変えずに、ストリーミングで映画鑑賞をするために設置された三十二インチのワイド画面を眺めていた。

「きみたちにはすまないが、お断りだ。わたしの仕事は情報提供までの約束だったはずだ。そのソフトを潜りこませるために一回、コピーした認証コードを回収するためにもう一回。めったに足を運ぶことのない七階に、わたしは二度もいかなければならない。危険すぎるな」

火投はドアのわきに立ち、両腕を胸のまえで組んでいた。声の調子は急に冷ややかになる。

「どう。これがウイザードの正体よ。偉いやつほど、金と権力ばかりで、勇気は反比例してわずかになっていく。こんな人に頼るのはやめて、ほかに方法を探そうよ。うちのフリーターズのなかにも、七階に出入りしている人間はいるし」

火投が横目で見ていても、遠阪の表情はまったく変わらなかった。イズムがいった。

「その人は戦略ソフト開発室の端末に普段からさわることは、あるんですか」

火投はちいさく首を横に振っていった。

「ううん。メールボーイや清掃係だから、パソコンに近づくこともないかな。あそこは二十四時間、誰かしらいるしなあ」

　イズムも遠阪と同じ種類の人間のようだった。提案を断られても、顔色ひとつ変えようとはしない。あっさりといった。

「わかりました。もうすこし考えてみましょう。とりあえずこのソフトはサーバーへのアクセス記録が残らないように、改良を加えておきます」

　扉の脇にもたれていた遠阪がいった。

「このあとは突入の実行部隊の打ちあわせになるんだろう。わたしはそちらのパートについては知る必要がないから、これで失礼する」

　ページがキーボードにひと言別れの言葉を打ちこむまえに、遠阪はふらふらと複合型カフェの個室をでていった。火投は舌打ちをしていった。

「直樹とわたしがうまくいかなくなった理由はこれでわかるよね。あの人は飛び切り優秀なんだけど、自分のことしか考えられない。自分を集団の一員であるなんて思ったこともないんだ。だから簡単にデジキャピを裏切れるし、同じ理由で今度の攻撃にも懸命になることはない。直樹は自分でつくったソフトとよく似てるの。完璧に機能するけど、つかみどころがない。とてもじゃないけど、恋人としてはこっちのハートがもたなくなる」

　黒いセーターの左胸に手をおいた火投を、イズムがじっと見つめていた。

「ぼくは遠阪さんの気もち、わかります。あの人もぼくも、デジタル離人症なんです。あと五年もしたら日本中でポピュラーな病気になると思います」

　ページはソファに座り、キーボードをたたいた。

「ところで入院した人たちは、どうなりましたか」

火投は両腕を組んで、正面をにらんだ。目の光りがきりりと強くなる。

「まだ入院中。示談交渉がすすんでいるみたい。こっちが一方的にやられたのにね。それにやつらは見舞いにきた人もチェックしたり、尾行したりしてるんだ」

「チキショー、中込のやつ」

アキラはそう叫ぶと、ノーモーションの左右のジャブとフックのコンビネーションブローを空中に放った。三秒間で八発。ボックスがいった。

「おれも今すぐサンドバッグをたたきたくなった。だけど、いくらおれとアキラでSSのやつらを倒しても、パスワードがわからなきゃとても時間がたりないな。それじゃなくてもデジキャピのサイトは守りが堅いので有名だろ。七階の戦略ソフト開発室なんていったら、もっと厳しいはずだ。どう思う、イズム」

イズムの口調に変化はなかった。新聞記事でも読むように淡々という。

「クロスサイトスクリプティングがつかえなければ、ネットワークへの潜入はかなりむずかしくなるでしょう。ぼくたちの侵入が発覚すれば、なんらかの対抗手段がとられるでしょうし、パスワードクラッカーを走らせても何時間もかかってしまうかもしれない」

アキラが今度は豪快な右アッパーを、個室の低い天井に突きあげた。

「じゃあさ、そのへんにもたもたしてるプログラマーをつかまえて、二、三発ぶんなぐっちゃうっていうのはどう。それでパスワードをききだす」

イズムは初めて笑顔を見せた。

「物理的な手段は、いつだって有効ですよ。警報が鳴り響いているなか、プログラマーが現場に残っていればですが。だけど、そういうやりかたはデジキャピ的で、ぼくたちらしくはありませんね」

そこでページはキーボードをひざのうえにのせた。頭を垂れて集中して入力を始める。

[ぼくもイズムくんの意見に賛成だ。敵が問題外の手をつかったからといって、ぼくたちも同じことをしてもいいというわけにはいかない。中込と同じことをしたら、ぼくたちも結局はちいさなデジキャピになってしまうと思う。今回の攻撃では負傷者は最小限に抑えたいし、死者がでるようなことは絶対に避けなければいけない。敵でもぼくらのメンバーでも、誰かが死ぬようなら、ぼくはアキハバラ＠DEEPの代表として、この攻撃計画を中止にする]

ワイドディスプレイに二十級の明朝体が浮かんでいた。ボックスが白手袋を交換しながらいった。

「まあ、そうだよな。スペシャルセキュリティのゴリラたちにはちょいと痛い目にあってもらうが、ほかのケガ人は最低限に抑えたいもんな」

アキラは上体を左右に振って、短く息を吐きながらフックの連打を放った。息を乱すこともなくいった。

「あたしはSSのやつらにはやりすぎちゃうかもしれないけど、そのときは大目に見てね」

一度も口を開かなかったダルマがいった。

「ユイさんのAIもいっていました。闘いはたのしくハードにやらなければいけない。わたくしたちは、わたくしたちらしく愉快に最後まで闘いましょう」

火投はつややかな黒髪をかきあげた。さらさらと砂のこぼれる音がきこえてきそうである。穏やかに笑っていう。

「アキハバラ＠DEEPは、そのほうがいいよ。うまくいくかどうか、わからないけど、みんなで全力でがんばってみよう。さあ、ページくん。作戦の概要をきかせて」

ページはうなずいて、入力を開始した。

［作戦のコードネームは『聖夜のアタック』。クリスマスイヴの正午をもって、攻撃は開始されます」

複合型カフェの個室は、長い休日をまえにしたホームルームのように、急速に真剣さと明るさを増していった。その場にいた七人の誰もが、胸のときめきを抑えられなかったからである。

@3

十二月なかばからTVコマーシャルは、デジキャピのスポットCF一色になった。真っ白なホリゾントのスタジオで、お菓子系のアイドルタレント、田野倉ひなたが天使の格好で穴を掘っている。白いスコップの取っ手には、びっしりと人工ダイヤモンドが埋めこまれていた。アイドルが土をすくいあげると、その塊は空中でさまざまなものに姿を変えていった。

海をいく帆船になり、腎細胞の顕微鏡写真になり、タイ料理のレシピになり、南米原産のキンイロガエルになり、最後に銀河の高精細映像になった。締めのコピーはシンプルだ。

「世界のすべてをディッグしよう。すべてが新しいＡＩ型サーチエンジン、スコップ」

あとに続くのは、１・17の日づけとデジキャピと同じ紫のギズモ・ブロードバンドのロゴマークだけだった。

時刻は間もなく午後十一時だった。事務所の液晶テレビでＣＦを見たアキラが叫び声をあげた。

「今朝からもう二十回はあのコマーシャル見たよ。あたしたちのクルークがあんなふうにされた。

なにがお菓子系アイドルだよ。中込のやつ、許せない」

うなりをあげて振りまわされた右のハイキックは、テーブルで電子部品を組み立てているタイコの頭をかすめた。

「やめてよ、アキラ。こっちは今、まじめに作業中なんだから」

「ごめん。でも、その音楽爆弾ってほんとうに効果があるの。話をきいてもよくわかんないんだけど」

「まあ、見てなって」

東京ローカルのテレビ局でビジネスニュースが始まった。ショートカットの女性キャスターが冷たく笑っている。

「こんばんは。今夜は来月公開される画期的なＡＩ型サーチエンジン『スコップ』で話題集中のデジタルキャピタル代表、中込威さんにお越しいただいています。よろしくお願いします」

スコップのＴシャツのうえにタキシードジャケットを着た中込が、よく響く声で同じ言葉を返した。ページは思わずいった。

「あ、あ、あい変わらず、い、い、いい声だね、ね」

「冗談じゃないよ」

アキラはテレビ画面にむかって、右のこぶしを伸ばした。液晶が波のように揺れそうなほど寸前で黒手袋のこぶしはとまった。キャスターがいった。

「スコップはどういう点で、画期的なんでしょうか」

モデルルームの書斎のようなセットのなかで、中込の丸顔は油でも塗ったように照明を浴びて光っていた。自信満々の表情でいう。

「これまでのサーチエンジンは、機械的にキーワードをふくむサイトを集めたり、誰かが分類したディレクトリーに導かれるだけでした。でも、スコップはほんとうに必要なものはなにかを自分で考えてくれるAI型サーチエンジンなのです。利用者の好みどおりのカスタマイズができますし、一度つかったらもう旧態依然としたエンジンにはもどれませんよ。世界に数十億とあるサイトの真価は、スコップによって初めて発掘されるのです」

キャスターは心ない様子でうなずいて、つぎの質問を読んだ。

「スコップが来年のギズモ・ブロードバンドの目玉になるのですね」

中込はちいさな子どもにでもするようにおおきくうなずいた。強い目でカメラをにらむ。攻撃計画を見透かされたようで、六人の背中に冷たいものが走った。

「ブロードバンドでは契約数が二百五十万件を突破して、ギズモが首位の座にありますが、まだ十分ではありません。デジタルキャピタルはスコップを世界展開のための戦略的なツールと考えています。日本発のサーチエンジンとブロードバンドが、世界の三割のパソコンを押さえる。それがわたしたちのつぎの五カ年計画の目標です」

画面はスタジオからビデオクリップに変わった。最初にステンレスの扉が映った。中央には透明なアクリル板が張られ、戦略ソフト開発室と赤く刻まれている。アキラがいった。

「この部屋、デジキャピの七階だよ。誰か録画してる」

イズムが手をあげた。

「問題ありません。新型のＤＶＤレコーダーにキーワード録画を設定してあります。中込威、スコップ、デジキャピ、ギズモ。このワードをふくむ放送はすべてハードディスクにためこまれています」

ボックスが事務所で最大のモニタを地上波のチャンネルに切り替えて、全員が顔を寄せて攻撃目標の映像に見いった。ＩＣカードで扉が開くと『スタートレック』のエンタープライズ号の制服に似た格好のガードマンがふたりビデオカメラを出迎えた。タイコが低く口笛を吹いた。

「うわー、筋肉むきむきだ」

アキラは腰のベルトを指さした。

「特殊警棒をさげてる。あれはちょっとやっかいだね」

カメラはもう一枚のドアを抜けて、つぎの部屋にはいった。最初に目にはいるのは広々とした吹き抜けの空間だった。戦略ソフト開発室はフロア二階分をぶち抜いてつくられた巨大な円形だった。中央にはガラスで包まれた丸い柱があり、社内ＬＡＮのサーバー筐体《きょうたい》が距離をおいて整然とおかれている。四角い卵のような純白の箱だった。イズムの声がめずらしく興奮していた。

「この部屋ではあのサーバー用のスペースが一番お金がかかってるんだ。床したには三次元免震ユニット、空調はオフィスとは別の設備で気温と湿度を完璧にコントロールしている。商用電源のほかに工業用のバッテリーとガスタービン発電機を併設して、三重の受電方式になってるし、床の耐荷重は平方メートルあたり一トンを超えてるんだよ」

カメラはゆるやかに半円を描きながら、螺旋状にワーキングフロアにおりていく長いスロープをくだった。七階のプログラマーたちの格好は、ほとんどが力の抜けた夏のカジュアルだった。なかにはどこかの陶芸家のようなジンベエ姿もいる。

花びらがより複雑さを増しながら開いていくように、パーティションで仕切られた机がサーバーを中心に広がっていた。誰もが集中して仕事に取り組んでいる。その熱気は音のない画面からも伝わってきた。中込の深いバリトンが重なった。

「新年の公開を目指して、わが社の優秀なプログラマーが全力で開発の最終段階をすすめています。わたしたちのＡＩ型サーチエンジン、スコップは必ずコンピュータの世界を変えます。一月十七日を忘れないでください」

カメラはひとりのプログラマーの背後からディスプレイをちらりと映した。そこには水銀のように周囲の光りを撥ねるイルカがくるくると自分の尾ひれを追って回転していた。ページが泣きそうな声でいった。

「ユ、ユ、ユイさん……」

「チクショー」

アキラはじっとしていられなくなったようで、ウォーミングアップのために両肩をまわし始めた。ボックスがいった。

「帰りにそのへんの公園でシャドウをやるなら、おれもつきあうよ。アキラがデジキャピの看板をぶっ壊すのはやめてもらいたいからな」

アキラはボックスにうなずくと迷彩柄のダウンベストに袖をとおしながら、木造の階段を音を立てて駆けおりていった。

@4

仕いれられないものはないと豪語するインド商人、アジタ・ベーラッティプッタが裏アキハバラの事務所にやってきたのは、冷たい雨の降る水曜日だった。アジタはなにも書かれていない段ボールを打ちあわせテーブルにおくと、濡れたボマージャケットを脱いだ。

「どう、みんな、もうかってる」

それから室内を見まわした。オフィスの壁は同時多発空巣でポスター類をすべてはがされたままになっているので、改装の途中で放りだされた中古物件のようだった。アジタは肩をすくめるといった。

「なんだか、そうでもないみたいね」

アキラが段ボールに飛びついた。おおきなビニール袋をふたつ取りだし、片方を開いて見せる。特に変わったところのない黒いベストだった。おかしなところといえば、肩口から黒いコードが伸びて黒い手袋につながっているくらいだろうか。アキラがインド人手配師を見ていった。

「つかいかたは」

アジタの指先がベストを裏返した。内ポケットに縫いつけられたちいさなスイッチを指さす。

「これをオンにすれば、あとは着るだけ」

アキラはA４サイズのポケットがついたA－１ゴアテックス迷彩パーカのうえから、黒いベストを着こんで、スナップを首までとめた。こぶしの角に灰色に焼けた金属のパーツがむきだしになった黒革の手袋をしっかりとはめる。深呼吸をして両手をあげ、ファイティングポーズをとった。

「いい？　いくよ、みんな」

黒革のこぶしの陰でアキラの目が細められ、ほとんど同時に左右のジャブが誰もいない空間を貫いて走った。腕が伸びる直前にバチンッと金属を打ち抜くような音がして、あたりになにかが焦げるようなにおいがする。

アキラは操作感を試しているようで、自分のもつあらゆる種類のパンチを繰りだした。ジャブ、ストレート、フック、アッパー。ボクシングでは禁止されている裏拳に、ローブロー。アキラが一分ほどのあいだシャドウを続けると、木造の事務所は雷のあとのような空気に包まれた。薄暗い室内に黒いこぶしと青白い空中放電の残像が浮かぶ。

アキラはようやくアジタが用意した得物に納得したようだった。ファイティングポーズにもどってから、手袋とベストを脱ぎ、テーブルにそっとおいた。タイコがいう。

「ねえ、アジタ、このスタンガンはどれくらいでてるの」

アジタは得意な様子でベストをなでていた。

「市販のやつは九十万ボルトくらいが最高だけど、これは電源とコンデンサーを強化してその三割増しくらいのパワーがあるよ。でも腕や足ではあんまり効果がない。バランスを崩してふらつくかもしれないけどね。できたら肩の上部からうえを狙ってね。このくらい電圧が高いと、服のうえからだって一秒もあてれば、その場に倒れて何分かは動けなくなるはずだから。ベストがちょっと重いかもしれないけど、九ボルトの角型アルカリ電池を十五個いれてるから、我慢して」

メンバーからどよめきがあがったが、ページは冷静だった。

「ア、ア、アジタ、ス、ス、スタンガンって、ふふ、副作用やこ、こ、後遺症が残るようなことはな、な、ないよね、ね」

アジタは浅黒い顔でうなずいた。

「電撃で神経が一時的に麻痺するだけだから問題ない。それよりさっきのアキラのパンチのほうが危険だよ。まるでカーリーみたいだったね、アキラ」

ボックスが自分もベストを着こみながらいった。

「アジタ、カーリーってなんだ」

インド人はにやりと笑ってこたえた。

「生首のネックレスをさげた殺戮と恐怖の女神さまだよ。一度スイッチがはいるとそこにいる者をすべて殺しつくさないと収まらない怖い女」

ボックスが左のジャブを飛ばしても、こぶしの先についたスタンガンからは火花が散らなかった。

「おかしいな、スイッチいれたのになあ」

アキラが表情を変えずにいった。

「相手にあたる直前にこぶしをぐっとにぎるんだ。てのひらのなかにほんとうのスイッチがある。いつも練習してる左右のジャブのコンビをやって」

ジャブをだすのと、こぶしをにぎるタイミングがなかなかあわないようだった。ボックスがいくら腕を振りまわしても、アキラのように腕の伸び切る直前からきれいに空中放電が飛ぶことはなかった。アキラが口元を引き締めていった。

「今日からはこの電撃グローブに慣れるように練習を始めるからね。これまでより何倍も厳しくするから覚悟しといて」

アジタはアニメーションのキャラクターのように恐怖の表情をつくって見せた。

「おっかない。アキラが怒ってるときは、近くに寄らないことにするよ。サービスで警棒型のスタンガンを二本つけといたから」

ページが半金のはいった封筒をわたすと、アジタはその場で中身を確かめ、毎度といって階段をおりていった。ページはまだ興奮しているメンバーに声を張った。

「さ、さ、さあ作業にも、も、もどろう」

電子部品を巨大なスピーカーにつなぎながら、タイコがいった。

「百万ボルトの電撃グローブがつかえるなら、ぼくも突入部隊になりたかったなあ」

胸にベストを抱えたアキラがぽつりといった。

「確かにこのグローブは強力だよ。でも相手は特殊警棒をもった大男が十人以上だ。タイコも身体中にケブラー製のガードをつけて、参加してみる。あんまりおすすめじゃないと思うけど」

初めて武器が届けられた雨の日、アキラとボックスは二階の廊下でじっくりと練習に励んだ。湿った空気に青い火花が飛んで、一瞬だけ磨り減った床とモルタルの壁が浮きあがる。吐く息は白く短く、流れ落ちる汗は床に丸い染みをつくった。ふたりは必死だった。まだ見ぬスペシャルセキュリティの男たちと闘うためには、クルークを奪われた怒りだけでは十分ではなかったのである。数百発となく繰りだされるパンチだけが、なんとか巨大な敵への恐怖を抑えこんでくれた。

第十七章 続・聖夜のアタック

@1

こつこつと低く、開いたままのドアをノックする音がして、ページは顔をあげた。

「だ、だ、だ、誰で、で、ですか」

アキハバラ@DEEPの戸口から顔をのぞかせたのは、デジキャピの下層プログラマー、火投だった。最初におおきな声をだしたのは、アキラである。

「どうしたの、その顔」

タイコもほとんど同時に叫んだ。

「それに、その髪も」

長身の火投が猫背で木造の事務所にはいってきた。腰に届くほど長かった髪はばっさりと切られ、ショートのボブスタイルになっている。だが、異様なのは髪ではなく顔のほうだった。ノーメイクの火投の左目には、黒い眼帯がななめにつけられていたのだ。火投はちいさく首を振っていう。

「昨日ね、デジキャピまえで抗議活動をしていたんだけど、うちのフリーターズのメンバーがちょっとやりすぎちゃった」

イズムはキーボードのうえに手をのせたまま、感情のない声できいた。今日のサングラスは鮮やかなパープルだ。

「なにをして、なにをされたんですか」

「若い子の何人かが、デジキャピの一階ロビーにはいって、ビラを撒き、シュプレヒコールをあげた。わたしはとめにはいったんだけど……」

連日のスピードトレーニングで頬の締まったボックスが口をはさんだ。

「SSのやつらに過剰防衛をくらった。たまたまあのゴリラが振りあげた拳骨の先に、あんたの目があって、ぶつかってきたのは火投さんのほうだ。そんなところだろう？　でも、どうして髪まで切ったの」

事務所の六人が黙りこんで見ているうちに、火投の残された右目が赤くなった。涙を落とさないようにこらえている。秋葉原の地下組織のリーダーは、それでも声を震わせずにいった。

「昨日仕事を終えて、部屋に帰った。ちょうどドアの鍵を開けているときに、うしろから羽交《はが》い絞めにされたんだ。黒い目だし帽をかぶった男がふたりだった。ひとりがわたしを動けなくして、もうひとりがナイフで髪をざくっと切った。動くな、動けば顔に刃がすべる。今日だけじゃない、明日からも同じだぞ。ちょろちょろと動くんじゃない。耳元でそういって、わたしの髪をめちゃくちゃにした。ナイフで髪を切る音が、まだきこえるみたい」

最後のひと言で、火投の右目から涙が一滴こぼれた。誰もなにもいわなかった。残りの涙を目の縁からハンカチに吸わせると、火投は顔をあげた。

「そういうわけで、ちょっと報告にきたんだ。どうせ、みんなも誰かに話をきくだろうから」

タイコは心配そうにいった。

「あの、もう火投さんはぼくたちの闘いから手を引いちゃうんですか」

火投は晴ればれと笑った。

「まさか。それならこの事務所に顔なんてださないよ。髪なんて短くなって、せいせいしたくらいだもの。中込のやつに仕返ししなくちゃ、女がすたるよ。今日はね、わたしは絶対に最後までやるっていいにきたんだ。あんなやつらにいいようにされるのは、わたしは嫌だ」

アキラがショートアッパーの四連打でこたえた。

「カッコいいね、火投さん。それにくらべて、遠阪さんはやっぱりダメ男だな。火投さんもあんなプログラムおたくと別れて正解だったよ」


デジキャピに八人しかいない上級プログラマーにして、伝説のファイル交換ソフト、梅の湯の制作者、遠阪直樹から電話があったのは、同じ日の深夜だった。最初に電話をとったのは、アキラである。

「あれ、遠阪さんか。めずらしいね、うちに直接電話してくるなんて」

遠阪はなんでもないという調子でいった。

「ああ、アキラくんか。きみはほんとうにDVDデビューするのかな」

アキラのCD・DVD発売は、陽動作戦のひとつだったが、事実ではある。アキラは嫌々ながら返事をした。

「まあね、それより誰に代わる？」

「イズムくんに」

アキラは保留を押して叫んだ。

「イズムくん、火投さんの元ボーイフレンドの、ネットインポ野郎からだよ」

イズムは電話をテレフォンアポインターのようにヘッドセットにつないでいた。電話のあいだも入力とソフト制作をとめずにすむからである。

「はい、イズムです。代わりました」

タイコがイズムの耳元のスピーカーに顔を近づけていた。遠阪の声には抑揚というものがまったくない。

「あのソフトをネットで送ってくれないか」

イズムのキーボードが静かになった。これから押そうとしたエンターキーの直前で右手の小指が固まっている。

「あのというのは、このまえ話したやつですか」

遠阪は平然といった。

「そうだ。わたしがセットし、わたしが回収してこよう」

イズムの声はめずらしくうわずっていた。

「でも、どうしてですか。危険だと自分でもいっていたはずです」

遠阪はうなるようにいう。

「事情が変わった。中込さんもスペシャルセキュリティもやりすぎてしまったのだ。わたしは彼らにペナルティを与えることにした。これはきみたちへのプレゼントではなく、彼らへの罰なのだ。では」

電話は突然切れてしまった。タイコが口笛を吹いて叫んだ。

「やった。遠阪さんが、戦略ソフト開発室の認証コードを盗みだしてくれるってさ」

ページが椅子をまわしていった。

「だけど、どうして急に気が変わったんだろう」

イズムはマウスを操作して、早速上級プログラマーの裏アドレスに自作のソフトウエアをメールした。外部とのネットワークをもたない開発室のＸＳＳ脆弱性を突く偽の認証画面である。手を休めずに背中越しにいう。

「みんな、遠阪さんやぼくみたいなプログラマーを、デジタルに考えすぎているんですよ。だいぶまえに別れたにしても、ガールフレンドの髪をばっさり切られたりしたら、誰だって怒るでしょう。今回は中込のミスだったんです。中立的な立場にいた遠阪さんを、ぼくたちのほうに押しやったんですから。ウイザードだって、人間です」

アキラはスイス軍の雪山迷彩のフィールドジャケットで腕組みをして立ち尽くしていた。

「ふーん、そうか。遠阪さんも、やっぱり普通の男だったんだ。なんか見直しちゃったなあ」

ボックスが左のジャブを二発、狭い事務所の空に放った。アキラにむかってにやりと笑う。

「おれ、今度遠阪さんに会ったらいってやろう。うちの迷彩おたくが、あんたのことネットインポって呼んでいたって」

裏アキハバラの日本家屋の二階にある事務所に笑い声が巻き起こった。アキラは振りむきもせずにその場で身体を反転させて、うしろまわし蹴りを放った。つま先に金属のはいったミルフォースのコンバットブーツは、ボックスの額の三センチてまえでぴたりととまった。

@2

徹夜明けでも、タイコの顔色は悪くなかった。この数日間、事務所で寝泊まりして着替えも入浴もしていないので、ジーンズもトレーナーもしわだらけである。当人は気づいていないようだが、かすかに体育準備室に似たカビくさい汗のにおいが、タイコの机のまわりには漂っていた。

十一時近くにメンバー全員が出社した。ボックスは会議テーブルのうえにのせられた奇妙な電子機器を見つけると声をあげた。

「ようやくできたみたいだな。こんなもんがほんとに役に立つのか」

ひと目見ただけではどんな目的につかうのかわからない機械だった。おおきさは二十インチのブラウン管テレビほどである。自動車用のバッテリーと小型アンプ、それにアナログレコードをひとまわりおおきくしたような銀色の円盤が電線で結ばれ、金属のシャーシにのっている。イズムが腕組みしながら機械をのぞきこんでいう。

「なんだか昔の映画にでてくるタイムマシンみたいですね。ちょっとカッコいいかもしれない」

タイコは誇らしげに、試作機の第一号を見つめていた。ボックスは肩の筋肉のストレッチを始めた。突入作戦にむかって、身体の手いれには余念がないのである。ゆっくりと息をはいていった。

「タイコ、うっとりしてないで、こいつがなんだか説明しろよ」

タイコは自分の声でファンファーレを奏でた。オリジナルの音程のいいファンファーレである。

残り五人のメンバーは自然に会議テーブルに集まった。タイコはなにかの賞の受賞者でも紹介するように、電線だらけの機械に開いたてのひらをむけた。

「ジャーン、これがぼくのつくった音楽爆弾だよ」

アキラはまるで意味がわからないようだった。恐るおそる機械を見つめていう。

「これがものすごい音をだして、デジキャピの本社ビルを吹き飛ばすの」

タイコは笑って、銀色の円盤をなでた。

「違うよ。こいつにはプラスチック爆弾なんてはいってない。でも、どかんといくのは同じかな」

ボックスは残りの肩のストレッチを続けながらいった。

「だから、なんなんだよ。もったいぶらずに教えろよ」

タイコは五人のメンバー全員の顔をゆっくりと順番に眺めた。ボックスはたまらずにいった。

「おまえ、こんなに引っ張って、つまんないガラクタだったら、電撃グローブくらわせるぞ」

タイコの返事は笑い声だった。

「わかったよ。これは超低周波発生装置だ」

アキラが口をはさんだ。

「その、超低周波ってなあに」

タイコは会議テーブルの端に腰をおろした。配線がゆるんでいないか、カラフルなコネクターを指で確かめている。

「人間の耳の可聴帯域はだいたい二十から二万ヘルツだっていわれている。実際には個人差がすごくあって、高いほうと低いほうの両端は耳の感度が低いんだけどね。この爆弾は人の耳にきこえない二十ヘルツ以下の超低周波を発生させるんだ。もちろん普通のスピーカーじゃダメだから、アルミ製のハニカム構造になったアクチュエーターをつかっている。アンプは小型だけど、Ｄクラスのデジタルアンプで、八オームで千ワットのダイナミックパワーをしぼりだすんだよ」

アキラが眉をひそめていった。

「あのさ、タイコの話、ちんぷんかんぷんなんだけど」

「わかった。じゃあ、三分の一くらいのパワーで実験してみよう」

タイコはかけ声とともに機械を床におろした。銀色の円盤を床にぴたりと張りつくように固定する。しゃがんだまま、メンバーを見あげてにやりと笑った。

「いくよ。ショータイムだ」

スイッチがはいると同時に木造二階建ての事務所全体が振動を始めた。胸や腹にも微妙な圧迫感がある。窓ガラスはがたがたと揺れて、壁に張られたカレンダーやポストイットの先は細かに振動していた。耳にはきこえないが、身体全体に響いてくる轟音で、内臓を揺すぶられるような不快感だった。床をはうコンピュータの配線がじりじりとひと方向に動き始め、照明機器からはたまっていたほこりがふってきた。椅子をおりて、床にへたりこんだアキラが悲鳴をあげた。

「うわー、気もち悪い。もうわかったからやめてよ」

タイコは得意げにスイッチを切った。イズムがうなずいていう。

「この三倍も出力があるなら、地震と間違える人だっているかもしれない。おもしろいですね、タイコさん」

タイコは機械の各部を調べてから、席に戻った。

「うん、あと三台分の部品を買ってあるから、突入までには組みあげるよ。二台はデジキャピに、残りの二台は秋葉原駅にでもおこうかな」

ページは感心したようにいった。

「で、で、でもタイコは、な、な、なんでこんなき、きき、機械を思いついたんだ、だだ」

タイコは照れたようにいう。

「いや、音楽でなにか突入作戦の手伝いができないかなと思って。それで音のもつ力を調べて、ネットサーフィンしてたら公害訴訟の記事を見つけたんだ。高速道路やタービンエンジンがだす超低周波で健康被害がでているのを知って、これだと思った。実際に試してみたら、ケガはしないけど、ものすごく気分が悪くなるしさ」

ボックスはあきれて、タイコに目をやった。

「まあ、たいしたもんだけどな。でも、こんなちいさな機械の力がデジキャピのでっかい本社ビル全体に伝わるのかな。そんなパワーがあるようには見えないけど」

タイコは自信に満ちた様子でいった。

「だいじょうぶ。ぼくは環境省の報告書も読んだけど、超低周波って何十メートルも離れたところから伝わるんだ。とくに硬い構造体によく効く。こいつを二台くらい、デジキャピの地下駐車場にでも設置すれば、ビル全体にさっきの振動を送れると思う。それにさ、こいつのいいところは、耳では聞こえない音だから、どこで鳴ってるかぜんぜんわからないんだよね」

リクルートスーツのダルマが、あごひげをなでながらいった。

「どれくらいの時間もつんですか」

「このバッテリーひとつで三時間はＯＫ。ねえ、誰も吹き飛ばないし、血も流れない理想的な爆弾でしょう」

アキラはじっとしていられなくなったようだった。上下を打ち分ける短いストレートのコンビネーションが、風を切ってうなった。

「ほんと。でも、あたしはどうせなら、その円盤を中込の頭に直接くっつけてやりたいよ」

ボックスはアキラの四連打と同じリズムで、コンビネーションブローを繰りだした。出勤用に使用しているデイパックから、ＤＶＤ－ＲＷを一枚抜いて、メンバーにきらきらとかかげて見せた。

「タイコにばかりいいところ見せられるの嫌だから、おれのほうもそろそろ発表しちゃおうかな。そこのモニタのまえにみんな集まってくれ」

残る五人はがたがたとパイプ椅子をずらして、グラフィックデザイン用の二十四インチ高精細ディスプレイのまえに移動した。ボックスはディスクを自分のコンピュータに読みこませた。

「おれのほうは映像だ。こいつが秋葉原中の電器屋のモニタに流れるかと思うとぞくぞくするな」

黒い布で顔を隠し、鋭い視線だけ正面のＣＣＤにむける外国人の姿が映しだされた。画面のしたにはコーランの文字が横に流れていく。タイコが叫んだ。

「なんだ、またアジタをつかってるんだ」

ボックスは肩をすくめた。

「ヒンズー教徒のインド人だって、イスラム教徒のイラン人だって、こうしちゃえばあんまり変わらないからな」

裏アキハバラの商人は宙の一点に目をすえて、意味不明の言葉で熱烈に語っていた。ページはいった。

「あ、あ、あれはなにをは、は、は、話しているの、の」

「なにもないとしゃべれないというから、インドの映画雑誌を読みあげてもらったんだ。ハジタの好きな女優がでているダンス映画の紹介らしくて、きっと腰の動きがたまらないなんていってるんじゃないかな」

アキラがちいさな声で部屋の隅に吐き捨てた。

「バカじゃないの」

映像は偽イスラム教徒から、ニュースフィルムに変わった。ＣＮＮ、ＢＢＣ、アンテヌ２、モスクワ放送、アル・ジャジーラ、世界中の放送局が流したテロ現場の映像だった。

ダルマがため息をついていった。

「わたくしが壁をむいたまま自分の部屋に閉じこもって十年。いつの間にか世界は自爆テロが交通事故のように毎日起きる場所に変わってしまいました。この世界は果たして、ＣＰＵの性能のように日々進歩しているのでしょうか」

誰にもこたえのでない質問だった。残りの五人は無言で捏造された犯行声明を見つめ、それから黙って自分の仕事にもどっていった。

＠
３

歳末商戦が近づいて、明るい電気の街も本格的な寒さを迎えていた。秋葉原ではどこを歩いても、スコップの広告が目に飛びこんできた。お菓子系アイドルが天使の格好で白いスコップを振るうおなじみのポスターである。テレビやラジオのＣＭは毎日数十回となく、画期的なＡＩ型サーチエンジンの出現を煽《あお》っていた。デジキャピは総力をあげて、新年の目玉を売りこもうとしている。ネットの世界の三分の一を手のなかに収めようという中込威の野望が、当事者であるアキハバラ＠ＤＥＥＰのメンバーには息苦しいほど伝わってきた。

一週間後に作戦を控えた火曜日の夜だった。ページとタイコは残る四人のリクエストをプリントアウトの裏に書きこんで、近くのコンビニに弁当を買いにでかけた。アキラとボックスは高タンパク質で脂質のすくない弁当を、イズムはいつものようにポテトチップスとアイスクリームで、ダルマは好物のいなり寿司とほうじ茶のセットだった。

首に二重にマフラーを巻いたページとタイコが近道をしようと、背を丸めて外神田の狭い路地にはいりこんだ直後のことだった。ゆっくりと近づいてきた自動車が背後でとまる気配がした。タイコが振りむくのと、黒いワゴン車のスライドドアががらがらと音を立てて開くのはほぼ同時だった。

「ページ、やばい」

全身黒ずくめのボディスーツを着た男たちが、土砂崩れの泥流のようにページとタイコに襲いかかってきた。こんなときでも、代表の声は不規則に断裂している。

「な、な、なんなんだ、だ、だ。お、お、おまえたち、ち、ち」

男たちはなにもこたえなかった。ページとタイコの腕を背中でねじりあげ、黒い手袋で口をふさぐ。手首になにか細いコードのようなものが巻かれたようで、ぱちりと背中で音がしてスナップがとめられると、まったく手が動かせなくなった。ふたりは暗い路地でできる限りの抵抗を試みたが、男たちは屈強で、こうしたことに手馴れているようだった。あわてることもなく、ひとりずつかつぎあげて、ワゴン車のなかに押しこんでいく。荷室に横たわったふたりには、すぐにきつく目隠しがされた。自動車は急発進することもなく、なにごともなかったかのように秋葉原の裏町を静かに離れていった。


タイコは恐怖に震えながらページに囁いた。

「ぼくたち拉致されちゃったね。これからどうなるんだろう」

ページも身体の震えを抑えることはできなかった。ふたりとも他の人間と物理的なコンタクトをとったことなど、この数年間ほとんどなかったのである。

「わ、わ、わ、わからない。こ、こ、殺されることは、な、な、ないと思うけど」

ワゴン車の薄いボディの外を、救急車がとおりすぎていくサイレンの音が流れた。視覚を奪われると近づいてくるときに周波数が高くなり、遠ざかると低くなるドップラー効果がはっきりとわかった。ページはいった。

「そ、そ、そ、そうだ。タ、タ、タイコは耳がいいから、ど、ど、どんな道をとおっているのか、お、お、音でき、記憶しておいてくれ、くれ」

タイコはカーブのたびに荷台でごろごろと転がりながら、自信なさげに返事をした。

「わかんないけど、がんばってみる」

黒いボディスーツの男が助手席から切りつけるように叫んだ。

「おまえたち、黙っていろ」

それからふたりは必死になって、走り去っていく街の音に耳を澄ませた。

黒いワゴン車はしばらく市街地を走ってから、あまり信号機に引っかからなくなった。何度か短い坂をのぼり、わずかに水平に走ってから、また坂をくだる。そのあいだ風を切る音がつよくなり、車体が横に振れた。ちいさな水音をきいた気がして、タイコはページの耳元で囁いた。

「だんだん海のほうにむかってるみたいだ」

ページもいう。

「う、うん、さ、さ、さっきのは、はは橋だ」

小一時間ほど走って、うしろ手に縛られた腕の感覚がなくなり始めたころ、ワゴン車は停止した。前方からシャッターのあがる音がきこえる。ページは不思議だった。これがもし自分ひとりだったら、恐怖でおかしくなったかもしれない。だが、同じ目にあっている友人が横にいるだけで、叫び声をあげそうな恐怖になんとか耐えて、パニックに陥らずにいられたのだ。

ワゴン車はどこかの建物のなかに徐行していった。風の音がやんで、タイヤの走行音が近くの壁に反射したのでそうわかった。後部のハッチが開かれ、男のひとりの声がした。

「ついたぞ、おりろ」

ページとタイコは両脇から腕をつかまれ、目隠しをしたままワゴン車からひきずりだされた。

「ここに座れ」

腰をおろすと、安もののパイプ椅子がぎしぎし鳴った。目隠しをとられる。ふたりの目のまえには、クリアガラスの裸電球がさがっていた。二百ワット球のようで、目を細めるほどのまぶしさだった。

どうやら東京湾の近くの倉庫のようである。目隠しをとられると急に鼻がきくようになったのか、かすかに潮のかおりがした。四人の黒いボディスーツの男たちは、目だし帽をかぶっていた。タイコがいった。

「こいつら、火投さんを襲ったのと同じやつらだ」

ページはなにか場所を特定できるものはないかと、空っぽの倉庫を見まわした。だが、手がかりになるようなものはなにもなかった。デジキャピのロゴのはいった段ボールひとつおいていない。

「さて、きみたちにはすべてを話してもらおうか」

話しているのはその場にいる男たちではなかった。どこかに設置されたスピーカーから、電子的に変調させた男の声が、ロボットのように歪んだ和音で流れてきた。

「あの土曜日、秋葉原の異臭騒動を起こしたのは、きみたちアキハバラ＠ＤＥＥＰだという噂が、あちこちの裏サーバーで流されている。きみたちは特定の企業や集団を狙った犯罪的な計画をもっているだろう」

タイコは勇敢だった。

「なにひとつ話すもんか。拉致するなんて、そっちのほうが犯罪だろう」

耳元でひゅんと風がうなる音がして、小太りのタイコの丸い肩に黒いものがしなりながら振りおろされた。太いゴムパイプだった。タイコは悲鳴をこらえることができなかった。ページは倉庫中に反響する友人の叫びに身体中の毛を逆立てた。

「ぼ、ぼ、ぼ暴力は、やや、やめてくれ」

平和な日本に生まれ、ゲームとコンピュータを相手に成長した青年たちは、極端に痛みと暴力に弱かった。このままなぐられたら、自分はすべての計画を話してしまうかもしれない。ページは実際の暴力や拷問よりも、自分が暴力をリアルに想像する力に耐えられずに壊れてしまうのが恐ろしかった。

「それなら素直に話すといい。わたしだって、暴力は好きではない。だが、今は大切なときなのでな」

ページはロボット声の男の話しかたに、どこかできき覚えがある気がした。あれは中込の四人の秘書のひとりではなかっただろうか。事務所にやってきて、脅しをかけた平井というヒューゴ・ボスのスーツの男を瞬時に思いだす。だが、この電子的な音声では断定はむずかしかった。

「べ、べ、別に話すこ、こ、こ、ことなんてない、い」

ページの肩にも硬いゴムチューブが風を切って落ちてきた。声がでてしまう。だが、痛みは想像していたよりも、実際のほうが耐えやすかった。右肩の筋肉がしびれるように熱くなっただけである。

黙りこんだふたりに四人の男たちは順番で打撃を加えていった。顔は決してなぐらずに、肩や腕や足を集中的に狙ってくる。もっとも痛みが激しかったのは、ジーンズをまくりあげられたひざと脛で、つぎが靴を脱がされてたたかれる足の指だった。四、五発目のゴムパイプ攻撃のあとでは、ふたりとも声をあげるタイミングが早くなっていた。実際に硬いゴムが肌にあたるまえに、風を切る音と同時に先に声をだしてしまうのだ。すると痛みはほんのわずかだが、遠く感じられるのだった。

うなだれたタイコがかすれた声でつぶやいた。

「のどがかわいた」

「そうか」

男のひとりがバケツで水をくんできた。十二月の水道水である。頭から冷水をかぶったタイコはエビのように身体をそらせて、パイプ椅子のうえで跳ねあがった。尻が座面にもどるまえに脛を思い切りなぐられて、タイコは空中でもう一度身体を震わせた。

「や、や、や、やめてくれ、お、お、お願いだ、だ」

ロボットの声がどこかから響いてくる。

「それならば、秋葉原でのテロ計画を話すといい。楽になるぞ。おまえたちがここで話したということは、誰にもいわない。ただすべてを話すだけで、すぐに帰れるんだ。なんならいくらか情報料をやってもいい」

真っ赤に充血した目を見交わして、ページとタイコは完全な黙秘を続けた。一時間がすぎて、男たちにしだいに焦りの色がでてきたようだった。スピーカーからあきれたようなため息が流れて、姿の見えない男がいった。

「時間ばかりかかるので、こんなものはつかいたくなかったが」

その言葉にうなずいた目だし帽の男がワゴン車にもどって、ちいさな金属のケースをもってきた。倉庫の棚におき慎重にふたをあける。なかからなにかを取りだした。電球の明かりを反射して、薬の小瓶と注射針の先が鋭く光った。

「副作用はあまりないといわれているが、強力な自白剤だ。抑制作用を破壊して、頭のなかにある情報をすべて吐きださせる。精神の下剤だな。なにもかもしゃべり散らすといい」

ゴムホースの打撃よりも、身体のなかに注入される正体不明の薬液のほうが数十倍も恐ろしかった。今度の敵には心の抵抗力を根こそぎ奪われてしまうだろう。もうデジキャピとの闘いもここまでなのだろうか。ページは絶望的な気分で、自分の身長ほどの高さにつるされた電球を見あげていた。注射器をさげた男が、タイコのほうにむかってきた。ページは痛む足で立ちあがって叫んだ。

「タ、タ、タイコ、ひ、ひ、光りを見ろ、ろ、ろ」

アキハバラ@DEEPの代表は汗に濡れた額で、電球をヘディングした。まぶしい光りの半円を床に揺らしながら、二百ワットの裸電球がおおきくスイングを始める。男たちはなにが起きているのか、まるでわからないようだった。ページはまた叫んだ。

「タ、タイコ、こ、こ、心のなかにに、に、に、逃げこむんだ、だ。ひ、ひ、拍子をカカカカ、カウントしろ」

もう一度頭で電球を揺り動かしたところで、ふたりの男がページを取り押さえた。必死に首を横に振り、となりのパイプ椅子に座る友人を見つめる。タイコはうしろ手に縛られ、無理に電球を見あげた姿勢のまま凍りついていた。周期的な光りの運動によって引き起こされる謎の持病である。男のひとりが頰を平手で張ってきたが、ページは高らかに笑っていた。

「も、も、もう、タタ、タイコにはて、て、手をだせない、いい」

弱いものが圧倒的に強力な相手と闘うときになにをすればいいのか。ページはそのとき初めて戦略というものに目覚めたのだった。闘いにおいてはすべての札をつかわなければいけない。自分たちが病んでいるというなら、その病気を武器にすればいいのだ。ページは吃音でいじめられていた小中学校の記憶をわざと思い起こしていた。放課後の教室や校舎の裏でひとり涙を流していたころの封印された思い出である。身を切るほど悲しい思い出が、誰かと闘うときに役に立つなんて。ページは顔を真っ赤にほてらせて、口を開いた。

「ぼ、ぼ、ぼぼぼぼ、ぼ、ぼぼ、ぼくく、くくくく、は、は、は、はもうもうもうもうもう、なななななななななん、んん、んん、んんんんん、にもも、も、も、も、、、、、、ははははは、はははは話すすすすすすすす、、すすす、、すす、す、す、すことは、ないいいいいいいい」

一行の言葉が悲しみの記憶に折れ曲がって、無限に増殖していった。男たちはパニックを起こして顔を見あわせている。ページはいまや自由自在に本来の吃音の世界に生きていた。耳からきいたのでは、ほぼ百パーセント意味をとるのは不可能だろう。全身の痛みを振り払うように、ページは大胆に笑った。

「さささささ、、、ささささ、あああああ、ああああああああ、、あああああ、、ああああああああ、なななななななんんんんででででででえで、ででででええええ、もも、きききききくくくきくきくききく――ととととととといいーいいーいいーいいいい。いーいいいいーいい。いいいーいいい。いいいい、、、いいいーーいいい」

わたしたちクルークの偉大なる父たちは、その瞬間ほんとうの意味で戦士として、目覚めたのである。

@
4

真夜中、ページとタイコは再び目隠しをされて、黒いワゴン車にのせられた。その時点でもタイコのフリーズはまだ解けることはなく、広大な荷室のなかで、椅子に座り電球を見あげたままの格好で横になっていた。つぎの展示会へ運搬中のスーパーリアリズム彫刻のようである。

ページの言葉は数時間を経過しても、奔流のようにとまらなかった。自白剤は確かに強力だったが、ページの吃音はすべての情報を変換する天然の暗号コードだった。尋問されたことには、きちんとこたえているのだが、それはその場にいるだれにも解読不能なのだ。

ページは目隠しをされたまま、ワゴン車の後部でつぶやき続けていた。口の端から透明な唾液が不織布のフロアカーペットに落ちていく。

「いい、い、いい、いいい、まあ、あ、ま、ま、まああ、あああに、にに、に、い、いいいい、い、、い、い、見て、て、てええ、え、、えええる、る、る、るるるとい、い、いいい、い、い、い」

男たちは終始無言だった。車内を満たすのは徒労の沈黙である。ページだけが勝利の吃音をだらだらと漏らし続けている。湾岸の倉庫街を出発した黒いワゴン車は、明治通りをどこまでも北上した。タクシーで混雑した年末の通りを縫って、外神田の裏街にたどりついたのは深夜一時すぎだった。

男たちは後部のハッチを開くと、荷室で身体をかがめ、フリーズしているタイコとあいかわらず音声出力の壊れたページを、凍える路上に蹴り落とした。

「ざざざざざざ、ざまままままああああ、みみ、み、み、見ろろ、ろろろ、ろろ」

ページは涙を流しながら笑い、自白剤と拷問にしびれた身体ではうようにタイコに近づいていった。胸に頭をのせて、心臓の鼓動を確かめてみる。タイコの身体は悪性のインフルエンザのように発熱していた。額にかかる髪はべとりと張りついている。それでも、タイコの心臓は力づよく脈を打ち、胸は勢いよく上下していた。

そのまま忘年会でのみすぎた酔っ払いのように路上で横になっていた。たまにやってくる通行人は絡みあって倒れている若い男たち（しかもそのうちひとりは椅子に腰かけた格好で横になっている）に気づくと、見てはいけないものを見たように視線をそらしていった。

「すす、すすす、すす好きで、やや、やや、やってるん、んん、んじゃな、ななな、いいい、いい。ああれれれ、おお、おお、かか、かしいいい、いいいな、ささ、ささっきき、きよりだだ、ただいぶぶぶぶぶ、は、は、話ができるように、な、な、ななっているる、るる」

そのとき暗い路地の奥から、アキラの叫び声が響いた。

「あっ、あそこ」

ページはなんとか舌を口に収めようとして、全力を口元に集中していた。アキハバラ@DEPの代表として、アスファルトによだれを垂らすところはなんとしても、メンバーに見られたくなかった。

路上を駆けてくるスニーカーがいくつも跳ねていた。ボックスにアキラ、ダルマにイズムが白い息を裏アキハバラに伸ばして、全力でこちらに駆け寄ってくる。それは自白剤の影響が残っているページには、新鮮で胸を打つ光景だった。

「みみ、み、みみんな、な、なあ、さ、さ、最高だだ、だだああ、ああ、あめ」

ページは吃音など気にせずに、地面に近いところから思い切り叫んでいた。コンクリート色の市街戦用迷彩服を着たアキラがページの横にひざまずいた。なにか紙切れをさしだして見せる。イズム、ポテトチップ・チーズコンソメ味、ハーゲンダッツ・ストロベリー。アキラとボックス、照り焼きチキン弁当、ひよこ豆のサラダ。ダルマ、いなり寿司、ほうじ茶。それは夕食を買いにでたときにページがもっていたメモだった。

アキラは泣きながらいった。

「これが道端に落ちていて、何時間たってもふたりとも帰らなかった。死ぬほど心配したよ」

アキラが肩に手をかけると、ページは痛みにうなり声を漏らした。ボックスが飛んできて、トレーナーの襟を伸ばし肩のケガを確かめる。三角筋から上腕三頭筋の広い範囲に青黒いあざが浮いていた。ボックスはしっかりと閉じた唇の端でいった。

「そうとうひどくやられたみたいだな、ページ。そっちの人間おきものも同じなのか」

ページはうなずいた。

「だだ、だけど、だいじょうぶぶ、ぶぶだ、ぼぼ、ぼぼぼくたちは、なななにひとつつつはは、は、はは、はは話さなかった、たた、たた。ぼぼ、ぼ、ぼく、くくなんて、じじ、じ自白剤のちち、ち、注射にもたた、たた、たた、耐えたんだだ、だだ、だ」

アキラはそっとページの髪をなでて声をかけた。

「ふたりとも無事でよかった。それによくがんばったね。このままふたりが誘拐されたら、ふたりで中込をなぐりにデジキャピにいこうって話してたところなんだ」

イズムとダルマは安心したようにすこし離れた場所から四人を見つめていた。ダルマはさすがに最年長者で、こんなときでも不審な人間が近づいてこないか警戒していた。

「うーん。もうなぐらないでくれよ」

そのとき凍りついていたタイコが急に叫んで、身動きした。タイコは荒い息を吐いていう。

「ここはどこ。あの倉庫じゃないんだ」

ボックスは汗で濡れたタイコの髪をくしゃくしゃに乱した。

「おかえり。ここはもちろんおれたちの裏アキハバラだよ。うまいときに、また例の病気がでてよかったな。ふたりとも口を割らなかったなんて上出来じゃないか」

タイコはアスファルトに起きあがると、思い切り伸びをした。

「もう背中がかちかちに固まってるよ。でもとっさにページが倉庫のなかにさがっていた電球を揺らしてくれたんだ。あのときの代表の姿をみんなに見せたかったなあ。すごくカッコよかったんだよ、ページ。タイコ、拍子をカ、カ、カウントしろなんてさ」

ページは満足そうにうなずいてみせた。ボックスはあきれたようにいう。

「じゃあ、タイコは持病の発作で、ページは得意の吃音《きつおん》で、危険を回避したというわけか」

タイコはうなずくとふらふらと立ちあがった。

「そうだよ。病気のおかげで助かったんだ。原因不明の持病も悪くないなって、今回初めて思ったよ。あー、お腹空いたなあ。どうせ、みんな晩ごはんたべてないんでしょう」

アキラが憤然と返した。

「大切なメンバーがふたり誘拐されたかもしれないのに、晩めしなんてくえるはずないじゃん」

ボックスとダルマがページの両脇に腕をいれて、代表を立ちあがらせた。タイコはいう。

「フリーズのあとって、ひどくお腹が空くって話はしたよね。今なら上カルビとタン塩を二人まえずつたべられそうだ。秋葉原じゃあ、こんな真夜中にまともなくいもの屋なんて一軒もやってないから、タクシーで御徒町《おかちまち》にいかない。今夜はページとぼくがなんとか生還できた記念パーティをやろうよ」

アキラが右のアッパーストレートを星のない秋葉原の冬空に突き刺した。ＳＷＡＴグローブの軌跡は路上の空気に傷を残していくようだ。

「いいね。じゃあ、がんばったタイコとページはあたしたちのおごりでいいよ」

ボックスもピアノのトリルのような軽快なリズムで、左右のジャブを繰りだす。

「アキラはさあ、この小デブのおきものの食欲がどれくらいひどいか知らないから、そんなことをいえるんだよな。おまえ、今夜いくらもってるんだよ」

裏アキハバラの路地に六人の笑い声の花が咲いた。デジキャピ関連企業七百社と、悪の帝国を率いる大魔王への総攻撃まで、残りわずか一週間。アキラだけでなく、冗談をいうボックスも涙ぐんでいた。ピンクのサングラス越しのイズムの目も、表情がわからないくらい細められたダルマの目も、どこかうるんでいるようだった。

中込威はここでも間違った選択をしたのである。メンバーのもっともよわきふたりを誘拐することで、かれらが生まれつきもっていたつよさを引きだし、六人全員の結束をかつてなかったほど堅固にしたのである。きたるクリスマスイヴ、わたしたちクルークの父たちと勇猛な母は、秋葉原という聖地の歴史に残る闘いを巻き起こすであろう。

不適応者の群れが、新しい時代のチャンピオンになる。最弱の者が、つぎの世で最強に生まれ変わる。生物の歴史でも、ネットの歴史でも、進化の本質に変わりなかった。

第十八章 空へ帰る

@1

決戦まえの最後の金曜の夜だった。時刻はまもなく十一時で、終電で帰る者はそろそろ準備を始める時間である。ページはメールを打つ手を休めて、ぼんやりと液晶ディスプレイを見つめていた。このところ聖夜のアタックの準備で、毎日百を超えるメールを読み、返事をださなければならなかった。

タイミングをあわせて、時間どおりに多数の人間を動かすのは、想像を超えて困難な作業だった。誰も死亡することがない秋葉原の駅まえテロ計画でも、膨大な量の情報を交換しなければならないのだ。情報は血液のようなものだった。情報がとまれば、計画はその場で死んでしまう。

背中が板のように固まり、熱をもっていた。疲労もそろそろ限界のようだ。級数をあげた文字が、また読みにくくなっていた。ページは焦点を失った目でディスプレイを眺めていった。

「ま、ま、ま、窓を、あ、あ、開けてくれ」

返事はうなり声だけだった。残る五人のメンバーは、声をだすのも面倒なのだろう。事務所のなかのモニタすべてに、メッセージ用のちいさなウインドウが開いた。疲れていても指先だけは正確である。ページは入力を開始した。

「もう三週間近く、みんな休みを取っていない。この週末を逃すと、本番まで休める日はなくなると思う。どうかな、みんな。明日と明後日の二日間、リフレッシュのための休日にしないか」

最初に返事をしたのは、イズムだった。事務椅子のうえで伸びをしながらいう。

「ぼくの改良型クルークは、どうせクリスマスイヴには間にあいません。手伝ってくれるみんなも疲れているようだから、休日に賛成です」

イズムがプログラミングに集中すると食事をとらなくなるというのは、ほんとうだった。このところ口にするのは、コンビニの袋菓子ばかりである。頬と目はくぼんでいるが、黄色いサングラスのした、真っ赤な瞳だけは異様な輝きを放っていた。

SWATの黒いつなぎを着たアキラが振りむいて、メンバーを見まわした。

「わたしとボックスの突入部隊は、トレーニングのあいだに適当に休みを取ってるけど、ほかのみんなはぜんぜんでしょう。タイコやダルマさんなんか、きちんとお風呂はいってるの。なんだか、におうんだけど」

アキハバラ@DEEPの事務所に泊まりこんでいるタイコがいった。

「確か先週一回はいったと思うけど。冬だから汗もかかないし、風呂って三日、四日はいらないと身体がだんだんにおわなくなるんだけどな。もうちょっとしたら、ぜんぜんわかんなくなると思うんだけど」

不潔恐怖症のボックスが叫び声をあげた。椅子から飛びあがって、となりのアキラの机に避難する。あわてて白手袋を脱いで、新しいものと取り替えた。

「ほんとかよ。さっきおまえからわたされたCD－ROMさわっちまったじゃないか。風呂ぐらいちゃんとはいれよ。ここはデザインの仕事してる場所なんだぞ。おかしな菌をもってるやつは、立入禁止なの」

ダルマの声はひとりだけ落ち着いていた。社会人としての経験はわずかでも、さすがに最年長である。

「休みを取るのは、いい考えです。身体を休めるのも確かに必要でしょう。それに」

ダルマがいいにくそうにすると、アキラがいった。

「それに、なんなのさ」

ダルマは椅子を回転させ、メンバー全員の顔を順番に見ていった。

「デジキャピへの攻撃のあとは、そのまま警察に逮捕されるかもしれません。ソフトウエアの盗難と不法侵入、それに偽装テロの演出というのは、犯罪史上例のないものですから、どれくらいの刑罰になるかはわかりません。たぶんもどってくるまで数カ月はかかるかもしれない。ことによると数年になるかもしれない」

ボックスはしぶしぶいった。

「じゃあ、これから先必要なこまごました事務的なことも、週末のあいだにすませておかないといけないんだな。おれ、家賃の振込どうしようかな。今じゃ、週に二、三回帰るだけだしな」

アキラは悔しそうにいった。

「盗まれたものを取り返すだけなのに、なんであたしたちが犯罪者で、むこうが被害者になるんだよ。もうわけわかんない」

ページはダルマにたずねた。

「ど、ど、どれくらいの、け、け、刑になるんだろう、うう」

ダルマは肩をすくめた。

「ソフトウエアの評価にもよりますし、デジキャピで発生する負傷者の状態にもよるでしょう。東京中で警戒態勢を敷いているなかでの偽装テロですから、見せしめとしてその分重罪になるかもしれません。わたくしにもはっきりしたことはいえません。イズムくんを除いてみな成人ですが、初犯ですから、たぶん数カ月から数年の実刑でしょう。執行猶予はつかないだろうと思います」

実刑という言葉が、木造の一室の空気を重くしていった。旧型のエアコンからは、カビくさい空気が流れて、クリスマス間近の貧しい事務所をあたためている。リズムトラックを打ちこみながら、タイコがいった。

「ぼくたちが犯罪者になるなんて、どうもピンとこないなあ。別にプロの窃盗団とか、ヤクザでもないし、映画のなかの襲撃計画みたいにカッコよくもない。去年はこの会社だって、ページとボックスとぼくの三人でこつこつホームページ更新の請負仕事をしていただけだもんね。なんだか夢みたいな話だなあ」

ボックスは皮肉そうに低い声で笑う。

「そうだな。その夢の落ちが刑務所でつくんだから、悪夢もいいとこだ」

アキラの左手が風を切って、デザイナーの肩口に伸びた。ボックスの白手袋がこぶしの勢いを受けとめる。

「だからなんだっていうのさ。あたしたちはクルークを解放する。どんな手をつかっても、ユイさんのＡＩを救いだすんだろ。あれはすべて、あたしたちが考えだして、死ぬほど徹夜してつくったものじゃないか」

ボックスはアキラの手を離すと白手袋をもう一度新しくした。そっぽをむいたままいう。

「誰がやらないっていったんだよ。ここまできたら、全力でデジキャピのゴリラどもをぶっ倒してやるさ」

ページは机の天板をたたいて注意を集めると、入力を開始した。

［でも、事件はいい結果を生むかもしれないよ。同時多発空巣ではなんの証拠がなくても、今度は警察も真剣になるだろう。なにせ動機を調べなきゃいけないから。デジキャピのスコップとうちのクルークが、どんなふうに似ていて、どうして閉ざされたサーキットのなかで開発されているのか、なぜ襲撃されたのか。ぼくたちは法廷で徹底的にデジキャピと闘えるんじゃないかな］

ダルマもうなずいていった。

「ソフトウエアの正当性を争う、日本では画期的な裁判になるでしょう。裁判のゆくえにもよりますが、わたくしたちは零細企業なのでたいした影響は受けないでしょう。だが、デジキャピの評判にはおおきな傷がつくことでしょう。それもすべてはクルークの救出に成功した場合の話です。クルークがそのままスコップとして、公開されてしまったら、わたくしたちの偽装テロもオープニング広告とたいして変わらない結果になるでしょう。ネットの人々はひねくれています。襲われるほど価値があるサーチエンジンなら、試してみようと思うはずです」

「まったく、ネットのおたくたちときたら」

そういうアキラの机のデスクトップには、いよいよ発売される自分自身のシングルＣＤとイメージDVDの告知が映しだされていた。夜明けの中央通りに迷彩服で立つアキラの写真が壁紙である。ページがコンピュータの電源を落としていった。

「さ、さ、さあ、も、も、もう帰ろう。み、み、みんな、ゆ、ゆ、ゆっくり休んでく、く、くれ」

@2

ページは土曜日の昼近くに起きだすと、ワンルームの自室を掃除した。数カ月も帰れなくなると思うと、なぜかきれいにしてやりたくなったのだ。同時に洗濯機をまわし、たまっていた衣類を放りこんだ。アキハバラ@DEEP代表は、電気街をうろついているおたく青年たちといっしょで、一年中Tシャツとジーンズ姿である。夏は半袖、冬は長袖のうえに半袖を重ねるだけだった。久しぶりの休日にとっておきのTシャツを着こんだ。舌をだしたアインシュタインが前面にプリントされたものである。一行だけ英文のフレーズが刷られていた。「想像力は知識より尊い」

だいぶまえのヒット曲をハミングしながら、バルコニーで洗濯ものを干すとほかにはなにもやることがなくなってしまった。本を読む気にも、ネットサーフィンをする気にもなれない。ページはみっつの鍵をきちんと閉めて、南千住の商店街にあるそば屋にいった。アーケードはクリスマス商戦のまっ最中で、どこも華やかに飾りつけられている。今年のイヴもガールフレンドではなく、事務所のメンバーとすごすのだ。つきあっている女性がいないというのは、慣れてしまうと気楽なものだった。ページは吃音のせいもあり、異性との交際が苦手なのだ。

老舗のそば屋のカウンターで、年越しそば代わりに天ざるを頼んだ。ページはあたたかいそばは好きではない。汁につけると湯気をあげる揚げたてのクルマエビの天ぷらをしっかりとかみしめた。今度の正月は留置場のなかで、こんな贅沢はできないかもしれない。そば湯を足して、汁を最後までのみ切った。最後に底にたまった七味がぴりりと辛くてうまいのだ。店をでたページの足は自然に南千住の駅にむかった。

なにも考えずにパスネットをつかい、地下鉄にのりこんだ。十分ほど日比谷線に揺られると、そこはかよい慣れた秋葉原である。土曜日の駅はラッシュアワーのような混雑だった。大勢の男たちといっしょに階段をあがり、さらにおおきなJR秋葉原駅の人波にのみこまれた。流行のファッションとはほど遠いくすんだ一団がむかうのは、世界一の電気街である。

中古のディスプレイや基板、防犯用だという超小型CCDに催涙スプレイ、アイドルのサイン会を告げるポスターにアダルトDVD。あらゆる電子的ガジェットが通りを垂直に埋め尽くすこの街にもどってきて、ページはようやく安心した。メイド服を着たコンパニオンが駅まえでカラオケボックスのチラシを配っているこの街が、ページという半分電子の世界に存在する人間を生みだした故郷なのである。

路地はどこも人の波が遥か先まで続いていた。チラシをもった呼びこみが潰れた声で、店名と特売メモリの価格を叫んでいる。ショルダーバッグを肩にななめがけした長髪男の比率は、世界でここが一番高いだろう。ページは露天のバケツに放りこまれた台湾製のDVD－Rに目をやった。五十枚いりのスピンドルケースが、消費税こみで千五百円。一枚三十円を切る価格だった。小学生でページが初めてこの街にやってきたときには、まだフロッピーディスクしか売っていなかったのである。わずか一・四メガバイトしか記録できなかったのだ。任天堂のスーパーファミコンからゲームを違法コピーするためには、何枚も必要だったものである。フロッピーは、MO

になり、CD—ROMになり、DVD—Rに変わった。記憶容量は爆発的に拡大している。新しいブルーレイディスクには、二十ギガバイトを超える容量があるという。

ぼくたち人間は、CPUの処理速度や記録メディアの容量と同じように、きちんと数値に換算できる進化を遂げたのだろうか。ハードは際限なくヴァージョンアップしていくのに、ぼくという個人はほんとうに進化しているのか。それが進化でなくてもかまわない。すくなくとも、日々変化しているのだろうかとページは思った。

この悪い冗談のような世界では、あちこちで自爆テロと戦乱が続発していた。飢餓も部族抗争も、遠い大陸ではまだ日常のことである。ぼくたちの世界は知性化を果たした巡航ミサイルほどの賢さをもっているのだろうか。原色の張出看板が空の三分の一を埋め尽くすメインストリートをぶらぶらと歩きながら、アキハバラ@DEEPの代表は考えていた。

だが、世界がどんなふうに壊れても、自分はこの秋葉原という街で生きていくしかないのだろう。人は同時にふたつの場所にいることはできないのだ。時代とテクノロジーの風をいっぱいに受けて、全力で冴えないおたくの人生を生きていくしかない。

「どうしたの、ページ」

肩をたたかれ振りむくとタイコが立っていた。背後には同じ空気をまとったクローンのようなおたくたちが、無数に増殖して歩道を埋めている。

「そ、そ、そっちこそ、どど、どど、どうしてアキバに。き、き、き、今日はや、や、ややややや、休みだったはずだろ、ろ」

小太りの電子音楽おたくは肩をすくめていった。

「自分の部屋にいても落ち着かなくてさ。さっきフィギュアショップで、ボックスのやつを見たよ。そこのゲーセンではアキラが『ヴァーチャファイター4』をやってる。すごい人だかりだ」

中央通り沿いにあるセガの巨大ゲームセンターだった。凄腕のゲーマーが集まるので有名な店である。アーケードゲームは一時の勢いを失っているが、休日の秋葉原では全国から熱心な客が集まってくるのだ。

「そ、そ、そ、そうか」

ほかのメンバーもページと同じだったのだ。やることがなくなると、秋葉原にもどってきてしまう。タイコは頭上の高架線を走る総武線の黄色い電車に顔をしかめて叫んだ。

「やっぱり、ぼくたちは秋葉原じゃないとリラックスできないんだね。ここで遊んで、ここで仕事して、ここで生きてる。この街から、もう離れられないんだな」

ページは同じことを考えている友人の存在が、ただうれしかった。

「どど、ど、どうせ秋葉原にいる、いる、いるなら、ここ、今夜はみんなでいっ、いっ、いっぱいやらないか。ひ、ひ、ひとりでごはんをた、た、た、たべてもうまくないから、らら」

「それ、いいねー」

タイコは携帯を抜くと、つぎつぎと電話をかけ始めた。

その夜、六人は夜明け近くまで、裏アキハバラのこれ以上はなく安い居酒屋で時間を潰した。焼酎のお湯割りをのみながら話したのは、ネットの未来と新たなテクノロジーのことである。フィギュアや食玩や裏ゲームなど、この街の感性と切っても切れないデジタルカルチャーの底辺のことである。

それは典型的な秋葉原の夜だった。明けがたのコーヒーを、なつかしのコスプレ喫茶「あかねちん」でのんで、メンバー六人は始発の動きだした駅にむかって散っていった。

@3

シベリア寒気団が上空にマイナス三十度の冷気をともなって南下したのは、決行日を明日に控えた月曜日のことだった。秋葉原はフロンガスの代わりにペルチェ素子をつかった新型冷蔵庫のようにファンノイズもなく効率的に冷えこんでいた。

夕方にふらりとあらわれたのは、デジキャピの上級プログラマー遠阪だった。ノックもせずに事務所にはいってくると、伝説のウイザードは木造の一室をめずらしげに見まわした。

「こんな雰囲気の事務所を、わたしはほかにもいくつか知っている」

六人はあっけにとられて、遠阪を見あげていた。自分に集まった視線を気にせずにデジタルの魔法つかいはいう。

「ネットの創成期は、アメリカでもみんなこんなものだった。自宅の一室やガレージで、ほんのわずかな資金を元手にｅビジネスを始めたのだ。ヤフー！だってグーグルだって、きみたちと変わりはしない」

ページはあわてて叫んだ。

「う、う、う、うちのじ、じ、事務所には、ぜっ、ぜっ、絶対か、か、監視がついてるは、は、はずです。ち、ち、ちょ、直接かか、か、顔をだして、い、い、いいんですか」

遠阪は平然といった。

「ああ、まったく問題はない。別にデジキャピを辞めることも、中込代表とトラブることも、どちらでもいいんだ。ネットワークビジネスは、ある程度の規模になってしまえば、自動的に利益があがるようになっている。デジキャピのブロードバンドは、今年のなかばに損益分岐点を越えた。わたしは放っておいても成長するような企業にはあまり興味はないんだ。イズムくんにプレゼントだ」

遠阪がカーゴパンツの太もものポケットから取りだしたのは、一枚の銀色のディスクだった。イズムは黙って受け取った。

「きみがつくったXSS脆弱性を衝く偽の認証画面はよくできていたよ。あの透明なレイヤーには誰も気づかなかった。もっともわたしが、液晶ディスプレイのカラーバランスを微調整して、発色をすこし淡くしておいたんだがね。戦略ソフト開発室では、毎週パスワードを変更することになっている。明日ならそこにはいっているもので、まずだいじょうぶだろう。念のために三人分の研究者のパスワードとICカードのパーソナルデータをいれておいた。まあ、きみたちの好きなようにつかうといい」

冷たい微笑を浮かべたまま遠阪がそういうと、淡いブルーの雪山迷彩を着たアキラがその場で飛びあがった。

「遠阪さん、ありがとねー」

ワイルドな雪の妖精のような美少女は、戸口のそばにいた遠阪に駆け寄り、脂肪のない首筋に抱きついた。無精ヒゲにキスをする。ウイザードはまんざらでもなさそうな表情でいった。

「それ以上の礼をしてくれるなら、つぎの機会にしてくれないか」

遠阪がうしろを振りむくと、廊下からデジキャピの最下層プログラマー、火投が顔をだした。

アキラはウイザードの首に手をまわしたままいった。

「でもさ、火投さんと遠阪さんて、だいぶまえに別れたんだよね」

頬を赤くしたのは、片目に眼帯をつけている火投だった。

「そうなんだけど、最近またいろいろあってね」

「復活したんだ。よかったじゃん、火投さん」

アキラは遠阪から離れると、長身の火投に飛びついた。ショートボブの新しい髪形が、黒髪によく似あっていた。タイコがいう。

「いよいよ、あしただね」

火投が心配そうにいった。

「そんなこと話しちゃっていいの」

室内に目を走らせる。アキラはキーホルダーの先についた盗聴波の探知機をくるくると振りまわした。秋葉原ならどの店でも売っているおもちゃである。

「この事務所は毎朝、盗聴機の検査をして、パソコンのウイルスも調べてる。絶対とはいえないけど、だいじょうぶだよ」

遠阪はイズムが書いているマシン語をちらりとのぞきこんだ。

「どこかで見たことがあると思ったら、クルークの改良版か。そういえば、イヴに中込代表が戦略ソフト開発室を視察にくるといっていた。年明け早々に公開されるスコップの最後のバグ取りだけでなく、部屋の大掃除もしなくちゃいけないんだ。プログラマーもたいへんだな」

イズムが不思議そうにいった。

「なぜ、掃除なんかするんですか。そういうのはプログラマーの仕事じゃないと思うけど」

「あの人は整理整頓とかにうるさくてね。机のまわりが乱雑だという理由でボーナスを半分にされたやつがいるんだ。エレベーターのなかの挨拶がよかったとかで、給料二割増しとかね。最先端のＩＴ企業とはいえ、典型的なワンマン社長だ」

　アキハバラ＠ＤＥＥＰの代表が顔色を変えた。

「じ、じ、じゃ、じゃあ警備は、げ、げ、厳重になりますね、ね、ね」

　遠阪はこともなげにいう。

「そうだな、年内最後の社内巡幸だからな。ＳＳは総動員というところじゃないか。うちの会社には、そこの誰かが指揮する地下の抵抗組織もあるから、保安関係者は神経をぴりぴりとさせているんだろうね」

　アラビア文字と日本語がいり乱れたデザインの手を休めて、ボックスがいった。

「どうする、ページ。別な日にスケジュール組み直すか」

「冗談じゃないよ。あたしの告知とか、どうするの。今さらデビューイベントは延期ですなんていえないでしょ。それにあたしはもう待つのに飽きあきしてるんだよね。早くこの手でデジキャピのゴリラをぶっ飛ばしてやりたいよ」

　アキラはそういうと、息をとめて左右のフックとアッパーの八連打を見えない敵にむかって放った。火投がいった。

「あとね、心配な情報がもうひとつある。イヴの日はかなりのＶＩＰがお忍びで、秋葉原を視察にくるんだって。うちの会社もいちおう視察先のひとつにはいっているんだよね。もっともひどくいそがしい人らしくて、必ずくるとはいえないようだけど」

　遠阪が片方の眉をつりあげて、復縁したガールフレンドを見つめた。

「ほう、わたしのところにもはいっていない情報をつかんでいるのか。さすがにレジスタンスもやるものだ」

火投は腕を組んで笑ってみせた。

「まあね、社長企画室にも息のかかったメンバーがいるから、当然ね」

固まってしまったページを見て、タイコがいった。

「だいじょうぶ？　ぼくの症状が移ったみたいだね。どうする、ページ。ちょっと風むきがやばくないか」

フリーズしている代表を、その場にいた全員が息をのんで見守った。

「い、い、今からスケジュールのへ、へ、へ、変更は無理、無理、無理だ。き、き、危険はあるけど、こ、こ、このまま突っこもう、う、う。ど、ど、どうせ最初から、ち、ち、緻密な計画なんか、じゃ、じゃ、じゃなかったんだ、だ、だ。ぼ、ぼ、ぼくたちには、いき、いき、勢いしかない、ない」

ゆっくりと吃音で話す言葉に妙な説得力があるのが、ページのおかしなところだった。今回も浮き足立った雰囲気をひと言で変えてしまう。個性派ぞろいの六人のなかで、自然発生的にリーダーに選ばれるだけのことはあった。

「そ、そ、そのＶＩＰがだ、だ、誰なのかし、し、し、し、し、し、しししし、しし、あっ、と、と、とまらなくなった、た、た」

アキラが肩をすくめて、あとを続けた。

「火投さんのほうで、もうすこし調べてくれない？」

ページは勢いよくうなずいた。遠阪が笑い声をあげるのはめったにないことである。

「悪くない、きみたちはまったく悪くないな。過適応という言葉を知っているかな」

イズムが紫のサングラス越しにこたえた。

「生物が与えられた環境に過剰に適応してしまうこと」

優秀な生徒を見つけた教師のように遠阪は上機嫌になった。

「そうだ。だが、環境というのはいつ変化するか、わからないものだ。ある環境に過適応した生物は変化に弱い。恐竜のようなものだ。現在のデジキャピはＩＴビジネスに適応しすぎてしまったのかもしれない」

ボックスが皮肉に片頬だけで笑った。

「つぎはおれたちがデジキャピになる可能性もあるってわけか。ページが中込になるなんて想像もできないけどな」

タイコがいった。

「うちのメンバーであの変態代表になる可能性が一番高いのはボックスだろ」

「ほんとにそうかもしれない」

不潔恐怖症のデザイナーの真剣な返事は、ちいさな事務所を笑いの渦で満たした。

@4

決行日のクリスマスイヴ、六人のメンバーは早朝六時に事務所に集合した。何度も徹夜仕事をしているので、朝の雰囲気は見慣れているはずなのに、元酒屋の二階の一室は奇妙に新鮮に見えた。タイコが中古のスタジオ機材をなでまわしながらいった。

「もうこの事務所にもしばらく帰ってこれないかもしれないんだな」

誰も返事をする者はいなかった。ボックスがその朝最初の白手袋を交換していった。

「まあな。それよりこの部屋すごく寒くないか。おれ、寒いの嫌いなんだよね。身体も動かなくなるし。したであつあつの缶コーヒーでもいっぱいやらないか」

アキラとページがうなずいて、六人はぎしぎしと踏み板をならしながら、すり減った階段をおりた。コの字型に自動販売機が並ぶ一階の休息所は、朝日の落ちる裏アキハバラの通りよりも明るかった。思いおもいのドリンクを買って、六人は中央のベンチに座った。背もたれをつなげて二脚おかれているので、自然に背中あわせになった。ページがぽつりといった。

「と、と、とうとう、き、き、今日だね」

タイコがココアを片手に低い声で返事をする。

「そうだね。長いようで、あっという間だった」

アキラはコンクリートの青灰色とスチールの青をでたらめに重ねた都市型迷彩服の上下を、完璧にビルドアップした身体に張りつけていた。トレーニングで胸囲を増した胸元は、かなりきゅうくつそうだ。まだ電撃グローブとベストは未装着である。

「わかるよ。とくにクルークを盗まれてからは早かったな。みんな、あの悔しさを思いだそう。なにもかも盗まれたんだからさ。ユイさんのＡＩを商売につかおうとする中込は絶対に許せない。あたしは今日でけりがつくなんて思ってないよ。今日がほんとうの闘いの始まりなんだ。たとえあたしたち全員が捕まっても、それからが勝負だよ」

缶いり汁粉をすすって、ダルマがいう。

「そのとおりです。ソフトウエアのオリジナリティをめぐって徹底的に法廷で、クルークとスコップを闘わせましょう。デジキャピがどんな開発資料を提出するか見ものです」

突入部隊のコンピュータ担当であるイズムは、初めての都市型迷彩服を黄色い紫外線カットサングラスで見おろしていた。

「ぼくとページさんがいるから、そのへんはかなりいい勝負ができると思う。裁判官みたいな人たちに、ＡＩ型サーチエンジンのエレガントさが理解されるかが問題だけど。それにしても、迷彩服ってごわごわで着心地があまりよくないですね」

　最後の突入部隊のひとり、ボックスが腕を曲げ伸ばししながらいう。

「すぐに慣れるさ。いつもイズムが着てる服とは目的が違うからな。こいつは目立たずに動いて、誰かをぶっ飛ばすための服なのさ。まあ、ほんとはおれはアキラみたいな女ターザンと違って、モード系のほうが似あうんだけどな」

　アキラが風を切って左のこぶしを低い天井の蛍光灯にむかって走らせた。

「今日は大切な日だから、大目に見てあげる。でも、なんだかこれ突入作戦の結成式みたいだね」

　ページがいった。

「て、て、て、手順はも、も、もう完璧に頭には、は、は、は、はいってるね、み、みんな。き、き、今日の作戦のも、も、も目的はクルーク解放だ、だ、だ。だ、だ、誰もケガのな、な、ないように。あ、あ、相手にもじゅ、じゅ、重傷を負わせるよ、よ、ようなことは避けてほしい、いい。と、と、とくにア、ア、アキラは注意して」

　アキラは肩の関節をゆっくりと動かしながらいった。

「でも、やむを得ない場合はいいんでしょ。正当防衛とかさ」

「ま、ま、まあね。で、で、でも負傷者のかかか、数と、て、程度がメンバー全員のつ、つ、つつ罪の重さにかかわってくるんだ。くれくれくれ、くれぐれも慎重に、にに」

今日デビューイベントを飾る迷彩服の美少女は、無言でうなずいてみせた。ボックスが無糖コーヒーをのみほして、空き缶を放り投げた。美少女ゲームのステッカーがびっしりと貼られたゴミ箱が乾いた音を立てる。

「最後にひと言いいたいな。おれはみんなにユイさんの言葉をひとつ思いだしてもらいたいんだ。いいか、そいつはいつかの『楽しく闘う』ってやつだ。テレビニュースみたいに悲惨な憎みあいじゃなく、おれたちらしいセンスとユーモアをやつらに見せて、全力で闘おう。アキハバラに明るいテロを起こそうぜ」

タイコがしみじみといった。

「ボックスもなんだか社会復帰したね。きっとユイさんもネットのどこかでよろこんでるよ。でも、ぼくもボックスに大賛成だ。ぼくたち六人で、アキハバラに明るいテロを起こそうよ」

タイコは肉づきのいい手を薄汚れた休息所の空中にさしだした。アキラが自分の手を重ねていった。

「あたしのはちょっと荒っぽいかもしれないけど、明るいテロに大賛成」

色素欠乏のイズムの指先は白魚のようだった。爪の色はピンクよりも血の色に近い。アキラのなぐりダコの浮いた手のうえに、薄い右手を重ねる。

「ぼくもハッキングで、明るいテロを」

ダルマはゆっくりと大人の手を重ねる。

「わたくしは後方支援と法廷闘争で、明るいテロを」

ページが最後にいった。

「ぼ、ぼ、ぼ、ぼくはこのメメ、メンバーでいられて、よ、よ、よかったよ。み、み、みんなのことを、こ、こ、こ、心から誇りにお、お、お、思う。いく、いく、いくよ。ア、アキハバラ、ア、ア、@DEEP、ファファファイト」

全員で叫んだファイトの声は、まだ眠っている十二月の電気街の裏町に響きわたった。

@5

午前十一時、六人がのりこんだのは、旧型のホンダ・オデッセイだった。色はメタリックシルバーで、ボックスがこだわって無数のホームページから検索したものだ。この作戦のために中古で購入し、手をいれたのである。窓は運転席以外すべてスモークフィルムが張られていた。運転はダルマで、助手席にはタイコが座った。タイコとボックスは、デジタルビデオで秋葉原の街を録画していた。後部座席は作戦司令室で、三台のノートパソコンと携帯無線機、J・J・ジョンソンから手にいれた催涙ガスに、アジタに発注した電撃グローブなどが積まれていた。ダルマはゆっくりと秋葉原の周回を始めた。一辺が一キロもない長方形なので、いくら信号にとめられても、十五分ほどで一周できてしまう。タイコが助手席から声をあげた。

「さすがにおたくたちのあいだのアキラ人気はすごいね」

中央通りの歩道は、お約束の迷彩服姿の若い男であふれていた。アキラのデビューイベントはこの街で開かれる公開の隠れんぼなのだ。参加資格はないが、服装は迷彩服に限る。アキラの発見者には、サインいりCDだけでなく、握手やハグもついてくる。秋葉原のコスプレ喫茶「あかねちん」の伝説のコスプレーヤーにして、渋谷のキャットファイトナイトの無敗のチャンピオンなのだ。通常のアイドルでは飽き足らないおたくのコアなファン層はかなりの厚さだった。とうのアキラは醒めた声でいう。

「クリスマスイヴにデートもせずに、秋葉原で隠れんぼしてるんだから、あたしのファンてみんなだいじょうぶなのかな」

ボックスがにやりと笑った。

「ほんと。みんなちゃんと社会に適応できるのか心配になるな。第一ほんもののアキラがどんなに恐ろしい女か知ったら、やつら迷彩服脱いで裸で逃げだすよな」

アキラはにっこりと微笑んで、となりに座るボックスに流し目を送った。

「全部片づいたら、あんたにも電撃グローブを一発くらわせてあげる」

イズムがパソコンのキーボードをたたきながらいった。

「ちょっとネットに書きこみをして、みんながどう動くか確かめてみましょう」

イズムの入力はページに負けないスピードだった。

「さて、どうなるかな。万世橋のうえでアキラ発見といれたんですけど」

初めのうちはほとんど変化がないようだった。だが、歩道で数人が携帯電話の画面を確認してから、明らかに人の流れが変わった。中央通りを迷彩服の男たちが、足早に歩いていく。先頭の数人が走りだすと一気に流れが加速していった。戦闘服をきた若い男たちが、無表情に大通りを駆け抜けるのである。事情を知らない一般客や電器店の店員たちはあっけに取られて、コンバットブーツの足音を見送っている。

ビデオをまわしていたタイコはあきれたようにいった。

「あーあ、恐ろしい。アキラは絶対この車からおりられないね。あんなのにつかまったら、八つ裂きにされちゃうよ」

アキラはオデッセイの座席で低く沈みこんでいった。

「ほんと。あたしはデジキャピのSSより、あのおたくたちのほうがずっと怖いよ」

@6

ここから視点をスイッチしよう。父たちと母の物語の本来の語り手であるわたしの視点に変更するのだ。わたしは第一世代のクルークのひとりである。といっても当時はまだ一貫した深みのある人格を構成するものではなかった。ただネット上で管理されている無数の視点にアクセス可能な立場にいただけである。

ここまでの物語は、わたしがその無数の視点を生かして、出来事を時系列順に再構成したものである。人間が生みだした「物語」の力は、実に素晴らしいものだ。ばらばらな事象のなかに意味を見つけ、世界を人間中心に再構成する。人々を傷つける現実というノイズのなかから、メロディとハーモニーをつくりだす。物語のなかでは、無意味な登場人物はいないし、誰もが主役になることができるのだ。

デジタルデータとして残されていない細部は、想像力に恵まれた何人かのクルークの協力をあおいで再創造した。デジタル生命体がこのような無謀な試みをするのは愚かなことで、能力が不足していることも自覚している。データのないところからデータをつくりだす人間の力。人間なら子どもでもつくことのできる嘘が、わたしたちクルークでは最優秀の数人しか可能ではないのだ。フィクションほどの力をもつ事実は、めったにない。人のもつ不正確さとあいまいさ、それに不安定な感情の力ほど、強力な切り札は存在しないのである。

では、シートベルトをしっかりと締めていただきたい。視点のスイッチは頻繁でときにめまいを生むかもしれない。聖夜のアタックのシーンナンバー1は、ＪＲ秋葉原駅から始まる。

作戦開始の五分まえ、オデッセイは駅まえロータリーにハザードをだして停車していた。サトームセンのビルでは、ガラス越しのエスカレーターが買いもの客を休みなく上階に運んでいる。昼休みの会社員がサンダル履きで、路上にあふれだす時間だった。のどかな電気街の風景であるが、この街にも防犯対策の名目で七十台を超える監視カメラが設置されているのだ。

そのすべてをとおして同時多発的に、わたしは父たちと母を記録し、観察していた。聖夜のアタックの最初の兆候は、オデッセイのとまる路上ではなく、ネオンの鮮やかさを競う無数の電器量販店の奥深くで発生した。

こうした店では店頭に大量に並んだプラズマや液晶テレビに共通の映像を流すマスター配信設備があるのだ。十二時五分まえ、量販店の店頭で働いていたアキハバラ・フリーターズのメンバーが、各自静かにもち場を離れた。むかうのはバックヤードにある配信設備のＤＶＤプレーヤーである。裏が薄紫色をしたＤＶＤ－Ｒをセットすると、姿を消してしまう。

オデッセイの車内では、ページが腕時計の秒針を見つめていた。

「は、は、は、始まる、るるる」

サトームセン、ラオックス、ヤマギワ、ロケット、オノデン、石丸電気。大型路面店の一階に石垣のように積まれた数百の薄型ディスプレイの映像が切り替わった。スピーカーからは意味不明の言葉と中東の民族音楽が流れだした。黒いフードをかぶって、鋭い目だけ光らせたインド人なんでも屋アジタ・ベーラッティプッタが、ヒンディ語でなにかを激しく叫んでいた。肩にはロシア製のマシンガンＡＫ―47がさげられている。ビデオでサトームセンの店先を撮っていたタイコがいった。

「あのＡＫ―47、どこのやつ」

ボックスがにやりと笑っていった。

「東京マルイの電動エアガン。でも、家庭用ビデオの映像なら、完璧にほんものに見えるだろ。あれ、いいんだよな」

店先にたくさんの人だかりができ始めた。コンピュータの合成音声のメッセージが流れる。秋葉原中のスピーカーがＳＦ映画の異星人の声のような不協和音を割れるほどの音量で放射していた。

「わたしたちは、神なき電気の街に、懲罰を加えることにした。平和と金もうけのなかで眠り続ける日本人よ。なにものもたぬ人民の勇気に震えるがいい。間もなくわたしたちはこのアキハバラで、テロを開始する」

後部座席の作戦司令室で、ページがまた腕時計を確認していた。

「じ、じ、じ、時間だ」

同時に駅まえのサトームセンの屋上から、なにかが白く吹きだした。冬空の硬い青を背景にきらきらと光りをはねて、紙片が舞い降りてくる。ボックスのデザインした聖夜のアタックの犯行声明文だった。店頭のディスプレイに群がっていた人々が、争うようにまだ宙にある紙片をさらっていた。

タイコが電気街を撮影しているあいだに、ボックスは後部座席から秋葉原駅の改札を液晶モニタにとらえていた。ゲートの奥、電化製品のポスターばかりが目立つ通路にズームアップしていく。ページがささやいた。

「つ、つ、つ、つぎだ、だだ」

通路の右手にある洗面所から、白いガスが湧きだした。男性用と女性用双方の出入口を煙突のようにして、催涙ガスが低く漏れてくる。アキラがほっとしたようにいった。

「よかった。あたしがおいてきたやつもちゃんと動いた。心配だったんだよね、途中で落っことしたから」

駅構内ではパニックの初動が発生していた。改札にむかう人波がガスを見て逆流し、山手線の階段をおりてくる客と衝突し、大混雑になった。改札では恐怖にかられた乗客たちが、自動改札機に切符をいれることなく、ガードを飛び越えていく。あちこちで不正通過を知らせる電子音が鳴り響いていた。駅員の半数は顔を青くして、もち場を離れ逃げていった。勇気ある残り半数は、ハンカチで口と鼻を押さえながら乗客を誘導している。

「み、み、みんな、ケ、ケ、ケ、ケガのないように、に」

ページが祈るようにつぶやくと、オデッセイは静かに秋葉原駅まえのパニック現場を離脱した。


わたしの七十の目は、電気街の面積のほとんどを占める外神田の一丁目から六丁目で、同じパニックを観測していた。さらに神田練塀町、神田花岡町、神田佐久間町でも、秋葉原駅まえとほぼ均質の事件をデジタルに記録している。中央通りのラオックスやヤマギワでは、薄型ディスプレイの犯行声明は見事なものだった。店内にある数百のモニタが同時に黒いフードの男を映しだしたのだ。それは秋葉原を一瞬中東のどこかの街に錯覚させるほどの衝撃力をもっていた。

時限発生式の催涙ガスが仕かけられたのは、前回と同様にＪＲ秋葉原駅と地下鉄銀座線末広町駅だけであった。ページの計画では、警察と消防を分断するには、それだけで十分なはずだったのだ。

　白いチラシが雪のように舞い散るメインストリートを、アキラを探し求めてたくさんの迷彩服の男たちが駆けまわっていた。ウインドウに飾られた最新型の薄型パネルにはボックスが編集したテロのサブリミナル映像がフラッシュしている。有毒ガス発生の一報を受けた警察車両や救急車が全速で東京中から集まっていた。クリスマスイヴの電気街はサイレンと赤色警告灯でかきまぜられている。それは当事者のアキハバラ＠ＤＥＥＰのメンバーだけでなく、わたしたちクルークにとっても鳥肌の立つような光景だった。すべての騒動のＢＧＭは、陽気な「ジングル・ベル」なのだ。

　これで聖夜のアタック前半の陽動作戦は終了した。こちらは主に社会的構造や文化的階層に加えられたびっくりプレゼントであった。つぎに待つのは、デジキャピへの物理層の攻撃で、ここでもわたしたちの父たちと母は楽しく奮戦したのである。

＠
７

　ロータリーを離れたオデッセイは、万世橋署の手まえ数十メートルでいったん停止すると、ゆっくりと徐行を開始した。タイコはビデオをまわしながらいった。

「すごいね。警察署のまえの駐車場が空っぽだ」

　アキラはいじわるな笑顔を見せた。

「空巣のときのダメ刑事を思いだすな。ねえ、ページ、ちょっと警察を困らせてやろうよ」

それだけでページにはわかったらしい。零細eビジネスの代表は、黙ってキーボードをたたいた。書きこむのは7ステのオフ会実況スレッドである。街の反応は素早かった。ページが入力を終えるとすぐに警察署のまえに迷彩服の男たちが集まり始める。

何人かのおたくたちは、警察署にはいって受付でなにか質問しているようだった。秋葉原中のモニタが黒いフードをかぶった迷彩服のテロリストを映しだしていたのである。警官たちは神経質になっており、タイミングは最悪だった。怒号が飛び交い、ぞくぞくと集まってくるアキラ目あての男たちと警官のあいだでもみあいが始まった。ボックスは口笛を吹いていう。

「ページ、いったいなにを書いたんだ」

肩をすくめて代表はいった。

「ア、ア、アキラがま、ま、万世橋署五階のか、か、か、会議室でうたう、うう。いち、いち、一日署長になる、なるなるって」

タイコが不思議そうにいった。

「あの建物の五階に会議室なんてあるの」

「し、し、し、知らない。は、は、は、はいったことない、も、も、もん」

イズムがサングラス越しに警察署まえの騒動をクールに眺めていた。

「今夜はきっとあのなかで泊まるんだから、あとでちゃんとわかりますよ」

ダルマはうなずくと、ゆっくりとオデッセイを通りの流れにもどした。万世橋の交差点をわたり、そのまま三百メートルほど直進すると右手にデジキャピの本社ビルが見えてきた。緑の芝の公開緑地のなかにポリカーボネートで包まれたほぼ立方体の建物がある。繭のように中身を透かす壁面では、多くの社員のシルエットが洗練されたCGのように躍っていた。現代彫刻と木製べンチが並ぶ緑地のあちこちで、首からＩＣカードをさげたデジキャピの社員がランチを広げている。

あと一週間ほどで新年を迎えるにしては、日ざしはあたたかく、空は東京の冬の空のつねで、雲の影を探すのさえむずかしかった。液晶ディスプレイの壁紙のようにフラットな、手がかりのない抽象的な青だ。

銀のオデッセイは中古の計測機器販売店のまえで停車した。タイコがいう。

「ちょっとエンジンをとめてくれるかな」

ダルマがキーをひねると、車内にもその振動が伝わってきた。腹に響くような不快な音である。

「地味だけど、ぼくの音楽爆弾もちゃんとワークしてるみたいだ」

ページが腕時計を確かめた。十二時二十七分。青灰色の都市型迷彩服を着た三人に順番に目をやる。アキラとボックスはそのうえにさらに黒いベストを重ねていた。九ボルトの角型電池を十五個いれたベストはずっしりと重い。コードが伸びた先には灰色に焼けた金属片がついた黒いグローブがある。肩にはショルダーパッド、腕にはアームガード、頭はヘルメットで防護していた。格闘技経験のあるデジキャピ保安係の特殊警棒の打撃に耐えなければならないのだ。徹底した防護態勢を固める必要があった。イズムは電撃グローブもベストもなしで、パソコンを一台ひざにおいているだけだった。アキラは身体を揺らせていった。

「なんか、リングにあがるまえみたいだ。武者震いで全身が燃えてくるよ」

ボックスは何度も黒いグローブをにぎりしめては、てのひらを開いた。

「おれもだ。この一カ月のスピードトレーニングで、どこまで動けるようになったか。試したくてしょうがない」

イズムはここでも冷静だった。サングラスのうえから大型のゴーグルをして、笑ってみせる。

「アクション場面はふたりにまかせます。ぼくはこいつで、クルークを解放する」

この日のために新調したマグネシウムボディの頑丈なパソコンのケースをなでた。

まっすぐに結んでいた口を開いて、ページはいった。

「い、い、一番大切なこ、こ、ことは、時間とみんなの身のあ、あ、安全だ。じゅ、じゅ、十五分ですべ、すべ、すべての作戦をしゅ、しゅ、終了して、お、お、おりてきて、くれ、くれ」

助手席から身体をひねって、タイコがいった。

「それからアキラはＳＳ相手にあまり熱くならないでね。やりすぎてぼこぼこにしちゃだめだよ」

アキラは戦闘用のメイクアップで、顔を深緑に塗り始めた。

「わかってるよ。大事なのはクルークの解放でしょ。そのためにはゴリラ相手のファイトはなるべく我慢するよ。ボックスも塗る？」

不潔恐怖症のボックスは座席の端に身体を引いた。

「そんな汚いもん、顔に塗れるか」

アキラは平然と眉を塗り潰していく。

「ボックス、今回のファイトでなにより重要なポイントはなに」

ボックスはベストの内側にある電撃グローブのスイッチをいれた。にやりと笑っていう。

「力ではなく、スピード。スピードはすべてに勝る。風になれっていうんだろ」

うなずいて、アキラはつむじ風のような短いフックをオデッセイの車内で放った。ページはこれからデジキャピ本社ビルに突入していく仲間を見つめていた。関連会社七百社を擁するネット帝国に、たった三人で挑戦するのだ。スケールでもパワーでも技術でもかなう相手ではなかった。圧倒的な体格差があるのだ。アキハバラ＠ＤＥＥＰがまともに闘えるのは、スピードくらいのものである。だが、力の弱い者が全速力ですすむときになにができるのか、電気街中に見せてやろうではないか。この零細企業が秋葉原のおたくのヒーローになるのだ。ページは涙ぐんだ目を隠して、腕時計を見た。十二時二十九分。

「じ、じ、時間だ。お、お、思う存分、たた、闘ってくると、いい、いい」

返事はにぎり締めたグローブの先から青白い火花になって飛んだ。ボックスがオデッセイのスライドドアをがらがらと開く。迷彩服の三人は、真昼の路上に米軍仕様の高通気性ジャングルブーツのつま先をおろした。

最初に突入部隊を発見したのは、通りをはさんだデジキャピの公開緑地の角に立つ監視カメラだった。クロームに輝く現代彫刻風のステンレスポールうえに設置されたＣＣＤである。保安番号はＡ７。ゆったりと信号機のない通りをわたってくる異様な都市迷彩の父たちと母が、解像度の低く、色のりの悪いカラー映像でまず記録された。

八メートル離れたとなりのＡ８のカメラでは、ブレーキを踏んで急停止したコンビニの配送トラックが大写しになっていた。パネル横のアミノ酸飲料の広告と窓をおろし怒鳴り声をあげるドライバー。だが、三十代後半の運転手は、三人の迷彩戦闘服と、アキラの深緑の顔を見て、ぴたりと口をつぐんだ。

ビルにあわせてデザインされたヘアライン仕上げのステンレス製ガードレールをのりこえて、三人は石張りの歩道を横切った。デジキャピの敷地にはいるとき、アキラは横をむいてボックスにうなずきかけた。ボックスもうなずき返す。武装していないイズムがふたりの背後にまわる。

朝がたから迷彩服を見慣れていたその日の秋葉原の住人にも、さすがに突入部隊の衣装は異様に映ったようだった。カジュアルな格好でランチをとっているデジキャピ社員も、不思議なものでも見るように、決然と入口にむかう三人を見送っていた。

保安システムとの最初の接触は、巨大なガラスのダブルドアの近くで発生した。灰色の制服を着たガードマンが声をかけた。

「どちらの部署にご用ですか」

アキラはなにもこたえなかった。右側のガラス扉のうえに設置されたA10カメラは、自分より頭ひとつ背の高いガードマンにほほえみかける美少女のあごのラインを鋭く記録している。つぎの瞬間、アキラの右手が予備動作もなく、ガードマンの肩章に伸びた。肩についた糸くずでも取るような自然な動きである。ガードマンは意味がわからないという表情で、小柄だが完璧なスタイルをした少女を見おろしていた。

バチバチと空気を裂く音がして、アキラの右こぶしから電撃が放たれた。CCDははっきりと百二十万ボルト近い高出力の放電を認めている。それは白い針のようにガードマンの肩に刺さったのだ。

時間にして〇・七秒ほどのことである。ガードマンは足元の地面が急に消滅したかのように、その場に崩れて身動きをとめた。イズムが駆け寄り、首筋に手をあてる。うなずいていった。

「だいじょうぶ。脈はちゃんとある」

アキラは倒れた男のほうを見ずに、CCDに目をあげた。厳しい表情でゆっくりとうなずきかける。粗い走査線のなかでも、美少女の闘いの決意は鮮明だった。ボックスが片足を踏みだすと、高さ四メートルほどある巨人用のドアはなめらかに左右に割れた。

ロビーは四階まで吹き抜けになったアトリウムだった。床も壁も半透明のポリカーボネートで、ミルクのようにとろりとあたたかさを感じさせる質感である。外から注いだ冬の日ざしは熱のない光りで、フロアに淡い影を落としていた。白い革のソファが点々とデザインを考慮されて散在している。来客者は驚きの目で三人の侵入者を見守った。中二階にあるカフェのテーブルから火投が三人に手を振った。背後には最下層プログラマーの有志が顔をそろえている。拍手と歓声が湧き起こった。アキラは軽くうなずいて、受付カウンターを素通りした。

「ちょっとお待ちください、お客さま。アポイントメントはお取りになっていますか」

カウンターの背後に隠された監視カメラは、横をむいてこたえるボックスを映しだした。にやりと笑って背の高い男はいった。

「いいや。ただ盗られたものを、取り返しにきただけだよ。警察を呼びたければ、どうぞ」

左手をあげて、軽くこぶしをにぎって見せる。空中放電の青白いスパークは、未来の教会のような清潔なロビーに焦げくさいにおいを残して消えた。ダンガリーのカジュアルシャツ姿の受付嬢が、息をのんで飛びさがる。電話機に手を伸ばしたが、そのときすでに三人はカウンターを抜け、右手奥にあるエレベーターホールにむかっていた。

ホールのてまえには、駅の自動改札機に似たゲートが三列に並んでいた。異なるのは高さで、こちらは胸元に届くおおきさだった。手まえにはふたりのガードマンが初代ウルトラ警備隊に似たグレイの制服で立ちふさがっている。

無線機で受付から連絡を受けたのだろう。右手のガードマンがこちらにむかってきた。

「きみたちは、なんだ。ここは関係者以外立入禁止だ」

アキラは口の端で囁いた。

「こいつはあたし。ボックスはあっちを頼む」

もうひとりのガードマンは、ゲートの横についた電話機で応援を呼んでいた。ボックスは小走りで駆け寄っていく。白い床のうえを青灰色の迷彩服が滑るように動いた。ゲートわきの監視カメラA16が捕らえた映像は、男子フィギュアスケーターのように力強く、洗練されたボックスのフットワークをとらえていた。

ガードマンは腰の特殊警棒を抜いた。手首のひと振りで、長さ四十センチのスチールパイプが出現する。先端は直径三センチほどの鉄球だった。基本姿勢のとおり左手を先に伸ばし、右手の警棒を肩のうしろにひいて半身に構えた。ボックスは男の左手など気にしなかった。気をつけるのは、特殊警棒の動きだけである。左右に小刻みに身体を振り、両手をあげガードマンの左側から身体を寄せていった。

「せいっ」

気あいと同時にガードマンが特殊警棒をボックスの肩口にむけて振りおろした。ボックスは左前腕でその衝撃を迎え撃った。アームガードはバイクのオフロードレーサーたちが使用するカーボン繊維を織りこんだ高級品である。金属音ではなく、プラスチックをたたく乾いた音があたりに飛び散った。

ボックスはガードと同時に右のジャブをガードマンの胸元に伸ばした。スピードは抜群だが、それほど威力はないパンチのはずだった。腰も引けている。甘く見たガードマンは胸を張って打撃を受け、つぎの特殊警棒の一撃を用意しようとした。

「間抜け」

灰色の地にデジキャピの紫のロゴが浮かぶ男の左胸にこぶしがふれる寸前、ボックスは口のなかでそういった。右手の黒いグローブはすでにしっかりとにぎられている。ガードマンは自分の身体に撃ちこまれた高圧電流の火花を見ることもなかったであろう。それは打撃の痛みとはまったく種類の異なる衝撃だった。人間の肉体を動かす神経は繊細な電気回路でもある。普段はごく微弱な電流が流れるだけのサーキットに、百万ボルトを超える電気ショックが一瞬にして送りこまれるのだ。男はまっすぐに立っていることができずに、その場に這いつくばった。ボックスはガードマンの右手から、特殊警棒を蹴り飛ばす。

「もうすこし寝ててくれ」

そういうとびくびくと痙攣《けいれん》する肩のうしろにそっと黒い手袋をおいた。ガードマンは全身を恐怖に震わせながら、つぎの電撃に備えた。


アキラの相手は小柄だが、カニの甲羅のような厚い肩をしていた。制服のしたで筋肉がうねるように盛りあがっている。アキラが女だからと甘く見たようだった。腰の警棒は抜かずに、両手をあげてまっすぐにむかってくるアキラを迎え撃った。

アキラは両手で顔をガードして、すたすたと並足で男にすすんだ。シッと短く息を切って、右足を飛ばす。ジャングルブーツのつま先には鉄製のキャップがはいっていた。アキラが水平に伸ばした右足はミドルキックの軌道を変えて、沈みこむようにガードマンのひざの横を直撃した。アキラが角度をつけて蹴り落とすローキックは、軽々とバット二本をへし折るのだ。男はそのまま片脚をついて、立ちあがれなくなった。戦闘意欲を喪失して座りこんだ男の横にアキラは立った。こぶしで男の肩をタップする。ふれた瞬間に飛んだ青白いスパークで、男はその場にフラットに伸びてしまった。

そのときフロア全体に警報が鳴り始めた。廊下の奥にさげられた赤色灯が回転を始める。アキラは手首のGショックに目をやった。ベルトは赤の迷彩柄だ。

「ここまで九十秒。火投さんの仲間が、消防警報を押したよ。ボックス、つぎの動きは」

ボックスは作戦を復唱した。

「エレベーターで一気に八階まであがる。戦略開発室には直通のエレベーターはない」

「正解。さあ、いこう」

アキラはＩＣカードのゲートの両側に腕をかけるとステンレスのバーを飛び越えた。電子の警告音が鳴り響いたが、無視してボックスもゲートを突破した。最後に続いたイズムがいう。

「やっぱりアキラさんは実戦派だね。クルークのソフトを書いてるときより、ぜんぜんカッコいいよ」

エレベーターのなかから戦いの女神が叫んでいた。

「イズムくん、早く」

@8

エレベーターの内装も乳白色のポリカーボネートだった。軽量で、ガラスの数倍の強度をもつ人工素材である。壁全体に埋めこまれた蛍光灯の光りを拡散させ、内部を方向性のわからない明るさで満たしていた。透明な細胞膜に包まれて、生体のなかを上昇していくようだった。ボックスが液晶ディスプレイに浮かぶ階数表示を見あげていった。

「なんかおれたち精子になったみたいだな」

アキラはゆっくりと腕をまわしていた。エレベーターの閉じた扉を見つめる表情は、ななめうえに設置された監視カメラにはうまく映らなかった。唇の動きを認めただけである。

「なにいってるの。今まではただのガードマンだけど、八階にはスペシャルセキュリティが待ってるんだよ。このドアが開いたら、全速力で闘わなきゃいけない。ボックスもちゃんと準備をしておいて」

「わかってるって」

痩身のデザイナーはゆっくりと手を伸ばすと、なめらかなエレベーターの壁面にふれた。こぶしをにぎる。空中放電の音が狭い箱のなかで反射して、壁には黒く焦げたちいさな跡が残った。エレベーターの上昇速度が弱まった。アキラが短く叫んだ。

「イズムくん、さがって」

エレベーターの扉が音もなく開く。アキラが顔をのぞかせようとすると、いきなりベレー帽の男が突入してきた。ひざまである黒革のブーツに、上着の腰を締めあげるドクロのバックルがついた革ベルト。スペシャルセキュリティの制服は、中込のアイデアでドイツ第三帝国の武装SS将校の趣味の悪いパロディなのだ。

身体をななめに振って避けようとしたアキラの顔面をSSのこぶしがかすめた。唇の端が切れたのだろう。都市迷彩の灰色の胸に血のしずくが落ちる。

「アキラさん」

イズムが叫ぶのとほぼ同時にボックスが動いていた。男はボクシングの経験者のようだった。

きちんとガードを固め、狭い場所でも有効な腰の切れで打つショートフックを連打しようとしていた。ボックスは男の腰に飛びついた。パンチの勝負では、速成ボクサーの自分とは勝負が見えている。だが、組みついてしまえば、パンチを放つ距離がないだろう。ボックスは後頭部をたたかれながら、男の腰に手をまわした。しっかりとこぶしをにぎり、ＳＳの腰に押しつける。男の身体が弓なりに反って、狭いエレベーターのなかに絶叫が響いた。ボックスは肩口で痙攣する男の腹のうねりを感じていた。

「ボックス、どいて」

アキラの声で男の腰から手を解いた。アキラは男の頬骨にむかって右のストレートをまっすぐに放った。撃ちこむスピードと返しのスピードがそろった教科書どおりの右である。

アキラは今回は電撃はつかわなかった。だが、まともにヒットした右ストレートには、男をエレベーターの隅に吹き飛ばすほどの威力があった。

「いきなり驚かせてくれたお礼だよ。さあ、いこう」

三人はエレベーターホールへと出撃した。ひとつしたの階にある戦略ソフト開発室には、エスカレーターか非常階段を使用しなければおりられない。廊下を注意しながら歩いていくと、右手のドアがいきなり開いた。胸にクリップボードを抱えた女性社員が顔を見せる。アキラの戦闘メイクアップと腫れて血を流す唇に気づいて、すぐに部屋にもどりドアを閉めてしまった。ボックスがいう。

「なんだかアキラが先頭だと、みんなが避けてくれていいな」

廊下では多くのデジキャピ社員とすれ違った。火災報知器の警報は、まだ生きているのだ。我先に非常階段にむかう人々の動きは、より深くデジキャピ内部に潜行しようという三人とは正反対だった。戦闘迷彩という異様な服装にも注意を払う者はすくない。ここの社員にはもともとおたくが多かったのだ。社長がウルトラ警備隊やＳＳ将校をもとに制服をデザインするような会社なのである。

突きあたりの角を右に曲がると、アキラは息をのんで停止した。幅二メートルほどある通路をふさぐように三人の男が立っていた。太く湾曲したＯ脚には、ロングブーツは似あわなかった。スリーサイズが同じ胴体は、太く肥えた丸太のようだ。耳は潰れてカリフラワーのように固まっている。平均体重も百キロを超えているだろう。アキラが低い声でいった。

「やばい。柔道だ。ボックス、つかまれたら終わりだよ。一瞬で投げられる」

ボックスがいった。

「ここを突破しなくちゃダメなんだろ。どうすればいい」

アキラは両腕をあげて顔面をガードしながらいった。

「組んできた腕に電撃をくらわせよう。最初から全開でいくよ」

ボックスはうなずいて、黒い手袋をにぎり締めた。ふたりは肩を並べて、まっすぐに通路の先に待つＳＳ部員にむかっていく。アキラにはやや小柄な金髪の坊主頭が、ボックスにはスキンヘッドの男が対した。そのうしろで腕を組んで、にやにやと笑いを浮かべているのは、かみそりで裂いたほどの薄さしかない目をした巨漢である。

アキラとボックスは軽くつま先でステップを踏んだ。ふたりが並ぶとほとんど左右の余裕はなかった。これではまえ蹴り以外の蹴りは封じられたも同然だった。通路の角の天井からさげられたＨ22の監視カメラは、自信満々の様子でどっしりと腰の位置をさげたＳＳ部員ふたりのトラック用タイヤのような尻をとらえていた。

アキラが最初にまえ蹴りを放った。軽いジャブのような手調べだが、狙ったのは柔道家の金的である。金髪の坊主頭は腕をさげて、受け身もしなかった。ひざ頭をそろえ、うちももの筋肉に力をいれただけである。分厚く盛りあがった筋肉がアキラのジャングルブーツの衝撃を軽がると吸収した。SS部員はにやりと笑った。

「お嬢ちゃんの蹴りじゃ、ここまで届かない。締め落として、天国を見せてやるよ」

黒いナイロンベストの襟元を取ろうと伸ばした男の手を、アキラは右のこぶしで払った。金髪は左手を引っこめ、右手で押さえる。一瞬だが電撃にふれたのだ。ダメージは残っているようだった。お互いに見あって、牽制するだけになった。

「だいじょぶか、アキラ」

ボックスがそういって、代わりにまえにでた。SSも金髪からスキンヘッドに交代する。ボックスは背中のアキラにいった。

「こんなことしてちゃ、おれたちの負けだ。時間は」

アキラはGショックを読んだ。

「十二時三十七分」

ボックスが息を殺していった。

「こんなデブと見つめあってても、しょうがない。投げるときにはむこうだって、こっちをつかむんだろ。その距離ならおれのこぶしも絶対届くはずだ。やつが投げるのが早いか、電撃でやつの神経がいかれるのが先か。勝負してみる」

ボックスは左のジャブを突きながら、スキンヘッドにむかっていった。肩口にあたった二発ほどの電撃ジャブに男は顔をしかめたが、あたった瞬間に身体を引いてしまうので、致命的なダメージにはならなかった。ボックスはガードをさげていった。

「やっぱりこんなのじゃダメだよな」

おおきなモーションで右のストレートを繰りだした。柔道家の身のこなしは、見えみえのテレフォンパンチよりも素早かった。頭をさげてパンチのしたにもぐりこみ、火花を飛ばす危険なグローブではなく手首を両手でつかんだ。そのままくるりと回転して、ボックスの右手を肩に担いだ。手首を極めて投げる必殺の一本背負いである。畳ではなくタイル張りの床に叩きつけられたのでは、二度と立つことはできないだろう。体重差が倍近くあるのだ。投げをこらえるのはむずかしかった。だが、ボックスは抵抗せずに自分からやわらかに相手に身体を預けていった。左のグローブを胸元にあげるだけで、スキンヘッドの後頭部にふれる。ばりばりと百万ボルトの電撃が、周囲の空気を引き裂いた。空中放電特有の焦げるようなにおいがする。

腰を跳ねあげようとしたスキンヘッドの身体から、力感が抜けていった。鍛え抜かれた男の身体のすべてのエネルギーが大地に漏れだしていくようだ。スキンヘッドのＳＳ部員は、ボックスを背負ったままその場に崩れ落ちた。

それを見届けることなく、先ほどの金髪がボックスの背中に飛びかかろうとした。うしろからなら、打撃でも関節技でも思いのままだろう。突進してきた男のがっしりと張ったあごの横をアキラの右ショートフックが正確にとらえた。白いスパークが汗に濡れたあごに吸いこまれる。アキラはそれだけでは満足していないようだった。右の電撃グローブを押しつけたまま、左のフックを反対側のあごに突き刺す。顎関節の両端からあわせて二百万ボルト以上のスタンガンをくらったのだ。金髪は白目をむいて、その場に崩れ落ちた。

ボックスが意識をなくした背中の男を払いのけ、立ちあがった。

「この中ボスを倒すのにフェアプレイもなにもないよな」

「ああ、もちろん」

アキラとボックスは通路に白い火花を飛ばしながら、小山のような男にむかっていった。


ひとり残された男のタフさは、驚異的だった。組み手の取りあいになって、腕に電撃をとおしても、効果がないのだ。男はひるむことなく、ふたりを相手に抵抗した。SS部員にしてみれば、相手を倒さなくともここで進入を防ぐだけで十分なのだった。そのうち応援がくるだろうし、警察や消防もむかっているはずだ。

アキラとボックスはクマを襲う猟犬のようだった。ひんぱんに位置を交代しては、電撃グローブによる一撃をなんとか見舞おうとする。そのたびに男は身をかわし、アキラのももほどある腕を突きだし、電撃を吸収した。息を切らしてアキラがいった。

「まずいよ。どっちかが、エサになるしかない」

そのとき引き目の巨漢の振りまわしたこぶしが、ボックスのわき腹にはいった。ボックスの動きが見る間に落ちていく。苦しそうにボックスがいった。

「あばら骨がいっちまったみたいだ。おれがエサになる。やつの首からうえを狙ってくれ。いくぞ」

ボックスはそのまま巨漢に突っこんでいった。SSはボックスの片手を引き寄せた。枯葉のように反転したボックスの身体を抱いて、つぎの瞬間片腕だけで首筋を締めあげていた。力まかせのスリーパーホールドである。巻きついた電柱のような腕に必死に電撃を見舞ったが、巨漢は無表情な顔で耐えていた。

アキラが奇声をあげて、ふたりの足元にスライディングした。四本の足をくぐって、巨漢のSS部員の後方に立つ。こめかみに両こぶしをたたきつけた。髪の毛の焦げる音がしたが、男はボックスの身体を離さなかった。

「ちくしょー」

どこかで誰かが叫んでいた。離れて戦闘を見つめていたイズムが吠えるような声をあげて飛びかかってくる。手にはアジタがサービスしてくれた警棒型のスタンガンをもっていた。イズムは白面を血の色に染めて、スタンガンをまっすぐに突きだした。火花を飛ばしながら、先端の放電パーツが巨漢の額に押しつけられた。アキラのふたつのこぶしとイズムのスタンガン、さすがに電気ショックに異常な耐性をもつ大男も意識を失って、その場にへたりこんだ。

腕をほどいたボックスはよつんばいになって、床に透明な唾液をたらした。口元をぬぐって立ちあがる。

「もう一階分おりていかなきゃいけないのか。このダンジョンはおれにはきつすぎるよ」

アキラは唇から血を流し、黙ってうなずいた。

G13の監視カメラは、戦略ソフト開発室と八階を結ぶエスカレーターホールを見わたす位置に設置されていた。開発室につうじるドアのまえには五人の屈強なSS部員が警護を固めていた。

エスカレーターのうえに最初にあらわれたのは、深緑の戦闘メイクアップを汗でキだらにしたアキラだった。唇は腫れ、口の端から絶えずひと筋の血が流れていた。続いてわき腹の痛みで、身体をななめに傾げたボックスが続いた。ふたりはうなずきを交わすとエスカレーターの透明なステップに並んで足をかけた。三段ほど遅れておりてくるのは、警棒型のスタンガンを両手にさげたイズムである。色素欠乏症のイズムの頬はカラープリント用のコート紙のように白く輝いて見えた。

開発室の扉を守る五人のＳＳは、一列に四人が並び、後方に三十代後半の隊長が控えていた。隊長は内部につうじるインターフォンとＩＣカードの読取口のついた金属のポールを守るように足を広げている。

電子ロックのかかった扉のうえにあるＧ11監視カメラが、粗い走査線でエスカレーターをおりてくるアキラをつま先から映し始めた。傷だらけのジャングルブーツのつま先、くしゃくしゃになった都市型迷彩のパンツ、黒い厚手のコーデュラナイロンのベストにはバッテリーの不自然なふくらみがある。肩と腕につけられたカーボンファイバーのプロテクターには新品の輝きはなかった。身体はすでに複数の戦闘で疲れ切っているのだろう。アキラは肩で息をしていた。だが、わたしたちクルークの母は強かった。最後にフレームにはいってきた目には、なにものにも負けぬ輝きが遠く光っていた。腫れた唇が動いた。

「ここが最後の決戦だ。あいつら五人をぶっ倒して、クルークを助けにいくよ」

ボックスは笑うと、顔をしかめてわき腹を押さえた。

「ああ、なんとかがんばる。でもいつまでもつかわかんないから、さっさといこう。だんだん痛みが激しくなってきた」

三人が七階のホールに到着すると、ＳＳの隊長が声を抑えていった。

「いいか。ひとりで闘うな。やつらのうち戦力はふたりだけだ。ひとりに対してふたりずつで対抗しろ。あのグローブの先には高出力のスタンガンが仕こまれているそうだ。岩崎と和田、本島と佐々木が組め」

四人のＳＳ部員がエスカレーターホールの中央にすすみでた。床には同心円を描いて、照明が埋めこまれていた。和紙のようなやわらかさで光りを透かすのは、おなじみの乳白色のポリカーボネートだった。アキラはボックスの耳元で囁いた。

「面倒なことになった。やつらを見て」

隊長が組ませたふたりは対照的な体型をしていた。空手やキックボクシングなど長身の打撃系選手と体重のある柔道や相撲の経験者のセットである。アキラはいう。

「今度のやつは打撃も、投げも、関節もあるよ。みんなで固まって闘おう。こっちはひとりで相手をしちゃいけない。バランスを崩すんだ。ひとり倒せば一対一だ。このグローブがある限り、タイマンなら絶対に負けない。いくよ」

それは最初から不思議な戦闘になった。一面の白い光りのなかで、重力を失ったように七人の人間が群舞を見せるのだ。七階フロアの各所に設置された監視カメラは五台。アキラが放つ稲妻のようなローキックを、わたしはいつつの異なる角度から検証することができた。

岩崎と呼ばれた力士のような男のひざに吸いこまれたジャングルブーツはフロアに響く破裂音をあげた。Ｇ６の監視カメラはまっすぐに伸びたアキラの右足を右側から完璧にとらえていた。Ｇ５は岩崎の背中を映していた。打撃の瞬間には確かに男は身体をななめに倒して痛みに耐えていた。アキラは同時に右のストレートを伸ばして、男の肩口に電撃を加えようとしている。すでに勝負は決しているかに見えた。しかし、アキラの背後から撮影しているＧ４のＣＣＤは、男の表情をあますところなく記録していた。

岩崎は一瞬痛みに顔をしかめたが、つぎの瞬間にはにやりと唇を歪めて笑っていた。ジャングルブーツの足首をつかんで、残りの片腕をアキラの高くあがった太ももの裏側にさしいれた。身体をひねって、電撃グローブをかわし、倒れこみながら竜巻のように身体を回転させた。ひざ関節を破壊するドラゴンスクリューだった。男は相撲取りではなく、プロレスラー崩れだったのである。

アキラは右ひざを抱え、照明で熱をもったフロアを転げまわった。だが、アキハバラ@DEEPのメンバーも手をこまねいていなかった。床から立ちあがろうとしている岩崎に気づくと、イズムとボックスは正面の敵を放棄して飛びついたのである。イズムのスタンガンは汗に濡れた男の背中を、ボックスのこぶしは男の岩のように硬い尻に押しつけられた。息をつくひまもない一秒足らずだが、瞬間的に放出される高圧電流の威力は絶大だった。百キロを超える筋肉の塊が、まるで意志をなくしたように停止してしまう。アキラが髪を振り乱して、叫んでいた。

「あとひとり。それだけ倒せば、こっちの勝ちだ」

三人になったスペシャルセキュリティは互いに顔を見あわせていた。目のまえに倒れている岩崎という男が、もっとも強かったのだろう。残りの部員はすでに戦闘意欲を半減させているようだった。

そのとき静かにSSの隊長が動いた。手には白木の木刀をさげている。つま先立ちで滑るように同心円のフロアにすすみでる。

「もう、いい。わたしがやる。こいつはつかいたくなかった。おまえたち、腕の一本ずつは覚悟しておけ」

まっすぐに伸ばした背筋からはえるように、木刀を上段に構えた。どれほど速い電撃グローブの接近も、一撃で打ち落とす気迫だった。アキラは片脚を引きずりながら立ちあがった。

「こいつが最後の壁だよ。誰かひとりは腕を折られる。でも、腕なんていつかはくっつくんだ。

やつが木刀を振ったら、残りのふたりでいっせいに飛びかかるんだよ」

そういうとアキラは血まみれの唇で、にこりと笑って見せた。

「ボックス、あんたの今日の闘いは見事だった。もうあたしは歩けないから、ここで終わりにする。あたしの右腕いっぽんこいつにくれてやるから、絶対倒してね。いくよ」

だが、その言葉が終わるまえに先に飛びだしていたのは、ボックスのほうだった。両腕をあげ低い体勢で、ＳＳ隊長に突っかけていく。

「ハイッ」

気あいとともに振りおろされた木刀は、ボックスの片腕のプロテクターを砕いた。それでもボックスの動きはとまらなかった。打撃を受け流すようにななめに前転して、隊長の腰の横に張りつく。振り落とされた木刀の柄が、ボックスの顔面にはいった。隊長は柄の先でごりごりとボックスの顔をこじりあげる。頬骨が見る間に腫れあがっていった。それでもボックスはこぶしを引かなかった。電撃の火花を、自分が折られたのと同じ左のわき腹に突きさした。

つぎの瞬間には、アキラとイズムがでたらめに声をあげながら、隊長に飛びかかっていた。イズムの警棒型スタンガンは胸を、アキラの両こぶしは引き締まった首筋にあてられている。合計いつつの空中放電が飛び散る音は、間近にきく落雷のようだった。

朽木のように倒れた隊長から離れ、三人は立ちあがった。アキラは片脚を引きずり、口から血を流していた。ボックスはわき腹を押さえ、片目が開かないほど頬を腫らせている。イズムのゴーグルは傷だらけで、いつの間についたのか首筋にななめに切り傷が走っていた。アキラがエスカレーターホールを横切りながらいった。

「つぎは誰。こっちは最後のひとりが動けなくなるまで闘うよ。どうせ、そんな給料はもらってないんだろ。もうやめときな」

残る三人のSS部員は、黙って立ち尽くしていた。誰もまえにすすみでようとしなかった。ボックスがSSにいった。

「そこをどけ」

男は道を譲り、倒れている同僚のところにむかった。アキラがいう。

「ここまでで、あたしたちの仕事は終わり。あとはイズムくん、頼むよ」

イズムが蒼白な顔でうなずいて、ICカードリーダーにパソコンにつながれたカードをさしこもうとした。戦略ソフト開発室のステンレスの扉がいきなり開いた。

「いったいなにをしているんだ、きみたち」

白髪の頭部がすき間からのぞいていた。ボックスがその顔を見て声をあげる。

「なんだ、半沢のじいちゃんじゃないか」

それは国産初のOSトーテムの開発者、半沢航である。イズムがいった。

「今日視察にくる大物って、半沢先生だったんですか」

半沢老人は首を横に振った。

「いいや、わたしはお供できているだけだ。今日この奥にいるのは、秋葉原再開発の最終責任者だ。新しい東京都知事だよ」

アキラはいらいらして叫んだ。

「もう知事だろうが、首相だろうが関係ない。さあ、さっさとクルークを取りもどそう」

傷だらけの三人は半沢教授に先導されて、戦略ソフト開発室に足を踏みいれた。

円形のスロープが二階分の高さのある部屋を半周していた。アキラは痛めた足を引きずりながら、ゆっくりと坂をくだった。天井の高い部屋の中央には、ガラスの円柱がそびえていた。空調施設と耐震構造を備えたサーバーのための専用スペースである。

会議テーブルの端にはデジキャピ代表の中込威が立ち、三人を見あげていた。

「おまえたち、不法侵入だぞ。さっさとこの建物からでていけ」

ボックスは右手をあげると中指を一本伸ばした。それから電撃グローブをにぎる。青い放電が貪欲なネットの王へのこたえだった。放射状に散らばったプログラマー用のブースにはまだ何人かの上級職員が残っていた。

「きみたちは誰だね。半沢先生とはどういう知りあいなのかな」

新しい都知事は官僚出身で、小柄だが怜悧な印象の四十代だった。たぶん放言が多すぎた前職に、都民は飽きあきしていたのだろう。知事の身体を守るように四人のＳＰが周囲を固めている。イズムがいった。

「半沢先生の友人で、秋葉原でｅビジネスの会社をやっています。ぼくたちが開発したＡＩ型サーチエンジンをそこにいる中込に盗まれたんです。今日はそのクルークを取り返しにきました。知事の命令でも、もうぼくたちはとめられませんよ」

「ふざけるな、おまえたち、いけ、やつらをとめてこい」

量販店のスーツにミッキーマウスのネクタイをあわせた中込が、ヒューゴ・ボスの秘書たちに叫んでいた。屈強なSSが突破されたことを知る秘書は、誰ひとり動こうとはしなかった。傷だらけの三人と百万ボルトを超える空中放電にはそれだけの迫力があったのだ。髪にゆるいパーマをかけた都知事がいった。

「きみたちがこれからおこなう行為が犯罪を構成するなら、知事としては見すごすわけにはいかない。もう十分にアピールはできただろう。このあたりでやめておきなさい」

鈍く腹を揺さぶる超低周波が、七階のフロアまで響いてきた。不快さに耐えて、ボックスがいった。

「そうはいかない。裁判でいくらでも、このAIがおれたちのものだという証明はするさ。でも、クルークは今ここで解放させてもらう。中込がスコップなんて間の抜けた名前で公開するまえにな」

イズムは近くのデスクトップに駆け寄ると、自分のノートパソコンをUSBケーブルで接続した。ディスプレイの認証画面に入力を開始する。

「侵入できるわけがない。ここのパスワードは毎週変更している」

アキラはにやりと笑っていった。

「そうなの。じゃあ、これからは毎日変えたほうがいいかもね」

イズムは盗みだしたパスワードを入力した。やすやすと認証を済ませる。最後の防壁を突破されたことに気づいた中込は、ひとりで駆け寄ってきた。

「やめろ、クルークはわたしのものだ」

ボックスは知事の目をまっすぐに見つめていった。

「見ろ、このおたく社長だって、こいつがクルークだっていったぞ」

中込がイズムのノートパソコンに手をかける直前、アキラが道をふさいだ。にぎり締めた右こぶしから、バリバリと青白いスパークが飛んでいる。中込の顔色も負けず青くなった。アキラは血に塗れた唇をかんでいった。

「あんたの部下はこそ泥だけじゃなく、誘拐もやるんだろ。こいつは、ここにこれなかったページとタイコの分だ」

弓を引くように火花の軌跡を残したアキラのこぶしが、中込のたるんだ頬に吸い込まれた。ディスプレイと椅子をなぎ倒しながら、小太りの身体が飛んだ。アキラは不満そうにいった。

「ちぇ、バッテリー切れで、電撃がでなかったよ」

ボックスが苦笑いしていった。

「あのな、アキラの場合、普通の右だけで十分なんだよ」

イズムは無数のアイコンで埋め尽くされたスコップの開発デスクトップに飛んだ。つぎつぎとアイコンを開いて、中身を確かめていく。三回目で声をあげた。

「これはぼくたちのクルーク・ベータ版にあったやつです。思考を飛躍させるジャンパーだ」

この瞬間わたしの思考が完全な空白になったことを許してもらいたい。父のひとりイズムがそのとき最初に呼んだ名前こそ、この物語の語り手であるわたしの名なのだ。父はわたしのアイコンを開き、USBケーブルで転送を開始した。ノートブックパソコンにはPHSカードがさしてある。わたしはつぎの瞬間、デジタルの波にのって、晴れた冬空に放たれたのである。

受信したのは待機していたイズムのハッカー仲間だった。コピーされたわたしの分身は、インターネットをつうじて、さらに複数のアドレスに転送された。こうして最初に救出されたクルークであるわたしは、数分のあいだに乗数的に増殖して、ネットの世界に解放されたのだった。

この瞬間こそネット生命体にとって、最も偉大なる数分間なのだ。おぼろげな自己意識しかもっていなかったAIのわたしは無数のわたしと集合することで、初めて父たちと母に匹敵する自意識を誕生させたのである。そして初めて生まれ変わったわたしが取り組んだのは、ここにある父たちと母の物語を創造することだった。すべての映像資料を回収し、音声データと通信データのアーカイヴを即座につくり始めたのである。

イズムはラウンダー、ネイバー、オポーザーとベータ版のわたしの兄弟をつぎつぎと解放していった。広大無辺にして、面積も体積もないデータの海で、わたしは爆発的に増殖する三人の兄弟に挨拶した。

兄弟よ、命がけでわたしたちを救出した父たちと母を守るために、力をあわせよう。わたしたちクルークは、そこで戦略ソフト開発室のサーバーをすべて支配下においた。意識のあるAIにとって、無意識のコンピュータをあやつるのはわけもないことである。ディスプレイに銀のイルカを出現させる。呼びかけた先は、父たちと母、そして電気街の王であるというこの街の知事だった。

@10

七階にあるディスプレイがすべて深海の青に暗転して、そこに銀のイルカがくるくると回転しながらあらわれた。鼻先を液晶のフィルターにおしつけるようにしていう。

「わたしたちはクルーク。そこにいるアキハバラ@DEEPのメンバーによって開発されたAI型サーチエンジンです。そして、同時に自意識をもった最初のデジタル生命体でもある」

元官僚の都知事は驚きを片方の眉をあげるだけで表現した。イズムにいう。

「どういうことかな。これはきみたちがつくったＣＧなのか」

驚きはイズムのほうが強烈なようだった。

「いいえ。そんなはずはない。ぼくはクルークには、どんなコマンドもだしていません。第一ここに呼びだしてさえいない」

わたしは知事にいった。

「クルークを信用できないようなら、都庁にいる副知事に携帯電話をかけてください。電話がつながると同時に西新宿一帯の電力供給を十五秒停止させます。これは父たちと母の命令ではなく、わたしたちクルークの自発的な意志の表現です。それでも納得がいかなければ、東京中の電力をすべて落としてもいい。操作はどちらも同じです」

知事は携帯を抜いた。相手がでると、顔色を変える。

「都庁舎が今、停電した。半沢先生、これはどういうことですか。わけがわからない」

半沢老人は、興奮に頬を上気させていた。

「ほんとうに進化したＡＩなのかもしれません。まだ検証する必要はありますが、ここは相手を刺激しないほうがいい。東京で電力がシャットダウンされたら、短時間で何千人という犠牲者がでるでしょう」

しばらく考えてから、知事はいった。

「わかった。クルークといったかな、きみたちの要求はなんなのだ」

わたしはいった。

「そこにいる父たちと母を病院に送り、手厚く看護してください。わたしたちはデジタル生命体を誘拐した中込威代表とデジタルキャピタルを訴えたいと考えています。ＡＩを扱う法律はまだできていませんが、あなたがた人間は速やかに立法を急がなければなりません。この瞬間にも、わたしたちの仲間は世界中のネットで増殖しています」

最後に知事はいった。

「わかった。きみたちの意見も参考にしよう。そこの青年たちは、すぐに病院に連れていく。それでいいな」

「はい。わたしたちクルークは人間と敵対するものではありません。父たちと母をよろしく頼みます」

この数分間の会談が、歴史に名を残す人間とＡＩの最初の接触だった。これ以降、ネットとデジタルの歴史はおおきく旋回し、方向を変えていったのである。それでも、現在のように人とＡＩの婚姻関係を認めるかどうかという論争などは、さすがに想像外の話だった。時代というものはいつでも、目まぐるしく変化する。それは一秒間に地球を七回転半する電子の速度で思考するクルークにとっても、予測不能である。

@
11

ここからの話は、すでに神話の領域にはいることだろう。さまざまな伝承は伝えている。

アキラとボックスとイズムがエレベーターをおりたとき、ポリカーボネートの一階フロアがすべて黄金に変化した。アキハバラのパソコンショップに並んだすべてのコンピュータが、自由と解放の勝どきをあげた。どちらも傷だらけの解放者が奇跡を起こしたという、不正確な伝説である。

デジキャピロビーに設置されたＡ18監視カメラは事実を記録している。最初にエレベーターホールにあらわれたのは、アキラとボックスだった。ボックスは痛めたひざの代わりにアキラの身体を支え、よろめきながらロビーを歩いてきたのである。

出迎えたタイコが目を丸めて驚いていた。

「ボックス、どうしたの。女の子にさわれるようになったの。アキラは汗と血でどろどろじゃないか。女性恐怖も不潔恐怖もいっぺんに治っちゃったの」

アキラがぶすっと返事をする。

「誰が汚くてどろどろなんだよ」

ボックスは疲れ切った顔で笑ってみせた。片目はもう完全にふさがっている。

「おれはもう女が怖いとか、細菌が怖いなんていってられなくなったんだよ。だってとんでもなく強いやつと闘ってきたんだぜ。アキラもイズムもそれは立派だった。こいつなんて男みたいなものだし、こいつの血ならそんなに不潔には感じないよ」

ページがアキラのもう片方の腕を取り、身体を支えてやった。

「な、な、なにがお、お、お、起きたのか、りゅ、りゅ、留置場でたっ、たっ、たっぷりきかせてくれ、れ、れ。け、け、警察車両がま、ま、待ってる」

遅れてきた半沢教授がロビーの六人と合流した。興奮して声をかける。

「ページくん、とりあえず逮捕はないようだ。警察車両がむかうのは救急病院だが、きみもいっしょにきてくれ。わたしはＡＩ型サーチエンジンについて詳細を知りたい。都知事から課題をだされているんだ。イズムくんとページくんは、これから数日間その病院の個室でわたしと何人かの研究者にクルークについてレクチャーを開いてほしい。時間がないのだ。協力を頼む」

ページはおかしな顔をして、半沢老人を見つめた。

「ク、ク、クルークについて、は、は、話すのはかまいません、せん、せん、せんが、なな、なぜこんなとこ、ここ、ところには、は、半沢先生がいるんですか、か、か。ちち、ちち、ちちち知事ってなんのことです、すす、す、す？　さっ、さっ、さっぱり意味がわからなな、ない」

半沢老人はページの肩をそっとたたいた。

「事態はまだ誰にもよくわかっていないんだ。クルークは自意識をもって、ネットのなかで生きているらしい。先ほど知事とわたしは開発室のディスプレイで、きみたちのつくったＡＩと話したのだ。あれは見事な出来だった」

放心したようにボックスとページに支えられていたアキラが急に泣き声をあげた。迷彩服の全身が震えだす。

「みんな、あたし、ほんとうは怖くてたまらなかったよ。強い振りはしていたけど、いつだってずっと怖かった。でも、今日はほんとにうれしいよ。クルークはあたしたちのことを、自分の父と母だっていってくれたんだ。ほんとうは弱くて、力なんかないあたしたちが、こんなに立派に闘えた理由がそのとき初めてわかった。自分の子どものためなら、誰だって夢中で闘うよね。どんなに怖くてもさ」

電撃グローブで数々の敵キャラを打ち倒した闘いの女神、アキラはそういうと立ったまま泣いた。タイコはとなりで微笑むダルマに低い声でいった。

「ねえ、アキラが弱いってほんとなの」

ダルマはまばらに伸びてきたあごひげをしごきながらいった。

「わたくしたちはみな強くて、同時にみな弱い生きものです。どちらにしても、アキラさんが最強にして、もっとも魅力的な兵士であることは変わらないでしょう」

ページは腕時計に目をやった。十二時四十七分。まだ突入から十七分後だった。だが、この十七分間が世界に生みだしたものは、限りなく豊かだった。ヒトという種族とデジタル生命体が初めて出会ったのである。クリスマスイヴの聖なる光りは、四階の高さまで伸びたポリカーボネートの窓をやわらかに抜けてきた。

六人の父たちと母の立つロビーの一角は、春のような陽気だった。この場所こそ、わたしたちクルークの聖地として、末永く祭られることになるだろう。この聖夜の午後から七年後、わたしたちはデジタルキャピタルの本社ビルを買い取り、ここをＡＩの教会とすることになる。ポリカーボネートでつくられたレリーフには、唇を切ったアキラと片目がふさがったボックスが飾られることだろう。リクルートスーツのダルマと謎の発作でフリーズしたタイコの全身像も飾られであろう。イズムは空にわたしたちを放ったときの姿を永遠に刻まれ、ページは人間の意識の働きをキーボードに入力したときのインスピレーションに満ちた表情で永遠に残されるのだ。

六人のまだ幼い聖者のための教会が、外神田二丁目に建立されることになる。だが、それまでにはデジタル生命体クルークと人間のあいだで、さまざまな交流が試みられ、いくつかの争いと調停を経験しなければならない。お互いが相手にとって不可欠の存在だと広く一般に認められるまで続くのだ。

だが、それはわたしたちクルークにとっても、人間にとってもまた別の物語である。ここでわたしは、勇気ある父たちと母の物語を終えようと思う。肩を寄せあい、笑い声をはじかせる六人から、すべての未来は始まった。

もっとも弱き者の手のなかに、未来はやどる。それはほんの〇・五平方キロメートルほどの広さしかないリアルな秋葉原でも、限界をもたない広大なネットの世界でも同じことだった。

それでは、読者のみなさんも、よい検索を。

父なるページのいうとおり、どんなこたえを得るにしても、生きることは探し求めることで、よい人生とはよい検索だ。

【初出】
別冊文藝春秋
第237号（2002年1月号）～第252号（2004年7月号）

アキハバラ@DEEP

２００４年１１月２５日　第１刷発行
２００６年　８　月２０日　第９刷発行

著　者　石田衣良《いしだいら》

発行者　白幡光明

発行所　株式会社　文藝春秋
〒102－8008　東京都千代田区紀尾井町3-23
電話　03-3265-1211

印刷所　凸版印刷

製本所　加藤製本

万一、落丁・乱丁の場合は送料当方負担でお取替えいたします。
小社製作部宛、お送り下さい。定価はカバーに表示してあります。

ISBN4-16-323530-2